KB115820

제 4 회
문 지 문 학 상
수 상 작 품 집

제4회 문지문학상 수상작품집

초판 1쇄 발행 2014년 5월 26일

지은이 박솔뫼 외
펴낸이 주일우
펴낸곳 ㈜문학과지성사
등록번호 제1993-000098호
주소 121-894 서울 마포구 잔다리로7길 18(서교동 377-20)
전화 02) 338-7224
팩스 02) 323-4180(편집) / 02) 338-7221(영업)
전자우편 moonji@moonji.com
홈페이지 www.moonji.com

ⓒ ㈜문학과지성사, 2014. Printed in Seoul, Korea
ISBN 978-89-320-2621-3

   양측의 서면 동의 없는 무단 전재 및 복제를 금합니다.

제 4 회
문 지 문 학 상
수 상 작 품 집

수 상 작

겨울의 눈빛

박솔뫼

문학과지성사
2014

제 4 회 문지문학상 수상작품집
차 례

제4회 문지문학상

—

심사 경위

심사평

수상 소감

문학과지성사가 2010년부터 제정·운영해오고 있는 '문지문학상(구 웹진문지문학상)'이 4회째를 맞이했다. 문지문학상은 한국 문학 최초로 인터넷 공간을 통해 1년 동안 심사 과정이 중계되고 결과가 발표되는 문학상으로, 11개월간 매달 선정한 '이달의 소설'을 대상으로 심사하여 결정한다. 2011년 제1회 이장욱의 「곡란」, 제2회 김태용의 「머리 없이 허리 없이」, 제3회 김솔의 「소설 작법」에 이어 제4회 수상의 영예는 박솔뫼의 「겨울의 눈빛」(『창작과비평』 2013년 여름호)이 차지했다. 이 상은 등단 10년차 이하의 신진 작가들을 대상으로 하기 때문에 가장 젊은 세대에게 주어진다. 문지문학상 수상 작가에게는 1천만 원의 상금이 주어지며, 시상식은 매년 5월, 문학과사회 신인문학상 시상식과 함께 열린다.

* 2010년 봄, 〈웹진문지〉 오픈과 함께 시작된 '웹진문지문학상'은 지난해 초 문학과지성사 홈페이지 블로그와 함께 통합되면서 올해부터 '문지문학상'으로 개칭되어 그 운영을 이어간다.

제 4 회　문 지 문 학 상

심사 경위

—

　　문지문학상의 네번째 수상작을 선정해야 하는 시점에 이르러 우리는 이 상이 지닐 수 있는 제도적 성격에 대해 새삼 고민하지 않을 수 없었다. 그것은 모든 제도적 인준의 관례화가 불가피하게 빚어낼 수 있는 피로와 권태를 이 상 역시 예민하게 의식할 시점에 이르렀다는 뜻이며, 동시에 그러한 위험 속에서도 세계와의 긴장을 언어와 텍스트에 대한 새로운 감수성으로 활성화시키는 작가들의 노고에 작게나마 격려의 메시지를 건네야 한다는 당위성 앞에 우리가 서 있다는 뜻이기도 하다. 그러니 올해도 우리가 기꺼이 젊은 작가들의 문학적 성취를 가늠하는 자리를 마련하기로 용기를 낼 수 있었던 것은 그 어떤 관례화와 제도화의 유혹에도 우리와 더불어 작가들이 손쉽게 투항하지 않고 거기에 첨예하게 맞설 것이라는 믿음을 포기하지 않았기 때문이다. 그런 의미에서 젊은 작가들의 자의식 가득한 작품들이야말로 우리를 나태하지 않게 만드는 힘의 원천이자 자부심의 근원이다. 우리의 고민과 숙고가 작가들에게 보내는 우정을 담은 대화의 시도로 읽힐 수 있기를 바라며, 네번째 문지문학상 수상작을 발표한다.

본심은 2014년 1월 10일, '이달의 소설'로 선정된 11편의 작품들(윤이형 「굿바이」, 구병모 「이창(裏窓)」, 김성중 「쿠문」, 김미월 「어느 날 문득」, 윤해서 「홀」, 김솔 「암스테르담 가라지 세일 두번째」, 박솔뫼 「겨울의 눈빛」, 조해진 「빛의 호위」, 황정은 「상류엔 맹금류」, 김엄지 「미래를 도모하는 방식 가운데」, 기준영 「이상한 정열」)을 대상으로 진행되었다. 선정의 어려움을 토로하는 것이야말로 일종의 통과의례 같은 것이겠지만, 특히 지난 한 해 동안 선정된 작품들 중에서 한 작품을 고르는 일이 만만치 않았음을 고백하고 싶다. 그만큼 젊은 작가들이 1년 동안 보여준 소설적 역량이 깊고 미적 취향의 스펙트럼이 넓어서 심사 과정은 작품들의 우열을 가리는 과정이라기보다는 차라리 심사위원들(우찬제, 이광호, 김형중, 이수형, 허윤진, 조연정, 강동호) 자신의 문학적인 입장과 취향을 고백하고 대결하는 자리에 가까웠다. 공정성과 취향 사이의 긴장으로 깨어 있을 수 있게 만들어준 작가들의 값진 성취에 특별히 감사의 뜻을 표한다.

긴 시간의 토론과 최종 투표라는 홍역을 치르고 나서야 우리는 박솔뫼의 「겨울의 눈빛」을 수상작으로 결정할 수 있었다. 비록 대중들에게 다소 생소할 수 있겠지만, 박솔뫼는 이미 문단 안팎에서는 냉정하고 지적인 사회의식을 특유의 과감하고 독특한 스타일로 담아내고 있는 작가로 정평이 나 있다. 매년 꾸준히 '이달의 소설'에 선정되었던 작가이고, 그가 발표한 어떤 작품들도 수상작으로 선정되기에 모자람이 없었기에 박솔뫼의 작품을 수상작으로 선정한 우리의 기뿜과 반가움은 더더욱 각별하다. 물론 이 작품이 박솔뫼 작가의 가장 좋은 작품인가에 대해서는 이견이 제기되기도 했지만, 이것은 이 젊은 작가가 어느새 자신의 작품들과 경쟁을 벌여야 할 만큼 독보적인 영역을 고집스럽게 개척해왔다는 방증이기도 할 것이다. 우리는 박솔뫼의 소설이 향후 문학적·미학적·사회적 세대 의식의 가장 첨예한 갈등 지점이 되리라 확신하며, 앞으로 이 작가가 보여줄 미학적 야성성에 기꺼이 지지를 보내고자 한다. _문지문학상 심사위원 일동

심사평

—

현실에 대한 환멸과 절망, 가능 세계 모색의 난망, 이야기 출구에 대한 수사학적 곤혹, 이런저런 문제들과 우리 시대의 젊은 작가들은 격렬하게 맞씨름하고 있는 것처럼 보인다. 적어도 우리가 2013년에 주목한 작가들의 경우 그러했다.

윤이형의 「굿바이」는 현실 자본주의에 철저하게 절망한 자의 상상적 소산이다. 지구 자본주의 상황에 낙망하여 화성에서 평등 공동체를 구축하려 하지만 거기서도 실패하고 돌아온 인물의 가상적 이야기인데, 윤이형이 시도한 일련의 자본주의 비판 서사의 일환이다. 현상적 질서는 물론 상정할 수 있는 가능 질서마저 실패할 수밖에 없다는 인식은 매우 비극적인 세계관의 한 단면을 알게 한다. 유려한 문장과 논리로 비판 의식의 정당성을 가늠하게 하지만, 논리의 틀이 서사의 힘보다 우세하다는 느낌이 든다.

조해진의 「빛의 호위」는 환멸을 넘어서려는 생명의 이야기다. 짧은 단편 안에 다채로운 서사적 레퍼토리들을 인상적인 비유와 장치들로 엮으면서, 시대정신을 관통하고 인간다움의 한 극점을 탐문했다. 작가는 그만그만한 무국적 소설을 훌쩍 초극한다. 문명의 충돌을 넘어서 탈민족, 초국가적 사유와 상상의 새로운 지평을 모색해야 한다는 현단계 지구촌의 요구를 넓고 깊게 끌어안은 소설이다. 어둠의 상황에서 생명의 빛에로 이를 수 있는 가능성과 죽임의 현실에서 사람을 살린다는 것의 참의미를 궁리하는 작가의 수사학적 존재론적 탐문의 경지가 어지간하다.

김성중의 「쿠문」은 예술적 천재성과 질투하는 인간에 관한 흥미로운 상상을 보인 소설이다. 낭만적 예술가관의 핵심 특징인 예술적 천재성의 역설을 논리적 배경 그림으로 하여 "자기표현을 향한 의지"의 극대화 가능성을 모색한다. 천재성의 예술을 위한 희생제의 혹은 천재적 성화(聖化)를 위한 입사식이 현묘하게 형상화되어 있다. "자잘한 인간들이 시시한 행복만 누리는 곳"을 넘어서려는 주인공의 초극 의지가 결연해 보이거니와, 다른 상상에의 의지와 다른 문학 패러다임 창출을 위한 작가의 소망 의식이 인상적이다.

박솔뫼의 「겨울의 눈빛」은 이른바 스스로를 '병맛세대' 혹은 '잉여세대'라 여기며 모멸감으로부터 자유롭지 못한 젊은 세대들의 허무 감각이 단연 돋보이는 소설이다. 박탈당한 기회, 단절된 소통, 공감의 지평을 알지 못하는 인간관계, 봉인된 희망으로 인해 요즘 청년 세대들이 얼마나 고단한가를, 흐느적거리듯 중얼거리며 보여준다. 가상적으로 원전 사고를 가정하고 그 재난의 상황에서 인간의 존재 방식을 형상화하고 있는데, 그렇다고 해서 이 소설을 전적으로 환경 재난의 소설이라고 보기는 어렵다. 재난의 상상력과 관련한 거대 담론보다는 재난의 상황에 가까운 젊은 세대들의 속절없는 운명에 대한 자잘한 미시 담론이 인상적이다. 다소 어수선해 보이기도 하는데 그 또한 작가가 비극적으로 응시한 청년 세대의 운명 때문이 아닐까 짐작한다. 새로운 세대의, 새로운 비극적 운명에 대한, 새로운 수사학적 탐문의 방식에 대해서 독자들과 더불어 더 깊은 관심을 가져도 좋겠다는 생각이 들어 「겨울의 눈빛」에 각별한 눈빛을 주기로 했다. 수상을 축하한다. _우찬제(문학평론가)

문학 제도가 기성의 '문학적인 것'을 보존하려는 장치가 '문학상'이라면, '문지문학상'은 그것에 충격을 가하려는 기이한 문학상이다. 문학상이 되지 않으려는 문학상은, 그럼에도 불구하고 어떤 문학적 선택을 해야만 한다. '이달의 소설' 선정작들은 이미 각각 충분히 매력적이고 불온했으며, 다른 선택을 필요로 하지 않았다. 한 번 더 관심을 가지고 읽었던 소설들은 있었지만, 그것이 중요하다고 생각하지는 않는다.

윤이형의 「굿바이」는 작가가 그동안 보여준 SF적인 상상력이 이제 하나의 문학적 깊이에 도달한 사태를 보여준다. 공동체와 몸과 생명에 대한 질문들은 아프고 묵직했다. 조해진의 「빛의 호위」는 아름답고 섬세한 소설이다. 죽음과 폭력의 시간을 넘어서게 만드는 고전적인 미학적 기품을 만나게 된다. 기준영의 「이상한 정열」은 독특한 뉘앙스의 소설이다. 신기하고 새로운 이야기 없이도 삶의 무모한 정념과 덧없음에 대한 다른 감각과 마주하게 하는 매혹적인 문장이 있다. 황정은의 「상류엔 맹금류」는 행복을 연기하려는 가난한 사람들의 평범한 이야기다. 행복의 불가능성을 둘러싼 이 세계의 무서운 구조를 순간적으로 대면하게 만드는 힘이 있다. 박솔뫼의 「겨울의 눈빛」이 선택된 것은, 아마도 이 작가의 최근의 작업을 둘러싼 그 가능성의 놀라움 때문일 것이다. 그의 소설들은 소설 언어에 대한 미학적인 자의식과 동시대의 사회적 상상력이 새로운 세대의 감각 안에서 어떻게 만날 수 있는가를 보여주는 문제적인 사례다. 가상의 재난에 대한 사회적 상상력은 새로운 서사적 에너지와 극적으로 조우한다. 박솔뫼의 소설로부터 한국 소설의 또 다른 주기에 대한 예감을 만나는 것은 흥미로운 일이다. 박솔뫼가 이제 시작하고 있는 것이다. 때로 격렬하게 전위적으로, 때로 무심하고 비판적인 방식으로. _이광호(문학평론가)

매달 '이달의 소설'을 선정하는 일도 쉬운 일은 아니지만, 그렇게 어렵게 선정된 작품 11편을 대상으로 매년 문지문학상 수상작을 선정하는 일은 실로 더 큰 고역이다. 역시나 작년 3월부터 올해 1월까지, 이달의 소설에 선정되었던 11편의 작품 목록을 목전에 놓고 보니, 어느 한 작품 소홀히 대하기가 힘들었다. 다들 전위적이거나 섬세하거나 묵직하거나 발랄했는데, 긴 고심 끝에 내가 골라낸 작품은 구병모의 「이창」, 김솔의 「암스테르담 가라지 세일 두번째」, 황정은의 「상류엔 맹금류」, 박솔뫼의 「겨울의 눈빛」, 이렇게 네 작품이었다.

구병모의 「이창」은 잘 고안된 특유의 번역투 사변체 문장으로, 소위 '시민적으로 올바른 삶' 이면의 병적인 관음증을 폭로하는 솜씨가 돋보였다. 김솔의 「암스테르담 가라지 세일 두번째」는 작가의 이름을 가리고 읽을 경우 이 작품이 도대체 한국 소설인지 네덜란드 소설을 우리말로 번역한 작품인지 판단하기 힘들 만큼 이국적이었다.

단순히 작중의 지명이나 인명 혹은 풍물이 이국적인 것이 아니라 작품 자체가 스스로 이국의 것이 되어버린, 그래서 반영보다는 '흉내 mimicry'에 가까운 이 소설은 여러 측면에서 문제적이었다.

그러나 끝내 내 손을 떠나지 않은 작품은 황정은의 「상류엔 맹금류」와 박솔뫼의 「겨울의 눈빛」이었다. 전자는 작가 특유의 '계급의식'이 얼핏 사소해 보이는 일상의 사건 속에서 예리하게 날이 선 칼처럼 빛을 뿜어내고 있으면서도, 반성적 성찰의 기미와 미학적 품격을 유지하고 있는 작품이었다. 후자는 박솔뫼 소설의 두 흐름, 예컨대 「너무의 극장」 계열의 전위적 실험성과 「해만」 계열의 언어적 탐미성이 적절하게 합류한 수작이었다.

끝내 두 작품 중 한 작품을 골라내지 못했다. 그래서 다른 심사위원들과의 논의 끝에 박솔뫼의 가능성 쪽에 무게를 실어주기로 결심하기까지는 꽤 긴 시간이 필요했다. _김형중(문학평론가)

심사를 하는 사람이 아니라 심심파적으로 소설을 읽는 사람으로서, 어떤 소설들을 사람들과 함께 읽었는지 돌아본다. 윤이형의 「굿바이」, 구병모의 「이창」, 김성중의 「쿠문」, 김미월의 「어느 날 문득」, 윤해서의 「홀」, 김솔의 「암스테르담 가라지 세일 두번째」, 박솔뫼의 「겨울의 눈빛」, 조해진의 「빛의 호위」, 황정은의 「상류엔 맹금류」, 김엄지의 「미래를 도모하는 방식 가운데」, 기준영의 「이상한 정열」.

한 사람의 소설가가 한 편의 소설을 완성할 때까지는 불면의 밤과 날아가는 파지(破紙)들이 필요했을 것이다. 지워지고 사라져서 보이지는 않지만 분명히 실재(實在)했던 무형의 문장들이야말로 독자의 마음을 움직이는 실질적인 힘일 것이다. 그러니 저 긴 목록에는 얼마나 많은 비밀이 숨겨져 있을까!

어떤 작품들은 당대에 사랑을 더 받고, 당대에 많은 친구들을 만날 것이다. 어떤 작품들은 아주 오랜 시간이 흐르고 나서야 비로소 첫번째 친구를 사귀게 될 것이다. 작품에게도 그 자체의 삶과 미래가 있는 것이다. 그것의 깊이와 너비를 현재의 내 눈으로는 다 측정할 수 없음을, 이 11편의 소설을 다시 읽으면서 알게 되었다. 첫 인상이 변하지 않은 작품이 단 한 편도 없었기 때문이다.

11편의 작품이 내게는 모두 설득력이 있었지만, 그중에서 심사가 끝나고 나서 다시 또 정독해보려 한 작품들이 있었다. 윤해서의 「홀」은 소설가의 엄청난 독립성이 느껴지는 작품이다. 많은 독자들에게 익숙지 않은 시적인 사유와 불투명성이 작가 스스로도 밀고 나가기에 부담이 적지 않았을 텐데도, 윤해서는 끝끝내 그 일을 했다. 아웃포커싱된 인물들의 흐릿한 궤적을 쫓아가는 작가의 필치는 연약하고도 강인하다. 그녀가 아직 다 말하지 않은 것들이 무엇인지는 알 수 없지만, 그렇기 때문에 그녀의 이야기를 좀더 들어보고 싶다.

그다지 길지 않은 분량의 '심사평'을 쓰면서도 글을 쓸 수 없을 것이라는 불안감과 자괴감에 시달리던 나에게, 김성중의 「쿠문」은 모종의 위로를 주었다. 이 작품에 나타나는 천재성에 대한 갈망은 사실 독특성에 대한 바람과 맞닿아 있다. 우리는 "응고된 치즈 덩어리" 같은 대중의 일부가 아니라 "각각의 인간"으로 살아가고 싶다. 그러나 덩어리의 부분이 아닌 개인으로서 살아가는 데에는 매 순간 결단과 책임이 필요하다. 그 무엇도 나를 보호하거나 지탱해줄 수 없을 것이라는 공포가, 우리로 하여금 자기 자신이 되는 일을 지연시킨다.

세련되고 깨끗하며 그 누구에게도 혐오감을 주지 않는 "쇼핑몰,

영화관, 백화점, 대형서점, 아파트"에서 살아가는 편이 안전하지만, 우리는 우리의 내부에 벌레가 나오는 지하실이 한 칸쯤 있다는 것을 알고 있다. 그리고 그것을 영원히 폐쇄할 수 없다는 것도. 안전이 우상인 이 시대에 과연 독립된 개인이라는 '미치광이'로서 살아갈 수 있을지, 이 소설을 여러 번 읽고 난 지금도 자신이 없다.

소설은 인생에 해답을 주지 않는다. 아니, 소설은 오히려 마구 헝클어진 붉은 실타래 같다. 분명하고 확실하다고 생각했던 세계가 소설 속에서는 다른 형상으로, 다른 의미로 내게 다가와서는 나를 혼란에 빠뜨린다. 박솔뫼의 「겨울의 눈빛」에서 "아니 전 막 싫은 것 아닌데 싫은 것도 아닌데 제가"라고 말하는 사람처럼.

일자리도, 인간관계도, 과학기술도 영원하지 않은 불안한 세계에서 우리는 무엇으로 인하여 잠시 또 살아가는가? 그것은 아주 사소한 것을 잊지 않고 기억하고 기록하려 하는 의지일 것이다. 그 의지 덕분에 나날의 일상은 소비되는 대신 역사가 되고, 우리는 헝클어진 실타래에서 미학적인 입체를 보게 된다.

박솔뫼가 "소매에서는 연하게 흙과 창고 냄새가 섞인 냄새가 났다. 여름에는 원피스의 목 부분에서 서랍 냄새가 날 때가 있었다"와 같은 문장들을 앞으로도 쓸 수 있는 한, 일상의 파지들이 여러 장, 망각으로부터 회복될 것이다. _허윤진(문학평론가)

대개, 완벽히 예측할 수는 없는 미래의 시간을 즐겁게 더듬기보다는 돌이킬 수 없는 과거의 시간을 쓸쓸히 복기하게 될 때, 이야기는 만들어지곤 한다. 5년 전, 그 5년 전으로부터 10년 전, 또 그로부터 10년 전의 과거로 돌아가 그때 미처 하지 못했던 말들을 아쉽고도 미안한 마음으로 담담히 꺼내 보는 김미월의 「어느 날 문득」은 돌아갈 수 없는 시간의 흐름을 사는 인간에게 이야기가 필요할 수밖에 없는 이유를 가장 정직하게 보여준다. 의욕적인 기교 없이도 자연스럽게 좋은 소설이 씌어질 수 있다는 사실을 우리는 주로 김미월의 소설을 통해 확인하고는 한다. 대개의 소설이 과거의 시간과 함께 더 많이 씌어지는 것은 이러저러한 상실감 때문일 것이다. 그런데 최근의 소설을 읽다 보면 우리에게 더 치명적인 상실감을 안겨주는 것이 과거가 아닌 아직 도래하지도 않은 미래일지 모른다는 가정이, 아니 이러한 가정이 그저 흔한 불행에의 예감이 아니라 돌이킬 수 없는 확정적 사실일 수 있다는 판단이 분명해진다. 언제부터인가 우리는 '젊은' 소설과 더불어 절망의 미래를 받아들이는 방식을 주로 고민하게 된 셈이다.

평등의 공동체를 향한 인류의 실험이 실패로 돌아간 모습을 우울하게 묘사하는 윤이형의 「굿바이」는 인간적 삶의 선택과 결단이 지닌 무게를 가늠해본다. 김엄지의 「미래를 도모하는 방식 가운데」에는 그저 다이빙할 계곡을 찾아 비를 맞으며 산을 헤매는 청년이 등장한다. 집에 돌아가면 이불을 빨아야겠다는 계획이나 세워보고 "오줌 줄기가 뻗는 곳"으로 발길을 옮길 뿐인 이 청년의 모습에서, 오늘날 젊은 세대의 내면에 새겨진 '미래'의 풍경이 가장 구체적으로 보인다. 환멸을 묘사하는 김엄지 특유의 단호하고도 유머러스한 문체가 흥미롭게 도드라지는 소설이다. 박솔뫼의 「겨울의 눈빛」은 고리 지역에서의 치명적인 원전 사고를 가정해보는 소설이다. 박솔뫼만의 무감한 문체와 더불어 이미 진행 중인 인류의 불행이 선명히 환기되고 있다. 소설과 극의 경계를 실험하는 듯한 박솔뫼의 작품을 읽다 보면 작가가 자신의 인물들에게 끊임없이 무기력을 연기시키고 있는 것 같다는 느낌을 받게 된다. 그녀의 인물들은 간혹 이러한 대사도 내뱉는다. "지금 무얼 하는지를 말하는 것으로 이토록 모멸감이 드는 이유는 무어야?" 별수 없이 무기력해야만 하는 인물들의 이 같은 대사가 독자의 마음에 비수를 꽂을 때 비로소 우리는 전에 없던 심각함으로 그 무기력의 기원에 대해 고민하게 될는지 모른다. 슬픔과 환멸, 혹은 모멸과 분노의 감정을 통해서만 미래를 그려낼 수 있는 소설들과 더불어 한국 문학의 밝은 미래를 점칠 수 있다는 사실은 정말로 지독한 아이러니가 아닐 수 없다. _조연정(문학평론가)

수상 소감

—

재작년 부산국제영화제에서 영화감독 와카마츠 코지를 보았다. 그해 영화제에서는 와카마츠 코지 특별전이었는지 회고전이었는지 때문에 이런저런 행사가 준비되어 있었고 나는 가능한 모든 자리에 참석하였다. 어느 자리에선가 그 사람은 현재 일본에서 후쿠시마에 대한 영화가 많이 나오지만 그건 전부 가짜라고 말했다. 진짜 후쿠시마에 대해 이야기 하고 싶으면 '도쿄전력'에 대해 말하라고 했다. 그리고 자신은 '도쿄전력'을 낱낱이 밝히는 영화를 만들 것이라고 덧붙였다. 여러 개의 행사에 참석하다 보면 행사 전이나 후 극장 주변에서 담배를 피우는 와카마츠 코지 감독을 볼 때가 있었고 나는 매번 그 사람에게 말을 걸까 말까 말을 걸고 싶은데 말을 걸어 무얼 하나 아니야 이야기를 해보면 좋을 거야 그렇게 망설이다가 결국에 한 번도 말을 걸지 못했다.

서울로 돌아오고 얼마 되지 않아 와카마츠 코지가 교통사고로 죽었다는 소식을 들었다. 그 사람이 만들 도쿄전력에 대한 영화를 나는 2~3년 후 어딘가의 영화제나 극장에서 보게 될 것이라고 당연히 믿고 있었는데 그럴 수 없게 되었다. 영화제에서 그 사람이 했던 이야기나 영화를 보고 극장을 나서면 맞닥뜨리게 되는 아시아에서 가장 높다고 했는지 넓다고 했는지 하는 백화점이나 날씨가 좋았던 가을날이나 그런 것들이 왜인지 와카마츠 코지의 죽음과 함께 하나의 인상으로 강하게 남게 되었다.

이번에 다시 이 소설을 읽다 보니 그때 와카마츠 코지가 했던 이야기가 계속 마음속에 남아 있었구나 하고 그의 이야기와 그때의 부산을 함께 떠올리게 되었다. 와카마츠 코지의 이야기를 계속 생각하고 있었구나 그러다가 몇 개월 후 이런 걸 쓰게 되었고 또 뭐 그런 것을 생각하다 보면 무언가 여러 조각들이 손에서 스르륵 빠져나가는 듯하다가 마음속에서 그걸 다 밀치고 달려 나가는 기운이 느껴지기도 했는데. 그것은 아주 드물게 느끼는 생생함이다. 그래서 자꾸 쓰게 되는 건가 하면 고개를 끄덕이는 것도 아니고 젓는 것도 아닌 모양을 하고 있겠지만 뒤돌아서는 피식피식 웃으면서 아주 즐거워하고 있을 것이다.

며칠 전에는 부산이 고향인 사람이 이 소설을 읽고 고리에 살고 있는 사람에게 권하였다는 이야기를 들었다. 돌아오는 길에 계속 그 이야기를 생각했다. 부산에 갈 때면 특히나 해운대에 갈 때면 뭔가 한 축이 무너지고 있는 그런 기분이 들었고 나는 그 무엇인가 어긋나 있는 것 같은 해운대의 풍경을 계속 떠올리게 된다. 그래서인지 자꾸만 부산에 대해 쓰는가 하면 고개를 끄덕이다 말고 그렇지만! 하고 또 딴소리를 하겠지만 부산의 길들을 머릿속으로 그려보는 밤들은 계속된다.

상금을 받으면 부산에 가야지.

2014년 박솔뫼

제 4 회
문 지 문 학 상   수 상 작

2 0 1 3 년   9 월
이 달 의   소 설

겨울의 눈빛

박 솔 뫼

1985년 광주에서 태어나 2009년 자음과모음 신인문학상으로 등단했다. 소설집 『그럼 무얼 부르지』, 장편소설 『을』 『백 행을 쓰고 싶다』가 있다.

걷기 좋은 계절이 다시 왔다. 거리를 걸을 것이다. 여기저기를 갈 것이다.

●··

겨울의 눈빛

—

해만에서 가장 가까운 도시는 K시다. 나는 K시 출신으로 3년 전까지 줄곧 그곳에서 살았다. 줄곧. 그러니까 나는 K시에서 태어났고 그곳에서 의무교육을 마쳤으며 버스를 타고 한 시간이 걸리는 인근 도시의 대학을 다닐 때조차 K시에서 통학을 했다. 정말로 나는 줄곧 K시에서 살았다고 할 수 있는 것이다. 그랬으나 해만에 온 이후로 마치 나는 그간 K시가 넌덜머리가 났다는 듯이 꼭 그렇지 않은 것도 아니었지만 집에 가지 않았고, 특히 해만에 온 첫해에는 1년 동안 K시에 한 번도 발을 들여놓지 않았다. 가볼 만한 무수한 이유가 있었으나 그것들이 가야만 하는 이유로 바뀌지는 않았다.

줄곧 K시를 잊고 있다 떠올리게 된 것은, 아니 그러니까 K시라기보다는 K시의 극장과 거기서 보냈던 시간을 떠올리게 된 것은 글쎄 별다른 이유가 있지는 않았다. 방을 정리하다가 우연히 오래된 노트를 발견했다. 잊고 지냈던 노래를 듣게 되기도 했으며 그 곡은 지난 한 순간을 환기시키는 중요한 음악이기도 했다. 며칠 전 흔하지 않은 이름을 가진 사람을 만났고 그 이름은 내게 어떤 시간을 상징했던 것도 사실이지만 그 모든 것이 우연히 마주친 어떤 일이라고 할 수 있을까. 모든 순간을 돌이키는 중요한 우연이라고 할 수 있을까. 오히려 거기에 아무런 우연도 없다고 말해야 하는 것이 아닐까. 모든 것은 깊은 곳에 가라앉아 있을 것이라고, 아니 가라앉아 있었던 것이라고 나는 그렇게 믿어왔다는 생각이 든다. 이제야, 가라앉아 있던 것은 떠오를 때가 되어 잠시 떠올랐다가 다시 가라앉은 것이다.

K시에는 어떤 극장이 있다. 그 극장은 내가 극장이라는 단어를 떠올렸을 때 머리에 그리는 근원적인 형태의 극장이다. 내게 유일하며 처음인 극장인 것이다. 그러나 그곳이 내가 부모님의 손을 잡고 일곱 살 때 처음 간 극장이었다거나 한 것은 아니다. 아주 멀리 그러나 분명하게 자리 잡은 최초의 기억은 아닌 것이다. 그럼에도 그곳이 최초의 극장인 이유는 극장이라는 공간이 그 자체로 어떤 힘을 갖는지 처음 인지하게 된 곳이라서다. 내가 그 극장에 처음 간 것은 십대 후반의 일로 한동안 나는 매주 그 극장에 들렀다. 정말로 매주 영화를 보았을지도, 아니 어쩌면 극장에 그저 들러 잠시 서성이다 온 것 같기도 하다.

그 극장에 대해 설명하자면 나는 극장이 서 있는 거리에서 시작하여 그 반대편 극장까지 머릿속으로 한 발씩 뒷걸음질을 쳐야 했다. 수십 걸음을 뒷걸음질 쳐 바라본 극장의 위치는 이러했다. 2차선 도로와 한 개의 블록을 사이에 두고 극장 두 개가 마주 보고 있다. 도로

변에 있는 극장은 회색의 낮은 건물이고 도로를 지나 있는 극장은 갈색의 좀더 높은 건물이다. 좀더 먼 곳에서 바라다보면 2차선 도로와 두 개의 블록을 사이에 두고 세 개의 극장이 서 있다. 두 개의 극장은 서로 마주 보고 있으며 하나의 극장은 다른 하나의 극장 뒤에 서 있다. 즉 2차선 도로의 오른쪽으로는 두 개의 극장이, 왼쪽으로는 한 개의 극장이 서 있는 것이다. 그런 형태로 극장들은 서 있었다. 세 개의 극장 중 실제로 영화를 상영하는 곳은 가운데 극장이다. 그 극장이 바로 내게 유일한 극장이었다. 하나의 극장을 마주 보고 또 다른 극장 앞에 서 있는 바로 그 극장이 내가 가는 곳이었다. K시의 극장에 대해 말하기 위해 뒷걸음질을 쳐야 하는 이유는 한때 어떤 거리에는 극장들이 많이 있었고 이제 그것들은 없으며 나의 유일한 극장은 K시의 다른 몇몇 사람들에게도 유일한 극장이라는 이야기를 해야 하기 때문이다. 나는 뒷걸음질하던 발을 멈췄다 다시 가운데 극장을 향해 천천히 걷는다. 그렇게 나는 가운데 극장으로 가곤 했다. 이제는 영화를 상영하지 않는 텅 빈 극장들을 순례하듯 지난 후에야 말이다.

그곳에서 나는 무수한 순간을 보냈다. 그곳에서는 계절과 바람이 선명했고 나는 그것을 알아차릴 수 있었다. 커다란 창으로 쏟아지던 가을 오후의 익은 햇살과 늦여름의 쓸쓸한 바람과 장마의 시작을 말이다. 그러나 멀리서 나를 바라본다면 그러니까 극장을 바라보듯이 뒷걸음질 쳐 멀리서 의자와 탁자와 사람 들과 함께 나를 바라본다면 내게서 나를 지나간 무수한 순간들을 알아차릴 수 없을 것이다. 움직임과 표정을 어딘가에 조금씩 떼어놓고 와 표정 없이 가만히 앉아 있는 사람으로 보일 것이다. 그런 얼굴로 나는 극장에서 시간을 났다. 2차선 도로를 지나 하나의 블록을 지나 극장 간판 앞에서 잠시 서성이다 여름을 제외하고는 대부분 손등을 덮는 길고 큰 옷에 파묻혀 움츠린 채로, 그러다 소매 안에 손을 집어넣은 채로 매표소에 지폐를 떨어뜨리듯이 내밀고는 극장 안으로 들어가곤 했다. 소매가 움직이는 것 같겠지? 소매만이 움직여 돈을 내는 것 같아 보일 거야. 극장 안에서는 언제나 지겨운 표정으로 낡은 옷을 걸친 채 서 있었다. 가끔 계단을 오르내리기도 했고 커피를 마시기도 했다. 소매에서는 연하게 흙과 창고 냄새가 섞인 냄새가 났다. 여름에는 원피스의 목 부분에서 서랍 냄새가 날 때가 있었다. 어느 계절이건 늘 그런 식이었다. 마치 극장의 벽이나 의자, 벽지, 천장의 등, 복도의 액자 같은 것이 되고 싶은 것처럼.

며칠 전 방에서 발견한 노트 속 일기는 어느 해의 겨울과 그때 만났던 사람에 대해 적혀 있다. 그때는 아마도 겨울의 초입이었고 그 겨울의 어느 날 나는 한국 감독이 만든 그해 주목받은 다큐멘터리를 보게 된다. 영화를 보기 위해서라기보다 그저 극장에서 시간을 보내는 것에 가까웠으니까 습관처럼 극장에 갔고 그 시간에 하는 영화를 본다. 그게 그 다큐멘터리였다. 그날은 상영이 끝난 후 감독과의 대화가 준비되어 있었고 영화에 삽입된 곡을 부른 그리 유명하지 않은 포크 뮤지션의 짧은 공연도 예정되어 있었다.

그 다큐멘터리에 대해 잠시 설명하자면 이렇다.

영화는 3년 전 부산에서 일어난 어떤 사고에 관한 다큐멘터리였다. 3년 전이라고 입을 떼면, 그해 봄의 어느 날짜를 대면 사람들은 어딘가 아픈 표정을 짓거나 지친 얼굴을 하거나 지겹다는 반응을 보였다. 그래, 그 이야기를 하는구나 같은 표정을 언제나 볼 수 있었다. 고리핵단지의 정확한 주소는 부산시 기장군 기장읍 고리로 해운대에서 약 22킬로미터 떨어져 있었다. 아마 3년 전 그 사건이 아니었다면 뉴스에서 듣던 고리핵단지와 해운대를 연결시킬 수 없었을 것이다. 고리핵단지는 혹은 고리발전소는 뭐랄까 좀 그렇잖아. 그러니까 뉴스에서 나오는 말 같은 것이고 지난 정권의 금융정책이나 무역지수, 여야 결의안 같은 그런 말 있잖아. 의미를 알 수 없지만 알아야 할 것 같지만 영영 알지 못하는 그런 수많은 말들 있잖아. 나는 그런 말들을 쉬지 않고 댈 수 있다고 생각했지만 그때나 지금이나 서너 개를 부르고 나면 이어지지 않는다. 해운대는 경포대나 낙산이나 아니면 서해안 어디 같기도 하면서 어느 대도시의 번화가 같다가도 동시에 경주 안압지 같은 느낌이기도 했다. 나는 음 그래 나도 그랬지라고 생각하며 해운대에서 시작하는 다큐멘터리를 멍한 눈으로 보기 시작했다.

영화는 감독을 포함하여 해운대에서 나고 자란 이들이 기억하는 해운대를 보여주는 것으로 시작하였다. 몇십 년 전 해운대는 아주 넓었다고 하는데 그러니까 모래밭이. 그럴 땐 흔한 말로 걷고 걸어도 끝이 안 보인다고 해. 해운대에서 오래 살았다는 어떤 사진작가는 학교에서 단체로 해운대를 청소하기 위해 새벽부터 안개를 헤치며 걸었다고 말했다. 대통령이 오는 날 아이들이 손을 잡고 새벽길을 걷는다. 청소를 해야지. 모두들 걷는다. 모래밭을 걷는다. 하나둘. 그 모래밭이 얼마나 길었는지 가도 가도 끝이 안 보이고 배도 고프고 다리도 아프고 너무 힘들면 쉬었다 가며 옆에 보이던 파라솔에서 색소가 가득 든 주스를 사 마셨다고 했다. 그렇게 해서 오후가 되어서야 간신히 집에 도착할 수 있었습니다. 그 길이 어린애한테는 얼마나 걷기 힘들었던지 울고 싶었던 기억이 아직도 생생합니다. 웨스틴조선도 하얏트도 파라다이스와 노보텔은 물론 토요코인의 호텔 등등도 없었을 때, 안개 낀 바닷가는 끝이 없이 펼쳐진 바닷가는 적막하며 막막하고 조용하여 어쩐지 무서웠다고 나는 어디선가 읽었던 기억이 났다. 그때의 해운대를 나는 모르고. 오래전의 한국 영화들. 여자가 머리를 스카프로 감싼 채로 뒷모습을 보이며 걸어가고 남자는 멀리서 여자의 뒷모습을 바라보는 그런 영화의 배경이었던 바다의 모습과 비슷하겠지 생각해보다 말았다. 그 시간이 지나 해운대에는 모든 것이 들어섰는데 모든 것이 무어냐면 부동산 투기자와 부유층과 아시아에서 제일 큰 백화점과 외국 투자 자본과 주소지가 서울인 집주인과 체인형 식당과 극장과 카페와 그리고 그 밖에 모든 것까지 포함한 모든 것들. 그때는 나도 어렴풋이 기억이 났다. 어딘가 앉을 데를 찾아 들어가 빵을 사고 커피를 사고 창밖을 바라보며 산 것들을 입에 가져가면 주변의 사람들은 명백한 외국인이거나 표준어를 쓰는 사람들이거나 했고 어떤 사람들이건 고운 얼굴에 좋은 것들을 입고 걸치고 외국 이야기를 하고 있었다. 나는 그때를 기억하고 있다. 그때의 감각을 기억하고 있었다. 그런데 그 해운대는 이제 갈 수 없는 땅이 되었고 그때의 해운대를 이야기하는 것은 마치…… 폼페이를 이야기하는 것처럼 그러니까 아주 찬란한 최정점에 있던 어떤 것이 파묻혀버린 이야기를 하는 듯한 느낌을 주었다.

감독은 화려했던 해운대를 이야기하며 그때 자신이 느꼈던 환멸에 대해 친구와 술을 마시며 이야기했다. 감독은 환멸이라고 여러 번 분명하게 말한다. 그것은 확실히 환멸이지요. 다른 말로 이야기할 수 없어요. 해운대에 못사는 사람들도 많이 살았거든요. 아니 그냥 보통 사람들이요. 그런 사람들이 다 떠나게 된 거지요. 그리고 그 밖에 것들을 이야기했다. 호텔과 백화점과 아파트가 아닌 해운대에 관해. 예를 들어 요트 경기장 인근에 있던 작고 오래된 극장. 나는 K시의 극장에서 이 영화를 보며 아 저 오래된 극장은 저것대로 해운대의 유일한 극장이었겠구나 생각했다. 극장의 상영관 앞 의자에 앉아 창밖을 보면 멀리 바다가 보였다고 했다. 창가에 앉아 바다를 보며 컵라면을 먹었어요. 아마 다들 한 번쯤은 그랬을 거예요. 그 밖에 오래된 고가 아래를 걸을 때의 기분이라든가 바다와 오래된 시멘트 고가가 함께 있는 풍경이라든가 십대 폭주족이 시도 때도 없이 깨부수던 버스 정류장의 유리와 밤의 불빛. 젖어 있는 길과 공기 사이로 퍼지던 웃음과 비명. 오래된 가구 상가의 특이한 구조, 외국인이 드물던 시절 해운대의 몇 안 되는 외국인들이 자주 가던 골목의 카페와 술집, 허름한 포장마차들. 끊임없이 말할 수 있는 그 모든 부분들에 대해 말했다. 그 모든 부분들, 골목들, 단면들, 부속들, 내장들에 관해서. 해운대를 이루는, 아니 그 자체로 존재하고 있어 해운대에 짙은 선과 색을 그려주던 모든 것에 대해서. 그렇게 영화는 사고가 난 고리원전 1호기에 대해서보다는 해운대에 대한 이야기를 아무렇지도 않다는 듯이 그려가고 있었다. 해운대, 이제는 갈 수 없는 곳. 그런데 거기가 어떤 곳이었냐면. 그것에 관해 사람들은 담담히 말하다가 분노를 표하다가 체념하는 듯했지만 결국에 다시 화를 냈다.

감독은 해운대에서 태어나 사고 며칠 후까지 해운대에서 살았다. 사고 당시 개 한 마리와 함께 살고 있었다. 개의 이름은 모자였다. 머리에 동그란 얼룩이 있어서 모자. 나는 그 말이 좋아서 다시 따라해본다. 개 이름은 모자. 모자야 이리 와. 모자야 앉아, 모자! 앉아! 모자! 손! 모자야 잘했어. 감독은 모자를 데리고 부산 중구의 친구 집으로 대피했다.

〔그때 사람들은 처음으로 대피에 대해 생각하기 시작했다〕
〔고리와 부산 시내의 거리는 약 30킬로미터〕
〔핵발전소 사고에서 주요 위험지역이면서 가장 먼저 주민 대피의 대상이 되는 지역은 반경 30킬로미터다〕

친구는 중앙동 근처의 오래된 집을 빌려 살고 있었다. 작업실을 겸하고 있던 그 집은 꽤 넓었는데 감독은 친구의 침실에서 모자와 함께 묵기 시작했다. 친구는 작업실 소파에서 잠을 잤다. 두 남자와 개한 마리는 채널을 바꿔가며 뉴스를 보았고 인터넷 창을 수시로 새로고침하며 새로운 이야기가 없나 우리를 안심시켜줄 그런 이야기가 없나 보고 또 보았다. 이미 사둔 쌀은 괜찮아. 차이나타운에서는 중국산을 쓰지 않니? 우리 짜장면을 먹자. 두 남자는 그렇게 며칠을 보냈다. 자갈치시장은 오가는 사람이 거의 없었다. 상인들이 모여 담배를 피웠다. 커피를 마셨다. 방송국 카메라는 상인들이 모여 한숨을 쉬는 자갈치시장을 찍어 갔다.
그때 모자는 평소보다 잠꼬대가 심해졌다. 모자야 내가 여기 있어. 감독은 모자의 배를 쓰다듬어준다. 개는 끙끙거리고 헛발질을 하고 자다 벌떡 일어나 컹컹 짖다 다시 잠들고 네 다리를 축 늘어뜨리거나 온몸을 긁는다. 나는 그 모습을 빼먹지 않고 하나씩 그려보았다. 자다가 끙끙거리는 개. 끙끙거리는 개를 볼 때면 꼭 껴안고 세상의 안심이라는 안심을 모두 모아다 주고 싶어진다. 여기 안심이 있으니 무서워하지 마, 껴안은 채로 속삭이고 싶다. 뭐가 있는 것처럼 헛발질을 하는 개, 자다가 갑자기 일어나 문을 향해 짖는 개, 자면서 턱을 긁는 개, 그렇게 잠꼬대를 하는 모든 개. 감독은, 모자는 마치……마치 무언가를 잊고 싶다는 것처럼 자다가 고개를 흔들었어요 하고 말했고 나는 그 대사가 좀 웃긴다고 생각했고 이건 뭔가 좀 빤하잖아 싶어서 웃었는데 아무도 웃지 않았다. 아무도 웃지 않는 그 장면을 혼자서 곱씹었다. 개가 사고에 대한 공포로 악몽을 꾸는 것이라 모두들 생각하고 싶어 했다. 나 역시 그럴지도 모른다고 생각하지만 개의 꿈을, 개가 꾸는 꿈을 하고 입에 올리면 내가 무슨 생각을 하고 있었는지도 까먹고 바로 웃음이 나왔다. 개가 무슨 꿈을 꾸든 개의 꿈, 나의 개, 나와 함께 사는 개의 꿈, 그 개가 꾸는 꿈 하고 중얼거려보면 왠지 좋을 거야. 웃긴 생각이 들거든. 네가 개에게 아무 도움도 주지 못하고 오히려 개에게 큰 도움을 받기만 하겠지만 말이야. 그런 개에 관한 생각들을 했다. 내 생각에 모자는 이런 꿈을 꾸었을 것 같은데. 창밖을 보니 주인이 울고 화내고 불안해하는 얼굴이 보였는데 그 모습에 무작정 반가워하며 꼬리를 흔들며 달려가기는 어려워서, 그러니까 화난 얼굴은 모자를 어쩔 줄 모르게 갈팡질팡하게 만들었던 것이다. 몇 초간 어쩌지 어쩌지 싶었지만 이미 꼬리는 흔들고 있네? 에이 모르겠네 모르겠어, 꼬리를 마구 흔들며 창으로 향하지만 주인의 화난 얼굴은 점점 커져 창을 뚫고 부수고 집 안으로 들어와 방 안을 가득 채우고 집마저 뚫고 나가는 것이다. 모자가 일어나 컹컹 짖기 시작한 것은 그때였을 것이다.

부산은 가만히 생각해보아도 너무 커다랗지. 너무 커다래서 커다랗다고 말하는 게 어색할 정도로 커다랗지. 당시 해운대에는 약 42만 명의 사람들이 살고 있었다고 자막은 말했다. 사람들은 회사를 다녀야 하고 가게는 장사를 해야 하고 어디에 있건 사람들은 밥을 먹고 얼굴을 바라보며 이야기를 해야 하는데요, 그런데 당장 이사를, 아니 대피를 가거나 어딘가로, 어디로? 대체 어디로? 고리핵발전소에서 서울까지는 고작 3백 킬로미터 거리인데요, 서울로 가면 우리는 안전합니까? 서울은 안전하다고 누군가는 정말로 믿고 있습니까? 당장 해운대를 빠져나가는 외국인들이 보도되고 그 사람들은 부산을 죽음의 땅이라고 말했는데 외신기자가 부산 이즈 랜드 오브……라고 말해도 아, 부산은 아무리 생각해도 해운대가 있고 자갈치시장이 있고 시끄럽고 커다란 도시인데요라는 식으로밖에는 받아들여지지 않았고 우리는 부산 사람들의 질린 표정을 뉴스에서 매일같이 보았지만 한 달쯤 지나자 그것도 끝이었다.

겨울의 초입. 사람들은 외투를 벗어 무릎을 덮은 채로 영화를 보고 있다. 나는 어깨까지 외투를 끌어올려 얼굴만 내민 채로 화면을 바라보았다. 며칠 전에는 눈이 펑펑 내렸고 사람들은 우산을 들고 마스크를 쓴 채 거리를 오갔다. 눈을 맞지 말라고 했지. 나는 방에 누워 창에서 나는 물냄새를 맡으며 물을 끓였다. 차를 마시려고. 극장에 앉은 우리는 K시는 K시니까 부산이 아니니까 생각하다가 우울해했다. 우리의 우울함으로 극장이 앓을지 몰랐다. 나는 차를 마시려 매일같이 물을 끓이고 차를 마시면 극장에 서성거리려 집을 나섰고, 의자에 앉은 모든 관객은 이곳이 부산이 아니라는 것에 안도하다가 넌더리를 내었고, 극장 안 공기는 수증기로 가득 찬 것 같았다. 이 영화는 그리고 이런 영화는 전국을 돌며 상영한다지. 나는 극장을 빼면 가고싶은 곳이 없었다. 집에만 있고 싶었다. 극장에서 이런 것을 보고 기운 없어 하는 동시에 극장을 기운 없게 했다. 화면에는 머리에 큰 점이 있는 모자라는 개가 눈을 끔벅거리고 있었다. 그걸 계속 바라보았다. 모자는 마르고 긴 다리를 가진 털이 짧은 개였다. 이런 걸 뭐라고하는 것 같다. 이런 걸. 이런 개를 말이야. 그러니까 이렇게 생긴 개들을. 무슨 무슨 어떤 어떤 그런 외국 이름. 그 무슨 종이라고 하지? 무엇과 무엇이 교배해서 나온 그런 긴 이름의 종 말이야. 이런 개들은뭔가 특이점이 있지? 양을 친다거나 집을 아주 독보적으로 잘 지킨다거나 인내심이 심하게 많다거나 뭐 그런 것 말이야. 그러니까 모자에관한 그런 말들 말이야. 생각해봐, 이름만 들어도 생각나는 것들이 있잖아. 아무튼 모자는 테니스공을 던지면 일어서지도 않고 고개를 몇번 움직이다 잡았다. 그게 굉장한 느낌이었다. 모자야 공! 모자야 잘했어. 공을 좀더 멀리 던지면 말 같은 다리로 경중거리며 공을 줍기보다는 이빨로 물러 모자는 일어나 움직였다. 집주인이었던 감독의 친구는 석 달 후 서울로 이사를 갔다. 감독은 친구의 집에서 머무는 동안 시장의 상인들과 차이나타운 사람들의 일상을 찍는 작업을 하기시작했다. 자갈치시장의 상인 한 명이 목을 맸다. 감독은 그것이 계기였다고 말했다. 그렇게 찍은 영상은 편집을 거쳐 한 편의 영화가 되었고 그해 부산국제영화제에서 상영됐다. 그해 부산국제영화제는 주요 상영관을 해운대에서 중구로 옮겼으나 국내외 게스트들의 연이은 초청 거절로 영화제다운 분위기는 전혀 나지 않았다. 부산 시내의 전광판에는 유명한 배우와 감독이 손을 흔들며 부산으로 오세요라고 활짝 웃음을 지으며 말했지만 그 사람들도 저걸 찍고 부산을 떠났을 것이었다. 감독은 그런 이야기를 모자에게 테니스공을 던지며 말했다. 모자야 공! 잡아! 잘했어. 모자는 긴 다리로 겅중겅중 방 안을 걸어 다닌다.

감독은 서울로 대피한 해운대 사람들과 이야기를 한다. 그들 중 한 명은 이제는 못 돌아가요, 기대를 접었어요라고 말했고 부모님이 걱정이라고 했다. 그는 부모님과 함께 서울 큰형네 집으로 대피를 했고 이제는 서울에서 직장을 새로 구할 생각이지만 그게 쉬울 것 같지 않다고 말했다. 그의 어머니는 눈물을 닦으며 부산에 관한 이야기를 했다. 어머니는 한국전쟁 당시 부산으로 와 정착한 피난민이었다. 아들의 말과 다르게 어머니는 한두 달 지나면 부산으로 돌아갈 것이라고 했다. 영화는 다시 부산으로 돌아가, 대피를 하지 않고 남기로 한 사람들을 찍는다. 고리에 남기로 한 사람들은 모두 노인이었다. 해운대는 너무 큰 곳이라 아직 많은 사람들이 결정을 하지 못하고 불안 속에서 살고 있었다. 사실 의외로 해운대를 떠난 사람들의 수는 많지 않다고 부동산 주인은 말했다. 어찌 금방 떠납니까. 안 그렇습니까. 해운대가 이래 큰데. 사람들은 수입 식료품을 택배로 주문해서 식사를 해결하고 있었다. 택배 기사들은 아무런 보호 장비도 없이 고리와 해운대를 오가며 일하고 있었다. 마스크를 썼을 뿐이었다. 택배 기사 중 한 명은 동료 두 명이 급성백혈병 진단을 받았다고 했다. 그분들은 어떻게 되었나요? 죽었지요 뭐. 택배 기사는 담배를 피우며 말했다. 택배 기사는 해운대 주민들이 주문한 외국 생수와 시리얼을 배달하기 위해 트럭에 다시 올라탔다. 카메라는 오래도록 택배 기사의 뒷모습을 찍었다.

영화가 끝난 후 감독과의 대화가 있었다. 나는 영화에 대해 특별한 인상을 받지는 못했으나 감독의 긴장된 얼굴을, 그러니까 남이 긴장하고 있는 모습을 보고 있는 게 조금 재밌고 좋았다. 나는 조금 나쁜 사람인가? 아니 그냥 그런 게 좋은 거야. 누군가 긴장하고 있는 것을 보면 나도 살짝 긴장이 되고 그런 기분은 좋거든. 영화를 본 사람은 열 명 남짓이었고 감독과의 대화에 참여한 사람은 다 합해야 다섯 명 정도였다. 그도 그럴 것이 그 영화는 고리핵발전소 사건 이후 쏟아져 나온 고리 영화 중 하나라는 정도의 느낌이었던 것이다. 그러니까 남아 있는 사람들, 고리라는 혹은 해운대나 부산이라는 공간에 남은 사람들의 기억과 그 사람들의 상처를 이야기한 영화들. 고리핵발전소 사건 이후로 그런 영화는 규모를 가리지 않고 수십 개쯤 쏟아져 나왔고 당연하다는 듯 각종 해외 영화제에 초대되고 몇은 상을 받기도 했지만 글쎄. 여하튼 그날 본 그 영화도 부분 부분 흥미로운 점이 있었지만 어떤 강력한 힘이나 특별한 매력이 보이지는 않았다. 나는 차라리 한국수력원자력공사를 폭파하고 그곳의 간부들을 납치해서 인질극을 벌이는 말도 안 되는 그런 영화를 보고 싶었다. 간부의 머리 하나와 원전 하나씩을 걸고 한 시간 동안 대치를 벌이는 뭐 그런 영화. 인질의 집 앞뜰에 우라늄을 묻어버리고 잠옷 차림의 그를 폐기물처리 요원으로 보내버리는 뭐 그런 영화. 갱들이 처음부터 끝까지 뛰어다니는 영화. 나는 그런 게 보고 싶었다. 감독과의 대화를 기다리며

1층과 2층 사이 계단에 앉아 스웨터에 붙은 보풀을 뗐다. 4, 5년 전이었을 텐데 부산에 갔던 기억이 떠올랐다. 부산에는 사람들이 많았는데 그럼 K시에는 사람이 없나, 그러니까 별로 없나, 아니 왠지 굉장히 굉장히 많은 느낌이었지 부산 쪽이. 많은 사람들이 웅성거리던 모습, 아줌마들이 음식을 팔고 있었는데 나도 사 먹었지. 팥죽을 여러 번 떠주던 아줌마. 나는 입안이 너무 달아 이가 시린 기분이었다. 그곳에서는 계속 팥죽을 팔지 모른다. 아무도 없을 리 없어요. 지금 이곳이 부산이 아니라는 것에 아주 큰 안심을 하고 있다면, 하는 생각이 들자 왠지 바보 같아져 보풀을 입에 넣고 굴렸다. 보풀 한 개 또 한 개. 나는 계단으로 올라오는 사람의 얼굴을 보았다. 나의 입안에는 스웨터 보풀이 있다. 내가 그 보풀을 입에 넣은 데는 당신이 결코 알아차릴 수 없는 국면이 있었으나…… 겨울날 계단에 앉아 있는 것은 온몸이 점점 각목처럼 뻣뻣해지는 것 같은 기분을 주는데 그것이 갑작스러워서 깜짝 놀랄 만한 것은 아니고 으레 있는 일 같은데 각목 같은 건 각목 같은 거지. 극장에 가는 것은 분명 영화를 보기 위해서지만 보풀을 입에 물고 삼키지 않고 내가 왜 극장 계단에 앉아 있느냐 하면 하고 혼자서 속으로 중얼거려보면 아마도 그것은 나 자신을 멀리서 보며 오 그렇군이라고 할 수 있어서, 조용히 집중한 상태에서 그런 멍청한 행동을 할 수 있어서일 것이다. 그래서 이렇게 앉아 있었다.

여기저기 흩어져 있던 관객이 객석 중앙에 모여 앉았다. 외투를 손에 들거나 어깨에 걸치고 굳은 표정의 사람들은 여전히 추운 얼굴로 앉아 있다. 자리를 바꾸어도 그 표정으로 말이다. 남아 있는 관객들은 적은 인원 탓인가 왠지 모를 의무감으로 감독의 이야기를 듣고 감독에게 있는 것은 책임감이니까 찍는 사람의 책임에 대해 말을 하고 우리에게는 손이 있으니까 손이 있는 사람들이 다였으니까 손을 들어 질문을 하고 영화음악을 부른 포크 뮤지션은 고작 몇 명을 앞에 두고 영화음악을 다섯 곡쯤 부르고 그렇게 어정쩡한 시간이 간신히 지나고, 그 시간이 얼마나 어정쩡했냐면 마지막 질문이 감독님은 올해 나온 영화 중 가장 재미있게 본 게 무엇입니까였는데 그걸 묻는 사람은 하나도 안 궁금하다는 표정이었고 감독은 하하 그게 제 영화라고 해도 될까요라고 말했고 그 시간의 어정쩡함은 그 정도의 어정쩡함. 그 질문을 끝으로 사람들은 영화관을 나섰다. 차가운 밤의 거리로. 극장 문을 열고 몇 걸음 뗐을 때 평소 인사 정도를 나누던 얼굴을 아는 극장 직원이 나를 불렀고 나는 왜 거절을 잘하지 않을까. 아니 왜 거절을 잘 못할까. 어색하게 대답을 하고는 감독과 극장 직원들 무리에 섞여 함께 맥주를 마시러 발걸음을 옮기게 되었다. 그때쯤에는 이미 보풀을 삼킨 이후였다.

내가 정말 잘하는 게 있다면, 누구보다 자신 있는 게 있다면 이런 자리에선 절대 금물이지 하는 이야기도 떳떳하게 한다는 것. 나의 가장 보기 사나운 점은 그런 자신에게 자긍심을 갖는다는 것. 나는 명절에 술 취해 큰형수의 외도나 집을 나가 몇십 년째 연락이 없는 동생의 이야기를 태연하게 꺼내는, 모두가 싫어하는 친척 아저씨의 자세로 저 영화가 어떠셨나요 하고 수줍게 묻는 감독의 질문에 대답을 한다. 할 수 있는 대답들 그러나 누구도 하지 않는 대답을 성실하게 하고 또 멈춤 없이 계속해서 하는데. 감독은 말이 없어지고 나는 맥주 한 잔만 비우고 아무도 붙잡지 않는 술자리를 떴다. 사실 거의 아는 사람이 없었다. 그래선가 다시는 누구도 안 볼 것처럼 그러나 나는 그 극장을 너무 좋아하는데 그런데도 아무 생각 없이 이건 이렇지 않아요 저렇지 않아요 실컷 말하고 자리에서 일어났다. 맥줏집 앞에는 노래 부르던 남자가 서 있고 그제야 뭔가 부끄러워진 나는 남자에게 담배를 빌리며 아 저기 죄송해요 제가 저 자리에서 실수를 많이 했거든요? 그니까 막 영화 가지고 이러쿵저러쿵 말 많이 했어요라고 담배를 두 대나 빌리면서 그런 이야기를 토해내듯이 했다.

"저 사람 좀 너무 곱지요?"

"에? 아 좀 그런 것도 같은데 그래도 제가."

"저는 저 사람 너무 고운 것 같아요."

"아니 전 막 싫은 건 아닌데 싫은 것도 아닌데 제가."

남자는 잠시 기다리라고 하더니 맥줏집에서 기타와 가방을 챙겨 나왔다. 남자와 나는 편의점을 찾아 걷다가 담배와 캔커피를 사서 좀더 걷다가 좀더 외진 곳으로 향해 걷다가 아무도 없는 좀더 더러운 술집을 발견하고 그곳에서 마시고 또 마시고 내가 또 잘하는 게 있다면 뭐래도 상관없겠지 생각하는 것인데 술을 마시며 또 그런 속삭임을 들었다. 뭐래도 상관없겠지 하고 속삭이는 목소리 말이야. 나는 그 목소리에 대답하듯이 이래도 좋고 저래도 좋아요 하는 웃음을 지었다. 무엇인가 거절하고 거부하고 전부 마음에 들지 않네요 하고 선택하지 않는 것보다 정말 무슨 일이 일어나나? 하고 그래요 그래요 승낙하는 것들을 했다. 마치 이 모든 것을 받아들일 것처럼. 앞으로 일어날 일들 사이를 춤추며 사뿐히 건너갈 것처럼. 춤을 추자고 하면 네 하고 손을 내밀 생각으로 네 손으로 내 볼을 감싸면 눈을 피하지 않을 작정으로 빙글빙글 웃었다. 우리는 이런저런 이야기를 하고 웃고 또 웃고 나는 고리에 대한 영화를 만들 거라면, 꼭 그렇게 만들어야 하겠다면 갱이 나왔으면 좋겠어요 말했다. 죄책감이라는 것이 처음부터 없었던 것처럼, 저어함이라는 것을 원래부터 모르는 사람들인 것처럼 뭔가를 만들었으면 좋겠어요 그러니까 뭔가를 그렇게 꼭 찍어야겠다면 말예요. 찍지 않을 수 없다면 말예요. 남자는 네모가 쌓여서 더 커다란 네모가 되고 그것은 다시 또 큰 네모가 되는데 네모와 네모가 만날 때는 비눗방울이 한 번씩 터지고 그렇게 네모가 점점 커지고 비눗방울이 연이어 터지는데 그게 지루하지 않고 흐물흐물하고 즐거운 영화가 있었으면 좋겠다고 했다. 남자는 그런 걸 보고 싶다고 했다. 아아 나는 그럼 뭐지 난 말이에요 나는 인질극으로 시작해서 삼각관계로 끝나는 영화, 패싸움으로 시작해서 불륜으로 끝나는 영화, 사내 연애로 시작해 사제 관계로 끝나는 영화. 그런 게 보고 싶어요. 무엇보다 보고 싶은 건 미스터리로 시작해서 미스터리로 끝나는 영화. 시작된 물음표가 끝나지 않는 영화. 아무것도 밝혀지지 않는 영화. 밀실 살인으로 시작해서 탐정과 경찰과 그들의 친구이자 애인인 추리의 천재와 수사의 귀재가 밀실에서 죽는 것으로 끝나는 영화. 그것이 정말로 보고 싶었다. 그러니까 밀실 살인으로 시작해서 밀실 살인으로 끝나는 영화. 우리는 보고 싶은 것들을 자꾸자꾸 이야기했고 그리고 별다른 이야기를 하지 않다가 다시 조금 웃고 또 음, 또 보고 싶은 게 있다면, 정말로 보고 싶은 게 있다면, 꼭 봐야 할 게 있다면 하고 각자 생각했다. 생각해보았다. 음음 하고.

남자의 친구는 빚을 갚으러 고리핵발전소 사고 복구 사업에 지원했다가 죽었다고 했고 또 다른 예술가 친구는 개인 작업을 위해 고리로 갔다고 했다. 그 외 다른 친구들은 아르바이트를 하거나 학교를 다닌다고 했다. 남자는 그 모두와 한 번씩 같은 방을 쓴 적이 있다고 했다. 그때는 죽은 사람은 없고 모두 살아 있었고 신기하게도 지저분한 사람 없이 모두 청소를 열심히 했다고 했다. 신기하다. 나의 친구들은 대학을 다니거나 회사를 다녀요. 아무것도 안 하는 사람들도 물론 있고요. 나는 대학을 졸업하고 잠시 회사를 다니다가 요즘에는 아무것도 안 해요. 그저 극장에 가지요. 그리고 나도 들었어 그런 이야기. 복구 사업에 참여했던 사람들은 하청 업체 직원이었고 몇몇은 죽었다고 그런 이야기를 들었어. 또 다른 몇몇은 병원에. 몇몇은 이제는 집에 돌아갔다고 해. 너의 친구는 죽은 쪽이었구나. 그리고 또 다른 너의 친구는 영화인지 연극인지 무용인지 알 수 없지만 무언가를 만들러 고리에 갔구나. 고리에 가서 텅 빈 고리를 보는 것은 중요하지. 사람들이 모두 떠나서 폐허가 되었구나 하고 제 눈으로 보는 것은 정말 중요해. 이곳이 고리구나 생각하는 것도 의미가 있을 거야. 텅 빈 고리에 다녀왔어 정말 텅 비었더군이라고 말하면 무언가 달라질 수도 있겠지. 나는 지금 일어나는 그 사건, 바로 그 일을 자신의 눈으로 본 사람이 되어야 한다고 생각하는 마음에 피로와 기만을 느꼈다. 그런 기분은 쉽게 사라지지 않고 애써 기분을 바꾸려고 개 이야기를, 개 이야기는 언제 해도 분위기가 좋아지니까요 하기 시작했는데 개는 내가 이러는 거를 아는지 모르는지.

　"모자가 좋아요. 그런 큰 개들 좋아요."
　"나 실제로 봤어요."
　"실제로 보면 어때요?"
　"커요. 굉장히."

모자라는 개,라고 말하면 뭔가 모자란 개 같은 기분이 드는 모자라는 이름을 가진 개 이야기를 주고받다가 자리에서 일어나 걸었다. 우리는 잊을 만하면 또다시 이런 걸 보고 싶어요, 개에서 시작해서 영영 끝나지 않는 것. 개에서 개로, 개로 개로 개로 끝없이 이어지는 것. 모자로 시작하여 모자 속 모자로 모자 밖 모자로 이어지다가 찰리 채플린의 모자로 끝나는 것. K시에는 뭔가 의외로 많군요. 뭔가 없는 듯이 있군요. 남자는 추워서 코트를 여미며 말했고 기타를 메고 가방을 든 채로 코트까지 여미니 뭔가 아주 바빠 보였다. 나는 왠지 화가 치밀어 아니 치미는 화를 참을 수 없어 당신 내일 뭐 해 이제 뭐 해 다음 주는 뭐 해 소리를 질렀고 남자는 내 어깨를 흔들었다. 나는 앞뒤로 흔들거렸다. 힘이 없어서 서 있을 힘만 있는 사람처럼. 내가 뭘 하는지 보고 싶어? 지금 이제 앞으로 내일 모레 그리고 그다음 또 다음 뭐 하는지 보고 싶어? 당신이 보고 싶은 게 그거야? 남자는 소리를 지를 것처럼 시작했지만 큰 소리는 하나도 내지 않고 가만가만 묻는다. 나를 앞뒤로 흔들면서. 당신이 보고 싶은 게 그럼 무어야 하며 흔들며 물었다. 나는 나는 내가 정말로 보고 싶은 것은 나는 흔들리며 중얼거렸다.

내가 아는 누가 또 누구누구가 지금 무얼 하는지를 말하는 것으로 이토록 모멸감이 드는 이유는 무어야. 우리가 개를 보고 싶다고 말하는 것으로 이렇게 허무해져야 하는 것은 또 무어야. 마치 태어나서 처음 개를 만져본 사람들처럼. 너는 그렇게 살았구나. 너의 친구는 그리고 또 다른 친구는 그렇게 살고 있구나. 지금 우리는 K시에 있다. 그렇지? 고리가 아닌 K시에 있지. 그러므로 우리는 괜찮으며 괜찮겠지? 괜찮지 않을 이유가 없겠지? 질문이란 질문은 모두 고개를 젓게 만든다. 질문 앞에 서지 못할 사람으로 간신히 어딘가에 서 있다. 그러니까 K시에. 고리와 70킬로미터쯤 떨어진 K시에. 남자는 내 침대에 누워 있고 나는 등을 돌리고 눈물을 흘린다. 내가 입고 있던 검은색 바탕의 흰 물방울무늬 원피스는 아주 낡아버린 옷. 나는 이 옷 어딘가에 이 질문을 기억해두어야 한다는 생각이 잠시 들었어. 왜 나는 모든 질문 앞에서 비틀거리나? 나의 이 모든 이유들은 대체 어디서 찾을 수 있나? 이 두 질문을 말이야. 나는 내가 손에 쥔 이 감정을 마음을 잊지 않는다. 눈물을 닦았다. 우리는 의외로 가벼운 포옹만 하고 잠이 든다. 우리는 옷을 벗지 않고 나는 이 원피스를 벗지 않고 눈물을 흘린다. 남자의 친구는 빚을 갚으러 고리에 갔고 나의 친구는 회사에 매일같이 지각을 하고 나는 이 K시에서 태어나 줄곧 여기서 살고 있는데 어쩐지 이 모든 것이 그러니까 이 모든 것이…… 나는 자다 깨서 토하고 다시 잠들며 이 모든 것이 하고 중얼거려본다. 물을 한 모금 마시고 잠이 들어 있는 남자를 내려다보았다.

다음 날 아침 일찍부터 눈이 떠졌다. 남자와 나는 등을 맞대고 꼿꼿하게 일자로 누워 있었다. 공기가 차가웠고 목이 말랐다. 입고 있던 스웨터를 벗고 스타킹을 벗고 원피스만 입은 채로 잠시 누워 있었다. 너는 나의 옷을 벗기지 않았고 나의 옷은 내가 벗고 너의 옷도 내가 벗기지 않았고 너는 코트를 잠옷처럼 입은 채로 입을 벌리고 잠을 잤다. 무엇인가 변하는 것 없이 지속될 것이라는 예감이 강하게 들었다. 창에 코를 대고 물냄새를 맡고 차를 마시려 물을 끓이고 그저 서성거리려 극장에 가고 관객은 한숨으로 극장을 시무룩하게 하고 우리의 친구 중 누구는 앓고 또 다른 누구는 우리를 이제 만나주지 않는다. 침대에서 내려와 물을 가져와 끓인다. 차를 마시고 나서 씻고 남자와 등을 맞대고 눕는다. 남자는 조용히 일어나 내가 마시다 남긴 차를 마시고 다시 눕는다.

"오늘 비가 온다고 했어."

남자는 갈라진 목소리로 말했고 나는 다시 물을 끓였다. 남자는 나의 어깨를 안았고 나는 컵 밑바닥에 남은 차 몇 방울을 손가락에 찍어 하얗게 일어난 남자의 입술을 적시려고 했지만 부족했다. 잘되지 않았다. 잠시 후 빗방울이 떨어지는 소리가 창밖에서 들리고 나는 다시 창가에 서서 물냄새를 맡는다. 내가 벗은 옷을 다시 걸쳐 입고 차가 든 컵을 손에 들고 책상 위의 바나나를 주머니에 넣었다.

"일어나."

남자도 일어나 차가 든 컵을 손에 들었다. 나는 우산을 들고 옥상으로 향했다. 우리는 우산을 펴고 계단을 올랐다. 더 선명한 물냄새가 코를 찔렀다. 남자가 우산을 들어주었고 우리는 우산 안에서 차를 마시며 비냄새를 맡았다. 빗소리를 들었다. 그러니까 내가 보고 싶은 것은 비에서 시작해서 어디로도 흘러가지 않고 그저 비를 따라가는 것. 비 내리는 거리에서 비 내리는 밤거리로 그리고 다시 비 오는 아침이 되는 것. 비를 맞지 말라고 하여 여태 맞지 않았습니다. 우리는 차를 마십니다. 바나나를 나눠 먹고 내려와 방문을 잠그고 누웠다. 하루 종일 빗소리를 들으며 자다 깨다 다시 잤다.

남자와 나는 며칠을 더 함께 지냈다. 남자는 자신이 부르고 녹음한 시디를 내게 주었고 나는 그것을 가끔 들었다. 사실 거의 듣지 않았다. 나는 그 이후로도 극장에서 시간을 보냈다. 가족들은 나를 지켜 위했다.

그 이듬해에 나는 해만으로 갔다. 해만에서 내가 하게 된 일은 아는 언니의 가게를 돕는 일이었다. 그 가게는 해운대에서 이주한 사람들이 모여 살기 시작한 마을에 있었고 나는 매일 오후에 모여 커피를 마시는 사람들이 나누는 해운대 이야기를 듣는다. 이제는 갈 수 없는 곳의 이야기를 말이다. 누군가 지난 신문을 뒤져 휴가철의 해운대 모습을 찾아본다고 말했다. 바닷물이 색색의 튜브와 수영복으로 꽉 차 있는 기사 속 사진을 멍하게 보고 있다고 말했다. 그러다 나는 가끔 해운대의 오래된 극장에 대해서도 생각하는데 그 극장은 누군가에게는 또 유일한 극장이었겠지. 생각하다 보면 K시의 유일한 극장과 그곳에서 보내던 시간에까지 생각이 미쳤다. 내가 K시의 극장에서 본 영화는 수십 편일 텐데 어쩌면 수백 편일지도 몰라 나는 그중 많은 것들을 기억하지 못한다. 하루하루 수백 편의 영화를 보던 때는 같은 표정을 한 채로 시간을 보냈다. 움츠러든 어깨와 긴장된 얼굴을 하고 있는 사람이 천천히 지나가고 있었다. 그때 나는 극장의 벽이나 계단, 복도나 복도에 걸린 액자가 되고 싶은 사람처럼 보일 정도였다. 극장의 일부처럼 천천히 움직였다. 어디에서건 아침에는 아침을 먹고 점심에는 점심을 먹고 저녁에는 저녁을 먹는다. 대개는 그중 하나를 빠뜨린다. 빠뜨릴 때건 빠뜨리지 않을 때건 오전에는 차를 마시고 오후에도 차를 마신다. 물을 끓여 차를 마신다. 새벽에 잠이 들고 오전에 일어난다. 돈이 들어오면 은행에 넣고 일주일에 한 번씩 빼서 쓴다. 국민연금을 내지 않으며 의료보험료는 언니인가 오빠의 회사에서 내준다. 친구들은 결혼을 했거나 회사를 다니거나 못 다니거나 오래도록 못 다니거나 드물게 안 다니거나 한다. 그때나 지금이나 내가 아는 누가, 때로는 내가 가장 잘 아는 내가 무얼 하며 하루를 보내는지를 이야기하는 것으로 어째서 참을 수 없이 화가 나는지는 알 수 없고 그리고 또 언제나 내가 견뎌야 할 모멸감은 나보다 크다. 그러나 나는 그 모든 것들과 함께 오래 살아남을 것이다. 아침에는 아침을 먹고 겨울에는 눈이 오고 눈이 아무것도 가져다주지도 가져가주지도 않는다. 이 눈을 맞으면 죽을지도 모른다고 했다. 그때 거리는 텅 비었고 사람들이 창문을 닫고 집에만 있었고 나는 이불을 덮고 아무 말도 하지 않았다. 입을 다문 채로 나는 그 모든 것을 반복할 것이며 그렇게 오래도록 살아남을 것이라고 어디에서 잠을 자든 그렇게 속삭였다.

선 정 의 말

—

여름의 끝에서 우리는 온기를 두려워한다. 누군가와 접촉하고 그 사람의 뜨거움과 차가움을 나눠 가지는 일은 때로 예기치 못한 인생의 재앙을 초래할 수 있기 때문이다. 박솔뫼의 「겨울의 눈빛」은 존재들의 핵분열을 거부하려 하는 반(反) - 원자력 세대의 관계방식을 엿보게 해주는 작품이다. 고리에서 원자력발전소 사고가 났다는 상황이 있는데도, 소설의 표면은 놀랍도록 평온하게 느껴진다. 재앙조차 변화시키지 못하는 것이 우리의 견고한 침묵과 불화인 것일까.

소설 속의 '나'는 "손등을 덮는 길고 큰 옷"에 파묻혀 살아가고, 자신이 좋아하는 극장에서 영화표를 살 때는 "소매 안에 손을 집어넣은 채로 지폐를 떨어뜨리듯이" 내민다. 이 사람은 소매의 성(城) 뒤에 숨어 그 어떤 인간적인 접촉도 피한다. 인간이라는 공통의 운명에 개인이 접촉할 수 없는 시대란 얼마나 슬프고 시린 것인지. 가족도, 친구도, 연인도, 작품도, 혹한에 얼어붙은 두꺼운 얼음에 차마 입을 맞추지 못하고 미끄러져 지나간다.

에너지 준위가 낮은 고요하고 차가운 시대에 우리는 어쩌면 '원자력'으로부터 새로운 사유를 시작할 수 있을지도 모른다. 반(反) - 환경적인 제도인 원자력발전소에 대해서는 비판적인 의식을 가져야겠지만 더 이상 쪼갤 수 없는 원자atom가 붕괴하는 양상을 통해서는 개인의 관계성에 대해 물음을 던져보는 것이다. 우리의 심정에 버티고 있는 견고한 핵이 붕괴하면 과연 어떤 에너지가 분출될 것인가.

'나'가 방에서 외투를 목까지 덮는 것은 젊은이의 경제적 · 실존적 상태를 아마도 모두 보여주는 장면일 것이다. 햇빛과 바람처럼 우리가 돈을 주고 사지 않아도 되는 어떤 것이 '나'의 소매를 걷어 올리고 외투를 벗길 수 있을까. 세상에서 가장 힘이 센 것은 무엇일까. 그리고 겨울의 반감기는 얼마나 될까. _허윤진

최근의 한국 소설에서 묵시론적 세계관의 그림자가 짙게 드리워졌다는 사실은 많은 이들이 이미 지적한 이야기들이다. 박솔뫼의 「겨울의 눈빛」 역시 그와 같은 종말적인 파국 이후의 무기력하고 쓸쓸한 삶을 배경으로 삼고 있거니와 이 작가의 소설들이 독자들에게 감염시키는 어떤 차갑고도 습기 어린 분위기는 이번 작품에서도 거부할 수 없는 기이한 매력으로 우리의 일상을 침습하는 중이다. 평소 박솔뫼의 소설을 눈여겨본 독자라면 '해만'이라는 가상의 장소가 이번 소설에서도 어김없이 등장하고 있다는 것을 눈치챌 수 있을 것인데 부산, 고리 등의 실제 지명과 후쿠시마를 연상시키는 '원전 사고' 등이 그와 같은 가상의 기표와 함께 나란히 놓이면서 소설의 세계는 우리가 알고 있는 현실과 매우 다른 폐허의 세계로 차원 이동되기에 이른다. 그러나 겉으로 읽히는 것과 달리 박

솔뫼의 소설은 우리가 살아가고 있는 이 세계가 곧 파국에 닥칠 것임을 예견하는 것에 머문다고 단언하기는 힘들 것 같다. 이를테면 종말이라는 정지된 시간 속에서도 "모든 것을 반복할 것이며 그렇게 오래도록 살아남을 것이라고" 말하는 대목은 작가가 절멸 이후에도 남는 것, 즉 저 잔여적인 삶들을 증언하는 것을 끝내 포기하지 않는다는 사실을 암시하는 것 같으니 말이다. 만약 작가의 그 냉담한 끈기가 어떤 희망의 빛을 추적하는 절망적 원동력의 하나라면, 비록 확신할 수는 없더라도 어떤 미래에 대한 상상력이 우리 시대에 완전히 증발한 것은 아님을 예감할 수 있지는 않을까? 글쎄, 잘은 모르겠으나 어쩌면 희망의 빛이라는 것이 있다면 그것은 찬란한 어떤 것이라기보다는 그처럼 차가운 어떤 것에 가까울지도 모를 일이다. _강동호

2013년 3월
이 달 의 소 설

굿바이

윤 이 형

1976년 서울에서 태어나 2005년 중앙신인문학상으로 등단했다. 소설집 『셋을 위한 왈츠』『큰 늑대 파랑』이 있다.

작 가 노 트

헛된 희망. 언젠가 태어날 너희가 부디 우리에게서 어떤 것도 물려받지
않기를. 머리카락 한 올, 눈물 한 방울도 닮지 않기를. 우리의 죄, 매일
물처럼 삼키는 알약들, 수거함 속에서 버텨야 하는 밤들, 서로를 향한
날 선 시선들에서 완벽하게 단절된 삶을 살아가기를. 무책임한 백일몽이
지만 이런 것조차 없다면 어떻게 너희를 낳을 수 있겠니.

●··

굿바이

—

오늘이 그날이 될 수도 있다. 천사가 내려와 나를 침묵하게 하는 날. 내 모든 지혜가 끝나버리고, 모든 걸 잊은 내가 아무것도 아닌 존재로 돌아가고 마는 날. 눈을 뜰 때 그런 생각이 들어 나는 눈을 도로 감는다. 요즘 들어 차갑고 딱딱한 예감에 잠을 깨는 날이 부쩍 늘었다.

기회가 수없이 많았는데도 당신은 나를 없애지 않고 살려두었다. 왜일까. 나는 딸꾹질을 하며 생각해본다. 당신은 내가 모든 것을 안다는 걸 모른다. 당신을 렌즈처럼 이용해 세상을 보고 있다는 걸 모른다. 나의, 그리고 당신의 과거와 현재와 미래를 속속들이 꿰고 있다는 사실을 짐작조차 하지 못한다. 어떻게 그토록 모르는 것이 가능할까. 그 까만 무지에서 당신의 희망이 자라난다. 희망은 좋은 것일까. 나는 아주 천천히 숨을 쉬어본다. 어떻게 생각해야 할지 모르겠다. 희망에 대해서는 잠시 잊고 나는 당신에게 집중하기로 한다. 당신이 보는 것을 보고, 당신이 듣는 것을 듣는다. 당신의 이야기는 이렇게 시작한다.

*

"언덕." 스파이디가 당신을 향해 전자음을 뱉어낸다. "구— 릉, 고—개—"

무슨 뜻인지 파악하려고 당신은 스파이디를, 그 검고 둥근 머리 윗부분을 물끄러미 바라본다. 마치 거기 얼굴이 있고, 표정을 만들어 낼 수 있는 근육과 주름이 있어서 무언가를 읽어낼 수 있다는 듯.

그러나 아무것도 없다. 속이 비쳐 보일 듯 말 듯 어두운 빛깔로 코팅된 반구형 헬멧이 있을 뿐이다. 스파이디의 음성은 헬멧 아래쪽, 인간으로 치면 가슴께에 달린 작은 틈 모양 스피커에서 나온다. 언제나 똑같은, 텀블러를 입에 대고 불면서 말하는 듯한 소리.

월요일, 오전 11시. 당신은 센터에서 일하는 중이다. 당신이 대답하지 않자 스파이디가 팔을 들어 올린다. 몸통을 빙 둘러 붙은 네 개의 금속 팔 중 하나. 그 끝에는 손바닥이 있고, 도롱뇽처럼 흡착판이 달린 네 개의 손가락이 뻗어 나와 있다. 검은 손이 손바닥을 위로 해 천천히 펴지더니 당신 쪽으로 다가온다. 몸은 꼿꼿이 그 자리에 서 있지만 당신의 마음은 움찔, 뒤로 물러난다. 피치 못할 사정이 아니라면 저기 닿는 일은 없었으면 하고 당신은 바란다.

"언—" 금속 손가락을 허공을 쥐어짜 빚는 것처럼 흐느적거리며 스파이디가 말한다. "언덕— 가지고 있습니다."

뭐라고요? 당신은 묻지만 대답이 없다. 스파이디들은 서로의 뇌를 네트워크로 연결해 생각과 감정을 직접 주고받기 때문에 언어라는 불완전한 소통 수단을 이용하는 일이 거의 없다. 그들이 음성 언어를 쓸 경우 오류가 발생하는 건 드문 일이 아니다. 당신은 알 수 없는 그의 말들을 무시하기로 한다. 어쩌면 그는 화성의 모래언덕 위에 뭐라도 짓다가 온 건지도 모른다.

*

당신은 언젠가 조바심을 내며 내게 물을 것이다. 당신을 사랑하느냐고. 사랑한다고 말해달라고 애원할 것이다. 물론 나는 당신을 사랑한다. 당신은 내 무한한 사랑의 원천이다.

그러므로 나는 당신을 먹어치울 것이다. 당신이 나를 살려두는 한 그건 어쩔 수 없는 일이다. 내 의지로 바꿀 수 있는 일이 아니라는 뜻이다.

나는 당신의 살을 녹이고 피를 마실 것이다. 일은 그렇게 되어가도록 정해져 있다. 하루아침에 통째로 집어삼키느냐, 평생을 다해 천천히 조금씩 파먹느냐 정도의 차이만 있을 뿐이다. 정신을 차렸을 때 이미 당신은 내게 뇌수를 바닥까지 빨아 먹힌 다음일 것이다. 자신이 먹혔다는 사실조차 알지 못하는 딱한 존재가 되어 있을 수도 있다. 그러나 내가 달리 어떻게 할 수 있겠는가. 내가 아는 단 한 가지 사랑의 방식은 먹는 것이다. 나는 그렇게 만들어졌다.

나는 당신을 꿀처럼 혓바닥으로 희롱하다 삼키는 나를 본다. 팔과 다리 관절을 잃어버린 채 텅 빈방 안에 주저앉은 당신이 보인다.

어디에도 갈 수 없게 된 당신의 육체를 차례대로 맛보고 먹어치우는 내가 거기 있다. 당신의 손끝에서 나는 향기. 보드라운 가슴의 감촉. 제법 많은 것을 담던 눈. 움직임이 멎은 지 오래인 발과 한때는 멀리까지 듣던 귀. 나는 느낀다. 기쁨으로 양 끝이 당겨진 당신의 창백한 입술의 맛을. 당신이 잃어버릴 모든 것의 달콤함과 안타까움을.

*

당신은 화성에 대해 생각한다. 붉은 모래와 비밀스러운 흉터를 닮은 협곡의 땅. 어떤 사람들은 그곳으로 갔다. 새로운 삶을 시작하기 위해서. 피와 살로 이루어진 몸을 얼음 속에 재워두고 그들은 기계 몸으로 갈아탔다. 그들의 머릿속에 든 모든 것은 디지털 신호로 바뀌어 전자뇌에 이식되었다. 식도도, 위도, 십이지장도, 대장도 소장도 없이, 피부에 곧바로 흡수되어 에너지로 바뀌는 태양열 말고는 아무것도 먹지 않고, 따라서 어떤 생명도 착취하지 않으면서 사는 삶이 그들의 계획이었다. 팔 넷에 다리 넷인 금속 몸으로 갈아탄 그들은 화성에 기지를 건설하고 그곳을 지구와 비슷한 환경으로 개조하는 동시에, 화폐를 사용하지 않는 새로운 인류의 공동체를 만들 계획을 품고 우주선에 올랐다.

그들이 그렇게 하는 동안 당신은 아버지를 간호하고, 어머니를 돌보고, 아버지의 장례를 치르고, 어머니의 소식을 묻고 다니고, 포기하고, 직장에 다니며 모아둔 돈을 병원비로 거의 다 쏟아 부었음을 알아차리고, 자신의 신세를 저주하고, 마음을 고쳐먹고, 어떻게든 다시 살아보려고 애를 쓰고, 결혼을 하고, 아는 사람이 한 명도 없는 이

도시로 남편을 따라 이사했다. 밥을 짓고, 설거지를 하고, 빨래를 하고, 청소를 하고, 남편의 거짓말을 알아차리고, 전화를 하고, 빨래를 널고, 남편의 연인이라는 낯선 여자의 전화를 받고, 욕설을 듣고, 빨래를 걷고, 남편이 숨겨둔 빚이 이제 고스란히 당신 몫으로 돌아오게 되리라는 사실을 알게 되고, 설거지를 하고, 밥을 짓고, 지은 밥을 먹었다. 그 중간 중간 지구-화성 간 정기선 운임이 서울-제주 간 팩스 요금의 세 배 정도로 싸지고, 필렌 40281-K 입자의 발견으로 기계와 인간 육체의 호환이 윤리적으로는 아니어도 최소한 이론적으로는 매우 쉬워졌다는 뉴스가 나오는 걸 들었다. 남편이 끌어다 쓴 사채는 1억이 넘었다. 끼니와 끼니 사이에 허기가 지면 당신은 김밥을 한 줄 사서 하나씩 입에 넣는 버릇이 생겼다.

*

변화는 어떤 사람들의 삶과는 아무 관계가 없다. 당신은 백 년 전의 어떤 사람들이 느끼던 것과 정확히 똑같은 두통을 느끼며 통속적인 삶에 매달려간다. 모멸감으로 말하자면 천 년도 더 전부터 이 땅을 흘러 다니던 종류를 그대로 물려받았다. 당신이 이 도시를 떠나 자유로워지는 날은 아마도 오지 않을 것이다.

새로운 세계라는 말을 들으면 당신은 동화에 나오는 호박 마차가 떠오른다. 두꺼운 얼음 밑 물속에 가라앉은 당신이 고개를 들어 올려다보면, 달콤한 향기와 은은한 종소리를 사방에 흩뿌리는 호박 마차가 얼음 위를 지나가며 희미하게 발굽 자국을 남기는 것만 같다. 혜택받은 사람들은 그 얼음의 두께를 결코 상상하지 못한다. 자신들이 누리는 것이 특권이라는 사실조차 그들은 알지 못한다.

물론 누구나 그렇듯, 당신 또한 당신의 삶이 이런 방향으로 흘러가리라고 처음부터 기대한 건 결코 아니었다. 당신은 다음번에는 모든 것이 나아지리라고 매번 믿었다. 놀라운 건 당신이 지금도 그렇게 믿는다는 사실이다.

*

"그럼, 몸을 확인해보시겠어요?"

당신은 자리에서 일어나 복도로 나간다. 기잉— 기잉— 검고 긴 다리 넷을 순차적으로 굽혔다 펴며 스파이디가 당신 뒤를 바짝 따라온다. 물론 몸통을 기묘하게 비틀어놓은 거미를 닮긴 했지만 저 생명체를 가리키는 진짜 이름은 스파이디가 아니다. 저들의 공식 명칭은 좀더 길고 딱딱하고 격식을 차리는 단어들로 이루어져 있다.

엘리베이터 거울에 비친 검은 헬멧에 시선이 닿자 당신의 마음이 다시 한 번 진저리를 친다. 하기 싫어도 자꾸만 하게 되는 상상이 있다. 저들의 뇌가 오작동을 일으키는 상상. 이를테면 도와줄 사람도 없는 이런 좁은 엘리베이터 안에서 갑자기 미쳐 폭주하는 기계인간의 몸을 당신은 그려본다. 검은 금속 쓰레기통을 닮은 몸이 이상한 각도로 젖혀지고, 팔들이 땅을 받치고, 손톱들이 바닥을 파고든다. 네 다리가 허공으로 쳐들리고, 프로펠러처럼 회전한다. 미처 손쓸 새도 없이 날카로운 발톱들이 당신의 배를 찢는다. 벨이 울려 당신은 그 상상을 겨우 떨쳐버린다.

전용 팩스머신은 지하 1층에 있다. 당신은 담당 직원에게 서류를 건넨다. 버튼을 조작하고 잠시 시간이 흐르자 번쩍, 한 줄기 빛이 머신 안을 훑고 간다. 도어가 열리고, 직원들이 전송된 물체를 바퀴 달린 금속 침대 위로 옮겨 싣는다. 한기에 당신의 몸이 움츠러들고, 금세 돋아난 소름 위로 땀이 식는다. 직원 한 명이 짤랑거리는 소리를 내며 금속 침대를 밀고 온다. 침대에는 반투명한 비닐백에 싸인 도톰한 부피의 덩어리가 실려 있다.

직원이 장갑 낀 손으로 지퍼를 연다. 당신이 손짓하자, 스파이디가 머뭇거리듯 몸을 움직여 침대로 다가간다. 당신은 몇 걸음 뒤에 서서 지켜보는 시늉만 한다. 얼어붙은 시체를 얼핏 보는 것만으로 속이 불편해지기 시작한다.

일하기 시작한 지 몇 달이나 지났는데도 당신은 여전히 이 순간에 익숙해지지 못한다. 정확히 말하면 시체가 아니라 단지 알맹이가 빠져나간 빈 육체지만, 그렇게 생각할수록 기분은 더욱 이상해진다. 껍데기. 허물. 원래는 안에 무엇이 들어 있었는지 알 수 없게 된 스티로폼 완충재. 그 육체들에는 무언가 그릇된 데가 있다고 당신은 생각한다. 심하게 부자연스러운 것. 일어나서는 안 되는 일이 일어나버린 몸.

어쨌거나 이것이 당신의 업무다. 전국 스물여덟 개 저장소에 나뉘어 냉동 보관돼 있는 스파이디들의 본래 몸을 전송받아 센터에 찾아온 그들에게 보여주는 것. 설명하고 설득해서 그들로 하여금 리턴 시술 동의서에 서명하게 하는 것. 갱생이라는 상품을 파는 것. 영업직이기는 하지만 대체로 앉아서 일할 수 있고, 일이 없을 때는 차를 마시며 쉴 수도 있다. 보고 싶지 않은 것들을 계속 봐야 한다는 점 빼고는 나쁘다고 할 수 없는 일이다.

아니, 사실 그 이상이다. 어떻게든 밥을 벌어야 했지만 당신은 상점의 캐셔도, 전단지를 나눠주는 사람도, 새벽 거리에서 쓰레기를 수거하는 미화원도, 음식점 주방에서 일하는 여자도 될 수 없었다. 나때문이었다. 면접에서 사람들은 당신을 위아래로 훑어보고는 실소를 터뜨리거나, 어이없다는 표정을 짓거나, 귀찮다는 듯 손을 저으며 쫓아냈다. 내 존재에 개의치 않고 당신을 받아주는 곳은 이곳뿐이었다. 당신은 스파이디의 뒷모습을 보며 이 정도면 호사스러운 일이라고 생각한다. 나를 위해 이 정도는 참아야 하는 거라고.

*

당신은 어리석은 사람이 전혀 아니다. 내 몸을 채운 이 모든 지혜가 당신에게서 비롯되었다는 사실이 그것을 증명한다. 당신은 사리를 제대로 분별할 수 있고, 해야 할 일과 하지 말아야 할 일을 구분할 줄 아는 사람이었다. 당신은 모든 것을 투명한 눈으로, 있는 그대로 볼 수 있었고, 비슷한 빛깔들을 혼동하지 않을 수 있었다. 마치 지금의 나처럼 말이다. 나를 만나기 전까지 당신은 그랬다.

그런데 무슨 일이 일어난 것일까. 무슨 일이 일어나지 말았어야 하는 것일까. 이미 일어난 일을 일어나지 말았어야 한다 말할 수 있는가. 감히 누가 그럴 수 있단 말인가. 그러니 그런 말은 그만두자. 다만 말할 수 있는 것은 이런 것이다. 당신의 몸과 나의 몸. 그 사이에 흐르는 체액들을 당신은 지나치게 믿었다. 당신의 피와 나의 눈물. 내 입가에 묻은 침과 당신의 이마에 배어나는 땀. 당신의 가슴에 고이는 젖과 내 혈관 속에서 울컥거리는 피. 당신은 그렇게, 흐르는 것들을 첫번째에 두었다. 무슨 일이 있어도 내 몸은 다치지 않게 지켜야 한다고 생각했다. 모든 것은 그렇게 흘러갔고 흘러가는 중이다.

더 흘러가면 무엇이 나올까. 당신은 알고 있는가. 나는 알고 있으며 보고 있다. 어느 날 내가 당신의 귓가에 입 맞추며 방금 전에 길에서 사람을 찔러 죽였노라고 고백한다면, 당신은 내가 죽인 무고한 사람보다 살인자인 나의 안위를 먼저 염려할 것이다. 내 죄는 온데간데없이 사라질 것이다. 그렇지 않겠는가. 피와 살을 먹힌다는 건 그런 것이다.

나를 지키기 위해 당신은 기꺼이 이름을 바꾸려 할 것이다. 처음 보는 종교의 사원에 들어가 절을 하려 들 것이다. 가슴 뛰지 않는 것에 활짝 웃거나 동의하지 않는 것과 악수를 할지도 모른다. 베어야 할 때 칼을 칼집에 도로 넣고, 대답해야 할 때 침묵할 것이다. 이 모든 일들을 당신은 반성 없이 소명처럼 받아들일 것이다. 어린 당신이 호기심 가득한 눈으로 바라보던 어떤 어른들처럼, 명쾌하게 말할 수 없는 사정을 몸속에 품고 무거운 빛깔의 덩어리가 되어가는 당신이 내게는 보인다. 내 귀에는 들린다.

그리고 당신은 그 부인과 타협과 침묵 모두를 내게 물려줄 것이다. 나를 사랑함으로써. 내가 당신을 먹고 마시게 함으로써. 당신은 가장 아끼는 몸속으로 당신이 가장 미워하는 자신을 흘려 넣을 것이다. 나는 당신의 어둠이 될 것이다. 그렇지 않겠는가. 먹는다는 것은 그런 것이다.

*

한때 자신의 몸이었던 육체를 내려다보는 기분이 궁금하긴 하다.

약간의 이질감, 반가움, 그리고 아마도 회한이 뒤섞인 감정일 거라고 당신은 짐작한다. 기계 몸을 입고 화성에서 지낸 시간들은 그다지 즐겁지 않았을 것이다. 그럭저럭 지낼 만했거나 그곳이 여기보다 나았다면, 스파이디들은 돌아오지 않았을 것이다.

그런데 그들은 돌아왔다. 하나둘씩, 가끔은 여럿이 무리를 지어 연어처럼. 지금 이 순간에도 그들은 돌아오는 중이다. 화성 개조는 계속 진행되고 있으나 스파이디들의 독특한 공동체 실험은 중단되었다. 들려 오는 이야기가 많지 않은 데엔 정치적인 이유가 개입되었을 수도 있다. 분명한 건 그 실험이 멈춘 채 사람들의 기억에서 사라져가는 중이라는 사실이다.

그간의 사정이 무엇이었든 간에 그들이 원하는 것은 조용하고 신속하게 인간의 몸으로 다시 이식되는 것이리라. 물론 그들이 그렇게 말하는 걸 들어본 적은 없지만, 그것 말고 그들이 달리 무엇을 원할 수 있겠는가?

머리통에 수백 수천 명을 집어넣고 죄다 한꺼번에 떠들게 둔다고 생각해봐. 미쳐버리는 게 당연하지 않을까? 본사에 있는, 당신에게 업무를 인수인계해준 팀장은 그렇게 중얼거렸다. 그 많은 머리통들이 죄다 연결돼서 온갖 것들이 비집고 들어온다고 생각해봐. 지금 하는 게 내 생각인지 남의 생각인지 구별할 수도 없고, 나라는 존재가 대체 어디까진지조차 헷갈린다고. 내 기쁨, 나만의 슬픔, 이런 게 더 이상 의미를 갖지 못할 뿐더러 나만의 집도, 재산도 가질 수가 없다고. 아니, 가질 수야 있지만 아무도 그런 것에 의미를 두지 않으니 존재하지 않는 것이나 마찬가지라고. 최소한의 지붕조차 필요 없는 기계 몸이라 집을 가질 필요도 없고, 아무도 돈이란 걸 쓰지 않으니 물건을 살 방법도 없지. 그런 거, 어떤 건지 상상할 수 있겠어? 평등 하나 얻겠다고 멀쩡한 몸을 포기하고, 자아까지 포기한다는 게 말이 돼?

당신은 그런 존재로 살아가는 일이 어떤 것인지 상상해보려 하지만 그럴 수 없다. 그러기에 당신은 너무 피로하다. 다만 그 일이 조금 쓸쓸할지도 모른다는 생각이 당신의 머리를 스치기는 한다.

"잘—봤습니다."

스파이디가 전자음을 뱉어낸다. 고개를 들던 당신의 시선이 비닐백 속의 얼굴에 멎는다.

"태워—주십시오. 소각. 연—소. 불."

*

청결하게 냉동된 젊은 여자의 얼굴은 얇고 가슬가슬한 얼음으로 덮여 있다. 전체적으로 파리한 회색이고 눈두덩과 코 주변은 거뭇거뭇하니 색이 짙은데, 입술에는 시든 오렌지색이 아주 조금 남아 있어서 그 부분만 살아 있는 것처럼 보인다.

당신은 오늘 아침 출근길에 뭔가 특별한 일이 있었는지 생각해본다. 어떤 전조가 될 만한 일이 있었는지. 그런 건 없었다. 만원 A레일을 타고 아무런 배려를 받지 못하며 출근을 했고, 연락이 끊긴 지 며칠째인지 알 수 없는 남편에게 전화를 걸어 언제나처럼 전화기가 꺼져 있다는 안내말을 들었다. 이제 시간이 그렇게 많이 남지 않았다고, 이혼을 한다고 해도 정리해야 할 일들이 있으니 어쨌거나 연락은 해달라고 메시지도 남겼다. 비용 때문에 팩스머신을 이용할 수 없는 사람들과 노약자나 환자처럼 사정이 있어 몸을 팩스할 수 없는 사람들로 A레일은 꽉 차 있었다. 뒤에 서 있던 여고생 둘이 당신 몸을 보고 는 진짜 장난 아니네, 말하며 킥킥거리는 걸 당신은 들었다.

센터로 오는 길 한복판에 원래는 개거나 고양이였을 무언가가 납작하고 넓게 펼쳐져 있는 것을 보았다. 자신이 천 근짜리 금속 포탄을 품은 포신으로 변해버린 것 같다는 생각을 습관처럼 했고, 간이매점을 지나다가 김밥 두 줄을 샀다. 기억할 만한 일이라곤 아무것도 없었다.

의문이 당신의 위장 속에서 춤을 춘다. 당신은 데이터베이스를 재차 확인한다. 이름 세 글자가 거기 있다. 지극히 흔한 이름이긴 하다. 미리 알았다면 뭔가 달라졌을까. 어쨌거나 희한한 일이긴 하다고 당신은 생각한다. 그녀의 몸은 강동저장소에 있었다. 센터에서 별로 멀지 않은 곳이다. 근무하기 시작한 뒤로 당신이 조금이라도 아는 누군가를, 이런 식으로 만나는 건 처음이다.

그녀는 20년 전 중학교에서 당신과 같은 반이었다. 키가 작고 머리가 길고 교복 치마가 잘 어울리던 소녀. 주근깨가 많고, 웃으면 눈이 보이지 않았다. 그렇게 자기 자신을 사랑하는 사람을 당신은 본 적이 없었다. 무의미나 무력감 같은 벌레를 보면 절대로 그냥 보내지 않고 밟아버리고야 말겠다는 자세로 삶을 대했지만, 그것은 신분 상승 의지가 충만한 사람들에게서 흔히 볼 수 있는 절박함이나 목마름과는 거리가 멀었다. 어린 시절부터 넘칠 만큼 사랑과 인정을 받고 자라 자신감과 여유가 근육 곳곳에 배어 있는 아이. 그녀는 언제나 아주 많은 것을 세상에 기대했고, 기대에 못 미치면 그게 누구든, 무엇이든 가차 없이 경멸했다.

학생과 교사 들도 모두 그녀를 숭배했다. 그렇게 작은 학급에서 그녀에게 호감을 갖지 않고 하루하루를 보내는 쪽을 굳이 선택하는 건 감정적으로 상당히 피곤한 일이었으므로, 당신 역시 다른 모든 아이들처럼 그녀에게 환호와 감탄을 보냈다. 그러나 친구가 되고 싶다는 생각은 들지 않았다. 그녀가 가장 존경하는 사람은 인간의 기억을 전자뇌에 이식하는 방법을 발견한 생명공학자 P. 슈라이더였다. 그녀는 그의 책을 읽고 스터디를 하는 모임을 만들어 운영하고 있었는데, 그녀와 친해진 아이들은 모두 그 모임에 참석하는 분위기였다. 당신은 거기 갈 수가 없었다. 방과 후에는 핫도그와 밀크셰이크를 파는 상점에서 아르바이트를 하고, 그게 끝나면 어머니를 도와드리기 위해 곧바로 집으로 가야 했다.

*

"화장……을 원하시는 건가요?"

스파이디가 헬멧을 천천히 회전한다. 긍정. 그녀가 당신을 기억하지 못한다는 사실에 당신은 안도감과 씁쓸함을 동시에 느낀다.

"특별한 이유라도 있으신지요?"

무응답.

"리턴 시술을 받기에 아무런 문제가 없는 상탠데요. 지금 외적으로나, 내부 장기로 보나 손상된 부분도 없고 보존 상태도 좋거든요."

"부탁합니다."

"저희가…… 지금까지 장례를 치러드린 사례는 없어서요."

"……"

"포기하려는 게…… 비용 때문이신가요?"

"……"

"리턴 시술 비용은 4,800만 원 정도 듭니다. 물론 한 번에 완납하셔도 되지만, 어려우면 정부에서 특별히 지원하는 대출 상품으로 나와 있는 게 있어요."

대출, 완납, 원금, 이자. 당신은 테이블 위의 홍보 책자를 짚어가며 설명한다. 정부 지원 대출을 받을 경우의 연금리, 그것이 제2금융권에 비해 월등히 저렴한 금리라는 점, 원리금균등상환방식으로 5년 이내에 상환하면 된다는 점. 만일 경력 단절 때문에 시술 후 곧바로 경제활동 재개가 불가능하다면 정부에서 지정하는 기관에 일정한 비용을 내고 들어가 재취업 교육을 받을 수 있다.

당신은 차근차근 설명하고, 설명이 끝나자 얼굴에 배어 나온 땀을 닦는다. 그래도 기계 몸을 입은 그녀는 아무 말도 하지 않는다.

"화성에서 꽤 오래 지내신 걸로 되어 있네요. 예전에 지구에서는 무슨 일을 하셨죠? 같은 직종으로 재취업을 할 의사가 있으세요?"

"그러니까,"

스파이디가 갑자기 말한다.

"인간으로 돌아가고 싶으면 노예가 돼라, 그런 이야기— 입니까. 그 대가로 빚을 지고, 수십 년간 죽을 때까지 당나귀— 노새처럼 일—을 해서."

부당하다, 당신은 생각한다. 갑작스레 가치 판단을 요구받아서가 아니다. 살아가는 거의 모든 순간이 고단하고 힘들기는 했지만, 자신을 노새라고 생각해본 적은 한 번도 없었다. 노예라고 생각해본 적도 없었다. 무언가 말을 하려다 당신은 그만둔다. 스파이디가 다시 말한다.

"확인해보셨습니까."

"네?"

"리턴— 시술을 받은 사람들이 어떻게 되었는지 보셨습니까. 인간으로 돌아간 것에 만족— 하던가요. 행복— 해 보였습니까. 그— 사람들."

"죄송합니다. 시술 후 일들까지는 제 업무 영역이 아니라서요." 그 말대로, 그건 의료지원팀의 영역이다. "그렇지만 그렇게 많은 사람들이 지구에 돌아온 건, 돌아오는 걸 원했기 때문이 아닐까요."

스파이디가 몸통 앞쪽의 두 팔을 움직여 손을 한데 모으고, 맞잡는다. 그렇게 하자 그녀는 인도의 여신상처럼 보인다.

"우리는, 실패했습니다."

기계 인간이 그렇게 이야기를 시작한다.

*

기계 몸에 적응하는 건 처음에는 어려웠지만 시간이 가면서 조금씩 쉬워졌습니다. 그게 어떤 느낌인지는 사람마다 달랐는데, 제 경우엔 제가 뜨겁게 녹인 플라스틱이었다가 점차 굳어서 딱딱해지고, 마침내 팔과 다리가 있는 제대로 된 몸으로 변하는 느낌이었습니다. 사람이 개복 수술을 받으면 처음에는 장기들이 원래 위치에서 이탈—벗어나고 상처도 생기기 때문에 아무것도 소화시키지 못하지요. 그러나 조금 지나면 그것들이 원래 위치를 찾아 자연스레 자리를 잡고, 다시 음식을 소화시킬 수 있게 됩니다. 새 몸에 적응하는 과정도 비슷합니다. 늘어난 팔과 다리를 움직이고, 더 이상 몸속에 어떤 기관들이 존재하지 않는다는 사실을 받아들이는 데엔 약간의 연습과 시간이 필요했지만, 화성에선 그 몸이 편했습니다.

피부로 태양광선을 받아들이고, 육체노동을 통해 그것을 소화시키는 생활에 우리는 조금씩 익숙해져갔습니다. 태양은 무한히 공짜였고 해야 할 작업은 많았습니다. 이해가 되실지는 모르겠지만 그건 상당히 단순하고 명쾌한 데가 있는 삶이었습니다.

믿어―지십니까. 돈이라는 것을 쓰지 않아도 살 수 있었습니다. 돈을 벌지 않아도 도태되거나 삶이 위협당할 일이 없었고, 공허할 것 같았지만 나름대로 할 수 있는 일이 많아 공허하지 않았습니다. 우리 모두의 몸이 똑같이 생겼다는 사실 또한 신기하게도 별로 괴롭지가 않았습니다. 나와 네가 다르지 않고 같다는 게, 그 순간에는 다행으로 느껴졌지요.

새로운 의사소통 방식도 문제될 게 별로 없었습니다. 우리는 서로 접촉하지 않고도 많은 것을 나눌 수 있었습니다. 멀리 떨어진 곳에서도 바로 옆에 있는 것처럼, 아니 그보다 더 내밀하게 생각과 감정을 교환할 수 있었지요. 일단 적응이 된 다음에는 지금의 인간처럼 음성이나 문자 언어를 사용하는 것보다 훨씬 편한 방식이었습니다.

아니, 정확히 말하자면 우리가 새로운 언어를 발명해낸 거라고 할 수 있지요. 첫 해에 우리는 우리의 뇌가 연결되는 방식을 패턴화해 전자신호로 된 언어를 만드는 데 성공했습니다. 그리고 주기적으로 접속을 하고 끊는 일을 반복하면서 우리 한 사람 한 사람의 자아에 일종의 세포벽 같은 최소한의 경계를 만드는 방법을 고안해냈습니다. 그 결과 기이― 기적적으로, 개별적인 인격을 잃지 않으면서 동시에 하나의 공동체로 존재하는 데 성공했습니다. 우리는 낮에는 각자

흩어져 화성 개조 작업을 하고, 밤에는 서로에게 접속해 토론을 했습니다. 오프라인에서 각자 경험한 것을 온라인에서 공유하고, 그것으로 다시 각자의 오프라인 상태를 업그레이드하며 생활했습니다.

토론의 주제도 다양했습니다. 어떤 밤에는 다음 날 해야 할 공동 작업을 세부까지 들어가 정교하게 논의하기도 하고, 어떤 밤에는 우리의 길어진 수명, 전자뇌를 지니고 있긴 하지만 시간이 가면 기능이 점차 쇠퇴하기 때문에 우리는 영생하는 존재는 아닙니다, 이런 몸으로 살아가는 것에 대한 철학적인 대화가 오갔습니다. 우리가 출발부터 안고 있던 한계에 대해 얘기하기도 했습니다. 자본에서 독립— 벗어나기 위해 자본의 힘을 빌려 기계 몸으로 갈아탄 일 말입니다. 자조적인 태도를 보이는 몇몇 사람들이 있긴 했지만 그건 그렇게 큰 문제는 아니었습니다. 우리에겐 어떤 원칙에 결벽적으로 얽매이는 것보다 앞으로 인류 전체를 우리와 같은 존재로 바꾸는 일이 가능할까, 이런 삶의 방식을 지속할 수 있을까 하는 문제를 앞으로 나아가게 하는 것이 더 중요했습니다.

모든 건 순조롭게 진행되는 것처럼 보였습니다. 너무 순조로워서 우리 자신도 믿을 수 없을 정도였지요. 우리는 우리가 인류의 미래 모습이라는 생각에 조심스럽게 동의했습니다. 화폐 경제가 안고 있던 무수한 문제점들에서 벗어나는 일이 가능하다는 걸 확인했다는 점만으로도 어느 정도 의미가 있었다고 생각합니다. 물론 지구 인류 전체에 비하면 우리는 극소수에 불과했지만, 나쁘지 않은 시작이었습니다.

*

　사랑하는 당신. 당신은 나를 사랑함으로써 어떤 장소로는 영원히 돌아갈 수 없게 될 것이다. 돌아갈 수 없는 장소를 갖는다는 것이 어떤 것인지 아는가. 그건 당신이 흐르는 피인데 어느 날 갑자기 혈관이 사라진 것을 깨닫는 것이다. 어느 날 문득 당신이 좋아하던 소박한 가게가 가루가 되어 바람에 날아가버렸음을 알게 되는 것이다. 붉은 페인트로 벽에 칠해진 커다란 엑스 표시를 보게 되는 것이다. 자신이 누구인지 알 수 없어 거울을 깨뜨리게 되는 것이다.

　물론 나는 당신을 사랑하기에, 당신에게 기쁨을 주고자 노력할 것이다. 세상에서 오직 나만이 줄 수 있는 종류의 찬란하고 명징한 기쁨을. 당신은 아마 예전에 그랬던 것처럼 진심으로 웃을 수도 있을 것이다. 일이 잘 되어간다면. 겨울이 너무 가혹하지 않다면. 그러나 그 기쁨을 느낄 때, 당신은 당신이 모르는 장소에, 당신이 모르는 사람이 되어 서 있을 것이다. 누구도 당신이 예전의 그 사람과 같은 사람이라고 생각하지 않을 것이다.

*

　그렇기 때문에 사망자들이 나왔을 때 적잖이 동요— 당황했던 게 사실입니다. 정착한 지 5년째 되던 해였습니다. 접속이 끊긴 사람들이 뇌의 작동을 멈춘 채 극지방 부근에서 발견되기 시작했을 때만 해도 사고라고만 생각했습니다. 하지만 시간이 지나면서 정확히 같은 방식으로 발견되는 사람들이 늘어갔습니다. 우리가 처음 정착한 곳은 화성의 적도 근처였기 때문에 그들이 스스로 생명 활동을 정지하기 위해 추운 지방으로 향한 것이라면 꽤 먼 거리를 걸어가야 했을 겁니다. 이유를 전혀 알아내지 못했기 때문에 우리는 당황한 채 아무 조치도 취하지 못하고 있었습니다.

그런데 그즈음 네트워크에 접속한 우리 모두의 뇌에 한 덩어리의 낯선 개념이 공유된 일이 있었습니다. 그건 말하자면 인간의 육체에서 추출된 몇 가지 경험들을 압축해놓은 가상현실과 같은 것이었습니다. 아주 사소한 경험, 그러니까 토사— 모래가 손바닥을 따끔따끔 찌르는 느낌, 바다에서 나는 냄새와 바람에 머리카락이 휘날리는 감각, 잘 내린 커피와 담배의 향, 켄터키프라이드치킨의 맛, 뜨거운 물에 세척— 샤워를 할 때의 느낌, 그리고 연인과의 친밀한 포옹, 그런 것들이 한데 뒤섞여 들어 있더군요. 마치 팬시 상점에서 파는 십대용 선물 같긴 했지만 그것이 자극적인 경험이라는 사실은 부인할 수가 없었습니다. 그건 우리가 몸을 바꾼 뒤로, 화성에 온 뒤로 완전히 잊고 있던 것들이었으니까요. 비록 인공적인 것이기는 했지만 너무도 진짜 같았고, 잠깐 동안이지만 우리는 우리가 다시 인간의 몸으로 돌아간 것 같다고 느꼈습니다.

불가능한 일은 아니었습니다. 전자신호로 그런 감각 덩어리를 창조해내는 것은 얼마든지 가능합니다. 감각기관이 없다고 해도 인식하는 건 뇌에서 하는 거니까요. 하지만 누가 어떤 목적으로 그것을 만들어 배포한 것인지는 알 수 없었습니다. 그것이 사람들의 죽음과 어떤 식으로든 관계가 있지 않을까 하는 이야기가 돌기 시작한 건 그때쯤이었습니다. 드러내지는 않지만 다시 인간의 몸으로 돌아가고 싶어

하는 사람들이 있다, 그래서 견디지 못해 스스로 죽음을 택한 것이다, 그런 이야기였습니다. 말하자면 루머였지요.

프로젝트 참가자들이 어떤 기준으로 선정되었는지 혹시 아십니까. 반쯤은 자신의 육체를 포기할 만큼 이 프로젝트 자체에 믿음과 애정이 있다고 할 수 있는 사람들, 주로 학자와 연구자 들이었습니다. 그리고 나머지 반쯤은 빚에, 자본이 만들어낸 범죄와 폭력에 내몰린 사람들, 그 악순환의 쳇바퀴에 매달려 간신히 돌아가고 있던 사람들, 쫓겨 다니며 은신처를 찾고 있던 사람들, 자발적으로가 아니라 타의에 의해 신체를 포기할 지경에까지 이른 사람들이었습니다. 말하자면 지구에서 더 이상 인간으로 살 수 없어 마지막 극단을 택한 사람들 말입니다. 저는, 그래요, 전자 쪽이었고, 후자에 속하는 사람들을 이해할 수 있을 거라고 생각했습니다. 말 그대로 뇌가 직접 연결되는 동료가 되는데 이해하지 못할 게 뭐가 있겠느냐고 생각했지요.

인간의 몸으로 돌아간다. 그런 이야기가 나왔을 때 어떤 사람들은 그게 있어서는 안 될 일이라고 생각했고, 다소 격렬한 반응을 보였습니다. 저도 그랬지요. 자본주의의 폐해들이 재차 상기되었고, 우리가 왜 이곳에 왔는지 잊어서는 안 된다는 신랄한 비판이 퍼지기도 했습니다. 그런데 어떤 사람들은 그런 비판을 불편하고 고통스럽게 받아들이더군요. 자세한 이야기는 하지 않았지만 말입니다. 논쟁이 시작되었습니다. 이성적인 토론처럼 출발했으나 결국에는 서로를 상처 입히는 개념들이 대량 유통되었습니다.

정말이지 이상한 일이었습니다. 어떤 사람들은 인간은 결국 사유재산 없이는 살아갈 수 없는 존재가 아닐까 하는 이야기를 하다가 갑작스레 지구에서의 과거를 들춰내며 서로를 도덕적으로 비난했고, 다른 사람들은 우리가 계속해서 인간이라는 사고의 틀을 벗어나지 못한다면 공동체의 존속 자체에 의미가 없지 않겠느냐고 화를 내며 모두를 교정— 가르치려들었습니다. 또 다른 사람들은 우리의 근원을 그렇게까지 억지로 부정하는 것이 더 부자연스러운 일이 아니냐고 반문했습니다. 인간의 몸으로 돌아가 살고자 하는 일이 무엇이 잘못된 거냐고 누군가가 물었고, 모두가 침묵했습니다. 가치를 두고 있는 부분이 서로 너무 달라서 대화가 되지 않는다는 사실을 확인했기 때문입니다. 이렇게 서로 다른데 모두 똑같은 몸을 하고 있다는 사실이 난해— 무섭게 느껴지기 시작했습니다.

사망자들이 예전과는 다른 규모로 늘어나기 시작한 것은 그 무렵이었습니다. 우리는 그들의 죽음에 혼란을 느끼고 동요했지만, 함께 온 인간 관리자들에게 조사를 부탁하는 일 말고는 특별히 할 수 있는 일이 없었습니다. 그저 우연히 극지방 쪽으로 이동하다가 자연재해를 만난 것일까요? 그들의 뇌에서는 아무런 이상이 발견되지 않았습니다. 시간이 가면서 따뜻한 지역에서 아무런 전조 없이 돌연사하는 사람들도 생겨났습니다. 원인을 밝혀낼 수 없는 건 마찬가지였습니다. 신기하게도, 그때쯤엔 원인을 궁금해하는 사람들도 예전만큼 많지 않았습니다.

그리고 7년째 되던 해, 개조 작업 대부분이 우리가 만든 기계들에 의해 자동으로 이루어지기 시작한 시점에 우리는 지구로 돌아가라는 통보를 받았습니다. 인간들의 판단이었지요. 공동체 실험은 실패했으니 인간의 몸으로 돌아가 다시 삶을 시작하는 게 좋겠다는 것이었습니다. 반대 의견은 미약했습니다. 그때쯤엔 우리 대부분이 피로에 젖어 있었으니까요. 공동체 인구의 5분의 1이 의문사로 목숨을 잃

었습니다. 공동체도 상당 부분 와해되어 있었지만 우리 각자도 무력
감과 권태에 시달렸습니다. 그건 인간 사회에서 경험하던 것과는 또
다른 무력감이었습니다. 어떻게든 분위기를 쇄신해보려는 사람들이
있었고, 대책을 마련하려는 논의도 계속되었지만 이제 며칠, 혹은 몇
달간 아무런 활동도 하지 않고 단지 생명 기능만 유지하며 침묵을 지
키는 사람들이 절대 다수를 차지하는 상태였습니다. 결국 많은 사람
들이 지구로 돌아가는 길을 택했습니다.

　우리가 잊고 있었던 건, 우리가 실패를 겪는 동안 이쪽 세계가
더 나빠졌다는 사실이었습니다. 여러 가지 이유가 있을 수 있겠지요.
그동안 강대국들의 정상— 수뇌부가 보수적인 세력으로 교체된 것과
도 관계가 있을 것입니다. 이 나라에서도 정권이 바뀌었다고 들었습
니다.

　그렇다고 해도 이해가 되지 않는 것이 있습니다. 지금의 몸으로
옮겨 오는 시술을 받을 때 우리는 아무것도 지불할 필요가 없었습니
다. 국가가, 그리고 세계 공동체가 우리를 지원해주었기 때문이지요.
그런데 인간 몸으로 돌아가려는 사람들에게 어마어마한 비용을 부담
하게 해서 그들의 남은 평생을 빚에 가둬놓다니요? 제가 알기로, 사
람들이 육체를 포기하면서까지 낯선 행성으로 떠난 건 그런 삶에서
벗어나기 위해서이지 그런 삶으로 돌아오기 위해서가 아닙니다.

　알고 있습니다. 제게는 그들의 선택을 옳다 그르다 판단할 권한
이 없다는 것을. 그들이 다시 인간의 육체로 돌아갔다고 해서 원망하
거나 비난하고자 하는 것도 아닙니다. 다만 함께라고 생각했던 우리
가 바라보는 곳이 사실은 전혀 무관— 달랐던 건지도 모른다는 쓸쓸
함이 있습니다.

그래요, 정확히 어떤 이유 때문이라고 말할 수는 없지만 우리는 그렇게 해서 결국 실패했습니다. 그들은, 우리 중 어떤 사람들은 왜 죽었을까요. 우리는 왜 실패했을까요. 그렇지만 실패했다고 해서, 모든 사람이 치욕을 감수하면서까지 원래의 삶으로 돌아가고 싶어 하는 것은 아닙니다. 당신에게도 당신만의 사정이 있듯, 저에게도 저만의 사정이 있습니다.

그러니 부탁드리겠습니다. 제발 저의 몸을 태워주시지 않겠습니까. 제가 화성으로 돌아가 제 동료들 곁에 남을 수 있도록.

*

오래전 어느 날 저녁을 당신은 기억한다. 새로 들어간 회사였다. 사장은 홍차를 즐겨 마시고 점심시간에 사무실에서 골프 연습을 하는 남자였다. 영어를 못하는 그를 위해 당신은 영국에 본사를 둔 회원제 섹스 클럽의 멤버십을 매번 대신 갱신해주곤 했다. 가끔은 그가 만나는 여고생들, 오사카나 피츠버그에 사는 그녀들을 위해 짧은 편지도 써주었다. 그런, 회사였다. 그래도 그 낡은 사무실 구석 자리가 병원의 보호자 침상보다는 견딜 만했다. 아버지는 그때 이미 위암 투병중이었다. 운이 좋았더라면 당신은 조금 더 순진한 소녀로 남을 수 있었으리라. 어쩌면 세상에 상처받은 표정 같은 것도 가끔씩은 지을 수 있었을지 모른다. 사회로 나와 당신이 첫번째로 깨달은 중요한 사실은, 인간이 인간답게 살기 위해서는 말과 생각과 행동이 일치해야한다는 것이다. 당신이 두번째로 깨달은 중요한 사실은 이 땅에서 말과 생각과 행동을 일치시키며 사는 것은 불가능하다는 것이다.

혼자서 야근을 하다 지루해진 당신은 네트에 접속했다가 우연히 그 뉴스를 발견한다. 당신이 알던 그녀의 이름이 거기 있다.

사진 속의 그녀는 몇 명의 사람들과 함께 나란히 서서 침착한 표정으로 정면을 응시하고 있다. 시술 전, 그들의 몸은 아직 그대로다. '자발적으로 인간의 몸을 포기하다.' 당신은 헤드라인에 놀란다. 그것이 여전히 놀랍다는 사실에 더욱 놀란다. 자본주의 이후의 삶에 대한 논의가 시작된 건 반세기 전이다. 화성은 오래전부터 지구인들이 살 곳으로 예정돼 있었다. 당신은 오랫동안 이 세계가 아닌 어딘가를, 인간을 넘어선 존재를, 다른 형태의 사회를 상상해온 사람들 사이에서 태어나고 자랐다. 그런 이야기를 자장가처럼 물리도록 들으며 잠들고, 우유처럼 마시며 성장했다. 그런데도 당신은 여전히 충격을 받는다.

그녀가 자신과 중학교 3년을 함께 보낸 그 소녀이기 때문만은 아니다. 다만 당신은 조금 궁금하다. 어떤 일들은, 어떤 사람들에게는 그저 영원한 허구에 불과하지만 다른 사람들에게는 손으로 만질 수 있는 현실이 된다. 어째서일까.

도발적인 표정을 한 기자가 그녀에게 묻는다. 어떤 사람들은 선천적으로 장애를 안고 태어나 평생을 살아간다고. 신이 준 선물이라고도 할 수 있는 온전하고 건강한 몸을 그토록 쉽게 포기하는 것이 사치스러운 일이라는 생각은 해보지 않았느냐고. 그녀는 대답한다. 소중하기 때문에 포기해야 하는 것도 있는 게 아닐까요. 아무것도 잃거나 바꾸지 않고, 어떤 고통도 감당하지 않으면서 새로운 삶을 얻을 수는 없어요.

당신은 곧 기계가 되어 낯선 행성으로 떠나게 될 그녀의 얼굴을 본다. 더 이상 아무 생각도 나지 않는다.

*

　당신은 김밥 하나를 입에 넣는다. 달다. 하나씩 하나씩, 시간을 들여 김밥 한 줄을 다 먹는다. 스파이디가 돌아간 뒤 당신은 회색으로 얼어붙은 그녀의 본래 몸을 임시 냉동고에 밀어넣기 전에 30분쯤 보고 있었다. 이상하게도, 솟아난 것은 식욕이었다.

　당신은 한 줄을 끝내고 한 줄을 더 먹는다. 입술에 묻은 참기름을 혀로 핥는다. 참깨 한 알이 책상 위로 굴러떨어진다. 당신은 그것을 손가락으로 찍어 입에 넣는다. 아름답게 죽고 싶어 하는 그녀에 대해 당신은 생각한다.

　돌아갈 배를 불태운다는 말에 대해 생각해본다. 무척이나 멋진 말이다. 당신은 그 말을 자신만이 할 수 있는 방식으로 현실로 옮기는 그녀에 대해 생각한다. 어떤 사람들은 갖고 싶어도 결코 가질 수 없는 젊고 아름다운 몸을 부러진 성냥개비처럼 함부로 소각로에 넣고 싶어 하는 그녀를. 거기에 신념이라는 이름을 붙일 수 있는 그녀를.

　대장과 식도와 위와 쓸개의 삶, 먹고 싸는 일의 치욕을 감당해야 하는 이 삶을 거부할 수 있는 그녀를. 세계의 이런 불공평함을. 견뎌야 할까. 견뎌도 괜찮은 것일까.

　당신이 감히 거역할 수 없는 어떤 것들에 그녀는 아무런 존중심도 느끼지 않는다. 이를테면 몸 안에서 들려오는 작은 심장 소리와 열 달 동안의 기다림 같은 것들.

　그녀는 당신을 이해할 수 있을까. 양수 속을 휘젓는 작은 팔다리 사진 때문에 끝내야 마땅한 관계를 끝내지 못하고 지속해온 당신을. 한 번도 자신만을 위해 살아보지 못한 삶, 그 나머지마저 기꺼이 다른 몸을 지키는 데 바칠 준비를 하며 입술을 앙다무는 당신을.

아니, 당신이 원하는 건 이해받는 게 아니다. 단 한 순간만이라도 좋으니 당신이 경험한 것들을 그녀에게도 고스란히 경험하게 하고 싶다. 이 진흙탕 같은 삶이 그녀가 신은 스타킹에도 작은 얼룩 정도는 남기기를 당신은 소망한다.

당신은 책상 위에 놓인 시술 동의서를 자세히 들여다본다. 서명란은 누구나 쉽게 서명할 수 있을 것 같은 모양을 하고 있다.

도와줄게, 내가. 당신은 가만히 속삭인다.

*

마지막으로 확인하는 절차가 남았다.

"정말 괜찮으시겠어요?"

"네."

"그럼 여기서 잠시 대기하세요. 곧 검사를 할 거고, 그다음에 수술실로 이동하실 거예요."

"네."

간호사가 나가고 의사가 들어온다.

"보호자는요?"

의사가 묻는다. 남편에게선 여전히 연락이 없다. 그는 아마도 연인과 함께 오후 햇빛을 즐기고 있을 것이다. 망설임 끝에 당신은 시어머니에게 연락해 도움을 청했다. 그러나 되돌아온 것은 교회에 가야 해서 올 수 없다는 말뿐이었다.

없어요, 혼자예요. 당신은 대답하고 일부러 씩 웃어 보인다. 건강도 골반 상태도 좋지 않아 당신은 진통을 기다리지 않고 수술을 하기로 했다. 그래도 동의해줄 사람이 필요한데, 중얼거리던 의사는 당신의 얼굴을 보더니 더 이상 아무것도 묻지 않는다.

작고 낡은 병원의 분만 대기실. 당신은 어지러운 꽃무늬 벽지를 말없이 들여다본다. 노란 형광등 불빛이 눈을 자극한다. 차갑고 축축한 수술대의 감각이 허벅지를 감싼다. 당신은 눈을 감는다. 숨을 크게 쉰다. 아무렇지 않다. 정말이지 아무렇지 않다. 지금까지 그래온 것처럼 어떻게든 되어갈 거라고 생각하기로 한다.

*

관이 닫히기 전 마지막으로 본 그녀의 얼굴을 당신은 떠올린다. 정말 괜찮겠느냐고, 당신은 물었다.

괜찮지는 않아요, 스파이디가 대답했다.

괜찮지는 않지만, 그저 없었던 걸로 할 수는 없는 일도 있는 거니까요. 저는 지금까지 언제나 돌아갈 곳이 있었습니다. 정말로 돌아갈 곳이 없는 사람들 틈에 끼어서 돌아갈 곳이 없다고 말하면서도, 사실은, 저는 항상 돌아갈 곳이 있었습니다. 하지만 이제는 그곳으로 돌아갈 수가 없습니다. 나는 이제 다른 곳을 향해 갑니다.

천천히 관이 밀려 들어가고 커튼이 닫혔다. 소각 중임을 알리는 램프에 불이 들어왔다. 인간의 역사만큼 낡은 방식으로, 몸 하나가 재로 변하기 시작했다. 눈물샘이 없는 기계 인간의 몸 곁에서 만삭의 몸으로 눈물을 흘리는 자신이, 왜 울고 있는지 스스로도 알 수 없다는 점이 당신은 마음에 들지 않았다. 마음에 들지 않아서 더 크게 소리 내 울었다. 그때 바보같이 다 쏟아버린 덕에 더 이상 눈물이 나오지는 않을 것 같다고, 다행이라고, 분만 대기실에 누운 당신은 생각한다.

왜 개인적으로 시간과 품을 들이면서까지 그녀의 부탁을 들어주었을까. 당신은 스스로에게 묻는다. 그토록 흥미로운 이야기에도 불구하고, 그렇게 진심으로 들리는 그녀의 목소리에도 불구하고, 아무리 노력해도 그녀를 이해할 수는 없었다. 그녀와 당신은 너무 달랐다.

장례를 치르는 동안에도 불경스럽다는 생각은 여전히 남아 있었고, 당신이 버릴 수 없는 것을 버리는 행위에 대한 적대감과 의아함도 연해지기는 했지만 사라지지 않고 남았다. 그러나 이상하게도 그와 동시에, 그냥, 그렇게 해주고 싶다는 마음이 있었다. 그것이 그녀가 그토록 원하는 것이라면, 그렇게까지 절박한 소망이라면, 말이다.

돌아갈 수 있다 해도, 모든 것을 되돌릴 수 있다 해도 어떤 선택은 달라지지 않는 것이다. 당신에게도 그런 것이 있다. 그녀의 이야기를 들으며 당신은 알게 되었다. 그건 이해받지 못해도, 설명할 수 없어도 지킬 수밖에 없는 어떤 약속이다.

촉촉한 젤을 바른 검사 기구가 당신의 둥근 배를 누르며 지나간다. 화면을 보던 의사가 걱정스럽게 말한다. 다른 데는 다 정상이에요. 그런데 아가가…… 탯줄을 감고 있는 것 같은데요.

*

그리고 마침내 그날이 온다. 내가 저 자비 없는 세상으로 내몰리는 날. 당신이 내게 빌려준 지혜가 모두 산산이 흩어지고, 내가 백지보다 희고 치어보다 연약한 존재로 돌아가버리는 날. 혈관을 타고 흘러 들어오는 당신의 시간과 기억을 내 안에 조금이라도 남겨두기 위해 나는 입술을 다물고, 주먹을 꼭 쥐어본다. 두려운가. 그렇지는 않다.

그러나 의연하게 팔다리를 움직이던 나는, 그것이 내 눈앞에, 미지근한 물속에 떠 있는 것을 결국 발견한다.

그것은 밧줄처럼 생겼다. 그것은 가만히 흔들릴 뿐 아무 소리도 내지 않고, 내게 해를 끼칠 것처럼 보이지도 않는다. 그러나 그것을 보자 나는 어째선지 점점 슬퍼진다.

나는 생각한다. 당신은 혼자서 나를 낳는 중이다. 누구도 당신과 나를 도와주지 않아서다.

앞으로도 도와주지 않을 것이다. 누구도.

아무도 없다.

잘되지 않을 것이다.

잘되지 않을 것이다.

나는 생각한다. 내가 어떻게 해야겠는가. 모든 것을 되돌려야 하지 않겠는가.

사라져야 하지 않겠는가, 어차피 실패할 거라면.

그렇다면 당신이 나를 알지 못했던 때로 돌아가고 싶다. 당신을 자유롭게 해주고 싶다. 그렇게 하겠다. 그렇게 해야겠다.

나는 나도 모르게 밧줄을 끌어당겨 목에 감는다. 가만히 호흡을 멈추고 눈을 감는다.

얼마나 그러고 있었을까.

세계가 무서운 소리를 내며 아래위로 찢어진다. 코와 귀와 입으로 무언가가 와글거리며 쏟아져 들어온다. 엄청난 빛이 내 볼을 납작해질 정도로 내리누르더니 눈꺼풀을 비집고 꿈틀거리며 들어온다. 시끄러운 소리와 얼음 같은 한기가 나를 아래위로 쥐고 흔들어놓는다.

내가 숨어 있던 작고 따스한 언덕이 무너져 내린다.

너무도 어지럽고 토할 것 같아서, 나는 참지 못하고 울음을 터뜨린다.

"아기도, 산모도 건강하시네요. 엄마, 여기 잠깐 보세요. 아가예요. 손가락 발가락 다 정상이고요. 왕자님이에요."

나는 나 자신의 울음소리 사이로 귀를 기울이지만, 내가 기대하던 소리는 들려오지 않는다.

"보호자 되세요?"

"보호자 — 아…… 네."

"아…… 화성에서 오셨나 봐요. 와, 이렇게 분만실까지 들어오신 분은 처음인데요? 어떻게 되세요, 아기 엄마랑?"

이번에도 잘 들리지는 않지만 아주 작게, 삐뺏거리는 소리가 난다.

"그럼…… 친구분, 이쪽으로 오세요. 탯줄을 잘라주시겠어요?"

철컥거리는 소리. 기잉— 금속 관절이 펴졌다 굽혀지는 소리. 도롱뇽을 닮은 네 개의 흡착판이 가위 손잡이에 차례로 밀착되는 소리.

그다음은 아주 빠르다. 나는 그 일이 일어나기 전에 당신에게 경고하려고 했다. 나를 사랑하지 말라고. 나는 일어난 모든 것을 보았고 일어날 모든 일을 알고 있다고.

그러나 내가 막 그 말을 하려는 순간 나를 부르는 당신의 나직하고 지친 음성이 들려온다. 그 순간 나는 깨닫는다. 당신은 나를 사랑한다. 당신은 나를 사랑한다.

그리고 곧이어 철컥, 하는 소리와 함께 내 목을 휘감아 죄어오던 것들, 당신과 나의 과거와 현재와 미래, 형틀에 갇힌 슬픈 예감들과 벌레처럼 통통하게 스스로를 살찌워가던 죄의 감각들이 한꺼번에 잘려나가며 두껍고 포근한 망각이 나를 덮어 모든 것을 지워버린다.

안녕. 이것이 나의 마지막 기억이다. 나는 이제 다른 곳으로 간다.

선 정 의 말

—

　윤이형의 「굿바이」는 인간의 육체를 버리고 기계 인간이 되어 화성에서의 새 삶을 시작한 미래의 인류에 관한 이야기다. 똑같은 기계 몸이 되어 언어 없이도 서로의 생각과 감정을 공유하는 이 평등의 공동체 속 '스파이디'들의 삶은 과연 행복했을까. '나'와 '너' 사이의 건널 수 없는 간극은 물론, 수명 연장을 통해 '죽음'이라는 절대적 타자의 공포마저도 어느 정도 극복한 이들의 공동체 실험은, 그러나 별로 성공적이지 못했다. 자발적으로 죽음을 선택하는 기계 인간들이 발견되기 시작했고, 무력감과 권태에 빠진 이들은 다시 인간의 몸으로 '리턴'하기 시작한다. "어떤 생명도 착취하지 않으면서 사는" 완벽한 공동체는 실패한 것이다.

　이 소설에 등장하는 또 다른 공동체를 살펴보자. 바로 '나'와 '당신' 사이의 불평등한 연대다. 「굿바이」는 '당신'의 배 속에서 자라고 있는 태아인 '나'의 시점으로 서술된다. 윤이형은 똑같은 기계 몸을 지닌 채 생각과 마음을 완벽히 나누는 평등의 공동체 곁에, 한 몸 안에서 살과 피를 나누는 희생과 기식의 공동체를 그려본다. 결코 기껍지 않은 '나'를 지키기 위해 자신의 삶을 기꺼이 희생하기로 결심하는 '당신'의 모습을 내가 보고 있다. "모든 것을 되돌려야 하지 않겠는가"라며 탯줄을 밧줄처럼 목에 감아보는 '나'는 결국 희생과 기식의 관계가 영원히 교차 반복되는 인간의 삶 속으로 내던져진다. 평등의 공동체는 왜 실패할 수밖에 없으며 인간은 어째서 노예의 삶을 포기할 수 없는지, 이 소설은 묻고 있다. 그것은 대체 어떤 무지 때문일까. 무엇을 포기할 수 없기 때문일까. "이를테면 몸 안에서 들려오는 작은 심장 소리와 열 달 동안의 기다림 같은 것들" 때문이라고 말해볼 수 있을까. 오로지 인간의 몸으로만 느끼고 체험할 수 있는 어떤 것들 때문이라고 막연히 말해볼 수 있을까.

상상 가능한 세계를 그리는 것뿐 아니라 그 세계의 불가능을 일깨움으로써 지금-여기의 삶이 불가피하다는 사실을 자각하게 하는 것이 소설의 기능이기도 하다면 윤이형의 「굿바이」는 그러한 역할에 충실한 소설이다. 이즈음의 윤이형은 어떤 가능성을 드러내기에 열중하기보다는 감내해야 할 것이 무엇인가에 대해 온몸으로 고민하는 중인 듯하다. 어떤 세계를 만들어야 할 것인가라는 인류의 거창한 '선택'보다도 지금 내 몸과 함께 숨 쉬는 이 명백한 세계를 어떤 방식으로 받아들일 것인가라는 실존적 '선택'에 무게를 두고 있는지도 모른다. 나는 이 소설을 어떤 '선택'에 관한 소설로, "돌아갈 배를 불태우"며 감행되는 돌이킬 수 없는 '선택'의 소설로 읽는다. 그렇게 읽을 때, "일어난 일을 일어나지 말았어야 한다 말할 수 있는가. 감히 누가 그럴 수 있단 말인가"라는 작가의 질문은 그간 윤이형이 써왔던 어떤 문장들보다도 무겁게 다가온다. 그리고, "나는 이제 다른 곳으로 간다"라는 이 소설의 마지막 문장은 세상의 그 어떤 문장들보다도 통렬하게 다가온다. 「굿바이」는 이렇게 '나'와 이별하고 '당신'을 만나는 소설이다. 아니, '나'를 내어주고 '당신'을 선택하는 소설이라 말할 수도 있다. _**조연정**

2013년 4월
이 달 의 소 설

이창(裏窓)

구 병 모

1976년 서울에서 태어나 2009년 제2회 창비청소년문학상으로 등단했다. 소설집『고의는 아니
지만』, 장편소설『위저드 베이커리』『아가미』『방주로 오세요』『파과』가 있다.

작 가 노 트

무더위에 창을 활짝 열어놓은 어느 여름날, 고층의 정남향 거실에서 아이의 옆구리를 발로 간질이다가 문득, 맞은편 창문에서 이 모습을 볼 수 있다면 과연 그의 눈에는 무엇으로 보일까, 생각하기 시작했다. 뭔가 보일 위치는 전혀 아니었으나, 만인이 만인에 대한 훈장님인 지금은 보이거나 보이지 않거나 둘 다 신경 쓰이기 마련.

●‥

이창(裏窓)

　당신들이 나를 희대의 오지라퍼라고 불러도 좋다. 오지라퍼란 알다시피 우리말인 오지랖에다 '그 일을 하는 사람' 내지는 '직업'을 뜻하는 영어의 어미 '-er'를 붙인 신조어로, 유구한 역사를 자랑하는 말은 아니지만 이와 유사한 수준의 인식은 도시화와 핵가족화가 진행되면서 이미 정착했다고 보는데, 이 낱말의 출현은 '만인이 만인의 일에 신경 끌 것'을 지향하는 세계관을 반영한다. 타인의 분노에 공감하고 그의 광기를 제어하려 해보았자 개입한 사람만이 터진 새우 등처럼 만신창이가 되며 보상은커녕 피해나 받지 않으면 다행인 요즘, 누군가에 대한 동정은 시간과 비용 낭비에 불과하고 정의라곤 깨금발로 설 자리조차 잃은 때 나는 보기 드문 오지라퍼일지 모른다. 그러나 역사적으로 기아와 질병을 없애고 폭력을 단죄하며 세상을 바꿔온 많은 이들의 속성이 이를테면 오지라퍼 아니었던가. 그들은 모두 본

인의 불편과 무고와 고통을 기꺼이 감당하고 남들의 손가락질을 개의치 않으면서 토대를 다지고 씨앗을 뿌려 싹을 틔워온 게 아닌가. 나는 내가 본 것이 한 점 의혹의 여지도 없는 사실이라 믿고 사람들에게 진실을 알리려 했을 뿐이다. 나만이 유난스럽게 불의를 보고 참지 못하는 성격이라 주장할 마음은 없으며, 그것이 사람이라면 누구나 해야 할 도리라고 믿는다.

처음 목격한 것은 그녀가 거실 바닥에 납작 엎드린 아이를 발로 걷어차는 장면이었다. 아이는 웅크린 정도를 넘어 바닥에 젖은 잎사귀처럼 들러붙어 있었다. 한 번으로 그치지 않고 두 번, 세 번, 여러 차례, 나중에는 셀 수도 없었다. 발길질을 한 번 할 때마다 아이의 몸이 이리 구르고 저리 굴렀는데 그녀는 그걸 일일이 쫓아다니면서 걷어찼다. 걷어차는 모양새치고는 슬로모션이었다는 점을 인정한다. 천천히 발로 밀어낼 때보다 빠르게 가격할 때 가속도가 붙어 두 행위 사이에 육체적 고통 측면에서 차이가 있으리라는 점을 안다. 그러나 속도와 무관하게 걷어차임을 당하는 대상이 느낄 모멸감과 정신적 고통은 동일할 테고, '꽃으로도 때리지 말라'라는 유명한 모토는 그 사실을 증명한다. 꽃으로 때려서 사람이 죽기 때문에 꽃으로도 때리지 말라고 하는 게 아님을 우리는 모두 알고 있다.

건축 회사에서 아파트 단지 구조를 엉망으로 설계하는 바람에 몇몇 동에 한해서 맞은편이나 대각선 집이 훤히 들여다보이는 일에 일부 주민들은 엄청난 스트레스를 받아왔고, 나 또한 두 동이 기역 자로 붙어 있다시피 하여 대각선 방향으로 있는 같은 층의 집에다 윗집 아랫집 포함 적어도 세 집의 내부 구조와 인테리어가 훤히 들여다

보이는 한편 간혹 옷을 덜 갖춰 입은 상태에서 서로의 눈이 마주치는 민망한 장면을 수차례 연출한 다음부터는 의도적으로 바깥을 내다보지 않기 위해 노력하는 데에 신경이 곤두서 있던 상태로, 내년에 전세 기간이 만료되기만 하면 당장 다른 아파트를 알아보리라고 벼르던 때였지만, 이번만은 그 형편없는 사생활 침해용 구조에 감사하며 전화를 들었다. 여기는 P 아파트인데 311동 1001호에서 어떤 여자가 자기 자식인 듯한 어린애한테 과도한 폭력을 행사하고 있으니 빨리 와주세요. 네? 제 이름은 왜 필요한데요. 지금 그게 중요한가요. 아니 진짜. 바로 붙어 있는 집이어서 보인다니까요. 지금 벌써 열 번 스무 번도 넘게 애를 발로 차고 있다니까요! 애가 내장 파열이라도 되면 그때 오시게요? 아, 그놈의 집안 문제! 그렇게 해서 손쓸 거 못 쓰고 죽어 나간 사람이 어디 한두 명이에요? 나중에 언론에 다 뿌리고 인터넷에 올릴까요? 어디 또 지금 녹음된 거 지우고 그래보세요.

통화를 마친 뒤로도 나는 베란다 앞을 떠나지 못하고 서성이며 그 집을 건너다보았고, 수십여 차례에 걸쳐 아이를 발로 미는지 차는지 하던 엄마(로 추정되는 사람)는 이제 바닥에서 몸을 뒤트는 아이를 주먹으로 쥐어박는지 양손이 아이의 작은 몸을 향해 오르락내리락했다. 아이가 이리저리 구르는 궤적이 갈수록 커졌다. 조금만 더 거리가 가까웠다면 나는 그녀의 입가에 그려진 미소마저 포착할 수 있었으리라고 확신한다. 그때 이윽고 경찰이 도착하여 초인종을 누른 모양으로 그녀의 모습이 베란다에서 사라지고, 아이는 연체동물이 꿈틀거리듯 몸을 움직여 일으켜 앉더니 바닥에 널브러져 있던 그림책을 읽는지 퍼즐을 맞추는지 무언가 다른 일에 관심을 쏟는 모습을 보였다. 거리도 있고 옆모습에다 방향도 대각선이라 확실하진 않겠지만 나는 그 아이의 외형 견적을 내보았다. 짧은 머리에 반팔 실내복 색깔로 봐서는 남자아이임이 확실하고 다섯 살? 여섯 살? 몸집으로 보아 초등학생일 리는 만무했다. 그 아이 옆으로 양복바지 입은 발이 몇 개 어른거리는 걸로 보아 경찰이 오기는 했나 본데 단 몇 분간의 조사에서 알아낼 수 있는 사실은 거의 없을 것임에도 불구하고 그들은 아이 엄마 말만 믿고 그대로 돌아가버린 듯, 안쪽에서부터 여자가 성큼성큼 걸어오더니 베란다 밖으로 나와서는 외부 새시까지 열어젖히고 몸을 내밀었다.

여자가 고개를 이곳저곳 돌릴 것도 없이 한 번에 목표물을 포획했다는 확신 가득한 눈빛으로 나를 똑바로 바라보았고, 순간 심장이 덜컥했으나 나는 그대로 선 채 미동도 않을 수밖에 없었던 것이, 나로선 잘못한 일이 하나도 없고 지금도 내 집 거실에서 밖을 내다보고 있을 뿐으로, 여기서 마주친 눈을 피하거나 그녀의 시선을 못 느낀 척 몸을 돌려 실내로 모습을 감춰버린다면 그야말로 내가 경찰에 신고 전화를 넣은 사람임을 인증하는 셈이었다. 상대방에게 그 사실이 알려진다고 해서 뒤가 켕길 일도 없으며 이웃 주민으로서 당연한 일을 했을 뿐이라고 주장할 수 있지만 그건 내 입장이고, 만에 하나 그녀가 보편적인 육아우울증 이상의 질환에 시달리는 사람일 경우 스릴러 영화에서 종종 볼 수 있듯이 언제든 이리로 건너와 내게 해코지하는 광기를 표출할 수도 있다는 오싹한 가정을 해보면 가능한 한 이쪽 신분이나 행적이 알려지지 않는 게 좋았다. 무엇보다 나 자신이 열한 살 딸아이를 키우는 처지에 도저히 그 장면을 보고만 있을 수 없었다는 게 인지상정인데 오히려 그것이 내 아이에게 화살로 돌아오지 않으리라는 법도 없으니, 양심에 비추어 옳은 일을 하고서 포상은커녕

앙갚음으로 돌려받아서야 말이 아니다.

멍하니 서 있는 듯하던 그녀는 이어서 설상가상으로 의미심장한 미소를 지어 보였으므로 그건 내게 보내는 신호라고 보아도 무방했다. 이 상황에서 그 미소가 비웃음 아닌 이웃집에 건네는 순수한 인사나, 갑자기 무심결에 창을 열었다 모르는 이와 눈이 마주친 데 대한 민망함을 얼버무리려는 반사작용 같은 거라고 애써 생각하는 게 더 우스운 일이었으니 다만 조소의 의미를 여러 가지로 분석해보았는데 그래봤자 내 빈곤한 상상력은 참견하지 마, 사람 잘못 건드렸어, 어디 두고 보자 정도 언저리에서 맴돌았다. 그대로 상당한 시간이 흘렀고 나는 당당한 입장을 내세우려던 최초의 판단이 잘못되었음을 알았다. 그녀는 지금 내 인상착의를 기억해두는 중이었다. 내가 한 일의 옳고 그름과 무관하게 앞으로 아이 손을 붙잡고 슈퍼에 오갈 때나 놀이터에 나갈 때 누군가를 마주칠 수 있는 수많은 확률과 변수를 고려하면, 그 시선이 처음 나를 붙잡았을 때 겸연쩍은 듯 모습을 감추어서 얼굴을 익힐 틈을 주지 말았어야 했다. 그러나 이제는 물러서기엔 너무 늦어서 나는 오히려 어깨를 펴고 상대를 건너다보며 당신이 뭔데 나를 꼬나보느냐, 어디 한번 해볼 테냐 하는 뜻을 최대한 전달한다고 생각되는 표정을 나름대로 지어 보였고, 마침내 그녀는 눈싸움에 기가 질렸는지 아니면 오늘은 간만 봤다는 뜻인지 알지 못할 묘한 미소를 짓더니 버티컬을 쳤다. 천천히 버티컬이 옆으로 펼쳐지면서 그녀를 가리는 장면을 나는 끝까지 바라보고 섰으며, 그녀 또한 완전히 모습이 사라지기 전까지 이쪽을 향한 시선과 미소를 거두지 않고 있었다.

여기까지 말했을 때 혹시라도 당신들이 품을지 모를 몇 가지 의문—이 여자는 집에서 자기 애나 똑바로 돌보는 게 먼저 아닌가 이 여자는 직업도 할 일도 없고 바쁘지도 않은가 고작해야 남의 집을 몰래 관찰하는 것으로 자신의 사회 정의감을 대리 충족하려는가 왜 이 여자는 제대로 된 담론을 펴지 못하고 감성적이며 작은 일에만 분개하는가—에 대해 먼저 해소하고자 한다. 나는 초 단위까지는 못 되더라도 적어도 분 단위로 치열하게 움직이며 실천하는 삶을 산다고 자신할 수 있는데 이를테면 2주에 1회, 적어도 4주에 1회꼴로 정의 사회를 구현하고 상식이 통하는 세상을 지향하는 시민단체의 모임에서 봉사하며, 태안 앞바다에서 유조선이 침몰하는 등 안팎으로 각종 불상사가 생기면 어디든지 달려가 무보수 노동을 자처하기 때문에 그 횟수와 빈도는 대중없이 늘어날 때가 많다. 이 외에 신도들의 헌금으로 거대 호화 성전을 구축한 부자 교회가 아니라 정상적인 교회에서 운영하는 밥차 봉사를 적어도 월 1회 나가고 있으며, 지역사회 아동복지센터에서 빈곤층 자녀를 위해 운영하는 방과후돌봄교실에서 주 1회 수학 보충 교육을 재능 기부하고 있다. 노동자들을 위한 서명 참여 독려나 성금 모금 운동에 빠지지 않으며 어딘가에서 충돌이나 파업이 일어났다면 가장 빈번하게 눈에 띄는 얼굴 중 하나가 나일 테고, 한편으로는 내 아이의 육체적 건강에 감사하는 뜻으로 희귀 질환에 손 못 쓰고 빚더미만 쌓여가는 어린이 환자들을 지원하는 재단에서도 봉사하고 있다. 이 주상복합 단지에서 흔히 볼 수 있는 다른 주부들처럼, 남편의 수입은 안정적이나 본인은 반복되는 돌봄 노동에 삶의 한구석이 공허하여 재즈댄스나 서양 요리 강좌를 찾아다니고 할 일 없는 친구들과 무리를 형성해서 식도락 여행을 다니며 끝에 가서는 언제나 서로의 자식 자랑으로 기선을 은근히 제압하는 식의 비생산적인 시간을 보내본 적 없는 것이다. 완벽하다고는 말 못 하지만 그 모든 일을 다 해내면서 가족을 돌보는 노동을 게을리해본 적도 없는데, 내가 세탁과 다림질을 잊는 바람에 남편이 어제 입었던 드레스 셔츠를 다시 입고 출근하는 일은 상상하기 힘들며, 아이가 머리를 빗지 못하거나 아침을 거른 채 학교에 가는 일도 없을뿐더러 학교에서 학원으로 이동하는 애매한 틈에 엄마표 수제 간식을 건너뛴 적도 없다. 가족의 주말 저녁 식탁에 배달 음식이나 대형 마트에서 대량 조리된 포장 음식이 올라와 있는 장면도 있을 수 없는 일이고, 이미 단체마다 여러 일을 맡은 여건상 적극 가담하지는 못하나 환경운동과 동물 보호에도 관심 있기 때문에 가능한 한 유기농 채식 식단을 구성하려 애쓴다. 된장찌개를 한 번 끓이려 해도 고기나 멸치 대신 버섯과 양파, 감자로 국물을 내기 때문에 여간 번거롭고 까다로운 일이 아닌 데다, 연간 회비 3만 원을 지불하고 생협 조합원이 되어야 좋은 식재료를 산지에서 배달받을 자격도 있다. 내가 하는 모든 사소한 일들과 일상에서의 작은 실천들이 사회 정의를 이루는 근간이 된다고 믿어 의심치 않는다. 가족 모두가 이민을 갈 계획도 능력도 없는 이상 이곳은 내 아이가 앞으로 살아갈 곳이기 때문이기도 하다. 그러니 내게 다른 이들의 비상식적인 행동을 보고 그것에 눈살 찌푸리기를 넘어 그것을 제지할 자격과 의무가 어찌 없다고 말할 수 있겠는가? 나는 가령 오후 4시경 백화점 문화센터에서 쁘띠 보자르니 유리드믹스니 하는 놀이 강좌를 마치고 나온 여자들이 스타벅스 안에 옹기종기 모여 앉아 서로의 아이들을 유모차에 방치한 채 그들에게 열량과 당분으로 가득한 아이스 코코아를 한 잔씩 쥐여주고 자기들끼리 남편욕 시대 뒷공론에 열광하느라 넋 빠진 모습만 보아도 참지 못하는 성격이다. 그런 내가, 건너편 집에서 벌어지는 아동 학대 가능성이 농후한—아니 확실한 일을 그냥 묵과했어야 한다는 뜻인가? 당신들이 말하는 정의와 당신들이 그리는 미래는 고작 그 정도인가?

버티컬로 가려진 창 너머에서 무슨 일이 일어나고 있을지 온갖 경우의 수를 짚어보면서 나는 가슴을 쓸어내렸다. 그녀가 무슨 말로 얼버무려 경찰을 돌려보냈을지, 아이가 말을 안 들어서 야단치고 있었을 뿐이라는 식의 집안 문제로 둘러댔을 건 틀림없으나 문제는 그걸로 끝이 아니다. 그녀가 뒤늦게라도 정신을 차리고 아이에게서 발길질을 거두었다면 다행이다. 다음 날, 그다음 날 같은 일을 반복하지 않으리라는 보장이 없음에도 당장 그 순간은 아이가 무사할 테니. 그러나 그녀는 경찰이 다녀간 뒤 버티컬마저 치고 오히려 아이에게 더 심하게 화풀이했을지도 모르며, 남편이 퇴근하면 낮 동안 무슨 일이라도 있었냐며 아무런 티를 내지 않았을 수도 있다. 공부방 아이들에게서 비슷한 심리 상태를 겪는 엄마들의 상황을 종종 들은 적이 있으므로 그런 행동 패턴을 쉽게 짐작할 수 있다. 나는 그때도 내 일처럼 펄쩍 뛰며 아이들에게 말했더랬다. 왜 그걸 가만히 있니? 아버지 퇴근하시면 의논을 드려, 하루라도 빨리 어머니를 치료받게 해드려야 하지 않니? 그러나 아이들은 심드렁하게 대꾸했더랬다. 365일 중에 320일을 야근하는 아빠한테 무슨 말을 해요, 한들 믿어나 주나요. 그 아이들의 낙담과 포기에서 나는 이미 그전에 수차례 같은 시도를 해보고 실패를 반복하여 겪어온 자의 상처와 패배감을 엿보았고, 그 아이들을 구하기 위해—최소한 변호하기 위해 부모들을 직접 만나려고까지 했다. 그러나 아이들 몰래 독단으로 일을 꾸미는 것 또한 절차에 어긋난다 싶어 양해를 먼저 구했을 때, 그들은 하나같이 고개를 완고하게 저었다. 그것은 폭력에 익숙해진 사람의 무기력한 행동 양상이므로 스스로 그 틀을 깨고 나가는 게 먼저라고 몇 번을 말했는지 모른다—이 사람은 그래도 나를 사랑해서 이러는 거겠지, 나도 이 사람이 가엾고 안타까운데, 내지는 이 사람 없이 내가 살아갈 수 있을까, 같은 애틋하고 착잡한 마음들 말이다. 가만, 그런데 지금 맞은편 집의 그녀에게는, 최소한 밤만이라도 폭력 행각에 제어장치가 될 남편이라는 존재가 있기는 할까. 어쩌면 그녀는 남편과 이혼하고 혼자서 아이를 키우다 생활고 등으로 문제적 행동이 더 표출되는지도 모르는 일……까지 나의 가정은 뻗어나갔다. 그러나 좀더 생각해보면 사이가 좋고 말고는 별개로 남편이 없지는 않을 것 같았는데, 서민의 경제력으로는 이 아파트 단지의 최저가 매물도 전세로 얻기 힘들다는 점이 그 추측을 뒷받침했다. 싱글맘이라면 어지간히 잘나가는 회사 CEO가 아니고서야 어림도 없는 일이었다. 따라서 그녀는 외형적으로 평범한 중산층 가정을 이루고, 본인이 일을 할 필요 없이 남편의 충실한 경제적 부양을 받고 있을 것이며, 그녀가 아이를 걷어차는 행위는 남편이 출근하고 없는 낮에 국한되어 있으리라고 추리할수밖에 없었다.

그녀가 햇빛을 받거나 환기하기 위해 언제고 저 버티컬을 다시 열 것이라는 기대로 나는 몇 날을 기다렸다. 그사이에 아이가 무사한지 궁금하여 신고한 내역이 어떻게 처리되었는지 관할 경찰서에 전화로 문의했으나, 역시 다짜고짜 내 이름과 주소부터 대라는 말에 그냥 끊어버렸다. 경찰 입장에서야 그럴 수밖에 없었을 텐데, 신분이 확실치 않은 사람에게 내사 결과를 알려줄 수는 없으니까. 그럼에도 나는 세상 모두가 합심하여 맞은편 집 아이의 불행과 재난에 한몫하고 있다는 생각에서 벗어나기 힘들었다. 당신들도 모를 리 없다, 사소한 선의를 실천하기 위해 한 사람이 받는 정신적 물질적 손해와 고통이 결코 작지 않음을. 거리에서 데이트 폭력을 당하는 여자를 힘으로 구해줬더니 그전까지 연인 사이에 오갔던 폭력마저 뒤집어쓰고 고소당하는가 하면, 처참한 교통사고의 증인을 서주려 했더니 경찰서에 끌려가 장시간에 걸친 갖은 취조를 당하는 동안 내가 가해자인지 목격자인지 헷갈리는 사례를 익히 알고 있을 것이다. 그런 가능성을 고려해가면서 나로선 최선을 다했고, 필요하다면 조금 더 할 의향이 있었다는 사실만으로도 내가 당신들에게 이렇게까지 비난받아야 할 이유란 없다.

버티컬이 열리기 전에 나는 외부에서 그녀와 마주쳤다. 아파트 단지 안에서가 아니라 두 블록 떨어진 곳에 있는 대형 마트에서였다. 아까의 여담과 얘기가 다르지 않느냐 할 것 같아 말해두지만 나는 대형 마트에서 장을 보는 일이 없고 재래시장을 이용하거나, 품질 유통 관리가 확실하며 대기업의 촉수가 뻗치지 않은 산지 직배송의 식재료를 인터넷으로 구매한다. 이때 마트 건물에는 어디까지나 3층에 어린이 전용 치과가 있어서 딸을 데리고 갔을 뿐이다. 4층 푸드코트에서 아이 손을 잡고 내려오던 그녀를 먼발치에서 보고 긴가민가했으나 설마 그럴 리야, 싶어서 지나치려던 순간 그녀는 정확히 나를 알아보고 먼저 인사를 건넸다. 310동 사는 분이시죠? 아파트 브랜드만 해도 주위에 네댓 개는 되는데 이름을 생략하고 곧바로 310동이라고 지르는 걸로 보아 그녀가 맞았다. 내가 그녀를 피해야 할 만큼 찔리는 일을 한 기억 없고 모든 일이 통념과 상식선에서 이루어졌다고 자신할 수 있지만 나는 그녀가 버티컬이 닫히기 직전까지 머금었던 미소가 이미 건전한 정상인의 그것이 아니라 느꼈으므로 이 갑작스러운 조우가 꺼림칙하지 않을 수 없었다. 나는 그녀를 처음 본다는 듯이 눈을 동그랗게 뜨고 딸아이를 잡은 손에 힘을 주면서 되물었다. 아, 예…… 그런데요? 악력을 높였기 때문인지 혈관이 부풀고 심장이 빠르게 뛰기 시작했지만 나는 몇 번이고 마음속으로 상기했다. 잘못한 일 없고 당당하다고. 그녀는 반쯤 가린 버티컬 너머로 보였던 미소에서 모종의 은밀함이나 경멸을 덜어내고 하해와 같은 미소를 지으며 말했다. 지난번에 혹시 우리 집을 경찰에 신고하신 분이 아닌가 해서요. 1008호 사시죠? 이렇게 대놓고 물어볼 줄은 몰랐기 때문에 나는 반응할 타이밍을 놓치고 대신 고개를 기우뚱하며 얼버무렸다. 예? 신고……요? 일단 이렇게 해두면 나중에 그녀가 사실을 확인하고 추궁하더라도 잠깐 기억이 가물거렸다는 정도로 마감할 수 있을 터였다─아 맞다, 제가 그랬었네요, 근데 대수롭지 않은 일인가 싶어 잊어버렸지요,까지 나는 그녀의 반격에 대비하는 대답을 떠올리고 있었는데, 그녀는 타인에게 해를 끼치는 삶이란 지금껏 생각해본 적도 없다는 듯한 무공해의 미소를 지으며 천진하게 말을 이었다. 아, 아닌가? 지난번에 아이와 놀고 있는데 우리 집에 경찰이 갑자기 들이닥쳐서는, 이웃집에서 가정 폭력 신고가 접수되어서 조사차 찾아왔다는 거였어요, 세상에. 그분들 돌아가고 나서 이웃집이 대체 어딘가 싶어 밖을 내다봤을 때 마침 거기와 눈이 마주쳤던 것 같아서 그런가 보다 했지요. 저의 착각이라면 죄송합니다. 그녀의 말투는 적절한 수위의 조소와 예의를 한데 머금고 있어서 나는 어떻게 반응해야 할지 알 수 없었다.

천만에요. 괜찮습니다. 그런데 아이라면 지금 옆에 있는 이 아이 하나 인가요? 나는 평범한 이웃집 이모 역할에 충실하고자 그 아이와 눈높이를 맞추려고 허리를 살짝 굽혀 보았는데 그 아이는 제 엄마의 미니드레스—나는 이 아슬아슬한 길이의 미니드레스 또한 이 나이대 아이를 데리고 다니는 엄마의 의복으로 부적절하다는 혐의를 두고 있었다. 손톱의 화려한 네일아트와 목걸이 펜던트와 반지 등의 돌출된 장식을 포함하여—뒤로 반쯤 숨었다. 이번에는 베란다를 통해서가 아니라 가까이서 보았기에 다섯 살쯤 먹은 아이라는 걸 외양으로 확실히 알 수 있었는데, 키가 작고 평균보다 심각하게 말라 보였으므로, 나는 이 부분에서 아이가 먹을 것을 평소 제대로 먹고는 있는가 하는 의문이 새롭게 솟아나지 않을 수 없었다.

예, 하나예요. 둘은 낳았어야 저희들끼리 치고받고 놀 텐데 얘는 어린이집 다녀오는 것 말고는 엄마하고만 놀려고 들어서 큰일이에요…… 얌전한 대신 사회성이 부족하고, 몸도 약해서 자기보다 덩치 큰 아이들이 들러붙어 있으면 미끄럼틀도 가까이 가지 않을 정도라 놀이터를 즐기지도 않지요. 그래 집에서는 형제 대신 노상 제가 놀아 주는데, 그날도 저는 아이와 총싸움 놀이를 하고 있었거든요. 아직 어린애인데 하루가 멀다 하고 집에 학습지나 방문 미술 교사들을 부르며 앉아서만 지내게 하면 너무 안됐잖아요. 세 사람 살기는 집도 넓은데 뛰어다니며 노는 게 제일 좋다고 생각했지요. 총싸움이라고 해서 우리 옛날 어렸을 때 골목대장 아이들이 하던 것처럼 나무 막대기 들고 자갈 튀기다 패싸움 나고 결국 누구 하나 울고, 그렇게 과격한 게 아니라 그저 손으로 총 모양을 만들어 입으로 소리를 내며 뛰어다닐 뿐이니 서로 번갈아가면서 총에 맞은 척 신음 소리와 함께 바닥에 자빠지는 게 암묵의 룰이기도 한데요. 나 맞았다! 하고 쓰러져서 매트를 뒹구는 아이를 장난삼아 발끝으로 슬쩍 건드려봤더니 얘가 자지러지더라고요. 그렇게 간지러울까 싶은데 끼룩거리면서 온 거실을 뒹구는 거예요. 어, 이게 좀 먹히나 보다 하고 발을 바꿔가며 아이를 톡톡 건드리니까 얼굴이 익어가도록 웃어젖히기에, 이 사소한 장난에 즐거워할 만큼 아직 어린애구나 싶어 흐뭇하게 웃기까지 했는데 그때 경찰들이 찾아오니까, 도무지 그럴 일이 없음에도 저는 혹여 남편이 바깥에서 사고라도 난 줄 알고 깜짝 놀랐지 뭐예요. 자초지종을 들으니 이웃집에서 아동 학대로 신고가 들어왔다고 하겠지요. 나는 웃음 터지는 걸 참느라 가능한 한 허리를 깊이 접고는 일단 들어와서 아이가 어떤지 확인해보시라고 할 수밖에요. 아이 노는 모습을 보고서 결국 경찰들은 돌아가고 사소한 해프닝으로 끝나긴 했지만, 우리 아파트 단지가 구조나 배치도 좀 그렇고 문 열어놓은 채로는 뭘 도무지 못하겠다는 생각이 다시 한 번 들더군요. 온몸을 던져가며 남은 체력이라면 마지막 한 방울까지 쥐어짜내서 아이와 놀아주고 있는데 학대라니 얼마나 억울해요.

그전까지 일면식도 없는 내게 일의 전말을 기승전결까지 주워섬기고 있는 걸로 보아 그녀는 내가 신고자라는 걸 빤히 알고 있었다. 그렇다면 나 또한 아닌 척해주마 생각하며 나는 장단을 맞춰보았다. 그거야 현명하신 생각이네요. 자두나무 밑에서 갓끈을 고쳐 쓰지 말라고 하니까요. 하지만.

네, 하지만?

그것이 실로 자두가 아닌 갓끈이었다는 건 본인 아닌 다른 누가 확신할 수 있을까요. 경찰은 그야말로 왔다가 갔을 뿐이니까요. 안주인이 있는 상태에서 영장도 없이 자세히 집 안을 뒤져보거나 아이의 몸 구석구석을 살피지는 않았겠지요.

그녀는 내가 할 말이 없는 나머지 그대로 찌그러질 줄 알았던 모양으로, 반격에 의외라는 듯 멈칫하다가 곧 어색하게 웃어 보였다.

그러게요, 그건 나만이 아는 거니까 결국 나의 양심에 전적으로 맡기는 수밖에 없는 일이지요. 하지만 경찰이 바보도 아니고, 외상이 눈에 띄지 않더라도 아이의 행동 양상을 보면 그 아이가 직전까지 무얼 하고 있었는지, 어떤 상황에 놓여 있었는지 대강은 드러나지 않을까요. 엄마한테 밟히다가 외부인이 들이닥쳤다고 해서 아무 일 없었다는 듯 포커페이스를 만들 수 있는 어린애가 세상에 몇 명이나 되겠어요. 아이가 엄마를 보호하기 위해 그렇게까지 할 수 있다면 그건 이미 천진한 아이가 아니라 오히려 두려움의 대상일 것 같네요, 제 짧은 생각에는, 이를테면 오컬트 무비에 나오는 것 같은.

천진한 게 아이다운 거라고 누가 정하지도 않았을뿐더러, 그럴 때는 보통 엄마를 위해서가 아니라 자기 자신을 위해서라고 볼 수 있거든요. 돌보아주는 사람을 불시에 빼앗기는 데에 두려움을 느끼는 아이의 본능은 그렇게 무시할 만한 게 아니랍니다. 우리 아이도 다섯 살 때였나 저한테 실컷 혼나고 울어서 딸꾹질까지 심하게 하던 참에 그날 첫 방문한 튼튼영어 선생님을 보고 뚝 그치던걸요. 내 가족 아닌 사람에 대한 경계심이, 누군가에게 호소하고 싶은 마음을 압도한 거지요.

아…… 일리 있는 말씀이에요. 분석력이 뛰어나세요. 혹시 심리학 전공하셨어요?

아닙니다. 이 정도는 아이를 키우고 사회 활동을 하다 보면 저절로 습득되는 수준이에요.

그렇군요. 혹 시간 괜찮으시면 이렇게 서서 얘기 나눌 게 아니라 어디 좀 들어가 앉으시겠어요? 육아 조언도 좀 듣고 싶고.

말씀은 감사하지만 집에 손님이 오기로 되어 있어서, 먼저 실례할게요.

네…… 손님요. 그러시구나.

그러시구나—라고 나직하게 읊조리는 품과 억양은 우리 집에 손님 따위 올 예정 없다는 걸 잘 알고 있다는 듯했으나, 나는 옆에서 딸이 눈치 없이 엄마 누가 오는데?라고 묻기 전에 딸의 손목을 잡아끌고 무빙워크에 올랐다. 조만간 뵈어요. 집 어딘지 아시죠. 놀러 오세요. 여자가 등 뒤에서 소리치자 나는 반쯤 몸을 돌리고 고갯짓으로 대답을 대신했다. 누가 갈까 봐. 그러나 그대로 영 모른 척하기엔 그녀의 스커트 뒤로 숨은 아이의 상태가 신경 쓰였다. 그녀의 집에서 단 한 잔의 차만 마시고 나온다고 해도 그것은 그 아이의 행동을 통해 무언가를 두려워하거나 꺼리는 등의 심리를 짐작할 수 있을 만큼의 시간이며, 짧은 소매와 바짓단 밖으로 드러나는 폭력의 흔적을 포착할 가능성도 배제할 수 없었다. 나는 언젠가 어떤 방식이나 이유로든 내 발로 그 집에 찾아가게 될 것을 예감했다. 피아간 구별이 자기 자식만 물고 빠는 행위로 규정되는 세상에서 나와 1그램의 상관도 없는 남의 집 자식 안위를 염려하는 게 그렇게 잘못된 일이라고 생각지 않는다. 당신들은 옆집에서 누군가가 죽어 나간들 그게 나와 내 자식만 아니면 그만이라고 할지 모르나 사람이 산다는 건 그런 게 아니다, 적어도 사람답게 산다는 건. 정신은 그것을 올바르게 사용할 때에만 비로소 정신으로서의 가치를 획득한다. 거기 존재한다고만 해서 그것이 정신이 될 수는 없다. 나를 비난하기 전에 부디, 당신들의 정신은 어디에 있으며 그것을 어떻게 사용하고 있는지부터 답하기 바란다.

　나를 이해할 마음이 없는 당신들을 탓하고 싶지는 않다. 가장 가까이서 내 말을 믿어주어야 마땅할 남편조차, 내가 목격한 상황과 일의 전말을 세 차례에 걸쳐 들려줬을 때 끝에 가선 짜증을 터뜨렸다. 처음에는 그저, 내가 보기엔 당신이 생각이 지나친 것 같아. 아이란 직접 키우는 엄마가 제일 잘 아는 법이잖아? 따위의 원론적이며 사람 양심에 일임하는 이야기나 심드렁하게 풀고 앉았다가 나중에는 벌컥 소리치기를, 아, 그놈의 신경과민 좀 집어치우든지, 그렇게 그 집 새끼가 걱정되면 거기 현관 앞에서 노숙이라도 하든지! 난 또 뭐 그 집 애가 내복 바람에 맨발로 쫓겨나서 콧물 훌쩍거리고 돌아다니는 걸 거둬주기라도 한 줄 알았네. 그 집 애새끼가 어디 부러지거나 터진 것도 아니라면서 왜 자꾸 혼자 상상의 나래를 펼치고 소설 쓰는데? 평소에 낄 데 안 낄 데 안 가리고 온갖 봉사활동 다니면서 인생의 함정에 빠지거나 지옥에서 허우적대는 사람들만 만나니 그 분위기에 휩쓸리지 않을 수가 있나. 말이 나왔으니 말인데 제발 그 빌어먹을 봉사활동 좀 줄여. 남의 집 새끼만 보이고 우리 새끼는 안 보여? 아니 그것도 관두고, 당신 한 사람 길길이 뛴다고 지금까지 세상이 손톱만큼이라도 바뀐 게 있기는 해? 그거 다 당신 시간이랑 노동, 내가 번 돈이랑! 그냥 꼬나 박은 거잖아. 내 말 틀려? 이야기가 이쯤 흘러오면 이건 이미 본질을 벗어난 다툼이어서 말이 통하지 않는 법이었고, 나의 대응 또한 자신의 정당성을 주장하는 데에 초점이 맞춰졌다. 내가 언제 시민단체 들락거린다는 핑계로 당신 밥상을 안 차려놓고 간

적이 있기를 해, 아이 학교 숙제를 안 봐준 적이 있기를 해. 나한테 할당된 노동만 틀림없이 하면 다른 시간엔 무엇을 해도 좋다고 말한 건 당신이잖아. 내가 이 단지에 있는 많은 여자들처럼 피트니스나 다니면서 몸매 관리하고 에어로빅 센터에서 엉덩이나 흔들고 사는 거 아니잖아. 남편이 뼈 빠지게 벌어온 돈, 사회적으로 의미 있게 쓰자는 거잖아. 남편은 숟가락을 던지듯 내려놓고 상을 물리며 마지막으로 말했다. 차라리 에어로빅을 해, 재즈댄스도 괜찮겠네, 춤이나 추라고! 다른 사람들 사는 것과 좀 비슷하게 살라고, 쓸데없는 데에 유난 떨지 말고! 세상에 당신만 잘났고 당신만 배웠어? 여기 이 단지 사는 여자들 중에 가방끈 당신만 못한 여자가 과연 몇 명이나 될까? 가방끈 긴 거 어디 써먹지도 못하고 스트레스 받아서 중고 샤넬 백이나 질러대고 스토케인지 뭔지 유모차 밀어다 커피숍에서 죽때리는 여자들이 당신 눈에는 한심해 보이지? 지금처럼 남의 집 일에 있는 대로 오지랖 떨면서 의식 있는 인간인 척 배운 티나 내는 당신보다는 낫다고 생각해. 똑같은 뒷공론이라도 그들의 말은 그나마 가볍고 털어버리기 쉬운 휘발성이나 신축성이 있고, 감각적이며 즉자적인 욕망에 충실한 솔직함이 있지. 당신은 개인적인 관심사를 자꾸 있어 보이게 포장하려 들어. 행위의 본질은 대동소이한데 거기 자꾸 논리와 이유를 부여함으로써 자신이 정치적으로 올바른 인간이라 자위하고 싶은 거지. 남편의 그 말은 지금까지 남과 무언가를 나누기 위한 내 숨 가쁜 질주를 통째로 부정하는 것처럼 들려서 나는 있는 힘을 다해 그의 과거 행적까지 물귀신처럼 붙들고 늘어져보았다. 적어도…… 적어도 당신만은, 실천은 힘들더라도 잘못된 일에 최소한 관심이나마 가질 줄 알았는데. 당신은 그래도 한때 단대 학생회장이었는데…… 이 대목에서 남편은 코웃음과 손사래를 함께 쳤다. 무슨 잠꼬대 같은 소리를 하고 있어. 1년 임기 채우기는 했다. 그렇지? 근데 내가 그때 마음하고 똑같이 살았다면 지금 회사에서 과장까지 올라갔겠어? 우리가 딸 데리고 이 동네 이 단지 살기는커녕 근처에라도 와봤을 것 같아? 당신, 몸은 이 단지에 살면서, 정작 버릴 수 있는 거 한 가지도 없는 주제에 그 빚 갚음 하느라고 혼자 깨어 있는 척 치열한 척하지 마, 사람 사는 거 다 똑같으니까. 그렇게 말하며 돌아서는 남편의 등 뒤로 자조와 체념이 길게 드리워지는 걸 보면서 그 역시 나를 말리기 위해 절반은 마음에 없는 소리를 한다는 생각이 들었고, 누군가를 착취하며 살 만큼의 권력도 없이 정당한 방식으로 누적해온 우리의 경제적 성과에 대해 일종의 죄의식을 떨치지 못하는 거라 믿었다. 딸은 개수대에 제 빈 밥그릇과 수저를 털어 넣고는 횡허케 자기 방으로 모습을 감춰버렸다.

　약속도 잡지 않고 얼떨결에 그 집에 가게 된 건 그로부터 닷새 뒤였다. 사실 정해놓고 다녀가는 방문이라면 그 집의 진실한 모습을 못 보게 될 가능성이 크다고 생각하기에, 누군가를 도울 마음이 있다면 무례한 급습이 결과적으로 효율이 더 높긴 하다. 그러나 이날은 내 마음 준비가 안 되어 있었다. 이제는 거의 습관처럼 무심코 넘겨다보았을 때 그 집 베란다는 외부 섀시뿐만 아니라 그전까지 굳게 쳐져 영원히 열리지 않을 것만 같았던 버티컬에다 거실 창문까지, 몸속 장기를 꺼내놓고 말리기라도 할 것처럼 활짝 개방되어 있었기 때문이다. 딱 좋은 가을바람이 불던 무렵 오후 5시였다. 거실 창 안쪽에서는 예의 그 모자가 서로 꼬리물기 놀이라도 하는 듯 뛰어다니고 있었다. 엄마고 아이고 간에 꼬리를 잡힐 듯 말 듯 도망 다니다 가끔 뒤돌아서 서로를 향해 두 손을 모아 올리고 상하로 흔들어대는 모습이 정말로 평범한 총싸움 놀이 동작으로 보여서, 정말 내가 그동안 오해한 것일지도 모른다는 생각마저 들었는데, 다음 순간 아이가 바닥에 나동그라지자 그녀는 기대를 저버리지 않고 아이를 발로 걷어차기 시작했다. 그러니까 그녀가 걷어차기 시작했기 때문에 아이가 바닥에 넘어져 구르는 것인지, 아니면 아이가 총 맞은 시늉을 하느라 드러눕고 나서야 그녀의 발길질이 시작된 것인지 선후 관계를 미처 확인하지 못했을 만큼 눈 깜짝할 새 일어난 일이었으나, 분명한 건 지난번보다 발길질이 좀더 빠르고 리드미컬해졌으며 목표물을 정확히 가격하는 것 같다는 느낌이었다. 당신들은 이조차도, 그녀를 반드시 범죄자로 몰아가고 싶은 나의 강박에서 비롯된 착시라 말할 것이다. 그러나 내 인생과 무관한 여인을 어째서 내가 그렇게 만들고 싶어 한다는 말인가. 설령 그것이 나중에 진실이 밝혀지고──이제는 그조차 요원하게 되었지만──그녀에 대해 내가 철저히 오해했음을 확인하게 되더라도, 내가 온몸과 마음을 다해 그녀 아이를 걱정했다는 본의마저 왜곡되어서는 안 된다.

내가 집에서 나와 엘리베이터를 타고 내려가서 옆 동으로 건너가 다시 엘리베이터를 타고 10층으로 올라가기까지 걸린 시간은 다해서 5분 안팎일 것이다. 각각의 건물에서 두 번에 걸쳐 엘리베이터를 타는 데에만 약 4분이 소요되었는데, 우리 집 라인에서는 중간에 타고 내리는 사람이 많았고, 그쪽 집 라인에서는 어떤 개구쟁이의 장난인지 층층마다 버튼이 눌려 있었기 때문이다. 10층에 내린 나는 한 번 깊은 호흡을 하여 내 숨소리가 집중에 방해되지 않도록 준비한 다음 현관문에 귀를 가까이 대보았다. 이렇게 귀를 댄다 하여 안쪽 소리가 철제 현관문을 울려 내게 전달될지 여부는 알 수 없었고, 적어도 27평은 되는 아파트인데 거실에서 나는 소리가 현관 밖까지 들린다면 그야말로 총체적 부실 설계의 증후가 되겠지만, 그 순간 곧바로 초인종을 눌러서 안쪽 상황을 종료시키는 것보다는 이렇게 먼저 살피는 쪽이 나았다.

예상하지 못한 바는 아니었지만 이 정도로 아이의 슬픈 울음소리를 잡아낼 수는 없었다. 지금까지 딸을 키워본 경험에 비추어봤을 때, 장시간에 걸친 고도의 정신적 육체적 폭력이 가해지지 않은 한 일반적인 상황에서 아이 울음이 5분을 넘기기는 쉽지 않다. 떼를 많이 쓰는 아이가 제 성질을 못 이기고 악에 받쳐서 오랫동안 우는 경우야 많지만 내가 본 그 아이는 왜소하고 허약하기 이를 데 없어서 5분 이상 소리 내어 울면 제 풀에 숨넘어갈 것처럼 생겼다. 그러면 이 안쪽 상황은 내가 도착하기 전에 이미 끝이 나서 아이는 다시 평범하게 놀고 있나. 아니면 그보다 더 안 좋은 경우로, 엄마가 수건으로 아이 입을 틀어막았거나 아이가 기진하여 딸꾹질만 하다 쓰러졌을 가능성을 완전히 배제할 수 없었다. 나는 더 이상 기다리지 않고 초인종을 눌렀다.

안쪽에서는 도어렌즈로 내 얼굴을 본 듯, 묻지 않고 문을 열었다. 그녀는 반가운 웃음을 띠었는데 그것이 문을 열기까지의 짧은 시간에 애써 준비한 미소라는 사실쯤 쉽게 짐작할 수 있었다. 어머나, 어쩐 일이세요. 안 그래도 오며가며 마주치면 한번 차 마시러 오시라 말씀드리려 했는데. 나는 충동만으로 달려왔기에 아무것도 준비해온게 없었으나 얼버무리지 않고 말했다. 혹시 교회 다니시나 해서요. 저

요즘 전도 기간인데 마침 생각나서. 아파트 단지에서 이웃 간에 가장 흔히 있을 법한 방문 목적을 스스로도 용케 잘 생각해냈지만, 이성을 찾고 보면 도대체 성경책 한 권 옆구리에 끼지 않고 전도라니 상대가 그리 주의력이 깊지 않은 경우라도 이 말을 믿을 리 없었다. 그녀는 살짝 올라가려는 한쪽 입꼬리를 끌어내리며 간신히 비웃음을 참는 듯한 미소를 짓고 현관에서 비켜섰다. 들어오세요. 마침 잘됐어요, 간식 시간 직전이었거든요.

아이가 거실에 없었다. 나는 직전까지 그녀 아이가 밟히는 장면을 보고 달려왔으나 짐짓 모르는 척 물었다. 아이는 아직 어린이집에서 안 왔나 봐요. 데리러 가실 시간이 언제인지. 그녀는 캡슐 커피 메이커를 작동하면서 대답했다. 화장실에 갔어요. 그 말에 거실 옆에 붙어 있는 화장실을 바라보았으나 화장실 문은 살짝 열려 있었고 불은 꺼져 있었다. 안방 화장실에요. 바깥 것보다 좁고 환기가 거의 안 되는데 아이는 굳이 거기를 써요. 아늑하다나. 건포도빵 괜찮으세요? 먹으러 온 거 아냐—라고 생각하며 나는 고개 끄덕였다. 약 6, 7분에 걸쳐 다과를 준비해 내온 여자는 거실 티테이블에 쟁반을 내려놓고 나서야 혼잣말처럼 중얼거리기를, 일 보다 빠졌나…… 하고 안방으로 들어갔다. 당신들뿐만 아니라 내 남편조차 나를 막무가내라고 생각하지만 나는 처음 방문한 상대의 집 안방까지 쳐들어갈 만큼 용기백배 또는 무개념이 아니기 때문에, 그녀가 아이를 데리러 간 동안 앉은 채로 거실을 둘러보며 찬찬히 구경하고 있었다. 때가 타기 쉬운 색인데도 아이보리 소파는 먼지 한 점 없이 깨끗했다. 고개를 들어 돌아보다 맞은편 벽 한 면을 차지한 책장을 본 순간 나도 모르게 입근육을 꿰맨 긴장의 실밥이 풀린 듯 피식 웃어버렸는데, 그것은 말하자면 그녀가 요즘 젊은 엄마들 하는 일이라면 무비판적 또는 몰개성적으로 따라하고 있으리라는 증거로 보였으며, 최근 10년 사이에 엄마들 중심으로 유행하기 시작한 '거실에서 텔레비전 치우기' 운동인지 '거실을 서재로' 따위 이벤트의 결과물 같았다. 집 안에서 가장 넓은 공간을 넋 놓고 텔레비전 보는 데가 아닌 도서관으로 삼는 것은 누가 뭐래도 바람직한 일이 아니냐고 당신들은 반문할지 모른다. 그것은 당신들이 벽걸이 텔레비전이 어쩌고, 42인치 LED가 어쩌고 해가면서 전자제품에 과잉 투자를 하다 공간상 문제로 서재 꾸미기를 실천하지 못했기 때문에—이는 가족 구성원의 까다로운 합의를 전제로 해야 하는 운동이기도 하다—거실에서 티브이를 치웠다는 행동 자체를 선망의 대상 내지는 기특한 시선으로 보고 있어서 그렇다. 그런 서재 운동을 이끈다며 자랑스럽게 인터뷰에 응한 주부들의 기사를 여성잡지에서 한 번이라도 유심히 들여다본 적 있는가. 그녀들의 어깨 너머에 장식된 소위 '거실 서재'라는 곳에는 책등이 똑같은 어린이 전집으로 가득 차 있을 것이다. 기사에 수록된 앵글 샷은 거의 다 위인전이나 과학동화, 수학동화, 경제동화 전집을 옆에 쌓아놓고 그 가운데 한 권을 펼쳐 읽는 어린 자식을 애틋하고도 자랑스럽게 바라보며 아이 어깨너머로 책을 함께 들여다보는 척하는 엄마의 구도로 이루어져 있을 것이다. 자식을 위한다는 명목으로 대부분의 책장을 내주고 그녀 자신이 읽을 책이라곤 그 넓은 중 단 한 칸이나 많아봤자 두 칸을 차지했을 것인데, 그 책들은 '좋은 엄마 되기'나 '영재 기르는 법'과 비슷한 맥락의 제목을 달고 있을 것이다. 아이에 대한 아낌없는 투자의 결과로 그녀 자신의 내밀한 행복이나 성취감은 가뿐히 배제되기 마련이며, 그것은 종종 논리적으로 설명이 불완전한 우울로 이어지곤 한다. 그런 패턴에 비추어보자면 이 거실 서재는──엄밀히 말해 가족 모두의 독서 습관을 정착시키는 일과는 거리가 멀기 때문에 서재라고 부르긴 무엇하나──그녀의 마음속에 항상 도사리고 있을지 모를 죄책감이나 증오 및 환멸의 고블랭일 가능성이 농후한 것이다.

마침내 그녀가 아이를 데리고 나왔다. 옷은 막 새것으로 갈아입힌 듯 실내복임에도 불구하고, 빳빳한 다림발이 선명했고 아이는 무표정했지만 그 아이 눈 흰자위에 붉게 선 핏발까지 감추어지지는 않았다. 아이는 내가 오기 직전에 분명히 울었다. 여자는 아이를 티테이블 앞에 앉히며 타이르기를, 그만 좀 훌쩍거려, 그렇게 김치를 안 먹으니까 변비가 오지. 그녀는 아이가 배에 힘을 주느라 눈물이 났다고 할 참인가 보았다. 나는 다시 한 번 선량한 이웃집 아줌마의 미소를 지으며 (이리 가까이 오렴 해치지 않아) 아이에게 인사를 건넸다. 우리 지난번에 한번 만났는데 기억하니. 악수할까? 너는 이름이 뭐니? 아이가 쭈뼛거리며 제 엄마를 돌아보고는 엄마가 아무런 눈짓도 수신호도 보내지 않고 그저 포크로 빵조각을 찍어 건네자 그걸 받아먹기 시작했는데, 나는 아이의 태도로 그녀의 범상치 않은 심리 상태를 짐작할 수 있었다. 이런 상황에서 보통의 심신 건강한 엄마가 아이에게 형식적으로라도 할 수 있는 말은 '이모한테 안녕하세요, 인사해야지'일 것인데, 그녀는 내가 내민 손이 부끄럽거나 말거나 또는 아이가 최소한의 보편적 사회 규약을 준수하거나 말거나 개의치 않고 있었다.

그때 아이가 실수로 포크를 떨어뜨리는 순간 나는 정확히 세 가지를 포착했는데, 하나는 포크가 요란한 소리를 내며 티테이블에 상처를 내자마자 아이가 엄마의 눈치부터 보는 장면이었고, 다른 하나는 거의 동시에 그녀가 눈을 부라리다가 나의 시선을 의식했는지 눈

길을 거두는 모습이었으며…… 마지막 하나는 포크를 주우려 팔을 뻗는 아이의 옷소매 밑으로 드러난 푸른 멍이었다.

잡았다,라고 소리 내어 외칠 뻔한 걸 참았으나 나도 모르게 아이의 손목을 붙잡는 행동까지는 참지 못했다. 모르는 아줌마에게 손목을 잡히자 아이는 작은 체구 어디서 그런 힘이 나왔는지 손을 낚아채더니 엉덩이로 뒷걸음질했고, 여자는 의아하다는 눈으로 나를 돌아보았다. 왜 그러시죠? 나는 이미 손목을 잡아버린 마당에 더 이상 숨길 수 없어서, 가능한 한 상대에게 불쾌감을 주지 않을 만한 말을 고를 여유도 없이 퍼붓기 시작했다. 제가 오해했다면 죄송하지만, 미리 말씀드리자면 저는 여러 시민단체와 지역사회에서 봉사를 맡은 경험이 있어서 아무리 작은 일이라도 관심 갖고 지켜보는 편인데요, 어머님이 평소 이 아이를 어떻게 대하시는지 대강 짐작이 가거든요. 아이는 이 나이 또래답지 않게 위축되어 있고 사람 대하는 방식이 자연스럽지 않은 데다 몸에는 상처까지 나 있는 것 같아요. 그래서 저는 어머님이 아이와 뭔가 작지 않은 문제가 있으시다 판단했고, 가능하면 어머님과 아이가 함께 상담 치료를 받으시는 게 어떨까 싶어요. 남의 일에 감 놔라 배 놔라 해서야 안 될 말이지만, 그래도 오며 가며 계속 볼 사이이기도 하고 다른 집 아이가 밝고 건강하게 구김살 없이 자라는 모습을 보는 것도 저 같은 사람들에게는 일종의 기쁨이자 보람이거든요. 불시에 자기 자식에 대해서 단도직입적으로 이런 이야기를 들었을 때 보통 엄마의 반응이란 당황해하거나(사실일 경우) 기가 막혀 하거나(사실이 아니거나, 사실이지만 사실 아닌 척할 경우) 두 가지 경우로 대별되는데 그녀는 내 말이 끝날 때까지, 도저히 차를 마시는 걸로 보이지는 않았지만 줄곧 입에서 떼지 않고 있던 찻잔을 조심스럽고 절제된 동작으로 티테이블에 내려놓고는 천천히 고개를 들었다. 하실 말씀은 그게 단가요. 그것이 변명이나 구실을 준비하기 위해 시간을 버는 동작이라고만 간주하기에는 지나치게 침착했으므로 나는 나도 모르게 다소곳한 자세를 갖추고 다음 말을 기다렸다.

신경 써주셔서 감사하다는 말씀을 먼저 드리고 싶네요. 하지만 걱정하실 일은 아무것도 없답니다. 상처만 해도 어린이집에서 친구들과 놀다 부딪친 것이고, 저와 아이 사이에는 큰 문제가 없어요. 물론 제 분을 못 참고 소리를 지를 때도 있고 야단칠 때도 있어요, 왜 없겠어요. 하지만 아이를 키우는 엄마치고 늘 즐겁고 행복하기만 한 엄마가 있다면 그게 오히려 제정신 아니지 않을까…… 아프고 힘든 순간에 삼키는 눈물의 양이 더 많다고 해서, 아이와의 관계가 좋지 않다고 섣불리 판단하는 건 신중하지 않다고 생각되고요. 그러니 그런 말씀을 하시러 왔다면 돌아가주세요.

그녀의 말은 묘하게 설득력 있고 화법이 세련되기까지 했다. 그녀의 말투와 표정에서는 순수하게 부모 된 자 보편의 권한 감각과 자존심 외에 다른 어떤 의도도 읽어낼 수 없었다. 그러나 미친 사람은 자기가 미쳤다고 말하지 않는 법이고, 문제가 있는 사람이 첫 대면에 순순히 문제 있다고 고백하기도 흔치 않은 일이다.

죄송하게도 저는 여기 오기 전에 베란다를 통해 어머님과 아이가 노는 모습을 봤습니다. 그건 아이를 간질이는 게 아니라 걷어차는 것처럼 보이더군요. 설령 간질이던 게 맞다 치더라도 아이와 그런 식으로 놀아주는 게 바람직하다고 보이지 않거든요. 아이가 싫어하며 그만두라는 즉각적인 반응이 나오지 않더라도, 영유아를 오랜 시간에 걸쳐 지나치게 간질이면 웃음 때문에 호흡 곤란이 찾아올 수도 있습니다. 폐 기능이 좋지 않은 아이의 경우 지속적인 웃음과 울음 모두 사망의 원인이 되기도 하지요. 게다가 아이를 발로…… 발을 사전에 얼마나 꼼꼼히 씻었는지는 별개 문제고, 아무리 열심히 씻고 닦아도 눈에 안 보이는 병균이랑 먼지 묻은 바닥 밟고 다닌 발로 간질이는 건 엄마로서 할 수 있는 일 같지 않습니다. 아이를 짐승처럼 발로 굴리다니, 내 자식이라고 그렇게 해도 되는 거 아닙니다. 인격체라고요. 만일 어머님이 베이비시터나, 하다못해 타인도 아닌 친정어머니에게라도 이 아이를 맡기고 일 나갔는데 그렇게 발로 간질였다고 상상만이라도 해보세요. 어떤 느낌이 드실지.

나는 이쯤 되어서는 그녀가 걷어질렀다고 확신하고 있었으나 의도적으로, 내가 그녀의 말을 인정하고 있음을 어필하기 위해 간질였다고 몇 번이나 말했다. 여기서 고상한 사회인 가면이 깨어진 엄마 같으면 모욕감을 느낀 나머지 당장 꺼지라는 등 험한 말이 나올 법했는데, 돌아오는 그녀의 음성이나 어투는 한없이 예의 바르고 단조로워서 마치 기도라도 하는 것 같았으며, 얼굴에 나타난 미소는 전문 프로파일러가 미세 표정까지 파고들지 않으면 진실 여부를 가늠할 수 없을 만큼 정밀하게 구석까지 각이 잡혀 있었다.

남이 보지 않는 데서라면 얼마든지 꼴불견에 비상식적이고 비위생적인 행동을 할 수 있지요. 태어나서 이날까지 남몰래 콧구멍 한 번 안 파본 사람처럼 말씀하시네요. 하지만 누군가가 이 장면을 충분히 볼 수도 있으리라는 사실을 제가 잊고 있었어요. 말하자면 보고 싶지 않은 것을 보지 않을 어머님의 권리까지는 미처 생각지 못했던 게 사실이에요. 어머님 말씀 옳고, 남들 눈에는 충분히 안 좋게 보일 수 있으니 그 점 앞으로 조심하겠어요. 그럼 됐나요?

자신의 의도가 곡해되어 억울함을 느끼는 평범한 여인이라면 이 대목에서 흥분하여 언성이 높아지거나 말실수를 하게 마련이다. 지금의 미소와 음성에서 나는 하루 빨리 시설을 나가고자 정상인을 연기하는 신경증 환자의 정돈된 예의를 엿볼 수 있었다. 그러나 그녀의 심리보다는 아이의 안전이 관심사인 만큼, 상대를 수긍하는 척하면서 논리와 공손함으로 쌓아 올린 견고한 벽과 완곡한 거절의 말을 우아하게 내놓는 상황에 내가 무리하게 밀고 들어가면 더 큰 부작용이 있을지 모르니 다음 기회를 노리자…… 나 역시 눈으로 확인하지 못한 일에 대해 억측으로 일관하고 있지는 않은가에 대해 자숙할 시간을 가져야겠다는 생각마저 들었다…… 두 모금도 채 마시지 않은 찻잔을 두고 주춤거리며 일어섰을 때, 그녀가 마지막으로 드러낸 본색이 아니었다면.

일부러 애써서 경찰에 신고까지 해주셨는데 미안하게 됐네요. 그러니까 다시는 쓸데없는 짓 하지 말고 신경 끄세요. 아셨죠?

표정도 말투도 그전까지의 톤을 유지하고 있었지만, 오히려 그랬기 때문에 말의 내용에 담긴 선명한 적의가 더욱 도드라졌고, 그 부조화를 본 순간 나는 그 자리에 얼어버렸다.

나가는 문, 어딘지 아시죠?

이 역시 웃으면서 상냥하게 한 말이었음에도 거기 담긴 위협의 무게를 감지하는 데에는 충분한 어조였다. 다음 차례는 미치광이를 소재로 한 영화에서 익히 보아온 패턴대로 그녀가 내게 무언가로 해코지를 할 것만 같아 돌아서서 허둥지둥 신발을 꿰다가 두 번을 헛발질하고 넘어질 뻔했다. 현관문을 닫자마자 그녀가 뒤따라 나와 도로 그 문을 열어젖힐 것만 같았고 엘리베이터가 올라오기를 기다리면서 그 자리를 버틸 수 없어 층계로 달음질쳤다. 5층까지 내려가서야 따르는 발소리가 없음을 확인하고 나는 한숨을 토해냈다.

지역과 이름을 모두 익명으로 처리하고 이 일의 개요를 인터넷 카페 게시판에 올렸을 때 네티즌의 반응이 한결같았다는 점은, 아주 예상치 못했던 건 아니나 사람들 인식이 실로 이 정도 수준인가 싶어 당혹스러웠다. 그 글은 나중에 삭제했지만 캡처본을 갖고 있으니 증명할 수 있는데, 내가 글 속에서 그녀를 문제 삼는 태도는 가능한 한 자중하고 그저 '이웃 아이를 돕기 위해 무얼 할 수 있을까'를 요지로 하여 아이 가진 엄마들의 관심과 응원을 촉구한 것에 지나지 않음에도, 스크롤이 조금만 길어지면 앞뒤 잘라먹고 훑어 읽기 일쑤인 자잘한 오독에다 얼굴 모르는 상대를 향한 흥미 본위의 악의가 중첩되어서는, 백 개의 댓글이 달렸다고 치면 그중 여든 개가 나더러 오지랖을 넘어선 편집증이 의심되니 정신과에 가보라는 내용이었고, 열 개는 바카라 전략이나 노예 2명 상시 대기 운운하는 스팸 광고였으며, 당신의 의도만큼은 존중한다는 중도 입장에 하나마나 한 소리가 나머지 열 개였다. 그러니까 여든 명의 얼굴 모르는 이들은 지금 당신들이 내게 보이는 것과 거의 같은 반응을 나타냈다. 당신 자식이 피해를 본 것도 아니고 모른 척 지나가면 될 일을 애써 파고드는 저의는 무엇인가, 누군가를 위한다는 신념이 얼마나 위험한지 아는가—같은 것들 말이다. 내 아이가 다치지 않으면 그만이라는 이런 사람들이 길러내는 아이가, 훗날 누군가를 다치게 하는 아이로 자라난다는 걸 그들은—당신들은 정말 모르는 걸까.

그들은 이웃집 그녀보다 오히려 나더러 제정신이 아니라고 한목소리로 말하며, 이제 누가 미친 사람이고 미치지 않은 사람인지의 경계를 모호하게 만들어 본질을 흐리는 데에 한몫했다. 글을 올린 지이틀이 채 지나지도 않아서 몇몇 사람이 내 신상을 털기 시작했고—나는 내가 얼마나 심신 건강한 사람으로서 타인의 일에 관심 갖고 당신들의 구태의연한 입버릇인 '그래도 아직은 살 만한 세상'을 만드는데 힘쓰고 있는지 최소한의 사전 지식을 제공하기 위해 기본 이력과함께 과거 봉사활동 목록의 일부를 올려놓았더랬다—신상 털기 앞에서는 '고향에서 환영받지 못하는 예언자' 역할을 더 이상 수행할 수없었기에, 본격적인 마녀사냥이 시작되기 전 나는 원문을 삭제했다. 나 혼자 억측의 희생양이 되는 건 감당할 수 있지만 그 엄마에 그 딸자식이야 안 봐도 비디오라는 식으로 내 딸까지 이상한 아이라는 오해를 받게 놔둘 수는 없었다. 결코 내가 누군가를 해칠 모종의 계획이 있어서 원문을 내린 게 아니라는 사실만 분명히 해두고 싶다.

따라서 내가 게시물을 내린 바로 그날 그 집 아이가 사망했다는사실은 내 행동과 아무런 인과관계가 없다. 까마귀 날자 배 떨어졌다고 해서, 항상 가까이 있는 그 엄마를 좀더 철저히 조사하지는 못할망정 어떻게 내가 조사 대상 순위에 다섯 손가락 안으로 꼽힌단 말인가. 당신들이 양심이 있다면 어찌 딸 가진 엄마에게 지금처럼, 누군가의 죽음을 조장했다며 손가락질할 수 있는가. 당신들이 내게 하는 비난에는 어떤 논리적 과학적 근거도 없으며, 그저 암탉이 남의 집 일에 참견하고 쏘삭거리다가 재수에 옴 붙어 그리 되었다는 미신 사고에 불과하다. 실제로 그녀는 아이가 화장실에서 미끄러져 머리를 부딪혔다고 진술했고 병원의 소견도 뇌출혈이었는데, 당신들은 내가 이웃집 아이를 밀어 떨어뜨리기라도 했다 말하고 싶은가. 진정으로 뇌가 있고 심장이 있는 사람이라면 이렇게 나를 몰아세우기 전에 당신들이 그 아이를 위해 무엇 하나라도 했는지부터 생각해보라. 적어도 몸으로 움직이며 눈 크게 뜨고 살핀 사람에게 이러는 법은 없다.

이왕 당신들이 나더러 정신 나갔다며 가루가 되게 빻아대고 있으니 마지막으로 한 가지만 더 밝혀두자면, 내가 그 아이 소식을 듣고 나서 죄책감을 느낀 건 사실이다. 그게 이상한 일인가. 분명히 말하건대 내가 죄책감을 느낀 대상은 그녀가 아니라 그 아이다. 당신들은 옆집에서 오다 가다 만난 사람이 어느 날 갑자기 큰 사고를 당하거나 목숨을 잃었을 것 같으면, 그 재난에 조금도 관여하지 않았음에도 마음 한구석에 구름이 끼지 않겠는가. 타인의 불행에 어떤 식으로든 공모자가 되었거나 최소한 엮여 있는 것만 같은 불편한 감정을 조금도 느끼지 않을 수 있는가. 만일 그런 사람이 있다면 내가 아니라 그 자신이 병원에 가보기를 바란다. 선의와 관심이 돌팔매와 비난으로 돌아오기를 반복하더라도 나는 이 역할을 멈추지 않을 것이다. 내가 조금만 더 조치를 빨리 취했더라면, 그녀의 남편을 만나보고 상의했더라면, 어쩌면 그 아이는 무사했을지도 모른다―비록 내가 살피던 사안과 무관한 사고사임에 틀림없다 양보하더라도 이런 회한이 자연스레 밀려오는 것이, 정말로 편집증의 지표라도 된단 말인가.

이 무거운 마음을 안은 채 나는 그 아이 장례식장에 갔다. 나 혼자 가면 그녀가 또다시 시비를 걸러 왔다고 오해할지 몰라 남편에게 동행을 부탁했으나 남편의 반응은 지금 당신들이 보이는 것과 비슷했다. 거기가 어디라고 가. 가서 따귀나 맞지 않으면 다행이게. 나는 말뜻을 이해하면서도 반박했다. 내가 뭘 어쨌다고? 그 집 애를 내가 잡았어? 남편은 고개를 저었다. 전후관계나 논리는 필요 없어, 당신과 상관없는 일에 끼어들어서 애가 부정 탔다고 트집 잡힐 거라는 예상이 정말 안 되는 거야? 그쪽 집안은 억장이 무너져서 지금 누구라도 탓할 대상을 필요로 하고 있을 테고, 마침 그 자리에 당신이 나타나주면 땡큐다 하고 달려들걸. 사람 공격성이 언제나 정황에 맞게 합리적으로 나타나리라는 생각은 안 하는 게 좋을 텐데.

결국 나는 학원 숙제가 많아서 싫다는 딸의 손목을 끌고 장례식장에 이르렀다. 인사만 드리고 갈 거야, 인사만…… 너 이런 것도 좀 봐둬야 해. 너도 사람이잖아. 생로병사는 언젠가 누구에게나 닥쳐올 일이야. 딸은 볼이 미어지는 소리로 투덜거리기를, 엄마 제발 작작 좀 해, 남 보기 쪽팔려죽겠어. 엄마가 이런다고 누가 엄마 생각 알아나 줄까 봐? 거기다 자식이 내일모레 시험 본다는데, 시험 보기 전에 이런 데 데리고 오는 부모가 세상 어디 있어? 재수 없게. 내가 키운 딸이 이토록 비과학적이고 바람직하지 않은 태도와 세계관이 드러나는 말을 한다는 사실이 충격이었지만 못 들은 척 그대로 딸의 손을 끌고 빈소에 들어섰다. 검은 한복을 입고 그 남편과 나란히 서서 손님맞이를 하던 그녀가 인사를 마치고 고개를 드는데 순간 나는 분명히 보았다. 그건 최소한의 가식조차 내려놓은 진정한 의미로서의 조소였으며, 그녀가 입꼬리를 올리고 퉁퉁 부은 눈을 내 시선과 똑바로 맞추었을 뿐임에도 이런 목소리가 들려오는 것 같았다. 이제 만족해요?

나는 영정 속의 아이를 차마 바라보지도 못한 채 눈을 아래로 두고 절차를 갖춰 인사한 다음 그 자리를 물러나왔다. 돌아 나오기 전에 설마 싶어서 한 번 더 바라본 그녀의 눈은 여전히 나와 내 딸을 향해 있었고, 그녀의 웃음은 이제 곧 칼날이 되어 우리를 베어버릴 것처럼 보였다. 그 웃음은 남편이 한 말처럼 고통과 슬픔의 여진으로 아무나 붙잡고 생떼를 쓰고 싶어 하는 눈치가 아니라, 내가 이겼다—
고 말하는 것만 같아서……

……도망치듯이 나왔다. 그녀 웃음의 진의가 무엇이었을지, 비이
성적인 사람은 누구이며 이 일이 누구의 잘못에서 비롯되었는지, 이
제 당신들이 멋대로 판단하라. 진실을 아는 이는 무덤에 있으니.

선 정 의 말

—

　나는 피핑톰Peeping Tom처럼 작은 문구멍으로 광대한 세계를, 알수 없는 사람을 엿본다. 나의 앎이라는 것이 얼마나 편협하고 깨지기 쉬운 것인지를 인정하는 일은 너무나 고통스러워서, 나는 세계를 향해 열린차고 넓은 유리창 앞에서 자꾸 뒤돌아선다. 구병모의 「이창(裏窓)」은 결코 단순하지 않은 삶의 진실 앞으로 우리를 자꾸만 초대하는 불편한 소설이다.

　남편과 딸아이를 둔 평범한 중산층 가정의 부인인 주인공은 유리창을 통해 우연히 다른 집에서 벌어지는 어떤 '사건'을 목격하게 된다. 유리의 간격을 두고 보이는 그 집의 사정은 주인공에겐 아동 학대로 보인다. 그러나 아이를 발로 밟고 차는 것처럼 보인 상대 여자에게 있어 그 '사건'은 아이와 보낸 화목한 한때와 같다. 이 작품을 읽은 독자라면 과연 무엇이 진실인지 쉽게 결정할 수 없는 난국 앞에서 당황스러워질 것이다. 주인공의 어조는 때로 너무나 반어적이어서, 그녀가 정말로 어떤 사람인지 확신할 수 있는 길이 없다. 그녀는 스스로 의롭고 도덕적인 사람이라고 생각하면서 타인들의 잘못을 '교화'하고자 하는 거짓 교사일 수도 있고, 타인의 일에 참여하고자 하지 않는 고결한 '당신들', 그러니까 '우리들'이 핍박하는 선인일 수도 있다. 그녀는 냉철한 재판관인가? 아니면 정의롭지 못한 상태를 참을 수 없는 윤리적 투사인가? 그녀의 흔들리는 뒷모습과 목소리는 어쩐지 우리의 앞모습과 생각을 닮았다.

이 소설의 마지막 장을 덮고 나서도 의문은 풀리지 않는다. 건넛집의 아이가 뇌진탕으로 죽은 것이 정말로 아동 학대 때문인지, 아니면 남의 일에 참섭한 이방인이 가져온 불길한 재앙 때문인지에 대해, 작가는 어떤 판결도 내려주지 않는다. 다만 타인들 간에 교환되는 적의에 찬 시선, 연무처럼 소설의 세계에 가득 찬 회의와 불신만이 명료하게 다가온다. 구병모는 『고의는 아니지만』(2011)이나 『방주로 오세요』(2012)에서도 인간의 내면에 혼재된 선과 악의 문제를 탐구해왔다. 나의 눈동자가 깨져 있어서 우리의 선을 악으로, 우리의 악을 선으로 잘못 볼 수 있다는 한계가, 거울 같은 소설 「이창」 앞에 서 있는 나를 슬프고 부끄럽게 한다. **_허윤진**

2013년 5월
이 달 의 소 설

쿠문

김 성 중

1975년 서울에서 태어나 2008년 중앙신인문학상으로 등단했다. 소설집 『개그맨』이 있다.

초고를 절반쯤 써나갔을 때, 구석에 앉아 있던 인물이 갑자기 일어나 말을 걸었다. 그때까지 이 소설의 주인공은 방역회사 직원이었는데 느닷없이 여교수가 자기 인생을 말하기 시작한 것이다. 우리는 깊은 이야기를 나눴고 그녀는 제자리로 돌아갔다. 그러나 거기는 그녀의 자리가 아니었다. 결국, 쓴 글을 모두 버리고 새로 써야 한다는 결론이 나왔다.

이런 일들은 여전히 나를 놀라게 한다.

●··

쿠문

—

나는 밀고자들의 방파제가 좋다. 이곳에는 자기를 고발하는 사람들이 끓어 넘친다. 한 손에 술병을 들고 혼잣말을 하는 사람들, 그들은 아마 누구에게도 털어놓지 못한 죄를 지껄이고 있을 것이다. 도시의 가장자리에 아무나 걸터앉을 수 있는 방파제가 있다는 것은 근사한 일이다. 덕분에 마음껏 죄를 짓고, 고해사제인 바다에 대고 털어놓을 수 있으니 말이다.

심술궂은 삶에 이제는 지쳐버렸다. 더 이상 사람들의 결점을 찾아 음미하는 일이 즐겁지가 않다. 어릴 때는 똑똑하다고 따돌림을 받았고, 커서는 음침한 성격이라며 아무도 상대해주지 않았다. 모두가 피서지로 떠난 여름에도 혼자 도서관에 앉아 모래 대신 잉크를 묻히던 청춘의 시간들. 그때 내 목표는 일찌감치 교수가 되어 지나치게 똑똑한 나머지 마음의 온도를 잃어 차가워진, 그런 인간처럼 보이는 것이었다.

그런데 여섯 살 어린 내 동생이 먼저 그 자리를 차지했다. 아둔패기로 여겼던 애가 필즈 메달을 따왔을 때, 손쉽게 거두는 동생의 성취를 지켜보기만 할 때, 나는 내 자신의 무능이 놀라울 지경이었다. 갑자기 툭 튀어나오는 재능이라니. 다른 사람을 바보로 만드는 재능 같은 건 왜 존재하는 것일까? 자기의 우수성을 뽐내기 위해 타인을 배경처럼 만들어버리는 재능 말이다.

더 나쁜 것은 이걸 나 혼자서만 의식한다는 점이다. 동생이 중요한 논문을 연달아 발표하는 동안 나는 꺼지지 않는 질투에 끌려 다니느라 아무것도 할 수 없었다. 태어나 처음으로 열정을 발견했는데 하필이면 하나밖에 없는 자매를 죽도록 미워하는 마음이었다. 나는 카인을 이해할 수 있다. 이 괴로운 정열을 끝내는 방법은 하나밖에 없기 때문이다.

동생은 선천적으로 귀 안쪽에 이상이 있어 자주 넘어지곤 했다. 넘어진 동생을 일으켜 세우는 건 내 오랜 습관이었다. 이 습관에 저항하기로 마음먹은 어느 목요일에, 우리의 처지는 영원히 바뀌었다. 넘어진 동생을 외면한 순간 우리 사이로 검은 차 한 대가 지나갔다. 잠깐 동안 검은 막이 드리워졌을 뿐인데 그 애는 두 번 다시 학교로 돌아올 수 없었다.

나는 천재 동생보다 바보 동생의 언니 역할에 어울리는 사람이었다. 사고 후 꼬박 3년을 간병에만 매달렸으니까. 동생에게는 무슨 일이 벌어졌는지도 모를 정도의 지능밖에 남아 있지 않았는데, 그 사실이 내게 도움이 됐다.

이제 그 애는 혼자 힘으로 휠체어에 앉아 식사를 할 수 있을 정도로 회복됐다. 그러니 동생의 랩톱 안에 든 논문에 손을 댄 것은 내 헌신에 대한 수고비로 해두자. 병원 치료가 끝나자 나는 동생을 요양원으로 보냈고 그 후로 한 번도 만나러 가지 않았다. 매달 요양원의 계좌로 송금을 하는 것만이 나의 유일한 안부 인사가 되었다……

해와 함께 구겨진 낮이 바다로 들어가고 밤이 내려온다. 별들이 키들거릴 때까지 술을 마시기로 한다. 지금쯤 고분고분하게 텔레비전을 보고 있을 동생을 생각하니 텅 빈 우월감이 솟았다. 뒤이어 눈물이 흘렀는데 질투가 종결되자 영혼에 곰팡이가 내려앉았기 때문이다. 목적과 생기를 잃은 나는 권태에 빠져들고 있었다.

한 청년이 내 손에 든 담배를 보고 다가왔다. 눈물이 흐르는 뺨이 겸연쩍어서 고개를 돌리지 않은 채 라이터를 내밀었다. 그에게서는 시큼한 냄새가 났는데 냄새를 맡자마자 재채기가 나왔다. 거기에 훗날 내가 받게 될 은총의 전조가 들어 있었는데, 내 신체는 거부 반응부터 일으킨 것이다.

법적으로 스무 살인 류의 생물학적 나이는 아직 십대에 머물러 있다. 또래보다 빨리 학교에 들어간 탓에 그는 내 강의실에 들어올 수 있었다. 선생과 제자로 재회했을 때 나는 그를 몰라봤고 그는 나를 알아봤다.

학기가 끝날 무렵 결석을 많이 한 학생들을 따로 불러 학점을 줄 수 없다고 통보하는 자리였다. 한 학생이 어떻게 해야 낙제를 면할 수 있느냐고 물었다. 나는 칠판에 1학년이 도저히 풀 수 없는 문제를 휘갈겼다. 모두 한숨만 쉬는 가운데 또 다른 학생이 종이를 내밀었는데, 그것은 시에 비견될 만큼 간결하고 아름다운 수식이었다. 나는 눈살을 찌푸리며 아무렇게나 종이를 접어 가방에 넣었다. 건방진 수재들 때문에 교직이 늘 위협받는다고 생각하면서.

가지지 못한 재능에 끌리는 기질로 인해 지금의 내가 되었다. 뛰어난 학생이 엇나가는 것을 방치할 수 없었고, 아무리 부아가 치밀어도 그들을 외면하기 어려웠다. 재능을 알아보는 안목이야말로 내가 가진 유일한 재능이었으니까. 그 때문에 자퇴하려는 류를 내버려둘 수 없었다. 나는 유명한 수학자이자 기호학자, 교수들의 교수인 윌리엄에게 류를 데려가기로 마음먹었다. 더 큰 지성을 만나 자극을 받으면 학문에 정을 붙이리라는 판단 때문이었다. 그러나 어렵사리 잡은 약속에 펑크를 냄으로써 류는 내 얼굴에 먹칠을 했다. 천재를 지녔지만 인성이나 사회성 면에서 그는 어린애나 다름없던 것이다.

며칠 후 경찰에서 연락이 왔다. 부랑자 중에 발작을 일으킨 사람이 있어 병원에 데려다 놨는데, 소지품에서 내 명함이 나왔다는 것이다. 병원에 가서 두 가지의 사실을 알게 됐다. 류가 갈 데 없는 처지의 고아라는 것과 알 수 없는 지병을 가지고 있다는 것. 퇴원한 그를 내 아파트로 데려오면서 나는 류라는 사람이 아니라 거기에 깃든 재능을 후원하는 것이라고 스스로에게 선을 그었다.

함께 지내면서 나는 류가 수학에서 보여준 능력을 작곡과 스케치와 시에도 똑같이 지니고 있다는 사실에 넋을 잃었다. 내 동생은 한 분야의 천재였다. 그런데 류는 모든 학문과 예술의 주파수를 잡아낼 수 있는 수신기 같았다. 채널을 얼마든지 늘릴 수 있는데, 놀랍게도 자기 재능에는 완전히 무관심했다. 나는 류가 가진 능력의 한 조각이라도 내게서 발견되기를 바라면서 45년을 살았는데, 내 나이의 반 토막도 되지 않는 나이의 그는 황금이 들어 있는 금고문을 잠가놓은 채 걸인처럼 지내는 것이다.

이런 무책임을 꾸짖을 때마다 류는 말없이 방문을 잠그고 몇 날이고 나오지 않았다. 그는 침묵으로만 자기주장을 내세우는 타입이었다. 오로지 뺄셈으로만, 즉 먹지 않고 돈 쓰지 않고 말하지 않음으로써만 의사 표현을 하기 때문에 건드리지 않는 게 상책이었다. 류에게 재능이라는 국물을 다 짜내면 뭐가 남을까? 가시가 안쪽으로 향한 고슴도치, 밖에서 다가오면 스스로 몸을 찌르고 피 흘리겠다고 협박하는 약한 동물의 이미지가 떠오른다. 불편하지만 무시할 수도 없는 위엄이 그에게 있었다.

내가 왜 류를 거두어주고 있을까? 꼭 닫힌 류의 방문을 바라보며 자문해보았다. 동생에 대한 죄책감 때문인가? 그러나 마음 깊은 곳에서 다른 목소리가 울려 퍼졌다. 괴로운 선망 때문이야. 이 마음이 사라지지 않는 한 뱀파이어의 인간 하인 같은 내 인생은 되풀이되는 제의에 불과할 것이다.

'……기자는 신분을 밝힐 수 없는 어떤 제보자로부터 놀라운 이야기를 들었다. 우리 사회에 천재병이 확산되고 있다는 것이다. 발견자의 이름을 따서 '쿠문'이라 명명된 이 병은 현대인의 관심을 끌기에 충분하다. 이 병에 걸리면 단추 모양의 발진이 돋아난다. 발진은 눈에 띄지 않은 채 전신으로 퍼져나가며 장밋빛으로 색이 짙어질 것이다.

잠복기의 환자는 행복해 보인다. 그는 갑자기 명랑하고 영리한 사람이 되어 주변의 인기를 차지한다. 지인들은 매력적인 언변에 빠져 친구가 죽음을 향한 도정을 시작했다는 것을 눈치채지 못한다. 이런 상태로 두 달에서 반 년 정도의 시간이 흐른다.

첫번째 발작이 시작되면 환자는 순도 높은 마약을 투여한 사람처럼 갖은 환영을 본다. 이즈음 전신을 뒤덮은 수포에서 농이 터진다. 이 고름은 한 번 맡으면 결코 잊을 수 없는 냄새를 풍기는데, 레몬이나 감귤같이 신 과일이 썩어가는 동안 풍기는 향과 흡사하다. 농이 흐르면 환자는 시원한 쾌감과 함께 재능이 기생충처럼 자신을 지배하다 밖으로 튀어나오는 것을 경험한다.

그때부터 그는 놀라운 집중력으로 작곡, 그림, 저작, 무용, 기타 온갖 창조적인 작업에 매달릴 것이다. 자기표현을 향한 의지야말로 쿠문의 가장 큰 특징이다. 발진이 연달아 터지고 강렬한 감정으로 으르렁대는 시기에 놀라운 작품들이 탄생하기 때문에 치료를 포기하는 가족들도 적지 않다. 환자는 먹지도 자지도 않은 채 밤낮으로 그를 호출한 환상에 매달릴 것이고, 그렇게 남긴 작품이 유가족에게 뜻하지 않는 부를 가져다주기 때문이다. 사람마다 다르지만 쿠문으로 죽음을 맞이하기까지는 약 3~5년의 정도의 시간이 소요된다.

이 병에 걸린 사람들은 재능이 자신의 삶과 인간관계를 파괴시키는 것을 방관한다. 그러나 쿠문 사망자들은 한결같이 미소를 짓고 있어 그들이 만족한 채 죽음을 맞이했다는 추측을 가능케 한다. 쿠문은 인류에게 축복일까, 저주일까? 만약 당신에게 쿠문에 걸릴 수 있는 기회가 온다면, 짧고 고통스러운 천재의 삶과 이전의 삶 중에 어떤 선택을 할 것인가?

일요판 타블로이드에서 기사를 읽었다. 마지막 문장을 되뇌어보았으나 선뜻 대답이 나오지 않았다. 내 인생의 뒤틀린 지점은 동생에 비해 부족한 재능 때문이었지만, 그렇다고 죽음을 불사할 용기는 없었다.

'맙소사, 이런 병이 있을 리 없잖아.'

나는 골똘하게 생각에 잠겨 있는 나 자신을 발견하고 피식 웃었다. '신분을 밝힐 수 없는 제보자' 덕에 작성했다는 이 기사의 하단에는 세관 건물 위에 출몰한 UFO 사진과 다리가 네 개 달린 중국 병아리의 사진이 실려 있었다. 한마디로 신빙성이라고는 없는 가십기사인 것이다.

정말로 내 신경을 건드리는 것은 류의 변화였다. 나는 신문을 내려놓고 류의 방에서 들려오는 소리에 귀를 기울였다.

딱 한 번 류가 나에게 뭔가를 사달라고 한 적이 있었다. 집에서 실크스크린을 찍어낼 수 있는 작은 도구였는데 또 다른 재능이 폭발할 것을 기대하며 부탁을 들어주었다. 그러자 류는 끊임없이 줄을 치는 거미처럼 방 안에 틀어박혀 뭔가를 찍어내는 일에 몰두했다. 나는 그가 생산적인 데 능력을 쓰지 않고 단순반복적인 일만 하는 것이 답답했고, 식탁보의 주름을 펴듯 잘못을 바로잡고 싶었다. 그러나 그에게 잔소리하는 것은 완전히 무의미하기 때문에 그저 관찰할 수밖에 없었다. 어둠이 내리면 류는 실크스크린으로 찍은 종이 뭉치를 들고 어디론가 사라졌다.

밖에서 밤을 보내고 올 때마다 류의 옷과 신발은 먼지투성이였다. 세탁기에 빨랫감을 집어넣으면서 기대 없이 물었다.

"뭘 하고 돌아다니는 거야?"

"천문학 동호회에 가입했어요."

뜻밖에도 류가 대답해주었다. 그러고는 지나가는 말처럼 덧붙였다. 천문학자들은 비둘기의 영혼을 가지고 있대요—

"그거 흥미롭구나. 다음엔 나도 데려가줄래?"

류는 어깨를 으쓱한 다음 방으로 들어갔다. '아니오'라는 말 대신 늘 하는 행동이었지만 이만큼이라도 대답을 들은 것에 기분이 좋았다.

몇 주가 지나자 더 이상 방관할 수 없다는 판단이 들었다. 식사량이 절반 이하로 줄어든 류가 눈에 띄게 수척해졌기 때문이었다. 허름한 체크 남방을 입은 모습은—다른 옷을 사주어도 류는 늘 두세 벌의 옷밖에 입지 않았다—허수아비에게 옷을 입혀놓은 것처럼 볼품이 없었다. 도대체 그의 더듬이는 어디를 향해 있는 것일까?

미행까지 할 생각은 아니었다. 그러나 퇴근길에 우연히 류의 자전거와 마주쳤을 때 나는 차를 돌려 뒤를 밟고 있었다. 전에는 왜 이 생각을 못 했을까. 이렇게 쉽게 류가 찍어내는 종이의 내용물을 확인할 수 있는데 말이다. 류는 인적이 드문 버스 정류장을 골라 포스터를 붙이고 있었다. 프로파간다 스타일의 그래픽에 68혁명에서 봄 직한 구호가 적혀 있었다.

다른 상상이 다른 권력을 만든다!

지하운동이라도 하는 걸까? 매사에 무관심한 그를 생각하면 어울리지 않는 행동이었다.

류의 행보는 거기에서 그치지 않았다. 손목시계를 힐끗 내려다보던 류는 남은 뭉치를 배낭에 집어넣고 밤새도록 문을 여는 카페테리아 안으로 들어갔다. 밝은 불빛의 실내에는 트렌치코트를 입은 중년 사내가 류를 기다리고 있었다.

나는 유리 너머로 두 남자의 동향을 주의 깊게 살폈다. 사내가 뭔가 호소하는 사람처럼 열성적으로 말을 했고 류는 듣고만 있었다. 그 순간 왜 몸 파는 젊은 남자들의 기사가 떠오른 것일까? 나는 내 상상의 천박함을 탓하면서도 류의 모습에서 눈을 뗄 수 없었다. 두 사람이 카페를 나와 택시를 타고 이동했기 때문에 억측을 중단하고 허둥지둥 차에 올랐다.

한참을 달린 택시는 시 외곽의 재건축지구에 멈춰 섰다. 거주민들이 전부 이주하고 텅 빈 집들만 덩그러니 남아 있는 거대한 폐허는 얼핏 보면 유령들의 도시 같았다. 유적지가 아닌 폐허. 이 도시에서 재건축·재개발·신도시라는 말과 그 뒤에 붙는 문구는 적어도 류의 포스터보다 훨씬 더 일상적인 슬로건이었다. 이런 생각에 빠져 있는 사이 류와 트렌치코트의 남자는 골목으로 들어섰다.

나는 차를 세우고 라이트를 끈 채 그들을 주시했다. 주변에 가로등이 없어 의지할 빛이라고는 류와 사내의 손에 들린 랜턴뿐이었다. 이제부터는 차에서 내려 걸어서 추적할 수밖에 없었다.

좁은 골목을 들어가자 개들의 오줌 냄새가 훅 끼쳐 왔다. 미로처럼 보이는 골목 사이사이를 류는 여러 번 와본 사람처럼 익숙하게 걸었다. 15분 가량 쉬지 않고 걸어 마침내 랜턴이 한 집 앞에서 멈추었을 때, 나는 턱까지 찬 숨을 고르며 가슴을 쓸어내렸다. 발끝으로 걸은 탓에 종아리 바깥쪽이 몹시 뻐근했다.

사내와 류가 안으로 들어간 다음에 집 주변을 주의 깊게 둘러보았다. 2층으로 된 주택은 기둥 한쪽이 주저앉았는지 이상한 모양으로 기울어져 있었다. 녹슨 차임벨 주변까지 담쟁이 넝쿨이 에워쌌고 마당의 풀들은 사람이 없는 틈을 타서 머리를 마구 풀어헤치기라도 한 것처럼 웃자라 있었다. 도처에 버려진 쓰레기 때문인지 사방에서 악취가 났다.

건물로 다가가 창문에 눈을 바싹 들이대고 안을 살펴보았다. 낡은 집의 마루 패널이 삐걱대는 소리가 들려오더니 이내 쿵쿵거리는 발소리가 아래쪽으로 멀어져갔다. 이 집 어딘가에 지하실이라도 있는 것일까?

5분도 되지 않아 류가 혼자 올라왔기 때문에 재빨리 벽에 몸을 붙였다. 다행히 류는 내 존재를 눈치채지 못한 기색이었다. 랜턴 불빛이 멀어질 때까지 나는 숨소리를 죽인 채 그대로 서 있었다.

쿠문에 관한 뉴스와 류의 밤 외출을 연결시켜 생각하게 된 것은 그로부터 6개월이 지난 후였다. 정신병원에서 죽음을 맞이한 쿠문 환자의 기사를 발견했기 때문이었다. 환자는 칼을 찾아 손목을 그은 후 자기 피를 찍어 바닥에 장시를 썼다. 담당자들이 시체를 발견했을 때 벽과 바닥에는 각운이 완벽한 붉은 시들이 빼곡했다. 그 한가운데 과다 출혈로 죽어 있는 남자는 이미 사후 경직이 시작되어 뻣뻣했다고 한다.

나는 우표만 한 고인의 생전 사진에서, 죽은 쿠문 환자가 트렌치코트를 입은 바로 그 사내였다는 것을 알아보았다. 이렇게 두 조각을 맞추자 류의 놀라운 재능이 어디서 기인한 것인지 짐작할 수 있었다. 그렇다면 그는 다른 이들을 지하실로 데려가 쿠문 환자로 만들어주고 있던 것일까? 기왕의 재능을 왜 그렇게 쓰고 있는 것이며, 류에게 간 사람들은 어떤 이들이기에 목숨까지 내놓으며 쿠문 환자가 되는 것일까?

여름이 시작되었는데 류는 여전히 긴 소매 남방을 벗지 않았다.

내가 준 반팔 셔츠는 보란 듯이 개켜져 있는데 나는 이 이유를 알고 있다. 류의 팔에는 별자리처럼 발진이 돋아 있기 때문이었다.

나는 아무것도 묻지 않았다. 아무것도 묻지 않는 방식으로만 류에게 말을 걸 수 있으니까. 내가 쿠문에 대해 짐작하고 있다는 것, 그리고 류의 일을 방해하지 않을 것이라는 메시지를 침묵으로 전달하는 것이다. 슬프게도 내가 가장 알고 싶은 것은 그가 답해줄 수 없었다. 류의 남은 생이 얼마나 되는지 말이다. 수명은 천재도 헤아릴 수 없는 시간이었으니까.

바람에 얼음 알갱이가 박힌 것처럼 날씨가 추워지자 류의 외출은 뜸해졌다.

쿠문 후보자들이 줄어들었을 뿐 아니라 더 이상 밖으로 다닐 수 없을 만큼 병세가 악화되었기 때문이었다. 류는 온몸에 채찍을 맞은 것처럼 붉은 띠를 이룬 발진에 뒤덮여 열병을 앓았다. 이미 한쪽 눈은 실명에 이르렀고 두어 번 마비를 견뎌낸 사지도 이상한 모양으로 뒤틀려 있었다. 끝없이 무너지고 녹아내리는 류의 육체를 보고 있으면 고통스러우면서도 경이로웠다.

나는 소용이 없을 줄 알면서도 류를 병원에 데려가고 싶어 했다. 상처에 깔끔한 드레싱이라도 하자고 애원했지만 도무지 내 말을 들으려 하지 않았다. 함께 지낸 이후 처음으로 크게 화를 내자 류는 앉으라는 손짓을 했다.

그러고는 한 번도 들어본 적 없는 긴 문장으로 말을 하기 시작했다. 그것은 어떤 기원에 대한 이야기, 해충과 쥐를 쫓아 30년을 살아온 남자의 이야기였다.

"우리 아버지는 프로메테우스였어요."

……남자는 많은 건물에서 작업을 했지만 그처럼 벌레가 들끓는 집은 처음 보았다. 보통 개미가 있는 곳에 바퀴벌레가 없고, 반대의 경우도 마찬가지다. 그러나 그 집의 방들은 다양한 곤충이 각자의 제국을 꾸려가고 있었다. 남자는 침착하게 벌레들의 진원지를 추적하기 시작했다. '벌레들의 자궁'의 중요성을 그는 잘 알고 있었다. 진원지를 찾아내지 않는 한 다른 곳에 아무리 약을 뿌려도 일시적인 효과밖에 얻을 수 없기 때문이다. 지하실로 향한 남자는 문 앞에서 난생처음 보는 벌레를 발견하고 걸음을 멈췄다.

'독이 있을지 몰라.'

첫 소감은 이랬다. 얼핏 보면 지네와 비슷했지만 몸 전체에 자주색 털이 도톰하게 나 있어 야생버섯처럼 화사했기 때문이다. 남자는 문에 붙어 있는 자주색 벌레를 떼어내 손바닥 위에 올려보았다. 벨벳 같은 몸을 눌러보니 꽁무니 끝에 발광체처럼 희미한 빛이 깜박거렸다.

한 번 더 장비를 점검한 남자는 지하실 문을 발로 차서 열었다.

남자는 자기도 모르게 탄성을 질렀다. 청색과 은색, 보라색 빛이 반짝이는 지하실 내부는 자수정으로 이루어진 천연동굴이었다. 안으로 들어서자마자 벽에 붙어 있던 벌레들이 일제히 날갯짓을 하더니 남자의 방역복을 온통 뒤덮었다. 순간 미세한 전기가 흐르는 것처럼 몸이 저릿했는데 그것으로 자주색 벌레의 메시지를 알아들을 수 있었다. 이 벌레들은 해롭지 않을뿐더러 남자에게 호의를 가지고 있었고 뭔가를 베풀고 싶어 했다. 자기도 모르게 방역복의 지퍼를 내린 남자는 벌레들이 마음껏 몸을 물어뜯도록 내버려두었다.

추위에 떨며 깨어났을 때는 하루가 지나 있었다. 지독하게 방탕

한 밤을 보낸 것처럼 머리가 아프고 몸이 으스스했다. 지하실에서 기어 나온 남자는 집으로 돌아가 사흘을 앓아누웠다.

한동안 아무 일도 일어나지 않았다…… 그러나 어느 아침, 전두엽 한쪽이 몹시 근지러운 느낌에 사로잡혔다. 자르지 않은 케이크처럼 달콤한 무언가가 남자의 머릿속에 들어 있었다. 내보내달라고 아우성치는 목소리에 복종한 그는 거리로 뛰쳐나가 오선지를 샀다.

그날부터 남자는 자기 전에 티브이를 보는 대신 악보를 보는 사람으로 변했다. 죽기 전까지 열다섯 편의 교향곡이 그의 손끝에서 완성되었다.

이야기의 끝부분은 멜로디로 변해 비틀린 류의 입술에 걸려 있었다. 허밍으로 아버지의 음악을 들려주었던 것이다. 류는 무릎 담요를 들추고 노트 한 권을 꺼냈다. 마분지로 된 겉장을 펼치자 해독할 수 없는 글자가 나왔다.

"아버지가 만들어주신 언어예요. 우리 둘만 읽을 수 있는 책이죠."

"뭐라고 쓴 건데?"

류가 노트를 덮었기 때문에 나는 대답을 듣는 것을 포기했다. 대신 정말로 궁금한 것을 물어보았다.

"쿠문을 퍼뜨리는 목적이 뭐야? 기왕에 천재가 됐는데, 왜 남은 시간을 그 일에만 쓰는 거지?"

기침이 그를 덮쳤고 격하게 출렁거리는 그의 몸이 가라앉을 때까지 기다려야 했다. 나는 질문을 고쳐 물었다.

"재능을 대량화하면 더 이상 재능이 아니지 않아?"

이 무렵 이빨이 다 빠져서 노인처럼 보이는 류가 희미하게 웃었다. 나도 내 질문이 바보 같다는 것을 잘 알고 있었다. 쿠문 환자가 되려는 사람은 이제 거의 없었다. 이 크고 진부한 도시에서, 자기 목숨을 내놓은 대가로 천재가 되고 싶어 하는 사람의 숫자는 50명을 넘지 않았다. 드디어 미디어의 주목을 끌었을 무렵, 아이러니하게도 쿠문은 저절로 수그러들고 있던 것이다.

류는 예술기계들을 풀어놓음으로써 대중으로 응고되어버린 도시민들의 의식에 균열을 가할 수 있으리라 생각했다고 한다. '모두 한 덩이 치즈 같아요.' 예전에 그는 자주 이런 말을 했다. 타인과 다른 존재가 될지도 모른다고 예감하는 즉시 느끼는 공포, 이 공포야말로 류가 가장 미워한 혁명의 걸림돌이었다. 응고된 대중에서 각각의 인간으로 풀려나려면 우선 이 공포부터 몰아내어야 했다. 천재들에게 경탄한 군중이 언젠가 스스로의 표현을 원하게 되는 것이 류가 시도한 혁명의 임계점이었다. 어차피 그 후의 세상에는 그가 없을 테니까.

중년인 내 눈에 류의 이상주의는 데카당의 종말론에 가까웠다. 이런 견해를 말했더니 류는 선선하게 인정하며 쿠션에 뒷목을 기댔다.

"……맞아요. 이십대에 죽어갈 아이가 꿀 만한 꿈이죠."

가진 재능을 다 쓰고 죽으려는 사람처럼 류는 생의 마지막 시간에 글을 쓰고 그림을 그리고 노래를 만들고 도시를 설계했다. 재능은 끝없이 폭발했으나 육신이라는 그릇은 이미 깨진 후였다. 소용이 없을 줄 알면서도 나는 대체 요법을 동원해 류의 죽음을 늦추려고 애를 썼다. 흐르는 고름을 장미수로 닦아내고 양고추냉이 덩어리를 면포에 싸서 귀에 집어넣기도 했다.

또다시 어느 목요일에, 류는 하얀 꽃밭 한가운데에서 눈을 감는 사람처럼 전신에 흐르는 농에 뒤덮여 피곤한 눈꺼풀을 영원히 감았다. 병의 천사가 어루만져 출혈과 통증을 멎게 만들었는지 류는 희미한 웃음을 띠고 있었다. 방금 좋은 음악을 듣고 빙그레 웃는 것처럼. 처참한 육체와 대조되어 더욱 기이하기만 한 미소였다.

류의 공책을 태우기 전에 마지막으로 펼쳐보았다. 아무도 읽을 수 없는 글은 140장에서 끝나 있었다. 이 기록이 어떤 꿈을 담고 있는지 알 수 없지만 한 가지는 분명했다. 어른의 글씨 다음에 적힌 아이의 글씨, 류의 글씨로 추측되는 글씨는 매우 즐거운 듯이 보였다. 선 위에 절반쯤 얹힌 글자들이 새처럼 재재거리고 있었는데, 읽을 수 없어도 상상이 갔다. 류가 이 공책을 적어나갔을 때 그는 분명히 즐거웠을 것이다.

행복한 류를 상상하는 일이 나를 행복하게 만들었다. 나는 눈물을 닦으며 풋내기 혁명가의 장례식을 준비하기 위해 의자에서 일어섰다.

생활에 집착하는 내 습관을 평생 경멸했지만 그 습관의 힘으로 나는 모든 것을 지켜보는 사람이 되었다. 류의 장례를 치르고 한 달쯤 지났을 때 아직 해지하지 않았던 류의 휴대폰이 울렸다.

"내게도 쿠문을 주시오."

단도직입적으로 용건을 꺼내는 목소리는 단호했다. 나는 수화기를 들고만 있었다. 아직까지 내 입으로 류가 죽었다는 말을 할 수 있을 만큼 상처를 극복하지 못했기 때문이었다.

"그곳이 어디인지 알죠?"

침묵이 길어지자 남자는 조바심이 담긴 목소리로 재차 물었다.

나는 그렇다고 대답했다. 가끔씩 류의 뒤를 쫓았기 때문에 시 외곽의 재건축지구, 그 안에 있는 2층집의 위치를 대강 알고 있기 때문이었다. 나도 모르게 류가 쿠문 후보자를 만나던 카페테리아의 위치를 알려주고 약속을 잡았다.

수화기를 내려놓고 내가 왜 그랬는지 생각해보았다. 나는 종종 이럴 때가 있다. 무의식적으로 일을 저질러놓고 뒤늦게 곡절을 헤아려보는 것이다. 그러면 무의식적으로 보이는 행동이 사실은 매우 계산된 방기임을 깨닫게 된다. 나는 보고 싶었던 것이다. 도대체 쿠문에 걸리고 싶어 하는 사람들은 어떤 이들인지를.

그들이 나와 어떻게 다른지를.

첸은 나보다 먼저 도착해 기다리고 있었다. 갈색 재킷, 숱 적은 검은 직모, 테 없는 안경, 뒷굽이 심하게 닳은 구두. 나와 비슷한 연배의 남자는 남루하지도 두드러지지도 않은 수수한 인상이었다.

그런데 어디선가 마주친 듯한 얼굴이었다. 왠지 친숙한 이미지라고 말하자 첸의 둥근 얼굴에 시무룩한 표정이 떠올랐다.

"신문에서겠죠."

좋지 않은 평판을 들은 사람처럼 그는 고개를 돌리며 웅얼거렸다. 그 모습을 보자 몇 년 전 뉴스 화면이 떠올랐다.

"랜프로에, 닉 랜프로에 맞죠?"

갑자기 몇 개의 조각이 맞물리면서 그가 찾아온 동기가 짐작이 갔다. 첸은 미술계를 떠들썩하게 만든 스캔들의 주인공이었다.

첸이 세계적인 그래피티 예술가 레티스를 만난 것은 우연이 아니었다. 벽과 거리 예술가들에 대해서라면 훤히 꿰고 있지만, 그 벽에 그림을 그릴 재주는 없는 사람이었기 때문이다. 게릴라처럼 신분을 숨긴 채 몰래 작업을 하던 레티스는 그를 길잡이 삼아 프로젝트에 착수했다. 이 과정에서 레티스는 한 가지 제안을 했다. 원치 않은 명성에 불안감을 느끼고 있으니 자신의 대역이 되어달라는 것이었다.

첸은 '랜프로에'라는 가상의 그래피티 예술가가 되었고, 레티스는 도시 곳곳에 그린 자신의 그림 밑에 'N. 랜프로에'라는 서명을 남겨두었다. 랜프로에는 성대한 전시회까지 열었고 단숨에 미디어의 스포트라이트를 받았다. 그는 레티스가 커트 코베인 같은 순교자가 되지 않도록 일종의 방부제 노릇을 한 것이다. 하지만 모든 사실이 밝혀졌을 때—그 또한 프로젝트의 일부였으므로— '랜프로에'라는 이름은 스타 만들기에 혈안이 된 미술계를 조롱하는 상징이 되고 말았다. 레티스는 은자로서의 후광이 더해진 반면 그리지도 않은 그림을 가지고 행세하던 랜프로에, 즉 첸은 비웃음을 샀다.

"그래서 진짜 천재가 되고 싶은 건가요?"

자신이 당한 조롱의 보상 심리로 나온 건가 싶어 그에게 물었다. 그렇다한들 내게는 첸을 비웃을 자격이 없었다. 나 역시 동생의 논문을 훔친 전적이 있지 않은가. 내가 궁금한 건 이 사람의 마음이었다. 나와 흡사한 면이 있는 첸이 깨닫지 못한 내 욕망을 대신 말해줄지도 모른다는 생각이 들었다.

"아녜요. 난 그냥 재능 자체를 원해요. 난 레티스가 작업하는 것을 오랫동안 지켜보았어요. 그의 손이 닿으면 거리의 벽들은 농담을 하고, 화를 내고, 위트에 넘치는 전혀 다른 생명체가 되었죠. 굉장했어요! 그의 메시지가 골목마다 메아리치는 것을 난 들을 수 있었죠. 사물이 생명을 얻고 살아나는 순간은 정말 근사해요…… 단 한 번만이라도 레티스가 했던 작업을 내 손으로 해보고 싶어요. 그럴 수만 있다면, 하찮은 실수로 이루어진 제 인생을 내줄 수도 있어요. 물론 이 결심을 내리기까지는 많은 시간이 걸렸지만요……"

첸은 늦게 온 것에 사과라도 하는 듯 마지막 말을 덧붙였다. 나는 그에게서 시선을 떼고 하늘을 바라보았다.

저녁 새들이 하늘에 길을 내며 지나가고 있었다. 빠르게 흘러가는 구름 사이로 흐르지 않는 구름이 보였다. 이 사내가 나와 다른 점이 있다면 질투 대신 재능을 위해 목숨을 내놓을 용기를 가졌다는 것이다. 그 용기는 자기 욕망의 실체를 정확히 알고 있는 데서 비롯된 것이리라. 그는 재능이 가져다줄 미래가 아니라 재능 그 자체를 바라는 사람이었다. 나는 첸이라는 거울에 내 욕망을 비춰보고 있었다. 또다시 익숙한 패배감이 밀려왔다.

"당신도 쿠문 환자인가요?"

첸이 물어 고개를 저었다. 그러자 그는 내가 나에게 수차례 던진 바로 그 질문을 했다.

"쿠문을 원하나요?"

긍정도 부정도 하지 않았다. 왜냐하면, 정말로 대답할 수 없기 때문이었다. 원한 것이 필즈 메달인지 수학의 아름다움인지 알 수 없었던 것처럼. 내가 정말 질투한 것은 무엇이었을까?

첸을 차에 태우고 재건축지구 쪽으로 핸들을 돌렸다. 마지막으로 이곳을 다녀간 것은 넉 달 전의 일이었다. 그런데 넉 달 사이에 이곳의 모습은 완전히 뒤바뀌어버렸다. 공사가 시작됐는지 집들이 모조리 헐려나가고 그 자리에는 거대한 구덩이가 있었다. 높은 탑처럼 치솟은 대형 크레인 몇 대가 팔을 벌리고 우리를 맞았다. 갓길에 차를 세우고 나는 휘청휘청 공사장으로 걸어갔다.

어둠 속에 잠겨 있던 빈집들은 어디로 갔는가? 웃자란 풀들과 쓰레기로 가득한 골목은? 수백 채의 크고 작은 집들이 있던 골목을 집어삼킨 구덩이마다 철근이 깊히 박혀 있었다. 기초 공사가 시작된 것이다.

"그러니까, 여기에 류의 지하실이 있는데, 쿠문 환자가 될 수 있는 구덩이가 있는데, 전부 사라져버렸네요. 이래서야 어디가 어디인지……"

한동안 말을 잇지 못하다 횡설수설하자 첸은 어리둥절한 표정을 지었다. 그러더니 필사적인 목소리로 말했다.

"그래도…… 찾을 수 있겠죠? 당신은 여러 번 왔다면서요. 류도 죽고 이제 지하실을 찾아줄 사람은 당신밖에 없어요."

나는 마지못해 랜턴을 들고 아래를 비춰보았다. 비교적 완만한 내리막길을 발견한 우리는 조심조심 아래로 내려갔다.

가까이서 보니 파괴의 풍경은 한층 더 선명하게 드러났다. 친숙한 폐허의 흔적을 찾아내기 위해 필사적으로 노력했다. 그러나 이 거대한 구덩이에서 작은 구덩이를, 류의 지하실을 찾아낼 수 있을까? 신도시의 흉근과 늑골처럼 삐쭉삐쭉 뻗은 철근들이 또 다른 벌레처럼 보였다. 강철과 콘크리트로 된 거대한 벌레는 천재라는 은총을 줄 동굴을 삼킨 다음 고치를 틀고 태어나는 중이었다.

천공기와 파이프 사이를 경중거리며 다니다 보니 금세 지쳤다. 세 시간째 굳지 않은 흙바닥을 헤매면서 내가 왜 이 밤중에 한 발짝만 잘못 디뎌도 상처가 나는 공사장을 돌아다니는지, 과연 저 순진한 남자의 원을 들어주기 위해 이 고생을 하고 있는 건지 의아해지기 시작했다.

"도저히 찾을 수 없을 것 같아요."

콘크리트파이프 위에 걸터앉아 신발을 벗으면서 나는 한숨을 길게 내쉬었다.

내가 그렇게 말하지 않았더라면 첸은 살아 있었을까?

재건축 지구에서 돌아온 다음 날, 첸은 스스로 목숨을 끊었다.

나는 발인 날짜에서야 그 사실을 알았다. 부고 기사에는 첸의 죽음이 내가 아는 사실과 전혀 다르게 묘사되었다. 랜프로에의 이벤트 이후 첸은 오랫동안 우울증을 앓았고 모욕을 견디지 못해 목을 매었다는 식으로 말이다. 기사에는 죄책감이 묻어났는데, 사람을 멋대로 공중에 띄워놓았다가 추락을 맞자 이제야 미안해하는 듯한 미디어의 뻔뻔함 때문에 나는 신문을 던져버렸다.

부고문의 끝에 명시된 장소에 가보니 예상과 달리 성대한 규모의 장례미사가 진행되고 있었다. 나는 멀찍이 떨어져서 관이 땅속으로 들어가는 것을 지켜보았다. 첸은 아내도 있고, 아이들도 있고, 진심으로 슬퍼하는 이웃과 친구 들도 있었다. 적어도 '하찮은 실수로 이루어진 삶'이라고 자평한 이의 마지막 모습으로 보기에는 무리가 있었다.

나는 다시 한 번 나와 내 동생에게, 류와 첸에게 벌어진 일들에 대해 생각해보았다. 그러자 재능에 대한 오랜 증오가 되살아났다. 내가 바라는 유토피아는 질투하는 영혼을 만드는 천재들이 없는 곳이다. 류가 꿈꾸는 세상과 정반대인 그곳은 자잘한 인간들이 시시한 행복만 누리는 곳이다. 시시한 행복이야말로 내가 누려보지 못한 것이기에. 마음의 평온을 얻을 수 있다면 무슨 짓이든 할 수 있을 것 같았다.

장례식장을 빠져나온 내 차는 어느덧 재건축 지구 쪽으로 향하고 있었다.

공사장에는 전날과 달리 인부들이 보였다. 낯선 여자가 오는데도 상관없이 일에 몰두하는 그들의 모습에 다소 기가 꺾였지만 용기를 내서 현장 소장처럼 보이는 이에게 다가갔다. 무엇을 물어야 할지 몰라 가장 뻔한 질문부터 던졌다.

"이 자리에 뭐가 들어오나요?"

남자는 자랑스럽게 말했다.

"다 들어올 거요. 쇼핑몰, 영화관, 백화점, 대형 서점, 아파트는 물론. 모두 다요."

나는 우두커니 공사장 아래를 바라보았다. 내가 맥없이 아래만 쳐다보자 현장 소장이 눈치를 살피더니 조심스럽게 물었다.

"혹시 여기 살았소?"

뜻밖의 추측에 나는 또 멀건 표정을 지었다. 그러자 소장은 수몰된 고향을 바라보는 사람처럼 안쓰러운 시선으로 보더니 혀를 끌끌 찼다.

"다 부수진 않았어요. 유난히 벌레가 끓는 구역이 있어서 방역 처리를 한 다음에 철거하려고 내버려뒀거든요."

그는 레미콘이 여러 대 서 있는 쪽으로 손가락을 뻗으며 이렇게 말해주었다.

고맙다고 인사를 한 후, 서둘러 그가 가리킨 방향으로 발길을 돌렸다. 뒤에서 "낼모레 마저 철거할 거요"라는 말이 들려 왔다. 부수려면 이틀 남았으니 얼른 둘러보라는 뜻이었다.

눈으로 볼 때는 가까운 거리였는데 걸어보니 한참이었다. 레미콘을 지나 서쪽 방향으로 조금 더 내려가보니 과연 펜스에 둘러쳐진 십여 채의 집들이 남아 있었다. 웃자란 풀들과 녹슨 차임벨 너머 기우뚱한 2층 건물을 보자 기쁨인지 공포인지 모를 탄성이 절로 나왔다. 내가 어떻게 이 집을 잊을 수 있겠는가? 나는 두근거리는 심장을 억누르며 대문을 통과했다.

실내로 들어서자 마룻바닥이 삐걱이는 소리를 냈다. 2층으로 통하는 계단을 지나쳐서 주방 쪽으로 걸어갔다. 거기에서 몸을 돌려 좌우의 복도를 차례로 훑고 나서 마침내 찾으려던 것을 발견했다. 지하실로 내려가는 계단이 입을 벌리고 있었다.

좁고 가파른 계단을 내려가자 죽은 자들의 세계로 내려가는 산 사람처럼 소름이 돋았다. 계단으로 내려가는 게 아니라 빨려 들어가는 듯한 착각이 들어 나는 얼른 휴대폰의 불빛을 켰다.

마침내 류의 포스터가 붙은 문이 나타났다.

금색과 초록색으로 된 굵은 테두리의 글씨들. **다른 상상이 다른 권력을 만든다!** 나는 사람보다 그 사람이 만든 사물이 더 오래간다는 사실에 기이한 분노를 느꼈다. 포스터에 손을 대자 류의 시신을 만지는 것처럼 섬뜩하면서도 애틋한 느낌이 들었다.

이틀 후면 이곳은 사라질 것이다. 내가 열지 않으면 쿠문은 완전히 세상에서 파묻힐 것이다. 그러니 이 문고리를 돌리면……

뒷걸음치던 나는 뒤도 돌아보지 않고 달아났다.

손이 떨려 차 열쇠가 미끄러졌다. 간신히 시동을 걸고 전속력으로 공사장을 빠져나왔다.

나는 아직도 모르고 있었다. 쿠문을 손에 넣을 것인가, 포기한 채 살아갈 것인가? 선택은 내 앞에 있었다. 그러나 둘 다 내가 원한 답이 아닌 듯 싶었고, 알 수가 없어 미칠 것 같았다.

정신을 차렸을 때 뜻밖의 장소에 차를 멈춘 것을 발견했다. 그러나 나는 무의식이 항상 정직한 선택을 한다는 것을 알고 있었다. 요양원 안으로 들어갔더니 직원들은 몇 년 만에 찾아온 환자의 언니를 반갑게 맞아주었다. 동생은 일찍 잠들어 있었다.

평화로운 백치가 된 동생의 얼굴을 들여다보고 있으려니 긴장이 스르르 풀렸다. 나는 침대로 올라가 동생 옆에 누웠다. 이렇게 함께 누워보는 것이 몇 년 만의 일인지 생각나지 않았다. 그 애의 깊은 숨소리를 듣자 하루 동안의 피로가 밀려왔고 나도 모르게 눈을 감았다.

……꿈속에 우리 자매가 유년을 보낸 골목이 나왔다. 거리 한복판에 서 있던 내가 갑자기 무럭무럭 자라나 거인이 됐다. 내가 자라는 만큼 길은 줄어들어 있었다. 어떻게 길은 줄어들고 나는 거인이 되었을까? 고개를 갸우뚱하는 순간 뒤에서 동생의 목소리가 들려왔다. "언니!" 돌아보니 동생이 넘어져서 울고 있었다. 나는 몸을 굽혀 동생을 일으켜 세웠다. 그 애는 작디작은 다섯 살배기여서 조그만 손을 내 커다란 손 위에 포갰다.

그 순간 번쩍 눈이 떠졌고 불현듯 잠에서 빠져나왔다. 기척을 느낀 동생이 깨어나 내게로 몸을 돌렸다. 껍질 벗긴 포도알처럼 불투명한 눈동자. 아무런 감정 없이 물컹한 눈동자가 내 눈을 들여다보고 있었다. 백치가 된 다음부터 그 애는 시간이 비껴간 것처럼 늙지 않았다. 동생의 눈을 보자 불현듯 깨달았다. 내 인생에 걸린 저주를.

"나는 알아야겠어."

천재가 되는 게 중요한 게 아니었다. 내가 왜 질투하는 인간이 되었는지, 결코 선택한 적 없고 되고 싶지 않던 모습의 노예로 살아야 했는지, 내가 왜 카인이 되어버렸는지. 왜 내 마음의 주인으로 살지 못했는지를 알고 싶었다. 편파적인 신의 애정이 닿지 않는 땅에서 카인은 아벨을 되찾을 것이다.

동생의 이마에 입을 맞추고 요양원을 빠져나와 차에 시동을 걸었다.

이번에는 두려움이 일지 않았다. 다시 지하실 문 앞에 선 나는 류의 초록색 포스터를 일별한 후 손잡이를 돌렸다. 마침내 자수정 동굴 속으로 한 발짝 들어갔다.

빛나는 벽으로 다가가 벌레 중 하나를 떼어내 만져보았다. 그동안 인간 공물이 끊겨서 그런지 배가 푹 꺼지고 꼬리의 빛도 희미해져 있었다. 내 손 위에서 꿈틀거리던 보라색 벌레는 부르르 몸을 떨면서 털을 곤두세웠다. 이 보드랍고 징그러운 마디마디에 선험적인 힘을 깨워줄 무엇가가 있다면 마음껏 나를 유린하기를.

숨을 깊게 들이마신 후 걸친 옷을 모두 벗었다.

차가운 수정 바닥에 눕자 날갯짓 소리가 사방에서 들려왔다. 발끝에서부터 벌레들이 올라오는 감각이 느껴지더니, 마침내 따끔한 최초의 은총이 나를 찔렀다. 다른 벌레들이 그 뒤를 잇자 눈앞에 자주색 거품이 부글거렸고 파인애플 돌기처럼 일정한 모양을 지닌 회오리들이 전신을 에워쌌다. 수천 마리의 벌레들이 벗은 내 몸을 벨벳 담요처럼 덮어주었다. 나는 공포와 환희를 견디기 위해 등을 구부리고 눈을 감았다.

눈부신 빛이, 거기 있었다……

* 닉 랜프로에와 레티스에 관한 부분은 그래피티 예술가 뱅크시가 연출한 「선물가게를 지나야 출구」에서 영감을 얻었음을 밝혀둔다.

—

누군들 아마데우스를 부러워하지 않을 수 있으랴. 신의 은총에 값하는, 아마데우스의 천재성에 대한 뭇사람들의 선망은 차라리 자연스럽다. 모차르트와 한 시대를 살았던 안토니오 살리에르 궁정악장만이 질투하는 인간일 리 만무하다. 동서고금을 막론하고 늘 아마데우스 주변에는 질투하는 인간들이 넘실댔을 터다.

이렇듯 보편적인 테마인 '질투하는 인간'에 대한 작가 김성중의 상상력이 참으로 어지간하다. 그녀의 신작 「쿠문」은 필록테테스의 후예들을 위한 상상적 도상이다. 소포클레스의 비극 「필록테테스」에서 필록테테스는 백발백중 영광의 활을 지녔지만, 그 반대급부로 고통스런 상처를 감당하지 않으면 안 되었던 인물이다. 그 상처와 활의 우의를 통찰하면서 비평가 에드먼드 윌슨은 낭만주의 예술관의 특성으로 거론한 바 있거니와, 만약 근대 경제학자들이 이 사례를 들었다면 아마도 상처는 활을 위한 정당한 기회비용이라고 말했을지도 모를 일이다.

이 소설에서 '쿠문'은 "자기표현을 향한 의지"를 위한 활이자 상처다. 쿠문에 감염되면 강렬한 창의적 감정으로 인해 그 어떤 장르에서도 천재성을 보인다. 그러나 그러면 그럴수록 병은 깊어지고, 그것은 목숨이 줄어든다는 것을 의미한다. 목숨을 걸고 예술적 천재성을 욕망하는 것이다. 「쿠문」에서 주인공은 천재적인 동생을 기망하고 교수가 되었다는 죄책감과, 천재성을 타고나지 못한 것에 대한 원망, 그리고 천재성에 대한 질투로 범벅이 된 인물이다. 그런 인물이 '쿠문'의 비밀을 접하게 되고, 결국 그녀 자신이 '쿠문'에 입문하고자 온몸을 던지는 것으로 소설은 끝이 난다. 천재성을 위한 혹은 예술을 위한 희생 제의랄까, 아니면 천재적 성화(聖化)를 위한 입사식이라고 해야 할까. "자잘한 인간들이 시시한 행복만 누리는 곳"을 넘어서려는 주인공의 초극의지가 참으로 결연해 보인다.

그런 측면에서 우리는 작가가 이 소설을 왜 이렇게 시작했는지도 어느 정도 가늠해볼 수 있을지 모르겠다. "나는 밀고자들의 방파제가 좋다. 이곳에는 자기를 고발하는 사람들이 끓어 넘친다." 질투로 인해 벌어진 자잘한 잘못에서 큰 죄에 이르기까지 자기를 고발하고 고해하는 반성의 기제로 방파제를 설정한 것이 흥미롭다. 이런 반성을 거쳐 결단에 이르면 모종의 입사식이나 희생 제의로 돌파할 가능성이 높다. 쿠문의 일원이었던 류가 뿌렸던 프로파간다 전단에는 "다른 상상이 다른 권력을 만든다!"는 문구가 씌어 있었다. 쿠문은 패러다임 이동을 넘어서 새로운 패러다임 창출을 욕망한 것이다. 그것을 위한 다른 상상에의 열정과 의지가 도저하다. 작가 김성중 또한 다른 상상을 통해 다른 문학을 하고 싶다는 강렬한 의지를 표명한 것이 아닐까 싶다. 자잘한 문학에 대한 자기 고해를 단행한 후, 자기 몸을 쿠문에 바치는 한이 있더라도 전혀 새로운 문학을 창출하지 않으면 안 되겠다는 결연한 의지를 드러낸 '출사표'와도 같은 소설로 읽는다면, 그건 너무 무리한 읽기가 될 것인가? _우찬제

2013년 6월
이 달 의 소 설

어느 날 문득

김미월

1977년 강원도 강릉에서 태어나 2004년 『세계일보』 신춘문예로 등단했다. 소설집 『서울 동굴 가이드』 『아무도 펼쳐보지 않는 책』, 장편소설 『여덟 번째 방』이 있다.

작 가 노 트

어느 날 문득 이명을 얻었다.
귓속에서 하루 종일 낯선 소리가 들렸다.
아침에 눈을 뜨면 나를 가장 먼저 반기는 것도 이명이요,
밤에 잠들기 전 내 곁에 끝까지 머물러주는 것도 이명이었다.
낯선 소리는 내 귓속에서 춤을 추고 흐느껴 울고 행군을 하고 비명을 지르기도 했다.
나는 춤을 추지도 못하고 흐느껴 울지도 못하고 행군을 하거나 비명을 지르지도 못했다.
그냥 가만히 누워서 그 소리들에 귀 기울였다.
그러면서 속으로 난 아마 아무것도 할 수 없을 거야 하고 생각했다.

이 소설 「어느 날 문득」은 그 겨울에 쓴 것이다.
문자 그대로 '어느 날 문득' 한 남자에게 일어난 이야기이다.
이 소설을 떠올리면 언제나 소설 자체보다 이것을 쓰던 날들이 먼저 떠오른다.
어느 날 문득, 내 의지와 무관하게 나는 또 무엇인가를 얻고 무엇인가를 잃을 것이다.
그렇게 시간은 흘러갈 것이다.

●··

어느 날 문득

—

사내 휴게실 창 앞에 서면 도로 건너 숲으로 둘러싸인 공원이 내려다보인다. 바로 코앞에 있으니 회사 오가는 길에 한 번쯤 들렀을 법도 한데 남자는 아직 그곳에 가본 적이 없다. 창으로 내려다볼 때는 조만간 한번 가볼까 생각하지만 막상 그곳을 지나갈 때는 언제 그런 생각을 했냐는 듯 번번이 그냥 지나치곤 했던 것이다.

오늘도 공원 한가운데에는 좌판이 벌어져 있다. 아니, 좌판이라고 하기에는 규모가 꽤 크다. 좌판을 지키고 서 있는 사람들만 해도 예닐곱 명쯤 되니까. 좌판 뒤쪽 가로수에 걸어놓은 현수막이 바람에 펄럭인다. 까마득한 15층 빌딩 창으로 내려다보는 처지라 현수막의 문구까지는 보이지 않지만 남자는 거기 무어라 씌어져 있는지 이미 알고 있다.

'옛 애인의 선물을 가져오세요!'

사흘 전이었을 것이다. 회사 앞 공원에서 이름하여 '옛 애인의 선물 바자회'가 열리기 시작한 것은. 헤어지기 전 애인에게 받았던 선물을 헤어진 후에도 간직하고 있기는 찜찜하고 그렇다고 버리기는 아까우니 그것들을 판매한 후 그 수익금으로 불우 이웃을 돕자는 것이 바자회의 취지였다. 출장 다녀오는 길에 처음 그 바자회를 목격한 김 대리는 실로 참신하고도 공익적인 행사 아니냐며 회사에서 마주치는 누구에게나 그 이야기를 했다. 하여 그날 이후 회사 사람들은 휴게실에 들를 때마다 창밖의 바자회를 내려다보며 시시덕거리게 되었다. 김 대리는 옛 애인 선물 중에 간직한 게 있느냐, 이 실장은 지금 굴리는 차가 예전 남자친구한테 받은 선물이라는 소문이 있던데 사실인가, 박 과장은 만약 저기서 본인이 옛날 애인에게 주었던 선물을 발견한다면 어떻게 하겠는가, 하며.

　　누군가 남자에게도 물었다. 아직 갖고 있는 옛 애인의 선물이 있느냐고. 그는 재깍 아니라고 대답했다. 하지만 대답이 지나치게 빨랐던 것이나 어딘가 냉담해 보이는 표정이 오히려 오해를 불러일으켰는지 사람들로부터 켕기는 게 있는 것 아니냐는 둥 와이프 몰래 옛 애인을 만나는 거 같다는 둥 놀림을 받았다. 지난 사흘간 회사는 그렇듯 바자회 이야기로 화기애애했다.

　　그러나 오늘은 아무도 그것에 대해 이야기하지 않는다. 오전 회의에서 사장은 석 달 후에 회사 문을 닫겠다고 통보했다. 인원 감축이나 감봉 정도가 아니라 그냥 폐업이었다. 그래도 누구 하나 이의를 제기하지 못했다. 남자의 회사는 외국계 기업이라 미국 본사에서 까라면 까고 꺼지라면 꺼지고 한국 지사를 철수하겠다면 예예 철수하십시오 하는 수밖에 없었다. 사실 전혀 예상하지 못했던 일도 아니었다.

회사가 국내에 진출한 초기 몇 년간은 동종업계에서 매출 최상위권을 유지하며 승승장구했으나 수익이 정점을 찍은 후부터 천천히 내리막길을 걷기 시작하더니 급기야 3년 전부터는 시장 점유율이 바닥을 쳤다. 언젠가 어떤 식으로든 구조 조정이 있으리라는 짐작은 누구나 하고 있었다. 다만 그 시기가 너무 빨랐고 방법이 너무 과격했다는 것이 문제였다.

아니나 다를까, 회의 직후 회사는 아수라장이 되었다. 물리적이라기보다 화학적으로. 그러니까 공기가 이상해졌다. 몇몇은 사측에서 주겠다는 위로금이 겨우 반년치 급여라는 것은 지나치게 무책임한 처사라며 이에 반발할 세력을 규합하고 다녔다. 몇몇은 남은 석 달 더 다녀봐야 달라질 것도 없다며 무단으로 퇴근해버렸다. 어딘가에 전화를 걸어 이런 경우에는 어떻게 해야 하느냐며 조언을 구하는 이도 있고, 자리에 앉은 채 울먹이는 이도 있으며, 건물 전체가 금연인데 휴게실에서 대놓고 담배를 피우는 이도 있었다.

남자는 창밖을 내려다보기만 했다. 그는 운이 좋은 편이었다. 졸지에 직장을 잃었지만 생계를 걱정할 필요는 없었으니까. 대학가에서 코딱지만 한 카페 하나를 운영하면서도 사업 수완이 뛰어나 떼돈을 버는 아내는 평소 그가 카페 일에 발 벗고 나서주었으면 하는 기대를 숨기지 않았다. 그러니 남편의 실직 소식을 들으면 오히려 반색할 터였다.

평일 오후라 공원은 한산했다. 그나마 바자회 행사장 쪽에 사람들이 듬성듬성 보일 뿐이었다. 그들의 머리 위에서 펄럭이는 현수막을 일없이 눈으로 좇다가 남자는 곧 휴게실을 나섰다. 부서로 돌아가니 자리가 절반 가까이 비어 있었다. 그는 제 책상 위의 잡동사니들을 천천히 가방에 쓸어 담았다. 서랍도 차례대로 비웠다. 마침내 맨 아래 서랍을 열자 볼 때마다 치워버려야지 했던 초록색 종이 꾸러미가 눈에 들어왔다. 치우기는커녕 남자는 지난 몇 년간 그것을 서랍에서 꺼내본 적도 없었다. 그는 꾸러미를 손에 들고 잠시 내려다보았다. 그리고 심호흡을 한 번 하고는 쇼핑백에 넣었다.

행사 주최측이 맞춰 입은 티셔츠에는 깨진 하트가 든 상자 그림이 그려져 있었다. 그들은 좌판 주위를 기웃거리는 사람들에게 쉬지 않고 소리쳤다.

"옛 사랑의 쓰라린 기억을 이웃에게 새 사랑으로 베풀어주세요!"

"판매 수익금은 전부 우리 주변의 어려운 이웃에게 돌아갑니다!"

좌판 위에는 별의별 물건이 다 있었다. 책이며 음반, 필기구, 가방, 장갑, 목도리, 각종 액세서리와 향수, 인형 같은 것들이야 그렇다 치고 노트북이나 DSLR 카메라, 에스프레소 머신 등 고가품이 있는가 하면 타이 마사지 회원권이나 온라인 영어회화 수강권, 수영장 이용권 같은 유가증권도 있었다. 심지어 휴대용 철장 안에 몸을 웅크리고 있는 새하얀 푸들도 한 마리 있었다. 세상에 헤어진 연인들이 그렇게나 많고 헤어지기 전에 서로 주고받은 선물이 그렇게나 많으며 그 종류 또한 이렇게나 다채롭다는 사실에 남자는 새삼 놀랐다.

"물품을 기증하시려면 이쪽으로 오세요."

하트 티셔츠를 입은 여자 하나가 남자를 향해 손짓을 했다. 그의 손에 들린 종이 쇼핑백을 보고 지레짐작한 것이리라. 그는 우물쭈물하다가 기다 아니다 말도 없이 서둘러 그 자리를 떴다. 걷다 보니 공원 끄트머리에 이르렀다. 바자회 행사장이 한눈에 들어오는 자리에

석조 벤치들이 놓여 있었다. 그는 벤치에 쇼핑백을 내려놓고 담배에 불을 붙였다. 그러고 보니 벌써 5년이 지났다. 초저녁부터 일기 예보에도 없던 비가 내리던 날이었다. 5년이 흘렀어도 기억은 아직 생생했다.

외근 나갔던 남자가 회사로 복귀하는 길이었다. 회사에 거의 당도해서 지하도를 건너는데 맞은편에서 걸어오던 웬 여자가 그의 앞을 가로막았다.

"너 우산 팔러 다니니?"

남자는 대체 이게 무슨 상황인가 싶어 멍하니 그녀를 바라보다가 이윽고 눈을 부릅떴다.

"엇! 희수! 너 희수 맞지?"

"소리 지르긴. 웬 우산이 그렇게 많아?"

희수는 남자의 말에는 대꾸도 하지 않고 그의 양손에 각각 두 개씩 들린 우산들을 가리켰다. 수년 만의 재회인데 마치 어젯밤에 같이 술 마시고 헤어진 친구 대하듯 말투며 표정이 하도 천연덕스러워서, 남자도 얼떨결에 우산에 대한 변을 늘어놓을 수밖에 없었다.

"응, 이건 박 과장님 드릴 거고, 이건 이 실장 거, 그리고 이건……"

그는 문득 자신이 지금 왜 이런 이야기를 하고 있는지 모르겠다고 생각했다. 그런데도 어쩌다 보니 이미 시작한 우산 이야기를 멈출 수가 없었다.

"갑자기 비가 와서, 외근 나갔다 오는데, 다들 우산이 없다고……"

"나도 없는데. 니 우산 좀 빌려줄래?"

희수가 남자의 두서없는 말을 자르며 불쑥 손을 내밀었다. 그가 말없이 우산을 건네자 그녀는 눈을 크게 뜨며 웃음을 터뜨렸다.

"정말 빌려주는 거야?"

"너 우산 없다며."

남자는 웃지 않았다. 오히려 심각한 얼굴로 이거 최신형 5단 우산이라는 말을 덧붙였다. 희수가 확인해보기라도 하겠다는 듯 우산을 펼쳤다. 그 바람에 물방울이 얼굴에 튀었는지 고개를 뒤로 젖히며 눈살을 살짝 찌푸렸는데, 그 모습이 정말 남자가 기억하는 바로 그 희수라는 것을, 그는 제 눈으로 보면서도 믿을 수가 없었다.

"너는 어떡하고?"

"난 여기 이것들 쓰고 가면 되지."

"그래도. 그럼 집에 갈 때는 어떡해?"

"괜찮아. 그리고 나 우산 또 있어."

"정말? 어디 있는데?"

"아, 저기, 집에."

그는 자신이 무슨 말을 하고 있는지도 몰랐다. 그녀가 총총히 사라진 후에야 지하도 한복판에 망연자실 서서 방금 있었던 일이 꿈인가 생시인가 생각했다. 그가 들고 왔던 우산은 모두 네 개. 그러나 이제 그의 손에 들린 것은 세 개. 그리고 그녀의 명함. 꿈이 아니었다. 더 놀라운 사실은 명함에 적힌 그녀의 회사 주소가 그의 회사 주소와 마지막 번지수 하나만 다르다는 것이었다. 걸어서 5분. 어떻게 지금까지 한 번도 마주치지 않았을까 의아할 정도로 가까운 거리였다.

남자가 그녀와 전화 통화를 한 것은 그로부터 정확히 일주일 후였다. 전화를 걸었다가 첫번째 신호가 가기 전에 끊어버리기를 아홉번쯤 한 후에 성사된 통화였다. 그나마 열번째에 용기를 낼 수 있었던 것은 빌려준 우산을 돌려받아야 한다는 훌륭한 구실 덕분이었다.

걸어서 5분 만에 그들은 만났다. 남자는 회사 동료들과 두어 번 간 적이 있는 순댓국집으로 그녀를 안내했다. 그는 대학 시절 희수가 순대를 무척 좋아했다는 것을 기억하고 있었다. 순댓국 외에도 감자탕이나 곱창볶음 등 안주류만 유독 좋아하면서 정작 술 마시는 데는 젬병이었다는 것도 기억했다. 어쩌다 술을 마시면 그녀는 이튿날 몰라보게 초췌해진 얼굴로 나타나 탄식하곤 했다. 아, 가슴속에 고슴도치 한 마리가 들어 있는 것 같아. 고작 소주 한 잔이나 막걸리 한 사발 마셔놓고 그랬다.

"이 집 말한 거였구나."

식당으로 들어서며 희수가 알은체를 했다.

"여기 와본 적 있어?"

"서너 번쯤? 우리 애인이 여기 순대를 좋아하거든."

남자는 순간 저도 모르게 걸음을 멈추었다. 그러나 이내 앉을 자리를 찾으려고 일부러 멈춰 섰다는 듯 고개를 치켜들고 식당 안을 이리저리 둘러보았다. 그가 순댓국 두 그릇을 주문하자 종업원이 뭔가 빠뜨린 게 있지 않냐는 눈으로 그를 바라보았다. 그 눈길에 잽싸게 응답한 것은 희수였다.

"소주 순한 걸로 한 병 주세요."

그리고 나서 희수는 수저를 놓는다, 컵에 물을 따른다, 깍두기 항아리에서 깍두기를 그릇에 던다 어쩐다 부산을 떨었다. 화장기 없이 말간 피부며 동그란 머리통 윤곽이 그대로 드러나는 커트 머리며 그녀는 아직도 이십대 같았다. 얇은 스웨터와 면바지 아래 드러난 몸의 굴곡도 요와 철이 분명했다. 남자가 소주병을 돌려서 땄다.

"너 아직 결혼 안 했구나?"

"왜? 결혼한 여자는 애인 있으면 안 돼?"

"아, 그럼 결혼한 거야?"

희수는 그의 잔에 소주를 따르며 픽 웃었다.

"아니."

남자는 단숨에 술을 들이켰다. 그녀가 결혼을 했다면 억장이 무너질 것 같았는데 웬걸, 하지 않았다고 하니까 순간적으로 현기증이 났다.

"너는?"

"나 뭐?"

"넌 벌써 했지?"

"했냐니 뭘?"

남자는 희수가 저더러 결혼했느냐고 묻고 있음을 모르지 않았다. 그렇지만 피하고 싶었다. 피할 수 없다면 최대한 답을 늦추고 싶었다. 늦출 수도 없다면 거짓말을 해야 할 텐데 그는 그럴 만한 위인도 되지 못했다. 순댓국이 나왔다.

"말귀 단박에 못 알아듣는 건 옛날하고 똑같네."

그녀가 다시 픽 웃더니 순댓국을 한 숟가락 떠 먹었다. 남자도 묵묵히 숟가락질을 했다. 그녀가 오늘따라 간이 너무 세지 않느냐고 물었지만 그는 아무 맛도 느끼지 못했다. 그저 속으로 누군가의 면전에서 자신이 이미 결혼했다고 말하는 것이 이토록 어려울 수도 있다는 깨달음만 곱씹을 뿐이었다.

"어쨌든 반타작은 했다. 하나는 맞추고 하나는 틀렸으니까."

"그게 무슨 소리야?"

"전부터 너에 대해 막연히 상상해온 게 두 가지 있었거든."

남자는 국그릇에서 고개를 들었다. 그 두 가지가 무엇일까 하는 궁금증 때문이 아니라 그들이 서로 만나지 못하고 산 세월 동안에도 그녀가 자신을 생각하고 있었다는 사실 때문에 그의 눈이 빛나고 있었다.

"하나는 니가 작가가 되어 있을 거라는 것."

"작가?"

남자는 식당에 들어선 이후 처음으로 웃었다. 그 자신도 잊고 있었던 것을 희수는 기억하고 있었다. 그는 한때 판타지 소설을 썼다. PC통신에 판타지 동호회 방을 만들어 장편 연재를 한 적도 있고 판타지 문학 전문 출판사에 투고를 한 적도 있었다. 그럴 때마다 그의 옆에는 희수가 있었다. 이번엔 꼭 당선될 거야. 니 소설 진짜 끝내주게 재미있다니까. 매번 그렇게 말해준 사람도 희수였다.

"그리고 또 하나는?"

"또 하나는 니가 일찍 결혼했을 거라는 것."

남자는 아무 대꾸도 하지 않았다. 대꾸할 도리가 없었다.

"니가 결혼식에 오지 말라 그럴 때부터 어째 그런 예감이 들더라."

"뭐? 내가 언제 그랬어?"

이제는 대꾸하지 않을 도리가 없었다.

"옛날에 그랬잖아. 내가 아직 결혼하기 전이면 니 결혼식에 오지 말라고."

그랬었나. 전혀 기억이 나지 않았다. 그런데도 남자는 얼굴을 붉혔다. 자신이 취중에 그런 말을 했을 수도 있다는 생각이 들어서였다. 그러나 희수는 정작 아무렇지도 않다는 얼굴이었다.

"넌 어떻게 그런 걸 다 기억해?"

그녀는 눈 하나 깜짝하지 않고 대답했다.

"왜 못해? 니가 했던 말들 나는 다 기억해."

남자는 마지막 잔을 비웠다. 갑자기 못 견디게 답답하고 속이 거북했다. 마치 가슴속에 커다란 고슴도치 한 마리가 들어 있는 것 같은 기분이었다.

세월이 흘렀어도 희수는 여전히 술을 잘하지 못했다. 둘이 소주한 병을 나눠 마셨다고 해도 남자가 대여섯 잔을 마셨으니 그녀가 마신 것은 많아야 두 잔이었다. 그런데도 희수는 뺨은 물론이고 귓불이며 목 언저리까지 새빨개져서는 눈을 게슴츠레하게 뜨고 고개를 수그렸다. 식당 문을 나설 때는 살짝 비틀거리기까지 했다.

"넌 항상 그런 식이야."

희수는 남자가 저보다 앞서 밥값을 계산한 것을 두고 투덜거렸다.

"빚을 갚으려고 만나면 또 새로운 빚을 지게 만든다고."

그녀는 얼굴의 열기를 식히느라 손등으로 양 뺨을 번갈아가며 누르고 있었다.

"그래서 또 만나야 할 것 같은 부담을 준단 말이야."

"맞아. 그래서 일부러 그러는 거다. 너 또 만나려고."

남자는 제가 말해놓고 스스로 놀랐다. 평소 회사 여직원들에게도 실없는 말 한마디 건네는 법 없는 자신이 그녀 앞에서 유부남 특유의 능글맞은 농담을 할 수 있을 줄은 몰랐던 것이다. 그만큼 희수가 편해졌기 때문이라고, 이제는 다 괜찮아졌기 때문일 거라고 그는 생각했다.

"커피 마시러 갈까?"

"그래."

"아니면 맥주나 한잔하러 갈까?"

"그래."

희수는 뺨에서 손을 떼며 소리 내어 웃었다.

"그래는 뭐가 그래야. 결정 못하는 것도 옛날이랑 똑같네."

너도 툭하면 실실 웃는 거 옛날이랑 똑같아. 소주 한 잔에 비틀거리는 것도 똑같고.

남자가 그렇게 응수하려 할 때였다. 그의 재킷 주머니 안에서 진동이 느껴졌다. 휴대폰을 꺼내니 전화는 이미 끊어져 있었다. 집에서 걸려 온 전화였다. 남자의 아내는 개업한 지 얼마 안 된 카페 일로 바빠 늘 자정이 다 되어 귀가했다. 그러나 아무리 바빠도 오후에는 꼭 집에 들러 그의 저녁 밥상을 차려놓고 다시 나갔다. 희수에게 전화한 바로 당일에 그녀를 만나게 될 줄은 몰랐던 터라 남자는 아내에게 저녁 약속이 있다고 미리 귀띔해주지 못했다. 그것이 뒤늦게 마음에 걸려 남자는 당장 아내에게 전화라도 해야겠다고 생각했다. 그러나 희수가 앞장서서 걷기 시작하자 휴대폰을 도로 주머니에 넣었다.

그들은 카페에 마주 보고 앉았다. 커피잔을 만지작거리던 그녀가 마치 방금 전에 그를 만났다는 듯이 물었다.

"이게 대체 몇 년 만이지? 8년인가? 9년?"

"글쎄. 세월이 벌써 그렇게 흘렀나?"

남자가 군 복무를 하고 있을 때 그녀는 어학 연수를 갔다. 그리고 그녀가 연수를 마치고 돌아와 복학했을 때는 그가 이미 다른 학교로 편입을 해버린 후였다. 남자는 학적을 옮기고 나서 이전 학교 사람들과 연락을 끊었다. 그러니 그들이 마지막으로 만난 것은 그가 입대하기 직전인 대학교 3학년 초였을 것이다. 그로부터 자그마치 10년 가까운 세월이 흘렀다는 것보다 남자는 그들이 함께한 시간이 고작 2년밖에 되지 않는다는 사실에 더 놀랐다. 남자에게 그 2년은 그의 이십대 전부와도 맞바꿀 수 있을 만큼 깊고 강렬하게 각인된 시간이었으니까.

"어쩜 그렇게 갑자기 사라질 수가 있니?"

"……"

"난 그래도 우리가 특별한 사이라고 생각했는데."

저런 말을 희수는 참 아무렇지도 않게 잘하는구나 하고 남자는 생각했다. 그가 정말 그녀와 특별한 사이인지 간절하게 확인해보고 싶었던 시절에도 그는 그렇게 물어보지 못했었다.

희수는 인기가 많았다. 딱히 예쁜 얼굴도 아니고 옷차림마저 수수하다 못해 촌스러웠는데 희한하게 어디를 가나 시선을 끌었다. 명랑하고 상냥한 성격도 물론 사람들의 호감을 사는 데 한몫했다. 다들 술자리에 그녀가 있을 때와 없을 때 술맛이 다르다고 할 정도였다. 희수에게 마음을 고백한 남학생도 여럿 있었다. 그러나 모두에게 항상 유쾌하고 다정한 희수는 정작 이성이 적극적으로 다가서면 무엇이 그리 겁나는지 표 나게 몸을 사리며 그를 멀리했다. 그녀와 끝까지 허물없이 친근한 사이로 남은 유일한 이성이 바로 남자였다.

남자는 그러한 특혜가 황감하기도 하고 쑥쓸하기도 했다. 결론인즉슨 그녀의 곁에 있으려면 그녀에게 곁을 주지 말아야 한다는 것이었으니까. 그들은 함께 수업을 듣고 함께 밥을 먹고 함께 리포트를 썼지만 남자는 늘 그녀와 횡대가 아니라 종대로 서 있는 기분이었다.

희수는 늘 그보다 앞서 있고 그는 늘 그녀의 뒤를 쫓고 있는 것 같았다고 할까. 그녀는 서둘러 걷지도 않았지만 멈춰 서서 그를 기다려주지도 않았다. 그래서 남자는 그들이 쉬지 않고 경보를 하고 있는 것 같다고 생각했다. 그는 종종 달리고 싶다는 유혹에 시달렸다. 달리기만 하면 바로 몇 걸음 앞에서 걷고 있는 그녀를 금방 따라잡을 수 있으니까. 그러나 경보의 기본 규칙은 두 발 가운데 한쪽 발이 항상 지면에 붙어 있어야 한다는 것이다. 그는 달리지 못했다. 규칙 따위 어겨버릴 수도 있다는 것을 그때의 남자는 상상도 하지 못했다. 차라리 레이스에서 말없이 사라져버리는 편이 나았다. 그때는 그것이 최선이라고 믿었다.

"아 맞다, 깜빡 잊고 있었네."

희수가 옆 의자에 내려놓았던 가방을 뒤지는 것을 보고서야 남자는 오늘 그들이 우산 때문에 만났다는 것을 상기했다. 그녀가 남자의 턱 밑으로 뭔가를 내밀었다. 우산이 아니었다. 그것은 초록색 포장지에 싸인 납작한 꾸러미였다.

"이게 뭐야?"

"선물이야."

남자는 희수를 한 번 쳐다보고 그 자리에서 포장지를 뜯었다. 그리고 다시 희수를 쳐다보았다.

그는 기억하고 있었다. 평소 다른 사람들과 함께 있을 때 잘 웃고 떠드는 것과 딴판으로 희수가 그와 둘이 있을 때면 거의 말이 없었다는 것을. 대신 그녀는 남자가 하는 이야기를 듣고 싶어 했다. 특히 그가 최근에 구상하고 있는 소설에 대해 이야기할 때면 결말에 이르기까지 빨려들어 갈듯 집중했고 그가 내뱉는 단어 하나하나에도 열띤 반응을 보였다. 원래 판타지 소설에 관심이 많기 때문은 아니었다. 그녀는 시중에 출간된 판타지 소설은 거들떠보지도 않았다. 오직 그의 이야기에만 감하고 동하고 탄했는데, 그것은 남자로 하여금 희수가 자신을 특별하게 여기고 있다고 믿게 하기에 충분했다. 그래서 남자는 더더욱 열심히 이야기를 만들어냈다. 그녀에게 들려주기 위해서.

그러나 마법의 검과 드래곤과 시간 여행자와 뱀파이어와 지하 세계와 요괴들이 등장하는 이야기만 늘어놓던 그가 어쩌다 그녀에게 자신의 어린 시절 이야기를 하게 되었는지는 기억이 나지 않았다. 다만 그들이 학교 앞 치킨집에서 맥주를 마시고 있었고, 그가 자기 이야기라고 미리 귀띔해놓고도 막상 일인칭으로 이야기하려니 쑥스러워서 남 이야기 전하듯 삼인칭을 택했던 것만은 또렷이 기억할 수 있었다.

전국 초등학생 사생대회가 열렸다. 참가한 학생들 모두 주최측에서 나누어 준 도화지에 그림을 그리기 시작했다. 하지만 소년은 아무것도 하지 않고 가만히 앉아 있기만 했다. 집이 가난한 탓에 부모님이 소년에게 크레파스를 사주지 못했던 것이다. 그 사정을 알게 된 소년의 담임선생은 반장을 불러 그의 크레파스를 소년과 같이 쓰도록 지시했다.

두 학생은 36색 크레파스를 사이에 두고 나란히 앉았다. 소년이 파란색 크레파스를 집었다. 그러자 반장이 말했다.

"어? 나 방금 파란색 쓰려고 했는데."

소년이 빨간색 크레파스를 집었다. 그러자 반장이 또 말했다.

"어? 나 지금 빨간색 써야 되는데."

그림을 그리는 내내 그와 같은 상황이 반복되었다. 소년은 번번이 원하는 색깔을 제대로 쓸 수가 없었다. 그래서 파란 하늘은 노란색으로 칠하고 빨간 사과는 보라색으로 칠해야 했다. 그마저도 채색하는 도중에 반장이 보라색 크레파스를 가져가버려 사과의 반은 보라색이고 나머지 반은 고동색이 되었다. 뒤죽박죽 색상 때문에 그림은 자연히 엉망이 될 수밖에 없었다.

그런데 이게 웬일인가. 소년의 그림이 대상으로 뽑힌 것이 아닌가. 심사위원들은 대상작을 가리켜 사물을 눈에 보이는 그대로 그리는 것만이 꼭 최선은 아니라는 미학적 진리를 독특하고 참신한 색채감각을 통해 보여준 수작이라고 극찬했다. 소년이 상장과 함께 받은 상품은 최고급 48색 크레파스였다. 반장의 36색 크레파스에는 없는 색깔이 열두 가지나 추가되어 있을 뿐 아니라 잘 부러지지도 않고 꽃향기도 난다며 텔레비전 광고에까지 나오는 최신 제품이었다. 이제 소년은 그 크레파스를 통해 자신이 그리고 싶은 그림을 마음껏 그릴 수 있게 되었다.

"그게 끝이야?"

희수가 물었다.

"아니."

그렇다. 이야기가 거기에서 끝났다면 한 편의 동화처럼 따뜻하고 아름다운 해피엔딩 스토리가 되었을 것이다. 그러나 반장이 그것을 원하지 않았다.

"저 상은 제 거예요. 제 크레파스로 그린 그림이니까요."

반장은 담임선생에게 항의했다. 동화였다면 담임선생은 반장의 억지를 나무랐을 것이다. 반장도 곧 자신의 잘못을 뉘우치고 소년에게 사과했을 것이다. 그러나 남자의 이야기 속에서 담임선생은 곤란한 표정을 지었다. 반장의 아버지가 육성회장이고 반장의 어머니 역시 어머니회 총무로서 학교에 물심양면으로 막대한 지원을 하고 있었기 때문이다. 반장의 요구를 묵살할 수도 없고 그렇다고 소년의 크레파스를 빼앗는 것은 부당하니 솔로몬의 해답을 찾으려 선생은 쩔쩔매야 했다. 요행으로 소년이 나섰다.

"반장 말이 맞아요. 이건 제 상이 아니에요."

소년은 48색 크레파스는 물론이고 자신의 이름이 새겨진 상장까지 반장에게 순순히 건네주었다. 상황이 그렇게 되자 오히려 반장이 받기를 주저했다. 군자 같은 소년의 반응에 자존심이 상했기 때문이다.

"야, 됐어. 너 가져. 난 치사해서 안 가질래."

남자는 반장의 대사를 끝으로 그만 입을 다물었다. 희수가 앉은 채로 졸고 있었던 것이다. 그러나 그가 침묵을 지키자 그녀는 퍼뜩 눈을 뜨더니 제가 언제 졸았냐는 듯 괜히 목소리를 높였다.

"그래서 어떻게 됐어? 크레파스 줬어, 안 줬어?"

"줬어. 결국은 반장이 갖게 되었지."

"그랬구나. 나쁜 자식."

그러고 나서 희수는 다시 눈을 감았다.

"그 크레파스 말이야…… 나, 아직도 가지고 있어."

이번에는 깊이 잠들었는지 그녀는 남자의 말에 아무 반응도 보이지 않았다. 남자는 탁자에 엎드려 잠든 그녀를 놔두고 혼자 남은 맥주를 마셨다.

크레파스가 탐났던 것은 아니었다. 남자의 집은 부유했고 부모님은 자식이 원하는 것이라면 무엇이든 사주었다. 그렇다고 그 친구가 가진 재능을 질투했던 것인가 하면 그것도 아니었다. 그날 그 친구가 어쩌다 상복이 있었을 뿐 솔직히 그림 실력은 남자나 친구나 별반 차이가 없었다. 그건 반 아이들 누구나 다 알았다. 그러니까 그날 남자가 왜 그렇게 치졸하게 굴었는지는 자신도 알 수 없었다. 어쨌거나 담임선생의 중재로, 만약 그런 것도 중재라고 할 수 있다면, 친구는 상장을 가졌고 남자는 크레파스를 가졌다.

그리고 그들은 얼마 안 있어 중학교에 입학했고 다시 얼마 안 있어 친구는 죽었다. 뺑소니 교통사고를 당했다고 했다. 물론 남자와는 전혀 상관없는 일이었다. 그러나 그는 서랍 속의 크레파스를 볼 때마다 죄책감을 느꼈다. 그는 그것을 한 번도 사용하지 않았다. 그렇다고 쓰레기통에 버리지도 않았다. 어린 마음에도 스스로 그것을 보면서 매번 죄책감을 느껴야 마땅하다고 생각했던 것이다.

초록색 포장지 안에 들어 있는 것은 48색 크레파스였다. 플라스틱 용기 겉면에 '손에 안 묻는 무독성 크레파스'라고 써 있었다. 남자는 그것을 다시 원래대로 포장지에 넣었다. 종이 바스락거리는 소리 사이로 희수의 목소리가 끼어들었다.

"요새는 128색 크레파스도 있대."

그녀는 문득 어렸을 때 생각이 난다는 듯 시선을 먼 곳에 두고 있었다.

"옛날 내가 가져본 것 중에 최고는 48색이었는데 말이야."

처음에는 12색 제품이었는데 학년이 바뀔 때마다 엄마를 졸라서 18색, 24색, 36색, 48색으로 점점 가짓수가 많은 크레파스를 갖게 되었다고 그녀는 말했다. 어차피 늘 쓰는 색깔은 정해져 있는데 그때는 왜 그렇게 가짓수에 집착했는지 알 수 없다고 했다. 마치 어른들이 아파트 평수 늘리는 것과 같은 심정이었을 거라나. 그녀는 또한 금색 크레파스와 은색 크레파스는 별로 쓸 일도 없으면서 괜히 아까워 친구에게 빌려줄 때도 인색하게 굴었다고 덧붙였다.

남자는 불현듯 오래전 친구에게 빼앗다시피 받았던 48색 크레파스가 지금 어디에 있는지 떠올려보았다. 버린 기억은 나지 않는데 언제부터인가 집 안에서 본 기억도 나지 않았다. 여러 번 이사를 다니는 와중에 그의 부모가 짐을 정리하면서 버렸을지도 모르는 일이었다. 어쨌거나 그는 이제 또 다른 48색 크레파스를 갖게 되었다.

"고맙긴 한데, 우산 한 번 빌려준 대가치곤 너무 큰 거 아냐?"

"아니야. 옛날부터 꼭 사주고 싶었던 거야."

희수의 표정이 너무 진지해서 남자는 이실직고를 하는 게 좋을지 어떨지 판단을 내릴 수가 없었다. 사실 그의 배역은 소년이 아니라 반장이었음을, 그래서 그는 이 크레파스를 받을 자격이 없음을 밝힌다면, 그녀는 어떻게 받아들일까. 나쁜 자식이라고 비난하면서 크레파스를 도로 가져갈까.

"니가 해준 이야기들 중에서 난 그 이야기가 제일 좋았거든."

그가 정말로 공을 들였던 것은 마법의 검과 드래곤과 시간 여행자와 뱀파이어와 지하 세계와 요괴들이 등장하는 이야기들이었다. 그러나 희수는 그것들에 대해서는 아무것도 기억하지 못했다.

카페를 나온 것은 밤 10시였다. 이번에도 희수가 앞장서서 걸었다. 지하철역으로 가는 방향이었다. 남자는 크레파스를 손에 든 채 그녀의 뒤를 따랐다.

"넌 어느 쪽으로 가?"

"난 회사에 잠깐 들러야 돼."

"이 시간에?"

"응. 그 사람 오늘 야근이거든. 같이 퇴근하려고."

그 사람이란 애인을 말하는 것일 터였다. 남자는 조금 더 빨리 걸었다. 희수는 천천히 걷고 있었다. 그런데도 어쩐지 그는 그녀를 앞지를 수가 없었다. 그래서 그녀의 뒤통수에 대고 물었다.

"결혼은 언제 할 거야?"

그녀가 뒤를 돌아보았다.

"결혼식에 나 꼭 불러. 나도 이것에 대한 답례를 해야 하니까."

남자는 크레파스를 들어 보이며 웃었다.

"싫어. 그 재미난 구경거리를 왜 너한테 보여주니?"

농담이라는 것을 알면서도 남자는 희수가 결혼 안 할 거라고 대답하지는 않았다는 것을 의식하고 있었다. 자신도 이미 결혼했으면서 그녀의 결혼에 전전긍긍하는 꼴이 스스로 생각해도 우스웠지만 웃음이 나오지는 않았다. 오래전에 그는 상상한 적이 있었다. 그의 결혼식에 아직 결혼하지 않은 그녀가 오는 것. 그리고 그녀의 결혼식에 아직 결혼하지 않은 그가 가는 것. 그때는 양쪽 상황 모두를 견딜 수 없다고 생각했다. 그러나 지금 돌아보면 그가 정말 견딜 수 없었던 것은 자기 자신이었다. 오로지 상상밖에 할 수 없는 스스로에 대한 연민이었다.

두 사람의 눈앞에 저만치 지하철역 입구가 모습을 드러냈다. 그녀는 이제 회사 쪽으로 방향을 틀어야 할 것이다. 이렇게 헤어지면 행여나 또 우연히 마주치지 않는 이상 그가 일부러 그녀에게 전화를 걸어 만나자고 할 일은 없을 것이다. 희수가 앞으로 다시는 만나지 말자고 한 것도 아닌데 남자는 그냥 그렇게 되리라는 것을 알 수 있었다.

긴 침묵이 어색했는지 희수가 뜬금없이 물었다.

"그 반장 말이야, 걘 지금 뭐가 되어 있을까?"

남자는 곧바로 대답했다. 정답을 알고 있었으니까.

"아마 평범한 월급쟁이 회사원이 되어 있을 거야."

"음, 그럼 결혼은?"

"결혼도 그냥 평범한 여자 만나 평범하게 했을 거고."

"흥, 요즘 같은 세상에 평범하게 산다는 게 얼마나 큰 복인데!"

희수는 원래 나쁜 놈들이 더 행복하게 잘 살더라며 분한 듯 목소리를 높였다. 단지 추측일 뿐인데도 그녀가 정색을 하며 반장에 대해 적대감을 드러내자 남자는 왠지 억울했다.

"꼭 행복하게 잘 사는 것만은 아니야."

그는 주저하다 말을 이었다.

"좋아하는 여자가 있었는데……"

"그런데?"

"아니 뭐, 그냥…… 잘 안 됐으니까."

남자의 얼굴이 붉어진 것을 희수는 보지 못했다.

"그건 좀 슬프다. 근데 그럼 아내를 사랑하지 않는다는 거야?"

"아니, 그건 아냐. 아내는 아주 좋은 여자야."

"그럼 됐네 뭘. 집은 있어?"

"집? 신도시에 조그만 아파트가 있는데…… 절반은 은행 거지."

"그 정도면 성공했네. 아파트 있고, 직장 있고, 아내도 있고!"

하고 싶은 말이 많았지만 남자는 수긍도 하지 못하고 반박도 하지 못했다. 희수가 걸음을 멈추었다. 어느새 갈라서야 할 지점에 온 건가 싶었는데 그녀가 남자의 얼굴을 빤히 들여다보더니 말했다.

"그리고 소년은 자라서 이렇게 네가 되어 있구나."

남자가 기억하는 것은 거기까지였다.

정신을 차리고 보니 지하철 안이었다. 신도시로 향하는 한밤의 지하철에는 인적이 드물었다. 그는 아내에게 전화를 걸었다. 좀더 일찍 연락하지 못해서 미안하다고 했다. 아내가 괜찮다고 하는데도 그는 연거푸 미안하다고 했다. 그런데 문득 어디선가 흐느껴 우는 소리가 들리는 것 같았다. 주위를 둘러보았지만 차창에 비친 것은 피곤에 전 그의 얼굴뿐이었다.

전화를 끊으면서 남자는 그 말은 하지 말았어야 했다고 생각했다. 그러나 그것이 누구에게 한 무슨 말이었는지는 생각이 나지 않았다.

사람들이 부쩍 많아졌다. 이제 막 퇴근한 직장인들까지 가세해서 더 그러했다. 하트 티셔츠를 입은 이들의 목소리도 한층 커졌다.

"옛 애인의 선물을 기증해주세요!"

"판매 수익금은 전액 불우 이웃을 위해 쓰입니다!"

남자가 담배꽁초를 재떨이에 버리느라 몸을 돌리니 멀리 북쪽 방향으로 낯익은 빌딩이 보였다. 회사에서 내려다볼 때는 공원이 손에 닿을 듯 가까웠는데 공원에서 올려다본 회사는 까마득히 멀었다. 이제는 갈 수 없는 곳이 되어버렸기 때문일 것이다. 회사에 갈 필요가 없으니 앞으로는 이 동네에 올 일도 없다. 출퇴근길에 희수와 우연히 마주칠 일도 없다. 그리고 그는 어떤 식으로든 살아갈 것이다. 남자는 벤치에 내려놓았던 쇼핑백을 들었다. 시간은 그렇게 흘러갈 것이었다. 지나간 5년처럼. 그리고 그 전에 지나간 10년처럼.

남자는 왔던 길을 되짚어가기 시작했다. 행사장을 가로질러 공원 뒤편의 쪽문으로 나가면 바로 지하철역이었다. 행사장 입구에 거의 다다랐을 때였다. 구석에 외따로 마련된 문구용품 좌판이 눈에 띄었다. 구경하는 사람도 없고 마침 판매하는 사람마저 어디 갔는지 아무도 보이지 않았다. 좌판에는 필통과 수첩과 만년필, 다이어리 등이 놓여 있었다. 남자가 좌판에 한 발 더 가까이 다가서려던 참이었다.

"물품 기증하러 오신 거지요?"

화들짝 놀라 뒤돌아보니 예의 하트 티셔츠를 입은 여자가 남자를 향해 웃고 있었다. 역시 그의 손에 들린 쇼핑백을 눈여겨본 모양이었다. 남자가 대답을 하지 않자 여자는 그가 기증을 망설인다고 생각했는지 대뜸 사연은 적어왔느냐고 물었다.

"예? 사연요?"

"네. 선물에 얽힌 사연 말이에요."

여자는 선물을 더욱 특별하게 만들어주는 것이 바로 그것이 가진 사연 아니겠느냐며, 그래서 물건을 기증받을 때 사연도 함께 받고 있다고 설명했다. 사연을 먼저 읽어보고 물건을 사 가는 사람들도 있다는 것이었다. 과연 다시 살펴보니 좌판에 진열된 물건들 뒤쪽에 각각 꼬리표처럼 조그맣게 접힌 쪽지들이 부착되어 있었다. 여자가 그에게 볼펜과 하트 모양의 메모지를 건넸다.

"선물을 받게 된 사연이나 옛 애인과의 추억담을 쓰시면 돼요."

남자는 그가 가져온 물건이 선물이긴 선물이되 옛 애인에게 받은 것은 아니라고 사실대로 말해도 그들이 받아줄 것인지 알고 싶었다. 하지만 물어볼 틈도 없이 여자는 물건 값을 묻는 사람들 쪽으로 가버렸다.

　남자는 하트 메모지를 손바닥에 올려놓았다. 하기야 받아준다고 해도 문제였다. 메모지에 이렇게 사연까지 시시콜콜 적어야 한다니 그야말로 민망한 노릇이 아닌가 싶었던 것이다. 하지만 그렇게 생각하면서도 한편으로 그는 만약 사연을 적는다면 시작을 어떻게 해야 할까 궁리하고 있었다.

　한 남자가 있다. 어느 날 문득 그는 회사 앞에서 한 여자와 마주친다……

—

작가가 되지 못한 (않은) 서른 중반의 한 '남자'가 있다. 삼인칭인 듯 일인칭인 듯, 이른바 인물 안으로 직접 들어가는 '근접삼인칭'의 시점으로 씌어진 「어느 날 문득」은 이 남자의 현재로부터 5년 전, 또 그 5년 전으로부터 10년 전, 또 그로부터 10년 전의 이야기로 자꾸만 거슬러 올라간다. 5년 전 남자는 길거리에서 우연히 첫 사랑 '희수'를 만났다. 그리고 희수와 함께 보낸 10년 전 자신들의 대학 시절을 떠올린다. 그 회상 속에서 희수를 짝사랑하는 남자는 그녀를 위해 많은 이야기들을 만들고 있다. 그리고 어느 날 "일인칭으로 이야기하려니 쑥스러워 남 이야기 전하듯 삼인칭"으로 전한 이야기 속에서 남자는 48색 크레파스 때문에 불우한 친구에게 상처를 준 철없는 초등학생이 되어 있다. 가해자인 자신과 피해자인 친구의 위치를 교묘히 뒤바꿔 말해보지만 결국 자신의 오래된 죄책감을 고백해보았던 남자와, 남자의 아픈 고백을 짐짓 모른 척해보았던 희수는 무려 10년이 지난 이후에 담담히 지난 마음들을 다시 꺼내 보고 있는 것이다. 남자와 여자 사이에 오고 갔던 마음도 딱 이만큼이었을 것이다. 친구에게 돌려주지도 버리지도 못한 채로 수시로 꺼내보며 아픈 마음을 상기시켰던 48색 크레파스와, 남자의 아픈 이야기에 대한 뒤늦은 위로로써 건네지는 희수의 48색 크레파스 사이에, 이루어지지 못한 이 두 남녀의 첫사랑의 마음도 존재할 것이다. 말하지 못하고 간직하다 서서히 잊힌 마음, 고백되지 못한 말에 대한 뒤늦은 응답처럼 건네지는 마음, 이러한 은근한 마음들이 첫사랑의 공식일지도 모른다.

특별한 사건도 없이 한 남자의 일상이 담담히 서술되는 「어느 날 문득」은 어떤 마음들에 대한 소설이다. 에둘러서만 말해지거나 짐짓 모른 척하게 되는 어떤 마음 말이다. 그 마음의 정체는 대체로 미안함이거나 아쉬움일 것이다. 이 소설을 읽다 보면 미처 말해지지 못한 채로, 차마 아는 척하지 못한 채로 자연스럽게 잊힌 내 마음속 '초록색 꾸러미'들이 하나하나 떠오르는 듯하다. 아마도 그 많은 마음들을 "쑥스러워서 남 이야기 전하듯" 말해보는 것이 어쩌면 소설일지도 모른다는 생각을 해보게 된다. "옛 애인의 선물 바자회"에 적힌 수많은 사연들처럼 말이다. 우리가 이야기를 멈출 수 없는 것은, 바로 '그때 그곳'에서 내 마음을 온전히 전하지 못했다는 미안함과 아쉬움을 끝내 떨칠 수 없기 때문인지도 모른다. 차마 꺼내볼 수도 버릴 수도 없는, 아니 사실 있는지 없는지도 몰라 버릴 수조차 없는 옛 애인의 선물 같은 그 마음들을, 어느 날 문득 생각났다가 일상 속에 다시 잊힐 그 마음들을, 그리고 또 언젠가 분명 다시 떠오를 그 마음들을 「어느 날 문득」은 이처럼 아련히 그려내고 있다. _조연정

2 0 1 3 년 7 월
이 달 의 소 설

홀

윤 해 서

1981년 경기도 부천에서 태어나 2010년 문학과사회 신인문학상으로 등단했다.

이미 엎질러진 세계에서
우리는 무엇을 저지를 수 있을까

●··

홀

—

눈이 지붕을 덮는다.
눈이 눈을 덮는다.

바람을 통해 전해지는 언어

폴리네시아 뱃사람들은 파도 소리의 메아리만 듣고도 보이지 않
는 곳에 산호섬이 있다는 것을 감지해냈다.

보퍼트 풍력 계급

0   고요, 풍속 0mph

1 실바람, 풍속 1~3mph

2 남실바람, 풍속 4~7mph

3 산들바람, 풍속 8~12mph

4 건들바람, 풍속 13~17mph

5 흔들바람, 풍속 18~24mph

6 된바람, 풍속 25~30mph

7 센바람, 풍속 31~38mph

8 큰바람, 풍속 39~46mph

9 큰센바람, 풍속 47~54mph

10 노대바람, 풍속 55~63mph

11 왕바람, 풍속 64~72mph

12 싹쓸바람, 풍속 73mph 이상

미룰 수 있었다면.

어떤 사람들은 얼마나 더 살아남아 있었을까.

어떤 사람은 누군가의 인권을 위해 투쟁하다 세상을 떠났고 어떤 사람은 환각의 세계를 탐구하다가. 또 어떤 사람은 누군가에게 따뜻한 사랑과 인정을 베풀다가 떠났다. 어떤 사람은 1천 5백 종의 식물을 식별할 줄 알았고. 어떤 사람은 밭에 430종의 식물을 키웠지만. 역시, 떠나갔다. 물론 제는 아직 어느 쪽도 아니었고. 무언은 백색 도시 알제에 있었다. 알제의 방송에서 만돌린과 색소폰의 듀엣이, 잡음 섞인 레마 두마즈의 목소리가 흘러나왔다. 어떤 기쁨도 슬픔으로 만들어버린다는 두마즈의 목소리. 무언은 어떤 슬픔도 느끼지 않았다. 고개를 삐딱하게 들고 안경 너머로 제를 바라보고 있는 남자. 레마 두마즈. 검은 얼굴의 흐릿한 형상은 노래가 절정을 향해 가면서 점점 뚜렷해진다. 이마에 깊게 파인 주름이 그의 나이를 짐작하게 할 뿐, 저는 알지 못한다. 레마 두마즈. 느닷없이. 눈앞을 가리는 낯선 남자의 사진을 보고 있을 뿐이다. '야드라, 누가 알 것인가.' 앨범 재킷 속 두마즈의 얼굴을. yadra. 누가 알 것인가? 야드라. 누가 알 것인가. 저는 4월의 서울, 8차선 대로변에 서 있다. 나무 자세도, 물고기 자세도 소용없었다는 사실이 너무 일찍 들이닥친다. 사람들이 바쁘게 저를 지나쳐 간다. 부주의하게 어깨를 부딪치고 지나간 남자가 허공에 시선을 고정한 채 멈춰 서 있는 저를 의아한 얼굴로 돌아본다. 저는 남자를 보지 못한다. 주변에 붙잡을 것이 없다는 것을 알고 있다. 팔을 들어 짚을 무언가를 찾는 대신 주먹을 말아 쥔다. 눈을 감지 않으려고, 눈에 초점을 잃지 않으려고, 몸에 중심을 잃지 않으려고 저는 눈에 힘을 준다. 갑자기 눈앞을 막아서는 알 수 없는 이미지 때문에 중심을 잃고 미술관 복도에 처음 주저앉았던 날로부터 두어 달 가까운 시간이 흘렀다. 흐릿하고 희미한 한순간. 눈은. 검거나 흰 장막 안쪽에 남겨졌다. 저는 단순한 현기증이라고, 기획 전시 준비로 인한 과로 때문이라고 몇 차례, 자신을 다독였다. 맑은 기운을 오래 간직하려고 노력하십시오. 맑은 기운을 오래 간직하려고 노력하세요. 수화기 너머 지도자의 목소리에 이끌려 집에서 30분 가까이 떨어진 요가원을 찾기 시작한 것이 꼬박 한 달. 나쁜 기운은 여전히 눈앞을 가로막고 있었고 한 달 사이 낯선 장면의 방문은 눈에 띄게 횟수가 늘었다. 운전은 오래전에 그만두었지만. 이제 저는 더 이상 길에 주저앉지 않았다. 단지 시간이 필요한 것뿐이라고 믿고 싶었다. 어떤 시간이 저를, 저의 눈 속을 통과해 가는 데 필요한 시간. 저는 아무도 모르게 주먹을 쥐는 버릇이 생겼고 한곳에 시선을 고정한 채 보내는 시간이 늘었다. 불쑥 나타났다 홀연 사라지는 혼란 속에서. 서서히 다가오는 불안 앞에서. 점점 짙어지는 두려움의 한가운데에서. 야드라. 누가 알 것인가. 무언이 눈을 감았다 뜬다. 두마즈의 얼굴이 제의 눈앞에서 아주 짧은 순간 사라졌다, 나타난다. 차들이 빠른 속도로 달려가는 소리가 들린다. 무언은 오른손으로 머리를 쓸어 넘긴다. 두 손으로 얼굴을 두어 번 문지른다. 갈색 가죽끈으로 된 낡은 손목시계. 무언의 오른 손목, 은색 테두리, 같은 숫자 아래, 시계의 작은바늘과 큰바늘이 포개져 있다. 뜨거운 태양. 알제의 백색 정오. 택시 한 대가 제 앞에 멈춰 선다. 문이 열리고 커다란 노란 봉투가, 봉투를 든 여자가 내린다. 택시 기사가 제를 향해 경적을 울린다. 경적과 거의 동시에 닫히는 문. 제는 눈을 가늘게 뜨고 소리가 나는 쪽으로 고개를 돌린다. 천천히 고개를 젓는다. 초점이 맞지 않은 두마즈의 얼굴 위로 택시가 달려간다. 뭉개진 어둠 속에서. 택시가 다른 차들에 섞여 멀어진다. 길 한가운데에 제. 제는 눈앞의 남자가 무언이 듣고 있는 음악의 주인이라는 것을 알지 못한다. 상상하지 못한다. 야드라. 누가 알 것인가. 제는 무언이 음악을 듣고 있다는 것을 알지 못한다. 두 귀가 제를 잡아당긴다. 눈앞에서 사라진 길은 엄청난 소음으로 제에게 달려든다. 누가 알 것인가. 제는 갑자기 사라진 거리 한가운데에 우두커니 서 있다. 무언이 알제의 거리를 걸으며 들었던 여러 가지 북소리와 대형 캐스터네츠의 소리를 상상하지 못한다. 배 속과 고막을 흔든다는 굼브리의 연주 앞에서. 제의 배 속과 고막은 잠잠하다. 야드라. 누가 알 것인가. 제는 무언을 알지 못한다. 무언은 제를 보지 못한다.

바람 앞에 제.

바람 뒤에 제.

제 앞의 무언. 무언 뒤의 제.

제 안에 무언. 무언 밖에 제.

바람, 바람.

산들바람, 고요.

건들바람, 고요.

실바람, 고요.

싹쓸바람, 큰바람, 된바람, 고요.

고요, 고요, 고요.

곡선의 정서

지구의 주소

우주 – 가시우주 – 처녀자리 초은하단 – 국부 은하군 – 은하수 – 오
리온자리 팔 –
국부 거품 – 국부 성간 구름 – 태양계 – 태양에서 세번째 행성
지구

어둠 속.

사람들이 묻는다.

무엇이 보이는가. 보이는 것을 말해.

네 눈앞에 보이는 것을 말해라.

제,

사람들이 묻는다. 무엇이 보이는가.

누구의 미래가 보이는가. 너는 누구의 미래를 보고 있는가.

제,

사람들이 묻는다. 무엇이 보이는가. 무엇이 보이는가. 너는 과거의 무엇을 보고 있는가.

제,

너는.

무엇이 두려운가. 무엇이 두려워.

우리는 무엇을 두려워해야 하는가.

우리는 무엇을. 우리는 무엇에.

대비해야 하는가.

꿈속에서.

사람들의 목소리가 점점 커진다. 사람들의 그림자가 점점 커진다. 사람들이 점점 가까이 다가온다. 커다랗게 울리는 어둠의 목소리가 제의 목을 조른다. 사방에서 다가오는 보이지 않는 사람들. 보이지 않는 사람. 꿈속에 없는 사람. 제는 눈먼 예언자가 아니라 아무 말도 하지 못한다. 제의 목소리가 목구멍을 통과하지 못한다. 제는 말 없음. 무언을 말하지 못한다. 제는. 무언의 주소를, 무언의 거처를, 무언의 목소리를 알지 못해. 무언은. 어둠 속에. 혀 아래. 사람들의 입속에 있어. 제가 눈을 감았다 뜬다. 눈앞에 익숙한 침대의 모서리가 나타난다. 침대의 모서리가 선명하게 보인다. 은회색 이불이 모서리 쪽으로 흘러내려와 있다. 제는 침대의 모서리에서, 은회색 이불에서 눈을 떼지 않는다. 침대의 모서리가 전부인 것처럼. 은회색 이불이 전부인 것처럼. 은회색 모서리를 붙들고 창문 아래, 방 한쪽 구석에 앉아 문밖으로 나가지 않는다. 흰 셔츠에 갈색 넥타이. 갈색 바지를 입은 키가 큰 소년. 갈색 교복을 입은 소년 옆에 눈이 동그란 꼬마. 꼬마의 손에 들려 있는 빨간 막대 사탕. 머리 위에 둥근 초록 모자. 제는 반복적으로 같은 사진을 본다. 몇 차례. 모자. 바지. 모자. 사탕. 모자. 타이. 같은 꿈에 시달린다. 얼굴 없는 사람들의 외침. 무엇이 보이는가. 보이는 것을 말해. 무엇이 보이는가. 보이는 것을 말해. 초록. 모자. 초록. 바지. 초록. 꼬마. 제는 몇 번이고 같은 사진을 본다. 꿈속에서, 꿈 밖에서, 꿈으로부터, 꿈인 듯이. 제는 같은 것들과 몇 번씩 마주친다. 같은 것들이 꿈처럼. 제의 눈앞에서, 침대 모서리에서, 은회색 이불 끝에서, 어둠 속에서 나타난다. 나타났다, 사라진다.

자, 여기 보세요.
자, 깜빡, 깜빡.
자, 여기 보이시죠? 지금 보이는 걸 말씀하시면 됩니다.
깜빡, 깜빡. 제의 눈앞에서 빨간 점이 깜빡인다.
지금, 여기. 다 보여요.
지금은요.

안과에서는 어떤 이상도 발견되지 않는다. 제의 시력은 전과 같고 안압은 정상이다. 백내장도 녹내장도 아니고 시신경에 이상이 생긴 것도 아니다. 그날 아침. 병원에서. 제는 볼 수 있다. 눈앞에서 아무것도 사라지지 않는다.

기가 약해져서 그래요. 요즘 사람들 다 기가 약해서 그렇습니다. 용을 좀 쓰죠.

용한 한의원에서 지어온 용은 냉장고에 보관된다. 그날 저녁. 차 안에서. 제는 볼 수 없다. 눈앞에서 눈앞이 사라진다.

마음을 편하게 가지세요.
의사의 책상 앞에 둥근 의자가 놓여 있다.
스트레스가 많은 편입니까?
평소에 막연한 불안을 느끼거나 하지는 않나요?
죽고 싶다거나 그런 생각해본 적 있어요?
벌을 받고 있다는 생각이 들 때는요?
잠에 잘 들지 못하는 편이죠?

제가 둥근 의자에 앉았을 때, 둥근 의자에 앉아 의사의 눈을 놓치지 않으려고, 밖을 잃지 않으려고 안간힘을 쓰고 있을 때, 의사가 묻는다. 제는 눈을 크게 뜨고 다섯 번, 천천히. 고개를 가로젓는다. 고개를 가로젓는 속도로. 제는 한 달 넘게 병원에서 병원으로, 교회에서 교회로, 점집에서 점집으로 끌려다닌다. 가족들의 걱정과 다그침, 슬픔과 분노, 절망과 포기를 아슬아슬하게 견딘다. 보이는 것들과 보이지 않는 것들, 갑자기 사라지는 것들과 소리 없이 나타나는 것들, 반복적으로 마주치고 마주치는 것들 사이에서. 정작 제 자신은 어느 쪽도 붙잡지 못한다. 붙들지 못한다. 많은 것들이 속도를 잃고 제자리에 주저앉는다. 주저앉아 좀처럼 일어나지 않는다.

이상한 것들이 보여요.

제가 오랫동안 목소리를 잃었던 사람처럼 조심스럽게 말을 시작한다.

눈을 감아도 보입니다. 눈을 감아도 어둡지 않아요. 눈을 감아도.

괜찮아요. 괜찮습니다. 편안하게 생각하세요. 구체적으로 어떤 것들이 보인다는 말씀인지. 예를 들어 말씀해보시면 좋을 거 같아요. 편안하게.

의사가 말한다.

그러니까. 평소에는 밖이 보여요. 제 눈이 다른 사람들과 같을 때는요. 앞이 보이죠. 그런데. 그러다 갑자기 다른 것들이 보이는 거예요. 여기가 아닌 곳. 다른 곳이 보이는 거 같기도 하고. 그러면 진짜 눈앞은 캄캄해져요. 갑자기 눈앞에 커다란 고래나 물고기 떼가 지나가는 거예요. 저는 차 안에 있고 귀에는 음악 소리가 들리는데요. 지금은 선생님을 보고 있지만. 지금은 선생님 목소리를 듣고, 선생님을 보고 있지만. 아무 때나. 갑자기. 볼 수가 없어요. 앞이 안 보여요. 아뇨. 아무것도 안 보이는 게 아니라 전혀 다른 곳, 전혀 다른 것들이 보이는 거예요. 아침에 눈을 떴는데. 분명히 침대 위에 누워 있는데. 이불이 만져지는데. 사막 한가운데. 쏟아지는 별 무리 아래 누워 있다고요. 무슨 말인지 이해되세요? 눈과 귀가 여기, 진짜 여기에. 한곳에 같이 머물 때도 있지만 점점 자주. 멀리 떨어져 있는 다른 것들이 보인다고요. 제가 진짜 어디 있는 건지 모르겠어요.

제는 설명하려고 노력한다. 이해받으려고. 이해시키려고 노력한다. 기대를 버리지 않으려고 노력한다.

괜찮아요. 괜찮습니다. 당장은 혼란스러우시겠지만 마음을 편안하게 가지세요. 자, 숨을 깊게 들이쉬고, 내쉬고. 네, 괜찮아질 거예요. 자, 최근에. 앞이 보이지 않을 때 본 것들. 그러니까 보인 것들을 한번 말씀해보시겠어요?

어떤 남자. 사진. 남자의 손. 남자가 들고 있던 카메라. 누군가 마시던 커피 잔 같은 거요.

어떤 남자죠? 아는 사람입니까?

아뇨. 몰라요. 아직은 모르겠어요.

매번 같은 사람이 보이나요?

아뇨. 거의 다른 사람들이요. 꼭 사람들은 아니지만. 한꺼번에 많은 사람들이 보일 때도 있고요.

그런데 제가 뭘 보는지가 중요한가요?

제가 묻는다.

음, 최근에 혹시 이별을 하셨다거나 감당할 수 없는 슬픔을 느꼈다거나 그런 적 있으세요?

의사가 대답 대신 묻는다.

아뇨.

제는 말하고 의사의 얼굴을 본다. 이마에 점. 숱이 없는 눈썹. 짧은 인중. 검붉은 입술. 모든 게 선명하다. 선명한 눈앞에서. 제는 감당할 수 없는 슬픔을 느낀다. 언제 사라질지 모르는 눈앞을 감당할 수 없어. 감당할 수 없는 슬픔을 감당한다. 감당할 수 없다는 것에 대해 생각한다. 그 밖에 어떤 생각도 허용하지 않는 슬픔.

가족들은. 가족들은 제가 눈이 멀었다고 생각하지만 그런 건 아니에요. 보이지 않는 게 아니라 너무 많은 게 보여요. 말도 안 되는 소리죠. 말도 안 되는 소린데. 그런데. 그래도 보여요. 다른 사람이 보는 것들이오. 어떤 사람이 보는 것들이 저한테도 보이는 것 같아요. 그 사람이 누군지 모르지만. 그 사람이 누구든. 제 눈 뒤에 다른 사람의 눈이 있어서 제가 다른 사람이 보는 것을 다른 사람처럼. 그러니까 꼭 그 사람처럼 보는 것 같다고요.

의사는 말없이 제를 바라본다. 제는 의사의 표정을 읽을 수 없다.

괜찮아요. 괜찮습니다. 일시적으로 환영을 보거나 그럴 수도 있죠. MRI 검사 결과도 문제없고 다른 검사 결과에서도 특별한 이상은 발견되지 않았으니 기다려보죠. 마음을 최대한 편안하게 갖도록 하세요.

의사는 같은 말을 반복하고. 제는 석 달이라고. 벌써 석 달이 지났다고. 석 달이나 기다려봤다고 말하지 않는다. 애써 한 설명이 또 한 번의 헛수고였다는 것을, 헛된 기대였다는 것을 깨닫는다.

일주일 뒤에 다시 뵙도록 하죠.

의사가 말한다. 제는 말없이 의사의 방을 나온다. 간호사가 항우울제가 처방된 처방전을 제게 건넨다. 제는 다시 한 번 천천히 고개를 가로젓는다. 방 밖에서 기다리던 언니의 손을 잡고 길을 나선다. 언니는 이제 묻지 않는다. 울지 않는다. 그날 오후. 거리에서. 제는 볼 수 있다. 볼 수 없어진다.

"네게 무엇을 하여 주시기를 원하느냐 가로되, 주여 보기를 원하나이다. 예수께서 저에게 이르시되 보아라. 네 믿음이 너를 구원하였느니라, 하시매 곧 보게 되어 하나님께 영광을 돌리며 예수를 좇으니 백성이 다 이를 보고 하나님을 찬양하니라."

집으로 돌아오면. 어느 때나. 엄마의 목소리가 들린다. 엄마의 기도 소리가 들린다. 제의 엄마가 성경을 읽는 소리가 들린다. 목사님과 교회의 집사님들이 제의 집에 다녀간다. 무릎을 모으고 찬송을 부른다. 제를 위해 기도 드린다. 제는 거실 가운데 앉아 있다. 고개를 숙이고. 죄를 고하는 마음으로. 용서를 비는 마음으로. 제는. 제 안에 있는 무언가. 제를 바라보는 무언가. 제가 보는 무언가. 제 눈 속에 눈. 눈 뒤의 눈. 멀고 먼 눈. 그것을 느낀다. 어렴풋이. 검고 큰 눈을 마주한다. 마주하고 앉는다. 제 안에 다른 눈. 제는 다른 누군가의 눈을 느낀다. 거의 동시에. 무릎을 꿇고. 들이닥치는 눈. 제는 다른 누군가의 눈으로 본다. 제는. 한순간, 완전히 사라진다. 예고 없이 찾아드는 장면들과 눈앞에서 불현듯 재생되는 낯선 공간 속으로. 얼굴을 모르는 갑작스런 무언의 시간에. 소리 없는 무언의 눈으로. 제 눈 뒤의 눈 뒤에 머문다. 어디로도 떠나지 못한다. 짧은 거리를 이동하는 데에도 점점 더 긴 시간이 걸린다. 무언의 시간이 많아질수록. 제는 한곳에 오래 머문다. 길 한가운데 가만히 서 있다. 방 안에서 움직이지 못한다. 우두커니 앉아서 움직이지 않는다. 움직일 수 없어.

제는.
우주에서, 국부 거품에서, 세번째 행성에서,
골목에서, 집 앞에서, 방 안에서, 창문 아래에서, 침대 모서리에서. 제를 잃는다.

하농

이 도시는 후렴구 같아. 반복만 남은 후렴구.
이제 끔찍한 반복과 변주만 남았다.

문자메시지가 도착한다. 제의 휴대폰은 꺼진 지 오래고 제는 두 눈과 두 귀 사이에, 두 눈과 두 눈 사이에 머문다. 어쩔 수 없을 때 방문을 열고 나간다. 어쩔 수 없이. 거실을 가로질러 화장실 문 앞까지 열다섯 발자국. 제가 방문을 열었을 때. 하고 싶은 것은 없고, 사고 싶은 것만 많은. 사고 싶은 것은 많고 일자리는 없는. 주어가 불분명한 문장이 날아온다. 누가 누구여도 상관없다는 듯. 끔찍한 뉴스가 계속된다. 사건과 사고는 일어난다. 끊임없이. 어느 날 갑자기.

제가 본 것들

케이블카 줄 위에 위태롭게 서 있는 곡예사.
낙조를 보다 신들린 사람들.
사람들의 뒤집힌 눈동자.
샛노란 레몬파이.
지붕과 지붕 사이로 보이는 붉은 하늘.
구겨진 지폐.
사막과 맞닿은 바다.
빌딩 사이로 지는 해.

모기 물린 자국.

오래된 도시의 골목과 골목들.

파도.

닫힌 우물과 건반 빠진 피아노.

하얀 흙.

언 호수.

밤하늘에 쏟아지는 불꽃.

짙푸른 산호.

눈 위에 뿌려진 씨앗들.

박제된 사슴. 물고기의 피와 살.

씨앗을 먹고 있는 새의 부리.

사슴의 뿔.

노란 물고기.

눈을 뒤집어쓴 나무. 장작 패는 노인.

날아가는 공.

합창단 아이들.

화장터의 연기. 비탈의 나귀들.

잿빛 구름.

모두의 집.

검은 물.

머리를 긁적이는 해표, 일몰을 감상 중인 펭귄, 양의 동공, 스푼으로 떠먹는 뇌, 막대 사탕을 물고 있는 군인, 손톱 밑이 까만 사람들, 채 모으지 못한 기도하는 손, 벌어진 입, 아이 업은 아이, 빨래가

마르고 있는 옥상, 깊은 밤, 텅 빈 방, 그와 그들의 악수, 허기진 눈,
아름다운 미소, 무언의 왼뺨, 보조개.

　　무의미한 낙서.

　　무언의 삼각형.

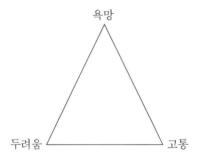

　　욕망. 고통. 두려움. 욕망. 고통. 두려움. 욕망. 고통. 두려움. 욕
망. 고통.
　　감은 눈. 뜬 눈. 감은 눈. 뜬 눈. 감은 눈. 뜬 눈. 감은 눈. 뜬 눈.
　　오로지 눈을 감고 싶어. 눈 감고 싶어.
　　감은 눈의 고요한 암흑을. 안과 밖의 온전한 어둠을 원해. 제는
눈을 감는다. 눈을 뜨는 것이 두려워. 잠 깨는 것이 두려워. 제는 잠
들지 못하고 무언의 눈은 쉬지 않는다. 이마 아래, 눈썹 아래, 코의
오른쪽과 왼쪽 위에. 두 눈은 사라지지 않는다. 두 눈과 두 눈 사이.
다른 두 눈은 달아나지 못한다.

벌어진 눈. 찢어진 눈. 찢긴 눈.

말~묵가

왜 자르시는 거예요?

아깝게. 왜 자르시려고요?

머리카락을 만지며 미용사가 묻는다. 머리카락 사이로 미용사의 손가락이 지나간다. 미술관을 그만두고 나오면서 제가 제일 먼저 한 일은 머리를 자르는 것이었다.

그냥요.

긴 머리가 더 잘 어울리실 것 같은데.

긴 머리카락을 머리 뒤로 접어 올려 보이며 미용사가 말한다.

짧게 잘라주세요.

여름 금방 지나가요. 그래도 이 정도 길이는 돼야 예쁠 것 같은데.

짧게요.

짧게. 대답하고 제는 긴장한다. 머리카락을 자르고 집까지 가는 동안 적어도 한 시간은 걸릴 것이다. 눈은 아직 제자리에, 바깥에, 제의 눈앞에 있다. 언제, 어떻게, 무엇이 들이닥칠지 몰라. 미용사의 말이 제의 귀에 들어오지 않는다.

그런데 정말 자르시는 이유가 있는 거 아니에요?

미용사가 집요하게 묻는다. 대답을 하지 않으면 머리를 자르는 내내 묻고, 또 물어올 것이다. 갑자기 앞이 안 보여서요,라고 사실을 말한다면. 미용사는 어떤 표정을 지을까.

그냥. 충동적으로. 충동적으로요.

제는 충동적으로 대답한다.

충동이요?

거울 속에서 제와 미용사의 눈이 마주친다. 굵은 웨이브 단발이 잘 어울리는 남자다.

충동. 그거 위험한 건데.

남자가 그 말을 끝으로 거울 속에서 웃는다. 제 뒤에서. 충동은 위험해. 머리카락이 뭉텅, 잘려 나간다. 너는 위험해. 나는 위험하다. 제는 눈을 감고 생각한다. 집으로 돌아가는 길을 떠올린다. 무사히 집에 돌아갈 수 있기를 바란다. 택시에서 내려 집까지 올라가야 하는 좁은 골목길을 걸어본다. 길가에 서 있는 가로등을 하나씩 지나간다. 길 끝에서 갑자기 낯선 누군가가 나타나지 않기를. 골목의 마지막 모퉁이에서 모르는 남자의 꿈속이나 그의 침대맡으로 굴러떨어지는 일이 없기를 바란다. 아무런 대책 없이. 골목길 바닥에 엎드려. 나라 밖의 먼 도시를 헤매지 않기를. 카메라 렌즈에 눈을 가져다 대고 한참씩 숨을 죽이지 않기를 바란다. 미용실 바닥으로 머리카락들이 떨어진다. 까맣게 쌓인다. 재처럼. 제의 두 귀가 하얗게 드러난다. 거울 속에 낯선 여자가 앉아 있어. 미용사가 몇 마디 말을 더 건넸던가. 제는 미용실 문을 열고 거리로 나온다. 목덜미에 더운 바람이 닿는다. 누군가 제의 등을 세게 밀치고 지나간다.

부축은 두 팔과 두 다리와 두 손의 일.

눈의 일이 아니라. 제가 도착한 곳은 눈밭이었고, 그곳은 사방이 눈이었다. 눈으로 눈이 멀 것 같아. 제는 갑자기 주저앉는다. 눈이 후드득후드득 눈 위로 쏟아진다. 눈이 우르르우르르 눈 위로 쏟아진다.

낯선 여자가 제 앞에 모로 누워 있다. 알몸의 여자. 여자의 검은 등 위에서, 제의 눈앞에서, 찰칵, 플래시가 터진다. 제는 눈을 깜빡인다. 눈이, 눈앞이 깜빡이지 않는다. 오로지 끝없이 하얀 눈밭. 눈밭에 떨어져 있는 수십 개의 검은 눈동자들. 가운데 누운 여자. 눈 위에 누운 까만 여자 위로 집요하게 꽂히는 눈. 찰칵, 찰칵. 플래시가 터진다. 여자가 자세를 바꾼다. 바로 누워 두 팔을 벌린다. 두 다리를 벌린다. 몸을 웅크린다. 두 팔로 두 다리를 감싸 안는다. 여자가 움직일 때마다. 자세를 바꿀 때마다. 다른 포즈를 취할 때마다. 여자의 맨살에 눈이 달라붙는다. 눈에 눈이 부셔. 제는 제 앞에 여자의 얼굴이 보이지 않는다. 눈앞이 보이지 않아. 먼 눈에 눈이 멀어. 제는 제 시간에 무언의 현실을 산다. 제 자신의 현실 속에서 무언의 꿈을 본다. 무언의 꿈과 현실을 제 안에서 구분하지 못한다. 여기와 저기 사이에서. 밧줄을 끊고. 3시부터 10시까지. 2시부터 2시까지. 무언은 아무 때나 잠들고, 사라지고, 사라지고, 나타난다. 제는 무언의 오늘과 제의 어제를, 무언의 어제와 제의 오늘을 동시에 산다. 무언은. 밤에서 낮으로. 어제에서 오늘로. 때로 오늘에서 모레로. 날짜를 바꿔 날아다니고. 제는 거꾸로, 거꾸로. 떠도는 무언의 꿈을, 무언의 눈을, 무언의 계절을 따라잡지 못한다. 제는 제와 무언. 두 눈과 다른 눈. 두 시간과 공간 사이에 있어. 낯선 사람들 가운데. 한 번도 걸어본 적 없는 거리에. 도착한 적 없는 도시에. 어느 날 갑자기. 던져진다. 겨우 돌아온 책상 위에 화집을 올려놓고. 그림을 한 장씩 넘기다가 제는 처음 보는 알몸의 남자를 만난다. 영문도 모른 채. 남자의 이마에, 두 뺨에, 입술에 입을 맞춘다. 눈앞에 남자. 남자의 어깨에, 허리에 팔을 두른다. 남자의 짧은 머리칼을, 수염이 웃자란 얼굴을 쓰다듬는다. 쓰다

듣는 무언의 손을 본다. 무언의 긴 손가락 끝에서 한 장, 한 장, 모든 그림이 사라진다. 어떤 그림도 사라진다. 제가 좋아했던 그림이 있는 페이지의 한 귀퉁이. 접혀 있는 페이지의 한 귀퉁이에서 제는 남자의 뒤통수를 본다. 제 손으로 접은 화집의 귀퉁이. 책갈피의 모서리를 만진다. 남자의 양어깨를 움켜쥔 무언의 두 손. 남자의 섬세한 등 근육들. 하얀 목. 등 위에 넓게 퍼진 점 같은 기미들이 제의 눈앞을 가린다. 제는 10여 년 가까이 한 권씩 모았던 화집들을 책장에서 꺼내 책상 위에 쌓는다. 두 손이 여러 번 갈 곳을 찾지 못하고 허공을 가른다. 여러 화집의 페이지가 한꺼번에 넘어간다. 수십 장의 그림들이 펼쳐진다. 제의 눈앞에서. 제의 눈앞으로. 그림들이 지나간다. 단 한 장이라도. 단 한 장만이라도. 볼 수 있다면. 다른 이미지로 다른 이미지를 가릴 수 있다면. 수백 개의 이미지로 단 하나의 눈을 가릴 수 있다면. 제는 몇 권의 페이지를 소리 나게 넘긴다. 몇 권의 화집을 바닥으로 집어 던진다. 두 손으로 두 눈을 문지른다. 두 귀를 움켜쥐고 바닥에 주저앉는다. 제의 의지와 상관없이. 제와 먼 눈. 다른 두 눈은. 끈질기게. 무언의 침대 위에 남는다. 한 남자의 뒤통수에 매달린다. 남자의 매끈한 등허리에. 허리를 버티고 있는 무언의 두 손에. 한순간 꼭 감긴 두 눈에. 제는 의지를 잃는다. 제는 두 눈으로 지켜본다. 다른 두 눈으로. 등에서 허리로 이어지는 낭창한 곡선을, 길고 가는 다리를, 다리의 날렵한 근육들을. 감상한다. 다른 누군가를 훔쳐본다고 느낀다. 제는 제 자신을 의심한다. 등 뒤에서. 눈 감고 싶다. 더는 보고 싶지 않아. 두 눈을 가리고 두 눈과 싸운다. 두 눈을 찌르고 싶어. 네 눈을 찌르고 싶다. 귀 막은 눈. 제 의지와 먼 눈은 멈추지 않는다. 제의 눈은 감기지 않는다. 알몸의 여자와 알몸의 남자. 어느 날의 여자와 어느 날의 남자. 눈밭의 여자와 침대 위의 남자. 어느 쪽이 무언의 꿈인지 어느 쪽이 무언의 현실인지 제는 알지 못한다. 둘에 하나. 둘 중 하나. 제는 현실도 꿈도 찌르지 못한다. 두 눈과 두 눈 사이. 사라진 시간 앞에서.

뜬눈으로.

　　모두가 슬퍼서
　　당신이 삼킬 수 있는 것은 어여쁜 알약들

　　던질 것은 백 미터도 날지 못하는 주먹과
　　변덕스런 마음뿐
　　휴전 중에 태어나 유전 중인
　　당신도 외롭습니까 어제도 외로워
　　무작정 길을 건너는 사람들
　　무단횡단이 더 익숙한 낙타들

　　너도 나도 시간이 부족해
　　우리는 어른이 되지 못했다
　　이별하기 바빠서
　　오직 혀처럼 붉은 고독만
　　돌아가며 돌아서는 얼굴들
　　돌려줄 것이 없는 슬픔들
　　언제든 무너질 준비가 되어 있는
　　비극보다 연약한

안녕,

두 눈과 두 눈 사이.

너무 멀리 있어. 들리지 않는 무언의 노래. 무언이 쓰지 않은 시.
말에서 묵가 사이.

말에서 묵음 사이. 말 없음.

무언이 있다. 오직, 오조의 귓가에 목소리로 남은 안녕,

환상방황 순환충동

북회귀선이 통과하는 도시.
광저우, 보팔, 무스카트, 리틀 엑세마, 마자틀란.
남회귀선이 통과하는 도시.
롱리치, 톨리아리, 레호보스, 상파울루, 투부아이.

광저우, 보팔. 상파울루, 투부아이. 롱리치, 마자틀란. 아직 어느
도시도 통과하기 전. 어디로도 출발하기 전. 어디에도 도착하기 전.

무언은 꼼짝도 하지 않는다. 말하지 않는다. 웃지 않는다. 울지
않는다. 반응하지 않는다. 일어서지 않는다. 아무도 만나지 않는다.
화내지 않는다. 죽은 것처럼. 죽은 것과 다름없이. 숨 쉰다. 숨만 쉰
다. 누워 있는다. 누군가 가까이 다가온다. 누워 있는 무언의 얼굴을
들여다본다. 무언은 눈을 깜빡일 뿐 고개를 돌리지 않는다. 눈을 뜨고
있지만 보지 않는다. 침대 위에, 몸통 옆에, 무언의 허리께에 무심히

놓여 있는 손. 누군가 무언의 손을 잡는다. 손아귀에 힘을 준다. 손을 꽉 잡는 것으로 무언의 마음을 잡을 수 있는 것처럼. 두 손으로 무언의 손을 꼭 잡는다. 무언은 움직인다. 잡힌 손을 잡고 있는 손아귀에서 빼낸다. 관계하지 않는다. 손을 제자리로 끌어당긴다. 돌려놓기. 손은 침대 위로. 무언의 허리께로. 제자리로. 돌아온다. 무언은 누군가. 다른 사람. 아는 사람. 알았던 사람. 가까운 사람. 더 가깝거나 덜 가까운 사람. 잘 모르거나 더 잘 모르는 사람. 누군가. 방 안에 있다는 것을 안다.

알아.

알고 있었어.

무언이 다시 세상 밖으로 나왔을 때, 방문을 열고 나왔을 때, 두 발을 딛고 일어섰을 때.

너니? 정말 너야?

나쁜 놈. 이 나쁜 자식.

어머니가 무언의 가슴을 붙들고 울었을 때.

몇 달 동안 말 한마디 하지 않고, 꼼짝 없이 누워서 너 얼마나 지독했는지 알아?

나쁜 놈. 나쁜 자식.

누군가 물었을 때, 누군가 다그쳤을 때, 누군가 흐느꼈을 때.

무언은 무심하게 대답했다.

알아. 알고 있어.

왜? 대체 왜 그런 거야? 왜 그런 건데? 왜 그랬어?

이유가 뭐야? 그 전날 무슨 일이 있었어? 무슨 충격적인 일이라도 있었던 거야?

뭐 때문에? 뭐 때문인데? 뭐 때문이었어?

쏟아지는 질문에 무언은 대답했다.

그냥.

그냥. 아무것도 할 수가 없었어.

정말 아무것도.

무언은 그 시간들을 기억했다. 아무 말도 하지 않고, 아무것도 하지 않은 채, 꼬박 누워만 있던 시간들. 아무것도 할 수 없고, 아무 말도 할 수 없던 시간들. 기대도, 욕망도, 원망도, 슬픔도 어떤 의지도 없던 시간들. 산 것도 죽은 것도 아니었던 그 시간들을. 오로지 우현에 속해 있던 시간들을. 우현의 시간들을.

갈색 넥타이. 하얀 셔츠. 갈색 교복을 입은 소년. 우현은. 초록 모자. 동그란 눈. 빨간 막대 사탕을 든 꼬마. 무언의 기억 속에 남아 있다. 무언의 지갑 속에. 무언이 간직한 한 장의 사진 속에. 무언의 무동무언증의 시간 속에. 남아 있다. 우현의 죽음에 속한 시간.

무언은

검정 자갈이 깔린 노비 해변을 지난다. 검정 자갈들.

유향나무 숲을 지난다. 숲의 나무들.

귀뚜라미가 노래한다. 귀뚤귀뚤. 귀뚤귀뚤.

전날 떠올렸던 단어를 생각한다. 마그레브. 알제리. 튀니지. 모로코. 마그레브.

마그레브. 해가 지는 곳.

무언은 해가 지는 곳으로 간다. 서쪽으로 간다. 해가 진다. 시간이 지나간다. 제는 두 눈과 싸운다. 시간이 지나간다. 제는 두 눈을 부정한다. 시간이 지나간다. 제는 어느 쪽의 방문도 기다리지 않는다. 시간이 지나간다. 해가 진다. 두 눈이 지나간다. 아무것도 하지 않으면서. 시간이 지나간다. 무언이 지나간다. 두 눈이 돌아온다. 아무 생각도 하지 않으면서. 시간이 지나간다. 해가 진다. 제는 눈을 감는다. 감기지 않는 눈. 소리 너머의 눈. 냄새 너머의 눈. 온기 너머의 눈. 눈 덮은 눈. 눈 뒤에 눈. 눈 속의 눈. 없는 눈

이 온다. 어느 날 갑자기.

모래 속에서 거대한 귀들이 솟아오른 사막. 저 멀리. 야트막한 귀 언덕 너머 빨간 머리의 여자가 서 있다. 가체를 올린 걸까. 머리숱이 엄청나다. 한 발, 한 발. 제는 여자 쪽으로 걷는다. 모래에 발이 푹푹 빠진다. 제는 모래 속에서 발을 휘저으며 힘겹게 여자에게 다가간다. 입술 위에 입술. 입술 위에 입술. 입술 위에 입술. 입술. 입술. 입술. 수십 개의 입술들이, 크고 작은 입술들이 여자의 머리 위에 포개져 있다. 검붉은 입술부터 어두운 보랏빛을 띠는 입술까지. 금방이라도 혀를 내밀 것 같은, 날카로운 이빨을 드러내고 말 것 같은, 반쯤 벌어진 틈으로 침이 흘러내리고 있는 입술들이 하나, 둘, 하나, 둘. 제는 여자의 머리 쪽으로 손을 뻗는다. 하얗게 갈라지고 튼, 수포가 오른 입술을 만진다. 수포가 오른 입술이 입꼬리를 떨며 웃는다. 제는 새삼 여자의 얼굴을 본다. 정작 여자의 얼굴에 입이, 입술이 없다. 입술 위에 입술. 여자의 머리 위에서, 한 입술 속에서 작은 입술이 머리를 내민다. 입속에서. 작은 새가 나온다. 작은 입술새. 부리가 있어야

할 자리에 부리가 없는, 부리 대신 입술이 자란 새. 입술이 머리의 절반을 차지하고 있어. 새는 자꾸만 머리를 박고 입술 위에 입술로 곤두박질한다. 새의 날개가 입술 위에서 퍼덕거린다. 새는 사막을 날아오르고, 날아오른다. 모래 속으로. 날아오르고 곧 곤두박질하는 새를 따라 제는 걷는다. 입술 위에 입술 여자를 지나. 하얀 눈밭에 쏟아진 눈동자들. 흰자 속에 검은자들. 백지 위에 쌓인 고대 문자들. 읽을 수 없는 문장들. 끝없는 눈밭, 잿빛 계곡, 축축한 행간들을 지나. 잎사귀들. 나무에 달린 잎사귀들. 바람에 흔들리는 잎사귀들. 커다란 나무 앞에 선다. 나무가, 잎들이 바람에 흔들린다. 제 앞에 나무. 제는 뒤를 돌아본다. 빨간 머리의 여자는 보이지 않는다. 사막은 사라지고 잎사귀들이 흔들린다. 눈앞에 바람. 바람에 흔들리다 생각난 듯 한 잎사귀가 벌어진다. 잎사귀가 잎맥을 따라 눈꺼풀을 서서히 들어올린다. 한 잎사귀 한 잎사귀 또 한 잎사귀 위에서. 설탕이 고인 눈. 짓무른 눈. 곪은 눈. 곯은 눈. 꽃 핀 눈. 개미가 끓고 있는 눈, 이 눈을 뜬다. 모든 잎사귀에서. 잎사귀마다 피어난 기괴한 눈 위로. 눈동자마다 입을 맞추며 날아오르는 작은 새. 눈동자로. 눈동자로. 또 다른 눈동자로. 곤두박질하는 작은 입술새. 제는 몸을 떤다. 몸서리를 친다. 창마다 입맞춤을 남기며. 흩날리는 눈. 두 눈 사이로 눈을 뜬다.

광저우, 보팔, 상파울루, 투부아이.

제는 어느 도시도 통과하지 못한다. 빛이 느리게 제를 통과한다. 빛이 쉼 없이 도시를 통과한다. 빛이 가차 없이 시간을 가로지른다.

빛이.

빛만이. 어김없이 돌아오는 빛만이. 모든 것을 집어삼킨다.

눈을, 어둠을, 은둔을, 도시를 완전히 집어삼킨다. 흔적을 남기지 않는다.

환영의 방문

3만 8천 피트 상공.

비행기는 구름 속이다. 기장은 난기류로 인해 착륙에 난항을 겪고 있다는 방송을 끝으로 비행기의 고도를 높이거나 낮추며 조심스럽게 착륙을 시도하고 있다. 좌석 앞 모니터는 뿌연 구름 속이고 무언은 창을 통해 구름을 보고 있다. 흰 구름의 공포. 구름은 빠른 속도로 창을 스쳐간다. 눈보라 속에 들어온 것처럼 차가운 기운이 기체의 벽을 뚫고 승객들을 동요시킨다. 무언의 옆에 앉은 남자는 시종 다리를 떨고 있다. 10분 넘게 착륙은 지연되고 있고 사람들은 고요하다. 아이들도 숨을 죽이고 모니터를 응시한다. 비행기는 바닥으로, 바다로, 절벽으로. 곧 곤두박질할 것처럼 고요하다. 움직임이 전혀 느껴지지 않는다. 옆에 앉은 남자가 떨던 다리를 멈춘 것은. 꿈속에서 무엇인가 만난 사람처럼. 잠시 떨던 다리를 멈춘 것은. 기체가 구름을 뚫고 급하강하기 시작했을 때다. 곧 끝날 것 같던 구름은 끝나지 않는다. 꽤 빠른 속도로 기체는 구름을 통과하지만. 오로지 흰 구름. 흰 구름. 흰 구름의 공포는 쉽게 걷히지 않는다. 남자가 다리를 다시 떨기 시작하고 몇 분 뒤 기체는 착륙한다. 거칠고 둔탁한 바퀴 소리를 신호로 여기저기에서 안도의 한숨 소리가 터져 나온다.

파래가 좋아. 파래가 좋아.

파래가 될래. 파래가 될래. 파래. 파래. 같은 말을 두 번씩 반복하기 좋아하는 제의 조카가 방문을 두드린다. 똑똑. 이모. 이모. 똑똑. 제는 구름을 통과하고 있고. 똑똑. 이모. 제는 흰 구름의 모니터 속에 있다. 제는 남자가 다리를 떨다가 멈추는 것을 본다. 똑똑. 이모. 이모. 제의 조카가, 제의 조카의 목소리가 제를 방으로 끌어당긴다. 제를 침대에 착륙시킨다.

이모, 이모 뭐 해?

대답이 없자 조카가 방문을 열고 들어온다. 제는 방문 쪽으로 고개를 돌리고 조카를 향해 웃어 보인다.

이모. 안 심심해?

조카가 침대 위로 올라오는 게 느껴져 제는 말없이 웃는다.

이모, 이모. 우리 끝말잇기 할까? 끝말잇기.

그럴까?

제는 조카의 손을 잡는다. 아이의 손이 작고 따뜻하다.

내가 먼저 한다.

거지.

조카가 말하고. 제는 눈앞에 보이는 것들을 말하지 않으려고 애쓴다. 눈앞에 보이는 것들에 잠기지 않으려고 애쓴다.

지도.

지도? 도착. 도착.

착각.

착각이 뭐야?

조카가 묻는다.

착각? 착각한다고 하잖아. 잘못 생각하는 거. 진짜랑 다르게 생각하는 거야.

아이는 잘 모르겠다는 얼굴로 제를 본다. 제는 좁은 통로를 통과해 입국 심사대 앞에 줄을 선다. 낯선 글자들이 보인다. 보인다는 착각. 제는 제가 보고 있는 것들이 모두 보인다는 착각 때문에, 보인다는 착각으로 보이는 것이라고 생각해본다. 보이지 않는 것들이 모두 보이지 않는다는 착각 때문에 보이지 않는 것이라고 생각해본다. 보인다. 보이지 않는다. 보인다. 보이지 않는다. 보인다는 착각. 보이지 않는다는 착각. 제대로. 볼 수 없다는 착각. 볼 수 있다는 착각. 제가 한참 여러가지 착각 속을, 어떤 생각 속을 헤매고 있을 때.

각자. 이모. 나 각자. 각자.

아이가 한참 만에 각자를 생각해낸다.

각자? 자두. 자두? 두부. 두부? 부자.

자수? 수영. 수영? 영영.

영영?

제가 묻는다. 영영? 조카가 영영이라고 말했기 때문에. 영영. 제는 따라한다. 영영. 아이가 태어나 얼마쯤 자라면 영영이라는 말을 알게 되는 걸까. 영영.

아이는 눈을 감고 있는 이모의 입을 본다.

영영.

제가 말하고 아이의 눈이 그렁그렁해진다. 제는 그렁그렁한 아이의 눈을 보지 못한다. 제는 낡은 버스의 뒷자리에 앉아 카메라의 렌즈를 닦고 있다. 푸른 천이, 무언의 두 손가락이 카메라 렌즈 위에서 천천히 원을 그린다.

비스티아 아니모
베스티오 베스티에타
베스티오 아니포르눔

이모 따라해봐. 이모. 따라해보라니까. 이모. 이모.

아이는 손등으로 눈을 훔치고. 제는 잠이 깨는 것처럼 침대 위로 돌아온다.

응? 뭐라고? 민지야 미안. 뭐라고 했어? 이모가 잠깐 딴생각했어.

나 따라해봐. 따라해보라고.

자. 비스티아 아니모.

비스티아 아니모?

응. 묻는 거 아니야. 그냥 따라해.

비스티아 아니모.

비스티아 아니모.

베스티오 베스티에타.

베스티오 베스티에타.

베스티오 아니포르눔.

베스티오 아니포르눔.

자 이제 이모가 되고 싶은 걸 생각해. 이모가 되고 싶은 걸 생각하고 이 주문을 외우면 이모가 원하는 대로 변할 거야.

제는 웃는다. 조카의 얼굴이 보이지 않지만 조카의 얼굴을 향해 손을 뻗는다. 조카의 머리를 쓰다듬는다. 아이의 볼이, 작은 머리통이, 부드러운 머리카락이 제의 손바닥에 느껴진다.

어, 이모. 나 보여? 보여?

조카가 제 눈앞에서 손을 흔드는 게 느껴진다. 저는 조카의 손을 잡고 미소 띤 얼굴로 고개를 천천히 젓는다.

아니.

내가 『마법의 책』에서 봤어. 외워 온 거야. 그러니까 꼭 이모가 되고 싶은 모습을 생각하고 이 주문을 외워. 외우면 돼. 알았지? 꼭이야. 꼭.

비스티아 아니모
베스티오 베스티에타
베스티오 아니포르눔

이모, 근데 주문을 걸 때는 조심해야 돼. 조심, 또 조심.

나는 몰랐는데. 모든 일에는 함정이 있대. 함정에 빠지면 안 되니까. 잘 따라해. 비스티아 아니모. 베스티오 베스티에타. 베스티오 아니포르눔. 함정 조심. 또 조심.

조카가 저의 손을 꼭 잡는다. 저의 새끼손가락에 제 새끼손가락을 건다. 저는 조카의 손을 잡고 무언의 무릎 위에 카메라를 내려놓는다. 카메라를 무릎 위에 내려놓는 무언의 손을 본다. 창밖에서. 버스 밖에서. 맥간의 골목길에서. 개가 짖는다. 컹컹. 컹컹. 어둠을 향해 사납게 짖는 개. 저는 있는 힘을 다해 벌린 개의 입을 본다. 벌어진 입. 날카로운 이빨. 컹컹. 컹컹. 저는 함정 속에 있다. 컹컹. 컹컹. 저는 네발로 서 있다.

내 인간의 형상은 사라져라.

더 나은 모습이 될 것이다.

이제 나는 변할 것이다.

위층의 아이가 운다.

발열, 숨 가쁨, 두근거림

인간만이 갖고 있는 능력—

읽기, 쓰기.

산수의 능력이나 에피소드를 기억하는 능력.

미래를 예측하고 타인의 사고를 상상하는 능력.

유머나 웃음.

인간만이 가지고 있는 능력이 인간을 인간답게.

일으킨다. 지독하게. 쓰러뜨린다.

제는 달라진 눈을, 달라진 몸을, 달라진 상황을 쉽게 받아들이지 못한다. 달라진 것이 하나도 없는 제 자신과 같은 것이 하나도 없는 몸. 제 자신이라고 믿었던 제 자신과 거의 무관한 제 자신. 제의 몸. 몸이 통과하는 순간, 순간에 당황한다. 두 발이 긴장 속에서 허방을 더듬는다. 한 발, 한 발 조심스럽게 나아간다. 지팡이에 의지해. 제의 두 손이 불안하게 허공을 짚는다. 사방이 낭떠러지인 것처럼. 갑자기 주변이 무한대로 팽창된 것처럼. 제는 모든 공간에 막막한 두려움을 느낀다. 사소한 모든 일이 어려워진다. 씻는 일이 불편해진다. 먹는 일이 불편해진다. 식탁 위에 놓인 그릇들의 위치를 가늠하다 접시에 젓가락이 부딪히는 소리에 마음이 상한다. 거의 모든 일에 용기가, 자신감이 필요해진다. 익숙했던 일에 쉽게 열패감을 느낀다. 걷고, 씻고, 먹고, 자고, 사랑하는, 모든 일이 일이 된다. 걷고, 씻고, 먹고, 자는 모든 일을 줄인다. 사랑하지 않는다. 사랑하기를 멈춘다. 제는 많은 것들과 담담하게 이별한다. 젓가락을 조용히 내려놓는다. 살기 위해. 살기 위해 제는 맨빵을 조금씩 뜯어먹으면서. 이대로 새가 된다면. 새가 될 수 있다면. 얼마나 높이 날아야 할까. 나뭇가지에, 가로등에, 높은 빌딩에 부딪히지 않으려면. 보지 않고 하늘 가운데로 날아오르려면. 얼마나 높이 날아야 할까. 얼마나 오래 날갯짓을 해야 할까. 생각한다. 달라진 눈에 익숙해지는 것이 무서워. 달라진 몸에 적응하는 게 두려워. 겁내는 마음보다, 머리보다, 먼저.

던져진 몸. 애쓰는 몸. 받아들인 몸.

"나는 시각형 인물이다.
나는 지켜본다. 지켜본다. 지켜본다.
내가 사물들을 이해하는 것은 내 눈을 통해서다."
　　　　　　　　　　　　　　　　　—앙리 카르티에 브레송

무언의 크로키 수첩에 적혀 있던 말.

지켜보고, 지켜보고, 지켜보느라. 무언은 누군가 자신을, 다른 두 눈이 자신을, 제가 자신을 지켜본다는 것을 모른다. 어느 날 갑자기. 자신이 지켜보고, 지켜보고, 지켜보는, 많은 것들을 제가 지켜보고,

지켜보고, 지켜보게 되었다는 것을 모른다. 등 뒤에서. 지켜보는 자는 제 의지와 상관없이 들키는 자가 된다. 비밀을, 비밀 아닌 비밀을, 알리고 싶지 않은 비밀을 들켰다는 것을 모른다. 숨은 두 눈. 눈 뒤의 눈이 있다는 것을 모른다. 눈 뒤에서. 보고 싶지 않은 자가 보는 자가 된다. 감시하고 싶지 않은 자가 감시하는 자가 된다. 감시하고 싶지 않은 자가 감시당하고 싶지 않은 자를 감시해. 감시도 전시도 제 뜻은 아니라. 실내에서 무언은 거의 알몸이었다. 제는 무언의 맨다리 위에 놓여 있는 책을 읽었고, 무언의 알몸을 덮고 있는 천장을 자주 마주 보았다. 마른 무릎과 긴 발가락들이 가는 팔의 근육과 듬성듬성 자란 털들이 종종 제의 눈에 띄었다. 보여지는 것보다 보는 것에 익숙한 사람. 순간의 포즈를 포착하는 사람. 왼손에서 거의 카메라를 내려놓지 않는 사람. 무언은 아름다웠다. 무언이 아름다웠다는 사실이. 무언이 아름답다는 사실이. 무언이 아름다울 것이라는 사실이. 거의 가장 중요하다.

시간이 눈이 녹는 것처럼. 눈처럼. 고요 속에 있어.
적막에 가까운 고요.
고요 앞에서 나는 많은 이름들을 잊었어.
많은 이름들을 잊어가고 있어.
이름들만이 아니라 어쩌면 온통 하얗던 사방과 눈보라 속에 잠긴 불안도. 불과 며칠 전의 기억도 잊은 거 같아. 잊기 위해 기억하거나 기억하기 위해 잊는 것처럼.
기억과 망각이 이렇게 등을 마주하고 나란히.
산은 깊고, 깊어서 가도 가도 끝나지 않을 것 같았고 눈 속에 잠긴 산장은 산 자들의 세상이 아닌 듯했지만.

오로지 하얀 세상. 사방은 눈뿐이고 길마저 사라진 곳에서 내가 본 것은 두려움도 공포도 아니었던 거 같아. 그건 멀리서 바라보는 죽음도, 삶도, 어느 쪽도. 아무것도. 아니었어. 나는 막연히 뭔가가 슬펐고 그건 내가 떠올릴 수 있는 이름들은 아니었던 거 같아.

낯선 길 위에서

좁고 가파른 절벽 끝에서

끝도 없이 이어지는 계단

계단을 하나, 둘, 하나, 둘, 마음속으로 세는 것밖에. 처음부터 다시 하나, 둘, 하나, 둘. 지나온 계단을 지우듯이 앞으로 나아가는 것밖에 선택할 수 있는 것이 아무것도 없을 때. 숨이 턱까지 차오를 때. 숨이 턱까지 차올라 남은 몸이란 귀, 귓속을 파고드는 심장박동 소리와 숨소리뿐일 때. 그 계단 끝에서 단 한 번, 나는 너를 만났다.

그저 숨소리. 숨소리. 내 숨소리. 턱 끝까지 차오르는 숨소리. 살아 있다는 느낌. 아직 살아 있다는. 그리고. 누군가. 이미. 이 길을 걸었다는 위안 같은 것들만이 유일한 믿음이었던 그때.

무엇이든 내려놓아야 했던 시간. 남김없이. 내려놓았다고 생각했을 때.

손아귀에 잡히는 것이 아무것도 없다고 느꼈을 때. 주머니 속에 쥔 주먹. 빈 주먹 속에 헐거운 시간. 그것 하나를 붙잡고 걸었던 거 같아.

그때 그 길 위에서 만났던 너를, 너의 발자국을 기억해.

소리 없이 계단 아래로 사라지던 아름다운 너.

여자였다. 무언에게 메일을 보낸 쪽은 여자였고, 무언은 무감했다. 무언은 여자의 얼굴이 기억나지 않았다. 여행지에서 누군가와 연락처를 주고, 받는 일은 무언에게 흔한 일이었다. 사진을 찍거나, 사진에 찍히거나. 여자 쪽에서. 무언에게 메일 주소를 건네거나 무언의 메일 주소를 물어왔다. 무언은 아름다웠으므로. 누구일까. 제는 편지의 주인에 대해 생각했다. 무언의 얼굴을 처음 본 날. 거울 속에서 무언의 얼굴. 무언의 단정하고 짙은 눈썹. 하얀 피부. 반듯한 이마. 크고 선한 눈. 날렵한 콧날. 도톰한 입술. 길고 가는 팔다리. 군살 없이 균형 잡힌 몸. 큰 키. 가는 목. 왼뺨에 보조개. 아름다운 미소. 전신 거울 앞에 선 무언을 처음 만난 날. 무언이 제의 눈앞에 처음 드러난 날. 마침내 무언. 무언이 거울 앞에 제 몸을 드러낸 날. 무언의 눈으로. 제는 제 눈과 싸우기를 멈췄다. 제도 모르게. 막연한 질투를 느꼈지만. 힘이 빠졌다. 아는 얼굴, 무언은 제가 본 적이 있는 얼굴이었다. 이름은 몰랐지만. 기억에 남은 얼굴. 무언은 단지 아름답다는 것만으로 주위의 공기를 바꾸는 사람이었다. 남자나, 여자나, 아이나, 노인이나. 누구나. 그의 아름다움을 사랑했을 것이다. 그를 만나야 한다. 제는 생각했다. 처음 만났을 때 무언의 나이를. 제 나이를 생각했다. 스물셋, 가을은 가벼운 뺑소니였고 스물일곱 여름은 죽은 매미였다. 관 끝에 내려앉은 배추흰나비. 포르르포르르 날아오르는 나비의 날갯짓. 멀리 흩어지는 민들레 씨앗. 지나온 나이는 차례로 떠올랐고, 흩어졌고, 지나갔다. 제는 무언의 나이를 알 수 없어. 무언의 나이를 상상했다. 무언이 본 것들, 무언이 잊은 것들, 무언의 눈 속을 지나갔을 시간들을. 그때로부터 몇 해가 흘렀을까. 왜 그가. 왜 하필. 왜 갑자기. 왜 나에게. 왜. 왜. 왜. 왜. 기차는 다시 달리기 시작했고. 무언은 여전히 아름다웠다.

am pm

am pm. 어느 날. 국적이 다른 두 사람이 국경 근처의 한 도시에서 만난다. 일주일 뒤. 우연히 일주일을 함께 여행한 두 사람은 각자의 나라로 돌아간다. 1년 뒤. 각자의 나라에서 두 편의 소설이 발표된다. am pm. 공교롭게도 제목이 같은 소설. 두 작가는 서로에게 서로의 직업을 속였고 두 사람의 성은 달랐다. 전혀 다른 기억. 내용이 전혀 다른 두 소설이 한 나라의 한 카페를 배경으로 쓰였다. 두 사람은 서로의 소설을 알지 못했지만. 무언은 우연히 두 소설을 읽었다. 메모했다. am pm.

다시 1년 뒤.

제는 골목길에 세워져 있는 낡은 입간판 앞에서 눈을 뜬다. 잠에서 깨면서 집 천장을 바라본 아침이 언제였는지 기억하지 못한다. 주방에서 들리는 소리로 잠에서 깼다는 사실을 실감한다. 도마 위에서 뭔가가 다져지고 있다. ampmampmampm. am pm. 제도 며칠 사이 본 적이 있는 카페다. 무언이 그 도시에서 아침마다 들르던 카페. 커다랗고 까만 개는 거의 배를 깔고 자고 있거나 가끔 일어나 좁은 카페의 안과 밖을 어슬렁거린다. 지저분한 꼬리를 흔들며. 턱수염을 기른 남자 하나가 매일 같은 자리에 앉아 테이블 위에 신문을 펼쳐놓고 노트북 화면을 들여다보고 있다. 블랙커피. 딱딱한 크루아상. 매일 아침. 눈이 커다란 소년이 주문을 받는다. 키가 작고 눈동자가 유난히 까만 소년이. 갱지 위에 연필로 블랙커피. 크루아상. 35. 주문 받은 내용을 꾹꾹 눌러쓴다. 제가 눈을 떴을 때. 무언은 턱수염이 난 남자 앞에 앉아 있었다. 며칠 째 같은 시간에 마주치던 두 사람은 소년이 35, 숫자를 적고 있을 때 눈이 마주쳤고 눈인사를 나눴다. 턱수염 남자의 제안으로 햇살이 잘 드는 테라스에 마주 앉았다. 제는 턱수염 남자의 입술과 낡은 입간판 사이, 그 어디쯤에서 눈을 떴다.

하룻밤에 한 사람의 인생을 두 번 사는 겁니다. 나이가 많은 여자였는데 후회가 많았어요. 나이트클럽에서 노래하는 늙은 여자였습니다. 여자에게는 가족이 없고, 돈도 없었어요. 허름한 옥탑방에 살고 있었죠. 나는 물론 그 여자의 인생을 살고 있었지만 멀리서 지켜보는 형편이어서 나에 대해 별로 아는 게 없었어요. 대략적으로 내가 처음 산 여자의 삶은 같은 순간으로 자주 돌아가고 있었습니다. 그건 어떤 선택의 순간이에요. 그 순간에 다른 선택을 했다면 삶이 크게 달라졌을 거라고. 적어도 지금과는 다른 삶을 살고 있을 거라고 믿는 여자였거든요. 나는 그 밤에 두 번. 진짜 그 여자는 아니었지만. 두번째 나를 살게 됐을 때, 그러니까 그녀가 몇 번이고 반복해서 생각했던 같은 시간으로 돌아갔을 때. 아, 내가 서 있는 곳은 어떤 공장의 작업장이었어요. 우습게도 처음의 내가 살고 있던, 첫번째 그녀가 살고 있던 그 방과 아주 비슷한 느낌의 공장이었습니다. 순식간에. 모든 일이 일어났어요. 순식간이었습니다. 그녀는 그녀가 생각했던 대로 행동한 거 같았어요. 아, 아뇨 나는 내가 생각했던 대로 행동했습니다. 하룻밤에 두 번. 살아내기에는 너무 고단한 삶이었죠. 그런데 꿈에서 깨기 전에 나는 말했어요. 분명히 들었죠. 제길. 다를 게 뭐람. 여자가 웃고 있었어요.

턱수염 남자가 마침내 입을 다물었다. 무언은 턱수염 남자의 이야기를 들으며 생각했다. 어떤 선택의 순간으로 돌아간다면. 무언은 돌아가고 싶은 순간이 없었다. 눈을 감았다 떴다. 선택이라니. 제는 어떤 말도 듣지 못했지만. 눈을 감았다 떴다.

제가 눈을 감았다 떴을 때,

같은 날 오후에, 무언은 호숫가 벤치에 앉아 있다. 무언의 두 다리 위에 이런 것들이 놓여 있다.

양쪽 팔에 성게를 하나씩 든 나체 여인.
배우 바세프가 사용할 입이 없는 마스크
입 부분에 겨드랑이 털을 연상시키는 털을 붙인 마스크 각각 하나
썩어가는 당나귀 네 마리
그것들을 올려놓을 그랜드 피아노 네 대
잘린 손(실물)
암소의 눈깔.
그리고 개미집 세 개.

제의 눈앞에.

제는 글자들을 따라 읽는다. 달리가 영화 「안달루시아의 개」를 찍기 위해 무대 감독에게 내놓았다는 소품 목록. 무언은 달리의 자서전을 읽고 있고 제는 달리의 자서전을 본 적이 없지만 「안달루시아의 개」는 한 번 본 적이 있었다. 영화가 시작되자 소녀의 눈알을 면도칼로 도려내는 장면이 나왔다는 것, 배우가 영화 촬영이 끝나자마자 자살했다는 것을 알고 있었다. 그리고 개미집 세 개. 무언의 눈은 마지막 소품 목록에 잠시 머문다. 그리고 개미집 세 개. 제는 어떤 장면에 개미집 세 개가 나왔었는지 떠올리려고 애쓴다. 언제 영화를 봤는지. 면도칼이 소녀의 눈을 도려낸 이후로. 아무것도 보이지 않는다. 면도칼이 소녀의 눈을 도려내는 장면 뒤로. 아무것도 떠오르지 않는다. 20세기 초 이래로 멈춘 눈. 도려내진 눈. 소녀들의 찢긴 눈. am pm.

재

미적인 것Aesthetic은 '인식한다' 또는 '느낀다'는 의미의 그리스어aisthanesthai에서 유래했다.

아침 일찍.

제는 게를 끓여 먹는다. 게를 보았기 때문에. 어젯밤. 혹은 며칠 전 아침. 게를 끓여 먹는 무언을 보았기 때문에. 무언의 입속에 들어가는 게를, 무언의 숟가락 위에서 김이 모락모락 오르는 게를 보았기 때문에. 무언 앞에 앉아 있는 여자가 게를 먹는 것을 보았기 때문에. 사람들이 단체로 게를 먹는 모습을 보았기 때문에. 제는 게가 먹고 싶었다. 여자는 게를 맛있게 먹었다. 작은 입으로 게의 다리를 쪽쪽 빨아 먹었다. 양손을 쪽쪽 빨아 먹었다. 그래서 제는 게를 먹는다. 아침 일찍. 게를 좋아하지 않았지만. 무언이 게의 하얀 속살을 파먹을 때 제는 기다렸다. 단지 게가 먹고 싶어서. 눈이 돌아오기를. 눈이 돌아와 눈앞을 비추기를 기다렸다. 이제 제가 보는 것들은. 제 앞에 보이는 것들은. 무언이 보는 것들은. 마침내 보이지 않는 두 눈은. 제의 식욕에 영향을 끼쳤다. 눈앞에 없는 두 눈은 제의 느낌에 흔적을 남겼다. 제의 기분에. 제의 시간에. 마치 제자리처럼 군림했다. 제도 모르게. 제는 TV를 보고 라면을 끓여 먹는 아이처럼. 게를 끓여 먹는다. 군침이 돌아. 맛있겠다. 맛있겠어. 아이가 끓인 라면이 TV 속 라면이 아닌 것처럼. 게는 제가 상상했던 맛이 아니라. 게는 제가 익히 알고 있는 맛이다. 게 맛. 제는 전날 밤의, 혹은 며칠 전 아침의 여자처럼 손을 쪽쪽 빨며 게를 맛있게 먹을 수 없다. 게가 그냥 게지. 제는 헛웃음을 웃으며 서둘러 그릇을 닦고 방으로 들어온다. 이가 아프다. 이가 아파. 깊은 잠, 꿈 없는 잠, 끝 없는 잠. 잠을 자고 싶어. 피곤하고 피곤하다. 졸리고 졸리다. 제는 느낀다.

1년 후

에빙하우스의 망각 곡선
에빙하우스는 19세기 독일의 심리학자로서, 실험심리학의 선구자로 불린다. 그는 망각, 기억에 대한 연구를 통해 망각곡선을 발표하였다. 그의 연구에 따르면 학습 후 10분 뒤부터는 망각이 시작되어 1시간 뒤에는 50퍼센트, 하루 뒤에는 70퍼센트, 한 달 뒤에는 80퍼센트를 망각하게 된다. 이러한 망각에서 기억을 지켜내기 위한 가장 효과적인 방법은 복습이다.

1년 전. 아니 3년 전. 아니 어쩌면 그보다 더 오래전. 기차는 블라디보스토크에서 출발했다. 그해. 겨울. 이등실. 2층 침대 위에서.

주앙 질베르토, 데미안 라이스, 엘리엇 스미스, 게리 줄스가 나란히 달렸다. 영하 35도의 시베리아 벌판을. 끝없는 눈밭을. 눈 덮인 자작나무 숲을. 맥주를 마시고, 땅콩을 씹으며. 제는 생각했다. 저 아이는 아름답다. 환청처럼. 러시아 민요를 듣고, 기타 소리를 들으며. 무언은 생각하지 않았다. 의식적으로. 떠나온 곳. 지난 시간. 우현과 오조를. 무언은 1층 침대에 제는 2층 침대에 누워 있었다. 기차는 달리고, 멈추고, 달렸다. 러시아 사람들이 타고 내리고 타고 내렸다. 새벽의 찬 공기 속에서. 무언과 제는 서로의 음악을 바꿔 듣고 몇 권의 책을 바꿔 읽으면서. 서로의 이름을 묻지 않았다. 벨벳언더그라운드 위로 카멜이 지나갔다. 조용히. 벤 폴즈와 애퀄렁이 자리를 바꿨고 실버체어 위로 3호선 버터플라이가 날아올랐다. 비요크와 황병기가 나란히 누웠다. 아르헤르치와 라디가, 짙은과 빌리 홀리데이가, 비틀스와 키신이. 순서 없이 흔들렸다. '창밖에는 비 오고요.' 창밖에는 눈 오고요. 기차는 덜컹덜컹 노래를 따라 부르기도 하면서 들판을 달리고, 벌판을 멈추고, 들판을 달리고, 벌판을 달렸다.

최대한 무덤덤하게 죽고 싶어. 비장한 죽음은 재미없지.

어느 역을 지났을 때였을까. 오스트리아에서 온 여자가 말했다.

다시 태어난다면 무엇으로 태어나고 싶은데?

여자와 마주 보는 1층 침대를 쓰던 무언이 물었다.

안 태어나고 싶은데. 안 될까?

여자의 웃음소리가 들렸다. 제는 무언과 여자의 대화를 듣고 있었다. 2층 침대에서. 다시 태어난다면. 제는 눈을 감고 생각했다. 다시 태어난다면. 기차는 잠 속으로 잠 속으로. 달리고 있었고.

다시 태어난다면.

다시 태어난다면.

질문을 던지기 전에.

무언은 똑같은 질문을 두 번 받았다. 한 번은 카페 테라스에서. 볕이 좋은 날. 붉은 목련을, 개목련을 바라보고 있을 때. 또 한 번은 길을 걷다가. 어느 길이었는지. 사람들이, 모르는 사람들이 이따금 눈을 마주치며 지나가는 거리에서. 다시 태어난다면. 다시 태어난다면 무엇으로 태어나고 싶어? 같은 여자가 두 번 물었다. 눈이 크고 가슴이 작은 여자였다.

글쎄.

무언은 두 번, 똑같이 대답했다.

글쎄.

나는 바람. 바람으로 태어나고 싶어.

여자가 말했다. 한 번은 카페 테라스에서. 한 번은 길을 걷다가. 마치 처음처럼. 다시 태어난다면.

나란 어디에도 없어. 처음부터 그런 건 없었지.

다시 태어났는데. 다시 태어난 나를 나라고 할 수 있을까? 다시. 다음. 나라니.

오스트리아 여자의 목소리가 제의 귓가에 꿈결처럼 들렸다. 제는 여전히 무언의 이름을 알지 못했고 꿈속에서 꿈으로. 다시 태어나는 중이었다.

당신이 바라는 바는 타원을 닮았고.

타원을 닮아. 바깥으로 달리고.

바깥으로만 커진다.

기차가 덜컹거릴 때마다. 다시 태어나.

기차가 멈출 때마다. 다시 태어나.

여드름만이 부끄럽던 시절.
시도 때도 없이 솟아오르는 여드름.
여드름 같은 그 시절이 떠올라 주름이 하나씩 늘어
여드름이 남긴 점처럼.

어느 날 갑자기.
사람이 물에 뜰 수 있다니.

제는 기차 안에서. 시베리아 벌판에서. 2층 침대 위에서. 꼼짝없이. 이렇게 알 수 없는 문장들만 기억에 남는 꿈을 꾸곤 했다. 무언은 1층 침대 위에. 제는 무언의 침대 위에. 나란히 누워 있었고 서로의 이름 대신 서로의 플레이 리스트를 기억했다. 음악을 바꿔 듣고, 몇 권의 책을 바꿔 읽으면서. 기억할 것이 없어. 서로에 대해 아무것도 묻지 않았다. 창밖에는 끝없는 눈. 눈에 멀미를 느끼면서. 둘은 가능하면 떠나 온 도시의 말을 입 밖에 꺼내려고 하지 않았다. 그해 겨울. 블라디보스토크에서 이르쿠츠크까지.
사소한 오해도 나눈 적 없는 사이. 제와 무언. 무언과 제.
수심 1,720미터. 세계에서 가장 오래된 호수의 심연. 크기를 가늠할 수 없는 바이칼 호수 앞에서 그들은 헤어졌다.

1년 전. 아니 3년 전. 아니 어쩌면 그보다 더 오래전. 기차는 이르쿠츠크에서 출발했다.

1년 후.

호수의 수면으로 여전히 떠오르지 못한 익사체. 전설 속에 잠긴 시신들은 전설 속에 잠들어 있었고. 무언과 제는 서로의 망각 속에 잠겨 있었다. 아직 아무것도 떠오르지 않았다.

사소한 오해.

무언은 몇 분째 한 여자를 보고 있다. 맞은편 창가 자리에 앉은 여자다. 짧은 은발에 빨간 안경테. 여자의 회색 코트와 은발이 잘 어울린다. 여자는 한 번도 고개를 들지 않는다. 지하철 안에는 다양한 인종의 사람들이 섞여 있고 무언은 여자가 읽고 있는 책이 궁금하다. 무언은 내려야 할 역을 지나친다. 여자는 책에서 눈을 떼지 않는다. 진지한 표정으로 책에 몰두하고 있다. 여자의 독특한 분위기가 무언을, 무언의 상상력을 멀리 끌고 간다. 왼손에 카메라. 무언은 몰래 초점을 맞추고 셔터를 누른다. 지하철이 두세 역을 달린다. 타고 내리는 사람이 없어 문은 계속 닫혀 있다. 잠시 후 지하철이 새로운 역사로 들어선다. 여자가 갑자기 잊고 있던 무언가가 떠오른 사람처럼 황급히 자리에서 일어선다. 반사적으로. 무언도 고개를 돌려 역의 이름을 확인한다. 책이 여자의 무릎에서 떨어진다. 무언은 순간을 놓치지 않는다. 찰칵. 셔터를 누른다. 스도쿠. 가로세로 정사각형의 숫자판. 수학 퍼즐. 흔들린 피사체. 제는 피식 웃는다. 무언은 피식 웃는다. 동시에. 지나친 몇 개의 역을 생각한다.

한편

1999년 9월 31일. 2001년 11월 31일. 2007년 6월 31일.

어느 날 갑자기. 무언은 침묵했다. 무언은 어딘가 있었고, 어딘가에서 눈을 떴고, 어딘가에서 잠들었다. 오래전부터. 죽여버리겠어, 다죽여버리겠어. 눈이 마주치면 다 죽여버리겠다고 주먹을 휘두르던 남자는 어느 날 갑자기 길에서 얼어 죽었다. 소리 소문 없이. 사람들은 침묵했다. 사람들의 침묵 위에, 무언의 침묵 위에. 소의 혀가 놓여 있다. 접시 위에. 소의 혀가 가지런히 놓여 있어. 무언이 한 점 혀를 들어 혀 위에 얹어놓는다. 혀 위에서 혀가 녹는다. 부드럽게. 제가 미간을 찌푸린다. 제 입속에 소의 혀가 든 것처럼.

무언의 sns

가만히 누워
「Svefn‑G‑Englar」를 아흔일곱 번 들었다.
끝내 몽유병자가 되지 못했다.

볼살, 혀, 연골, 뇌수.
무에게도 조상이 있다.

여기는 사막이다.

습기에 의지해 산다.
물과 약간의 눈물.

지겹거나 지치거나.
지독하게.

내일:
담쟁이는 물들고, 기차는 달린다.

이발사는 누군가의 얼굴과 가르마로 시간을 나눈다.
직장인은 점심시간으로
파트타이머는 파트타임으로
건반으로 기억하는 삶을 살고 싶었지만
포즈만 남았다.
아무것도 남기지 않는다.

내일의 바다에서
작은 비극을 상상했다.

막연한, 바다.
막연한, TV.
막연한, 의자.
막연한, 초콜릿.
막연한, 분노.

막연한, 잠.

아멘,
아멘.

흐르는 강처럼.
이따금 몸을 뒤척이기만 해도 세월은.
연기, 수증기, 취기.

병어가 달아
나는 영토가 없는 나라에 산다.

"분노의 뿌리는 희망이다."
이런 문장을 읽었다.
로마의 철학자 세네카가 네로 황제를 위해 썼다는 논문에 남아
있는 명제.
때로 아프지 않을 수 있다는 아픈 희망이,
외롭지 않고 싶다는 헛된 희망이,
지금보다 나아질 거라는 외로운 희망이,
보이지 않는 손을 뻗는다. 뿌리를 움켜쥔다. 뿌리를 쉽게 놓아주
지 않는다.
종종 잎은 뿌리를, 뿌리는 가지를 눈치채지 못한다.
가지 끝에서 잎들이 흔들린다. 잎들이 붉게 물든다.
잎들이 힘없이 떨어진다. 하나,

둘. 빈 가지 위에.

눈이 쌓인다. 입술을 깨문다.

뿌리 끝이 축축하다.

어제는

나의 폐허를 견디느라

너에게 돌을 던졌다

한편,

화면 위에서 sns가 자꾸 눈,으로 변한다.

자판에 한영 변환키를 몇 번씩 누른다.

희미하게 기꺼이 이윽고 부러진 발목들

쓰러진 거 보면 어떤 생각이 들어요?

쓰러진 거요?

네. 길에 쓰러진 것들 있잖아요. 저기. 입간판 같은 거요.

아. 뭐 일으켜 세우고 싶죠.

어떤 생각 드는데요?

저요? 저는 그냥 쓰러져 있고 싶은 거 같은데요. 머리숱이 적은 남자가 흑백사진 앞에서 멋쩍게 웃는다. 멋쩍은 소리를 해놓고. 제가 미술관에 들어가 처음 기획한 전시는 꽤 성공적이었다. 작은 미술관의 규모에 비해 많은 관람객이 찾았다. 부담 없이 담소를 나누며 미술관 홀을 도는 무리의 사람들을 자주 볼 수 있었다.

젊은 작가 8인의 전시, 몇 점의 점들.

전시실 1층 한쪽 벽면에 365그루의 나무가 서 있다. 검은 벽을 가득 메운 365그루의 나무는 한 그루의 나무다. 한 그루 나무를 같은 자리에서 매일 촬영한 사진. 나무는 아직 덜 자란 볼품없는 은행나무다. 줄기가 가늘고 가지가 많지 않다. 하늘이 사진의 절반을 차지하고 있다. 잿빛 하늘. 365그루의 어리고 빛나고 헐벗고 눈 쌓인 흑백 나무들. 옆에 작은 글씨가 적혀 있다. 1999년—너에게.

입구가 좁은 방. 방은 어둡고 좁고, 길다. 방의 입구 맞은편 끝에 지하철 승강장의 CCTV를 몰래 녹화한 영상이 반복해서 나온다. 지하철이 들어오고 문이 열리고 사람들이 내리고, 올라탄다. 텅 빈 승강장. 사람들이 다시 하나, 둘, 늘어난다. 줄을 선다. 승강장이 꽉 찬다. 흑백 화면과 상관없이 방 안에 계속되는 빗소리. 빗방울이 하나, 둘 양철 지붕 위로 떨어지기 시작한다. 빗방울이 하나, 둘. 하나, 둘. 빗줄기가 굵어진다. 세찬 비가 양철 지붕 위로 쏟아진다. 점점 커지고, 작아지고, 잦아들고, 다시 하나, 둘 떨어지기 시작하는 빗방울 소리. 위로. 흑백 화면 속에서 누군가 우연히 CCTV를 정면으로 바라본다. CCTV를 겨누고 있던 카메라 렌즈와 눈이 마주친다. 무심히 고개를 돌리는 여자. 지하철이 들어온다. 느리게. 영상은 반복된다. 교복을 입은 아이들이 텅 빈 승강장에 남는다. 두 아이가 빨간 플라스틱 의자에 앉아 있다. 승강장에 다시 사람들이 가득 찬다. 지하철이 들어온다. 사람들이 사라진다. 아이들이 아직 남아 있다. 영상은 반복된다. 사람들이 빗소리 밖으로 사라진다. 방 입구에 적힌 작품의 제목을 확인하지 않는다.

한 ㄴ ㅏ ㅁ자 의 얼 굴.
ㅋ   ㅁ ㅔ 라 로 한 ㅉ늑눈 을 가 린 얼 굴.
사 진작 가 의 거 ㅇ ㅜ F 속 의 얼굴.
ㄱㄱK] 진 거 울. 조각   난 거 울.

──이미지식민지

검은 돌. 흰 돌. 조개껍데기. 흰 돌. 새빨간 캡슐. 새빨간 캡슐. 검은 돌. 검은 돌.

──자화상

연필로 그린 희미한 개의 목줄.을 찍은 사진.

──가면의 해변

자살 유발지

무언이거나 제이거나 무언이 아니거나 제가 아닌 남자가 침대 위에서 땀을 뻘뻘 흘리고 있었다. 여자의 얼굴 위로 땀방울이 뚝뚝 떨어졌다. 빨리 끝내고 싶다. 제는 어색하고 익숙했다. 제는 거침없고 겁먹었다. 어둑한 어둠. 어스름한 빛. 여자는 눈을 감고 있었다. 입은 반쯤 벌리고 있는데 그 반쯤 벌어진 입에서 비명 같은 신음이, 신음 같은 비명이 새어 나왔다. 신음과 비명 사이에서. 제는 집중했다. 온 힘을 다했다. 거짓말처럼. 딱 절반. 그러니까. 딱 절반. 그 이상은 실패였다. 아무래도 아무래도. 아무리 힘을 써도. 힘이 빠졌다. 믿을 수 없었다. 제는 여전히 입을 반쯤 벌리고 있는 여자의 귓가에 무슨 말인가 속삭였다. 작고 하얀 여자의 귀. 제는 제가 한 말을 듣지 못했다. 시작부터. 여자의 신음도 비명도 듣지 못했다. 정중하게. 최대한 정중하게. 양해를 구한 것 같았다. 제는 문득 제가 아닌 것 같았지만. 다음 순간. 제 앞에 작은 구멍이 있었다. 무릎을 꿇고 엉거주춤한 자세로. 제는 어떤 구멍을 들여다보고 있었고, 그 구멍을 들여다보고 있는 구멍 앞의 남자는 분명 제 자신 같았다. 제는 얼어붙었다. 꿈속이었고. 꿈속이었지만. 제의 꿈이거나. 무언의 꿈이거나. 거기 눈. 분명한 눈. 새빨간 눈. 그건 쏘아보는 눈이었다. 제는 눈을 감고 싶었지만. 눈을 감을 수도. 고개를 돌릴 수도 없었다. 거기. 있어야 할 암흑 대신. 검은 구멍 대신. 좁은 눈이. 붉은 눈이. 충혈된 눈을 감추고 있었다. 눈을 떠. 눈을 떠. 눈 뜨고 싶어. 잠 깨고 싶어. 아무리 소리를 질러도 제 입 밖으로 소리가 나오지 않았고. 제는 잠든 무언을 본 적이 없었다. 잠든 무언의 등을 본 적이 없었다. 이불 밖으로 빠져나온 긴 다리. 정강이에 듬성듬성 자라난 털. 가는 발목 끝에 달린 하얀 발. 왼뺨에 보조개. 아름다운 미소. 그날 밤 무언은 곤히 잠들어 있었다. 입 밖으로 소리가 나오지 않았다.

잠든 무언의 침대맡에 놓여 있는 무언의 크로키 수첩.
펼쳐진 수첩 위에 제가 보지 못한 그날 밤의 메모들.

고독이 유행이라.

그때도 꼭 지금처럼 고독이 유행이라… 누구나 한 번쯤. 죽고 싶냐. 죽고 싶어. 그래 너도 죽고 싶냐. 나도 죽고 싶어. 이를 악물고 서로의 귓가에 귓속말을 하곤 했다. 괄호 속에서 유행은 유감이었고. 유감은 유행 밖이라. 나는 제목이 전부인 기도와 기도가 전부인 어제를 잊었다.

얼마의 시간이 지났을까. 나는 또 돌아왔다.

오조…

나약하고 나약한 것들.

나약하고 연약한 것들—잔인함, 어리석음, 이기심, 탐욕, 질투,
오만, 무지, 허세.

힘. 힘. 힘. 불치.

너는 오로지 너에게 속한 사람//

불치.

오조//

통의동 메타포 5시//

무언이 떠날 때, 무언이 처음 떠돌기 시작했을 때 오조가 말했다.

너는 어디에도 속하지 못해.

처음부터 끝까지. 오직 너한테만 속한 인간이니까.

무언은 오랫동안 오조를 보지 못했지만 오조에게 들은 마지막 말을 분명하게 기억했다. 동해에서 블라디보스토크로 가는 배를 타기 전. 부둣가에 서 있던 오조의 차가운 얼굴을. 무언은 오랫동안 기억했다. 제는 아직 오조를 한 번도 보지 못했지만. 기억할 수 없는 처음이 그랬던 것처럼. 어떤 장면은 돌연 제의 눈앞을 가로막았다. 대책 없이 돌아가기 시작했다.

제의 눈앞에서.

제에게도 익숙한 풍경들. 무언이 바라보는 풍경들이 제를 스쳐 간다. 무언은 걷거나 달린다. 제가 본 적 있는 거리를. 제는 제법 익숙한 무언의 움직임과 속도를 느낀다. 핸들을 잡고 있는 그의 손등에 점을 보거나 달리는 무언의 발끝을 본다. 무언이 친숙하게 악수를 나누는 사람들과 줄어드는 보행자 신호등의 숫자를 본다. 익숙한 도로. 익숙한 간판. 익숙한 이정표. 익숙한 글자들. 제는 무언이 돌아왔다는 것을 안다. 무언과 제는 같은 도시에 있어.

보이는 것들이 보는 것을 가로막는다.

보여지는 것들이 보아야 하는 것들을 뒤덮는다.

보란 듯이.

보인다. 보여진다. 보인다. 본다.

보인다. 보이지 않는다. 보인다.

보지 못한다.

17 : 28

통의동, 메타포, 5시.

방어흔?

방어흔이오?

네.

누구한테 맞아본 적 있어요?

질문을 받은 인터뷰어가 무언을 황당한 얼굴로 바라본다. 사람은 공격을 당하면 무의식적으로 방어하게 된대요. 칼로 공격을 당하면 칼날을 손으로 쥐거나 막으려고 한다고요. 베이거나 찔릴 걸 알면서도요. 무의식적으로. 손으로 칼날을 잡아서 칼을 막는 거죠. 심지어는 총도 손으로 막으려고 한답니다. 손바닥으로. 총알을 막으려는 거예요. 이렇게 방어하면서 생긴 손상을 방어흔이라고 한대요. 우습죠?

제는 무언의 말을 듣지 못한다. 하얀 탁자 위에 커피 잔이, 무언의 까딱거리는 발끝이, 지저분한 운동화의 얼룩이, 길가의 가로수가, 키보드 위 여자의 하얀 손끝이, 여자 앞에 놓여 있는 노트북이, 여자의 얼굴이 보인다. 제와 여자의 눈이 마주친다.

아뇨. 슬픈데요. 혹시 작가님께 실제 방어흔이 있나요?

여자가 무언에게 묻는다.

그 비슷한 거라고요.

뭐가요?

나요.

나를 한마디로 정의한다면? 인터뷰어의 주문은 싱겁게 끝난다.

모르는 것들에 대해 말할 수 없어. 무언은 많은 질문에 딴청을 부리고, 대충 얼버무리고, 실없는 농담을 한다. 테이블 위에서. 시간이 엇나간다. 엇갈린다. 스튜디오 화장실에서 약속 시간에 맞춰 이를 닦다가. 집에 아직 다녀오지 않았다. 거울 속에서. 무언은 생각했다.

인간아. 아예 소녀시대를 대통령으로 모셔라. 모셔.

통의동, 메타포, 5시.

제는 한자리에 앉아 있다. 근처 테이블에서 낯선 목소리들이 날아온다. 무언은 나타나지 않고 남자들은 테라스에 앉아 담배를 피운다. 실없는 농담을 나눈다. 커피 잔 너머로. 담배 연기 너머로. 메타포 건너편 길가로 여자들이 지나간다. 28일. 통의동, 메타포, 5시. 무언이 인터뷰를 마치고 스튜디오로 돌아간 며칠 뒤, 제는 무언의 메모를 보았다. 무언은 수첩을 펼쳐서 아무것도 적지 않고 가만히 앉아 있다가 잠들었다. 제는 무언이 잠들기 전까지 적혀 있는 메모들을 꼼꼼히 읽었고 기억했다. 그리고 얼마의 시간이 지났을까. 제는 오늘 아침. 익숙한 방에서 눈을 떴다. 눈앞에 손. 제 손이 보였다. 무언을 만난다고 달라질 것은 없겠지만. 접이용 지팡이를 가방에 넣고 무작정 집을 나섰다. 택시 안에서 몇 순간. 낯선 다리들, 낯익은 얼굴들을 보았다. 무언의 눈앞이. 차례로 떠올랐다 사라졌다. 라디오에서는 상습적 성폭행범에 대한 얘기가 나오고 있었고 제는 메타포에 가봐야 아무 소용이 없다는 것을 알고 있었다. 나는 지금 왜 메타포로 가는 걸까. 제가 생각에 골몰하기 전. 택시는 통의동에 도착했고 다행히 눈은 밖을 향해 있었다. 창밖으로. 또 한 무리의 여자들이 지나간다. 승무원으로 보이는 여자들. 머리를 하나로 묶어 올린 여자들. 장식이 없는 까만 구두를 신은 여자들. 무릎이 살짝 보이는 에이라인 스커트를 입은 여자들. 비슷한 손가방을 든 여자들. 승무원 학원에 다니는 여자들이 지나간다. 테라스의 남자들이 담배를 피운다. 재를 털고 여자들을 바라본다. 눈이 여자들을 따라간다. 남자들이 여자들을 바라보는 것을 무심히 보고 있던 제의 눈도 여자들을 따라간다. 제는 여자들의 뒤를 따라가다가 천천히. 따라 읽는다. "밤하늘의 별을 바라보는 것은 과거를 보는 것이다." 무언이 읽어 내려가는 속도로. 무언의 눈이 글자 위를 더듬어 내려가는 속도로. 제의 눈이 여자들의 다리를 떠나 갑자기. 무언의 뒤를 밟는다. 또각, 또각. 또각, 또각. 멀어지는 여자들의 매끈한 다리 위로. 제가 지금 바라보는 것은 무언의 과거가 될 시간이다. 무언의 시선이 한곳에 머문다. 다음 장으로 넘어가지 못하고 한 문장을 반복해서 읽는다. 어쩌면 무언은 무심히. 마지막 문장에 시선을 두고 있는지도 모른다. 습관적으로. 이곳이 아닌 곳. 이곳 아닌 저곳. 떠나 온 그곳을 떠도는지 모른다. 헤매는지도 모른다. 머무는지 모른다. 문장 너머. 과거의 빛 너머. 별무리 너머. 밤하늘 너머. 그 어딘가. 제의 눈이 문장 위에 내려앉는다. 제는 페이지 속으로. 문장과 문장 사이로. 무언의 빛 속으로. 녹아 들어간다.

　집에 돌아왔을 때, 제는 제 자신의 책장에서 같은 책을 꺼내들었다. 오랫동안 한자리에 꽂혀 있던 책을 꺼내 책장을 한 장 한 장 넘기며 같은 페이지를 찾았다. 밤하늘은. 거대한 별은, 작은 별은, 과거는. 문장들은. 책갈피 사이, 빛이 새어 들어오기 전. 어둠과 어둠 사이. 거기 있었다. 과거의 한 페이지, 페이지의 한 귀퉁이는 이미 오래

전에 접혀 있었다. 책장에서 붕괴하는 별. 던져진 빛. 깃든 고요.

제의 눈은 그날 밤.

지구에서 가장 가까운 별로 떠나는 꿈을 꾼다.

매일 저녁. 지구에서. 지구에서 가장 가까운 별이 진다.

지금. 지구에서 가장 가까운 별이 떠오른다.

3만 8천 피트 상공

새벽에. 제는 눈을 떴다. 눈이 떠졌다. 회전의자가 제를 향해 앉아 있었다. 누군가 잠시, 앉았다 간 것처럼. 의자가 제의 침대를 향해 돌아 앉아 있었다. 제는 어스름한 빛 속에서 의자를 보았다. 그 순간 눈은 제의 것이었다. 의자가 있구나. 제는 소리 내서 말해보았다. 제 목소리가 어색하게 들렸지만. 몸을 일으켜 의자의 손잡이를 만졌다. 매끄럽고 딱딱한 플라스틱 손잡이. 차례로. 의자의 등받침을, 의자 위에 놓인 둥근 방석을 만져보았다. 딱딱하고, 부드럽고, 푹신했다. 의자에 앉았다. 팔걸이에 팔을 내려놓고 팔걸이에 놓인 팔을, 방바닥 위에 발을 보았다. 하얀 발. 두 발로 바닥을 밀어 의자를 한 바퀴 돌려보았다. 의자가 느껴졌다. 제 자신이 느껴졌다. 눈앞에 의자가, 눈앞에 제가. 단지, 어떤 물질이 느껴졌다. 의자가 있고, 제가 있다. 의자가 있고, 내가 있다. 의자, 침대, 책상. 책상, 침대, 제. 제 자신. 제는 연필을 들고 글씨를 쓰기 시작했다. 손에 쥔 연필. 연필 끝으로 조금 전에 본 것들을 쓰기 시작했다. 방금 전에 느낀 것들을 쓰기 시작했다. 연필로 쓴 글자들이 종이 위에 남았다.

제가 쓴 글자들.

우연한 기회에 땅을 보았다.

넓은 땅을 한꺼번에 보았다.

하늘을 날고 있었던 것은 아니고 나는 가만히 서 있었다. 느낌이 그랬다. 하늘에 서 있었고 땅을 올려다보고 있었다. 가끔 고개를 숙이고 발아래 하늘을 보았다. 구름이 발목 근처를 지나가기도 했는데 구름이 지나간 뒤에는 서늘했다. 아무것도 하지 않고 고개만 들고 있었다. 땅에 나무도 보고, 차도 보고, 길도 보았다. 나무 사이로, 차 사이로, 길 가운데로 사람들이 지나다니는 모습이 보였다. 사람들이 지나가고 나무가 흔들리고, 그림자들이 지나가고 그림자가 흔들렸다. 그림자가 만나고 그림자가 헤어지고, 그림자가 길어지고 그림자가 짧아졌다. 늦게까지 어른어른거렸다. 온종일 먼 땅에 그림자만 어른어른 그랬다. 나는 계속 가만히 서서 땅을 올려다보다가 고개를 숙이고 발끝으로 이렇게 써보았다. 지나던 구름에 써보았다. 하늘에 구름. 땅에 그림자. 하늘 구름. 땅 그림자. 하늘 그림자. 땅 구름.

발목 근처로 그림자가 지나갔다. 발목이 서늘했다.

구름을 통과하는 법

갈라파고스 코끼리 거북이도 스트레스 때문에 죽는다.

난 의심 안 합니다. 믿을 생각 없거든요.

믿고 싶어서. 믿고 싶으니까. 의심하는 거죠.

제는 무언의 말을 들으면서 무언의 책상 위에 놓여 있는 해부 현미경을 본다. 무언이 제의 앞에 와서 앉는다. 스튜디오 내부는 여러 번 와본 것처럼 제의 눈에 익숙하다. 모양이 다른 여러 개의 의자들. 특이한 패턴의 소품들. 어지럽게 서 있는 카메라 장비들. 제는 며칠 전에 보았던 거대한 유리 기둥. 아름답게 빛나던 유리 기둥. 웅장하다고 느꼈던 유리 기둥을 발견한다. 현미경 받침대 위에 놓여 있는 소금. 소금 알갱이들.

그런데. 그게 믿고 안 믿고를 떠나서. 말이 되나요?

빨간 소파에 앉은 무언이 웃는다. 여전히 왼손으로 만지작거리고 있는 카메라. 제는 소금 알갱이에서 얼굴을 돌려 무언의 얼굴을 본다. 무언의 왼뺨에 보조개가 들어간다. 수없이 본 보조개.

흔한 일은 아니죠.

무언이 말한다. 제가 생각했던 것보다 더 낮고 굵은 중저음의 목소리다. 제는 제가 무언을 만났다는 것을 실감한다.

불쾌하셨다면 죄송합니다.

제는 무언의 스튜디오를 찾아오기까지 한 번의 망설임도 없었던 자신이 이상하다고 느낀다. 오조에게 메일을 보내고, 무언의 연락처를 받고, 약속을 잡으면서. 제는 무조건 만나야 한다고, 무조건 무언을 찾아야 한다고 생각했다. 그것만이 제 눈을 돌려놓을 유일한 방법인 것처럼. 무언이 돌아온 뒤 줄곧 무언을 찾는 일에 몰두했다.

아뇨. 뭐. 제가 해드릴 일도 없는데.

제는 너무 태연한 무언 앞에서 할 말을 찾지 못하고 무언은 전혀 기억하지 못한다. 제의 얼굴을 떠올리지 못한다.

몇 년 전에 블라디보스토크. 혹시 생각 안 나요?

제는 떠오르는 대로 말한다.

우리가 전에 만난 적이 있어요? 제가 사람을 잘 기억 못 해요. 기억력이 영 꽝이라. 사실 방금 전 일도 잘 기억을 못 해서.

무언은 또 무심하게 웃는다. 습관적으로. 오른손으로 머리를 쓸어 넘긴다.

낯익은 손. 익숙한 손. 낡은 손목시계.

제는 눈앞에서 제 눈앞이 흔들리는 걸 느낀다.

미안한데요.

제가 말한다. 무슨 말을 하려고 여기까지 왔던가. 눈앞이 흔들린다. 제의 눈앞이 흐려진다.

미안한데요.

제는 다시 말하고, 말하는 제 자신의 입술을 본다. 무언의 입 위에서, 제의 눈앞에서. 점점 선명해지는 입술. 제의 입술이 움직인다.

저기요 미안한데요. 다른 데 좀 보세요.

제는 힘겹게 말하고 무언은 바로 알아듣지 못한다.

제가 어떻게 도와드려야 할지 잘 모르겠어요. 사실 좀 황당하기도 하고요.

제는 처음으로 무언이 하는 말과 무언이 보는 것을 동시에. 듣고, 본다. 보고, 듣는다. 제 자신이 뭔가에 화가 난 사람처럼. 억울한 사람처럼. 소중한 뭔가를 빼앗긴 사람처럼. 입을 앙다물고 제 자신을 바라본다.

아뇨. 그냥. 지금. 지금 다른 데 좀 보시라고요.

네?

무언의 표정이 일그러진다. 제가 제 자신의 눈을 보고 말한다. 경악. 슬픔. 분노. 수치. 혐오. 정체를 알 수 없는 감정들이 차례로 제를 스치고 지나간다. 제를 밀치고 지나간다. 가차없이. 제를 넘어뜨린다. 제가 바라보고 있는 제. 제는 자신의 코끝에, 어깨 위에, 솟은 가슴 사이에 주저앉는다.

지금, 지금요. 저 말고, 제 얼굴 말고 다른 데 좀 보시라고요.

제는 겨우 말을 이어 말하고 무언은 제의 눈을 뚫어지게 본다.

경악한 눈. 분노한 눈. 슬픈 눈. 불안한 눈. 끔찍한 눈. 잃어버린 눈. 빈 눈을.

진짜 당신 눈에 당신이 보인단 말이에요?

제는 왼쪽으로 고개를 돌린다.

오른쪽 귀요. 지금은 내 오른쪽 귀가 보여요. 귓바퀴에 있는 점, 짧은 머리카락들이오.

무언이 두 손으로 얼굴을 문지른다. 한 순간. 제의 눈앞이 캄캄해진다. 빛 무리의 얼룩이 눈 안쪽에서 어른거린다.

그렇지만. 그치만.

무언은 뭔가 말하려다 만다.

그렇지만.

사실이라면. 말도 안 되지만. 정말 말도 안 되지만. 말도 안 되는 이 상황이 사실이라면. 눈 뒤에 눈. 무언은 얼마 동안 이 여자가 자신을 지켜본 건지 생각한다. 얼마나 오랫동안 눈 뒤에 여자가 있었는지. 자신이 얼마나 오랫동안 모르고 있었는지. 생각한다.

그럼.

무언은 당황한다. 묻는다. 묻지 않는다.

제는 무언이 무엇을 묻는지 안다. 묻지 않은 질문이 무엇인지 안다. 대답하지 않는다. 본 것을 무기로 더는 무언을 난처하게 하고 싶지 않다. 제는 오조를 통해. 얼굴이 잘 알려진 오조를 통해 무언을 찾았다. 무언의 연락처를 알아내기 위해 오조에게 상황을 설명했고 오조를 이해시키는 과정에서 제가 알고 있는 것들, 제가 무언의 눈으로 보아서 알게 된 것들을 말할 수밖에 없었다. 무언도 오조에게 들어 알고 있을 것이다. 무언은 인정하지 않았지만. 이렇게 무언과 제가 마주 앉게 된 것도 결국은 제가 무언에 대해 알고 있기 때문이다. 그이상으로. 알고 싶지 않았던 사실. 알게 된 사실. 알려고 하지 않았던 비밀. 같은 것들에 대해. 너에 대해 알고 있다고 말하고 싶지 않아. 제는 입을 다문다.

정말.

무언이 다시 무슨 말인가 하려다 입을 다문다. 담배에 불을 붙인다. 연기가 피어오른다. 무언이 연기를 빨아들인다. 볼이 오목해진다. 담배 끝에 재가 달린다. 무언이 연기를 내뿜는다. 제는 무언 앞에. 무언의 눈앞에서 무언을 보지 못한다. 담배 연기가 스튜디오에 퍼진다. 담배가 타들어가는 냄새가 무언의 숨냄새에 섞여 공중을 떠돈다. 제는 제 자신과 마주 앉아 있다.

고독중독

피그미 카멜레온은 죽을 때까지 평생, 1제곱미터 안을 맴돈다.

피그미 카멜레온이 죽을 때까지 맴돈다는 1제곱미터. 그 안에. 1제곱미터도 안 되는 뇌 속에 욕망이, 두려움이, 고통이 있다. 반복이 있다.

끝없는 반복의 잠복.

우현은 방문을 열고 들어왔다. 머리카락에 물기가 남아 있었다. 오른쪽 어깨에 걸려 있던 수건을 왼손으로 집어 들었다. 전날 밤, 늦게까지 장난을 치다 형의 침대에서 잠든 무언은 아직 잠들어 있었다. 무언이 덮고 있는 이불을 바로 덮어주고 이불 밖으로 빠져나온 무언의 발을 이불 속에 넣어주었다. 우현은 침대에 걸터앉았다. 무언이 열네 살이 되던 겨울이었고 아직 너무 이른 새벽이었다. 우현은 침대에 걸터앉은 채 옆으로 쓰러졌다. 무언이 나란히 누워 있던 침대 위에서 다시는 일어나지 못했다. 군에서 제대한 지 일주일. 돌연사였다. 열네 살. 무언은 전보다 자주 웃었고, 무언에게 누구도 우현에 대해 묻지 않았다. 가끔 멀리서 수군거리는 소리가 들렸지만. 무언은 무심하게 웃고 있었다. 아름다운 미소. 왼뺨의 보조개. 무언에게는 어떤 소리도 들리지 않는 것처럼 보였다.

떠돌다가 떠올린 무언의 질문들.

새는 매일 뭐라고 우는 걸까?
황당한 꿈을 꾼 새벽과 그렇지 않은 아침의 죽음은 뭐가 다를까?
아이들, 남자, 개.
나란히 써놓고 보면 한 쌍으로 이루어진 것 같은 말들은 얼마나 많을까?

나만 그런가?

죽기 전에. 죽기 전에 꼭. 그런 게 무슨 의미가 있을까?

갑작스럽게. 모두가 갑작스럽게 죽는데.

점은 언제 생기는 걸까?

꿈을 꾸고 있을 때? 길을 걸을 때? 식은땀을 흘리고 있을 때? 딴 생각에 빠져 있을 때?

책상은 책상이지만.

나는 나고 너는 너인데.

나라는 말이 사라진 나라에서 눈을 뜨면 어떨까?

너가 나를 대신해.

너라는 일인칭이 생길까?

그런데 너마저.

죽고 싶은 것과 죽도록 살고 싶은 것이 뭐가 다를까?

사는 게 두려운 것과 죽는 게 두려운 것이 어떻게 다를까?

죽음에, 폭력에 어떻게 이렇게까지 무감해진 걸까?

괜찮은 걸까?

괜찮은 건 뭘까?

어쩌라고?

어쩌다가, 어쩌자고. 여기까지 온 걸까?

그저 그럴 수도 있는 걸까?

모두 지나가는 것뿐일까?

덧없고, 덧없고, 덧없을 뿐인데.

헛되고, 헛되고, 헛될 뿐인데?

'혼자'가 나오는 영화와

'디져'가 나오는 드라마를 봤다.

이렇게 무시무시한 애들은 왜 자꾸 TV에 나오는 걸까?

그런데 왜?

정전

무언을 만나기 전. 무언의 스튜디오에 찾아가기 전. 어느 날 저녁. 제는 감탄과 탄식 사이에 있었다. 눈앞에서는 오케스트라의 연주가 한창이었고 제는 현과 허공 사이를 오가는 활의 움직임들을 넋을 놓고 바라보았다. 그날 저녁 실제로 그들이 연주하고 있는 것은 말러의 교향곡 7번. 「밤의 노래」였지만. 제는 그들이 연주하는 침묵을 보았다. 밤의 침묵. 오케스트라의 단원들이 악기를 연주하는 모습이 모습 자체로 아름답다는 것을 제는 처음 느꼈다. 음이 사라진 연주. 침묵의 연주는 한동안 계속됐다. 침묵 속에서. 바이올린이, 비올라가 클라리넷과 바순이 큰북과 작은북이 울려 퍼졌다. 제는 감탄했고, 감동받았다. 심장이 두근거렸다. 아름답다. 아름답다. 정말 아름다워. 소리마저, 생각마저, 말마저 잊고 있을 때 제는 식탁으로 불려 나갔다. 가족들이 식탁 앞에 모였다. 제의 눈앞에는 플루트, 피콜로, 첼로, 콘트라베이스가. 식탁 앞에는 아버지, 엄마. 언니, 형부, 조카가 있었다. 지휘자의 지휘봉이 힘차게 침묵 속을 가로지를 때 제는 말없이 젓가락을 들었다. 거실에 틀어져 있는 TV에서 뉴스가 시작되고 있었고 항문, 생식기, 귀, 손가락이 없는 아이들이 태어났다. 먼 나라에서. 내

전으로 수천 명의 사람들이 목숨을 잃었다. 더 먼 나라에서. 기아로 수만 명의 아이들이 죽어갔다. 가까운 나라에서. 폭탄 테러로 마흔아홉 명의 사람들이 세상을 떠났다. 우리나라에서. 거리로 내몰린 사람들이 스스로 세상을 등졌다. 홀로 발견됐다. 홀로. 식탁 앞에서. 아버지와 언니가 형부와 엄마가 각자의 탄식을 내놓았다. 끔찍하다. 끔찍해, 끔찍하다. 너무 끔찍해. 제는 제 앞에 밥 한 공기. 제 손으로 만져지는 밥 한 공기의 온도. 간신히. 두 손으로 잡히는 식어가는 밥 한 공기의 온기를 느꼈다. 젓가락으로 맨밥을 휘저었다. 제 앞에 눈과 귀를 지우고. 두 눈과 두 귀를 막고. 겨우 맨밥이나 지휘했다. 맨밥만 헤집었다. 들리는 것들로부터 달아나기. 귀 막기. 보이는 것들로부터 눈 돌리기. 눈 감기. 제는 감탄과 탄식 사이에서. 두 발을 딛고. 아름다운 두 눈으로. 끔찍한 두 눈으로. 눈 감을 수 없어. 귀 막을 수 없어. 더는 무감할 수 없어. 무력해졌다. 살아 있으므로. 아마, 아직. 살아 있으므로. 무감해질 수 없어. 조카가 제의 밥 위에 파래를 올려놓았다. 제는 보지 못했지만. 파래가 좋아. 파래가 좋아. 싱싱한 파래. 싱싱한 파래. 파래. 파래.

찢어짐

1991년 9월 13일, 제의 일기

다미 다정이와 망각이 놀이를 했다.

끝

망각이 놀이는 제가 망각이라는 말의 뜻을 모르던 때,

수없이 글자를 틀리던 때부터 망각이라는 말의 뜻을 알기 전까지 했던 놀이다.

말을 던져 말을 맞추는 놀이.

망까기.

하나의 말을 던져 다른 하나의 말을 맞힌다.

날아온 말이 서 있는 말을 쓰러뜨린다.

다음 말이 다음 말을 넘어뜨린다.

忽

1. 갑자기

2. 문득, 느닷없이

3. 잊다, 마음에 두지 않다

하나의 말이 날아와. 갑자기, 다른 말을 쓰러뜨린다.

문득, 떠오르는 것들이 눈앞을 가로막는다.

무언의 눈이 느닷없이 제의 눈을 가린다. 다른 두 눈이 다른 두 눈을 덮어. 제는 제를 잊는다. 무엇도 마음에 두지 못한다.

몽골어에서 어떤 한 단어는 다른, 자신,

두 가지 의미로 쓰인다.

우리 발음으로 혀는 〔헬〕, 길은 〔잠〕, 잘못과 실수는 〔알다〕라고 읽는다.

너와 다른 나, 무리와 다른 자신,은 너와 나는 다르다는 앎에서
시작된다. 다른 나를 앎.
길 위에 무언. 제 눈과 다른 두 눈으로.
제는 입속에, 목구멍 속에, 혀 아래,
지옥을 산다.

몽골 사람들은 우리나라, 한국을 솔롱고스라고 한다. 이 말이
'무지개'를 가리키는 몽골어 '솔롱고'에서 왔다고 생각하는 사람들도
있다.

무지개 너머에서 온 사람들.

그립다
밉다
반갑다
고맙다
아련하다는 평가형용사다.
뭉클하다
쓰라리다
허전하다
환하다
그렁그렁하다는 증상형용사다.

평가에 지쳐 증상만 남은 사람들.

다른 말이 다른 말을

다음 문장이 다음 문장을

다음 문장이 앞 문장을

다음 사람이 다른 사람을

다른 슬픔이 다른 슬픔을

다음 기억이 다른 기억을

다른 죽음이 다른 죽음을

쓰러뜨린다. 넘어뜨린다. 잊게 만든다.

잘 쓰러지지 않는 말도 있다. 잘 잊히지 않는 문장도 있다.

모든 말이 망각을 향해 날아간다.

모든 말이 망각에 이르지는 못한다.

제가 눈앞에 커피 잔 속으로 들어간다. 제가 제 일기장 속으로 들어간다. 제가 과거로 들어간다. 제가 기억 속으로 들어간다. 영혼이 찢어진 부분.

제가 마음속으로 들어간다.

멀리서 또 하나의 말이 날아온다.

수요와 무관한 공급——아무르. 라몰트.

　　　　　　사랑 그리고 죽음.

사라지는 것 외

멸종동물

자이언트모아	1500년에 마지막으로 목격됨
오록스	1627년에 마지막으로 목격됨
도도	1681년에 마지막으로 목격됨
대서양귀신고래	1750년에 마지막으로 목격됨
스텔러바다소	1768년에 마지막으로 목격됨
안경가마우지	1850년에 마지막으로 목격됨
콰가얼룩말	1883년에 마지막으로 목격됨
포르투갈아이벡스	1892년에 마지막으로 목격됨
나그네비둘기	1914년에 마지막으로 목격됨

우리가 소비하는. 끝도 없이 소비하고 있는 절망은 누구로부터 빚진 것일까. 바닥 없는 절망. 끝도 없이. 매일 아침 새롭게 쏟아지는. 한 번도 맛보지 못한 쿠키처럼 여기저기 쌓여 있는 비애. 빛으로 넘치는 밤. 무언은 쇼윈도 앞에 서 있다. 무언이 찍은 사진이 쇼윈도에 걸려 있다. 빛의 거리에. 마네킹과 나란히. 포즈를 취하고 있는 남녀. 서로를 향해 뻗은 손. 서로를 잡아주는 손. 서로를 잡아당기는 손. 앞에 무언은 서 있다. 길가에 쌓여 있는 눈. 까맣게 녹다 만 눈을 흰 개가 먹고 있다. 무언은 담배에 불을 붙인다. 할 수 있는 게 없어서. 무언은 오조에게 할 말을 떠올린다. 눈부신 할로겐등 아래서. 무

슨 의미가 있어. 아무 의미가 없다. 맞은편 공연장에서 한 무리의 사람들이 걸어 나온다. 무언은 담배를 던지고 자리를 뜬다. 빠른 걸음으로 걸어 간다. 공연장에서 스튜디오까지. 「밤의 노래」가 무언의 뒤를 따른다. 무언은 걸어간다. 밤의 침묵이 무언의 뒤를 따른다. 활을 당기는 현악기 연주자들의 일사불란한 팔의 움직임들이. 첼로의 선율이. 바흐의 무반주 첼로 모음곡이. 바다의 검은 파도가. 오조의 연주가. 오조가. 무언을 따라온다. 무언을 잡아당긴다. 끈질기게 무언을 끌어당긴다. 얇은 정장 재킷 속으로 찬바람이 들어온다. 무언은 어깨를 움츠린다. 주머니에 손을 넣는다. 얼굴에 수염이 아무렇게나 자라 있어. 콧수염이 무언의 나이를 가린다. 무언이 지나간다. 거리에 사람들이 무언을 바라본다. 무언이 지나간다. 여자들이 무언을 바라본다. 무언이 지나간다. 남자들이 무언을 바라본다. 모델 같은 남자. 아름다운 미소. 왼뺨에 보조개. 무언을. 사람들이 힐끗 본다. 빤히 본다. 돌아본다. 무언은 사람들의 시선에 어느 만큼 익숙하고 거의 무감하다. 어깨에 카메라. 무언은 걷다가 멈춰 서고, 걷다가 멈춰 서서, 몇 장의 사진을 찍고 다시 걷는다. 무슨 의미가 있을까. 찰칵, 찰칵. 멈추지 않는다. 찰칵, 찰칵. 무슨 의미가 있을까. 찰칵, 찰칵, 생각을 멈추고 싶어. 찰칵찰칵찰칵. 공연장에서 스튜디오까지. 무언은 한참을 찍고, 또 찍으며 걷는다.

스튜디오의 덧문이 열려 있다. 무언은 안쪽 유리문을 밀고 안으로 들어간다. 불 꺼진 스튜디오 뒤편에서 빛이 새어 나온다. 무언의 침대가 놓여 있는 작은 방. 무언은 카메라를 책상 위에 올려놓고 방쪽으로 다가간다. 「무반주 첼로 모음곡 1번」. 첼로 연주가 시작된다. 방에서 시작된 나직한 첼로 소리가 무언의 발목을 붙잡는다. 무언의 발목이 낮은 첼로 소리에 붙들린다. 무언은 어둠 속에, 한자리에 꼼짝없이 서 있는다. 가만가만 속삭이며 다독이듯 흘러 나오는 첼로 소리. 활이 첼로의 굵은 현을 천천히, 느리게, 사라질 듯이 부드럽게 지나간다. 스튜디오를 가득 채운 물 같은 첼로의 선율. 어둠을 뒤흔드는 울림 앞에서. 무언은 꼼짝하지 못한다. 우주 한가운데 떠 있는 느낌으로. 현 끝에서 피어오르는 나직한 읊조림을, 너무 일찍 늙어버린 노인의 음성을, 울음을 삼키고 부르는 비탄의 노래를 듣는다. 잦아드는 숨소리. 검은 파도. 검은 파도. 그날의 검은 파도와 잉크빛 하늘이 쏟아진다. 무언이 찍고, 찍으며 한참을 돌아온 어둠을 찢고. 오조는 방 안에 있다. 오조는 무언의 침대 위에 앉아 있다. 무언의 모델처럼. 오조는 말없이 첼로를 켠다. 무언이 방으로 들어올 때까지. 방으로 들어와 제 앞에 설 때까지. 오조 앞에서 아무 말도 하지 못하고 눈물을 흘릴 때까지. 텅 빈 우주의 한가운데. 긴 어둠 끝에서. 제는 처음으로 오조를 본다. 제가 오조의 얼굴을 알아보기도 전에 제의 눈앞이 흐려진다. 제의 눈앞이 뿌옇게 흐려진다. 무언의 눈에 눈물이 고인다. 눈물이 떨어진다. 계속 흐른다. 멈추지 않고 흐른다. 오조는 연주를 멈추지 않는다. 귓가에 맴도는 우아한 비극, 눈부신 지옥. 오조는 울지 않는다. 오조가 고개를 든다. 오조가 무언을 본다. 오조와 제의 눈이 마주친다. 제 눈 속에 오조. 오조가 온 힘을 다해 무언을 보고 있다. 찰칵, 찰칵.

무언과 오조가 나누는 무언의 인사.

안전 감압 정지

열만 세. 열만 세면. 열만 세고 있으면 돌아올게. 말하는 어른을 보면 어렸을 때부터 불안했어요. 열. 아홉. 여덟. 일곱. 숫자를 거꾸로 세고 있는 아이를 보면. 금방이라도 무슨 일이 일어날 것 같아. 여섯. 다섯. 넷. 셋. 셋에 반. 셋에 반에 반. 셋에 반에 반에 반. 숫자를 세는 아이를 봐요. 아뇨. 열만 세면 돌아올게 꼭 돌아올게. 말하는 수많은 어른들을 보고 있죠. 맞아요. 당신이 할 수 있는 일도 내가 할 수 있는 일도 없지만. 숫자를 다 세버리고 나면 아무것도 할 수 있는 일이 없을까 봐 겁이 났던 거 같아요.

무언의 스튜디오에서 돌아온 날 제는 무언에게 쪽지를 남겼다. 꼭 자신 때문이었는지. 무언 때문이었는지 모르지만. 어떤 이유로든. 제는 한 번은 더 무언을 만나야 한다고 생각했다. 다른 두 눈을 만나면 제 두 눈이 달라질지도 모른다는, 제 눈이 나아질지도 모른다는 기대는 무언의 스튜디오에 들어선 순간 사라졌다. 눈에 대한 어떤 희망이 남아 있는 것도 무언에게 묻고 싶은 어떤 말이 남은 것도 아니었다. 어느 날 갑자기. 제의 두 눈을 가린 눈. 여전히 느닷없이 눈앞을 가리는 눈. 그 눈과의 어떤 의식이 필요했던 것도 아니다. 제는 제 눈이 무언과 무관하다는 것을 깨달았다. 무언을 처음 마주한 순간. 무언의 스튜디오에서. 현미경 위에 소금 알갱이를 발견했을 때쯤. 무언이 제 앞에 앉아 무심한 미소를, 아름다운 미소를 짓고 있을 때쯤. 제는. 다른 두 눈이 누구의 눈이건. 다른 두 눈이라는 것뿐. 다른 두 눈의 주인이 제 눈의 주인과 다르다는 것뿐. 그가 누구여도 달라질 것이 없다는 것을 알았다. 제는 무언과 나란히 서서 안개를 보고 싶다, 생각했다. 단 한 번. 두 눈앞이 모두 뿌옇게 흐려져 두 눈이 온통 안개 속일 때. 아무것도 그 형체가 분명하지 않을 때. 마을도, 거리도, 사람도, 안개마저 안개 속에 있을 때. 제는 눈과 눈의 분리가, 제 눈과 무언의 눈의 경계가 완전히 사라지는 한순간. 그거면 충분하다, 생각했다. 그날 밤. 언뜻. 창밖으로 흰 당나귀가 스쳐가는 것을 보았을까? 제는 무언의 스튜디오에서 돌아온 날 그렇게 생각했다. 두 눈으로부터. 이제 그만. 어쩌면 벌써. 제의 눈인지 무언의 눈인지 모르는 두 눈과 다른 두 눈. 제 눈인지. 누구의 눈인지 모르는 제 안의 다른 눈. 안의 눈. 밖의 눈. 무수한 눈. 무너진 눈. 무참한 눈. 무력한 눈. 무지한 눈. 감춰진 눈. 드러난 눈. 모두의 눈. 모든 눈이. 안개 낀 호수. 안개 속에 호수. 안개 속에 안개. 그 안에 가라앉은 한순간. 잠잠한 호수. 잠잠한 안개. 잠잠한 눈. 그것으로 그뿐이라도. 생각했다. 짙은 안개 속에서. 두 손이 식을 때까지. 이따금 제 눈은 가렵고, 따갑고, 시릴 것이다. 가렵고, 따갑고, 시릴 것이다. 제는. 중얼거려보았다.

그리고

몇 해 전.

오조의 이야기.

오조의 귀국 연주회는 연주회 당일 몇 주 전부터 연일 기삿거리였다. 유수의 국제 무대 최단 기간 수상 경력의 실력파 첼리스트라는 화려한 수식 앞에, 꽃미남이라는 수식이 오조의 뒤를 항상 따라다녔다. 꽃답게. 첼리스트든 테러리스트든 무조건 꽃미남이고 볼 일이라고 무언은 장난스럽게 말했지만. 오조의 섬세한 얼굴. 선한 인상.과 대조적으로 활을 당기는 힘있는 팔. 옷 위로 드러나는 몸의 굵은 선. 긴장하면 아이처럼 눈썹을 문지르는 버릇까지. 오조의 모습은 무언에게 깊이 각인되어 있었다. 꽃미남 오조는 꽃다운 수식어와 함께 모시의 시립 오케스트라 단원으로 남았다. 오조와 무언이 얼마간 함께 다닌 고등학교가 있는 시. 오조는 세계의 무대로 돌아가지 않았다. 뒤늦게 시작한 유학 생활에 지쳐 있기도 했지만 몇 년 만에 돌아와 무언을 만났을 때 오조는 자신이 오랫동안 그리워했던 것이 무엇인지 확실히 알았다. 첼로보다. 무엇보다. 무언에게. 자신이 필요하다고 느꼈고. 오조는 미련 없이 남았다. 귀국 연주회를 마치고 다시 무언을 처음 만난 날. 오조는 바흐의 무반주 첼로 모음곡을 연주했다. 바닷가에서. 어떤 치기 때문이었는지. 단순한 취기 때문이었는지. 해가 떠오르기 시작할 때까지. 빨간 플라스틱 의자 위에서 오조는 연주했다. 검은 파도. 바다. 검은 파도. 첼로. 검은 파도. 침묵. 검은 파도. 하늘. 검은 파도. 첼로. 검은 파도. 바다. 검은 파도. 첼로. 무반주 첼로 모음곡은 무언이 좋아하는 곡이었고 오조는 몰랐지만 우현이 즐겨 듣던 곡이었다. 바다는 서서히. 갑자기. 붉게 물들기 시작했다. 그리고 얼마 지나지 않아 밤보다 빨리. 새벽보다 빨리. 무언은 사라졌다. 방에서 한 발짝도 나오지 않았다. 침대에 누워 주삿바늘에 의지해 몇 달을 말도 없이 누워 있었다. 어디를 헤매고 다니는지 아무도 알지 못했다. 무언은 아무에게도. 아무 반응도. 하지 않았다. 그렇게 몸만 남기고 사라진 몇 달 전처럼. 어느 날 갑자기. 무언은 몇 달 만에 몸 밖으로 나왔다. 몸 안으로 돌아왔다. 방 밖으로 나왔다. 그리고 다시 사라졌다.

무언은 오로지 무언에 속한 사람이다. 오조는 생각했다. 특별히 견딜 것이 없어서. 오조는 남았다. 남겨졌다. 무언은 몇 달씩 떠도는 것 같았고 오조는 무언을 찾지 않았다. 무언을 찾는 대신. 무언의 사진들을 찾아다녔다. 어느 해였을까. 작은 미술관의 한 전시실에서 오조는 무언의 사진을 보았다. 1999년—너에게. 그해는 무언이 처음 사진을 시작한 해였고 오조가 유학을 떠났던 해였다. 그때 오조의 집 앞에 서 있던 은행나무. 오조는 기억했고 무언은 사라졌고 나무는 자랐다.

왜 그때 갑자기.

왜 하필 그때.

왜 그랬는지. 왜 그럴 수밖에 없었는지.

나는 지금도 몰라. 그게 그런 병이라고는 하지만.

몇 년째 잊은 듯이 잘 살고 있다가.

어떻게 왜.

형이 나를 끌어 당겼는지는. 얼마 전에 문득 생각했다.

어쩌면 그때. 그때 나는 형을 만나고 온 건지도 모른다고.

어쩌면. 내가 형을 찾아갔던 건지도 모른다고. 어쩌면. 어쩌면.

침대 위에 무언과 오조가 나란히 앉아 있다. 벽에 기대선 첼로. 첼로 옆 의자에 걸쳐 있는 오조의 까만 연주복이 보인다. 제가 의자 위에 내려앉는다. 제가 까만 연주복 위에 내려앉는다. 제는 제 침대 위에. 좁은 방 안에. 어둠 속에. 가만히 앉아 있다. 제의 귀가 잠잠하다.

아마직

아마직은 베르베르어로 자유로운 인간이다.

왜 그렇게 돌아다녀요?

제가 묻는다.

글쎄. 이유를 몰라서?

제는 무언이 운전하는 모습을 본다. 무언의 옆얼굴을 거의 처음 본다고 생각한다. 창밖으로 고개를 돌린다. 거리에 안개가 자욱하다. 차가 짙은 안개 속을 달린다. 길도, 나무도, 철탑도 보이지 않는다. 무언으로부터. 무언에게. 쪽지에 대한 답은 예상보다 빨리 돌아왔다. 제가 의도하지 않아도 제는 무언에게 무언의 압력이 될 수 있어. 제는 무언이 불편해한다는 것을 안다. 무언에 대해 제가 알고 있는 것들을 부담스러워한다는 것을 안다. 제는 무언과 스튜디오에서 마주했던 한 순간을 떠올린다. 제 자신과 마주 앉아 있던 시간. 제 눈 속에 제. 제 눈앞에 자신을 피할 수 없던 시간을. 제는 잊지 못한다. 뒤집힌 거울 앞에서. 제 눈을 찌르고 싶던 그 순간. 무언의 눈을 찌르고 싶던 그 한 순간을.

그냥. 이건 다른 얘긴데요. 그리운 것들이 많아져서 좋아요.

제가 끝없는 안개 속을 보고 있을 때 무언이 말한다.

그런 거 같아. 그리운 것들을 나눠서 그리워할 수 있으니까. 가끔은 뭐가 그리웠나. 뭐가 그립긴 한가. 헷갈리기도 하고. 그래요. 어떤 거리. 어떤 사람들. 어떤 분위기. 어떤 새벽. 그런 것들이오. 그리운 것들을 그리운 것들로 덮는다고 할까. 아닌 거 같기도 하고. 잘 몰라요. 정말 잘 몰라. 정말.

그냥. 무책임한 거죠 뭐. 그곳이 이곳이 되기 전에 떠나라.

무언이 차를 호숫가에 세우며 말한다. 질문을 던져놓고 정작 제는 안개에 홀린 사람처럼 창밖의 안개만 보고 있어. 무언이 제를 본다. 말을 멈추고, 표정을 지우고. 제의 눈을 본다.

왜 꿈에서 꿈인 걸 알면 금방 깨잖아요. 꿈이라고 생각해봐요. 무언은 말하고 시동을 끈다. 먼저 차 문을 열고 내린다. 안개 속에 무언. 제는 무언의 뒷모습을 본다. 잠에서 깬 것처럼.

그래서 철들자 죽는다는 말이 나왔나.

제는 괜히 실없는 혼잣말을 해본다. 무언은 열 발자국쯤 앞에서 호수를 바라보고 있다. 새벽의 호숫가. 안개가 천천히 움직인다. 안개의 무리가 허공을 떠다닌다. 제는 뒤늦게 생각이 난 것처럼 차에서 내리고 두 사람은 거리를 두고 호숫가를 따라 걷는다.

다이빙 시작한 지 얼마나 됐어요?

몇 발자국 쯤 뒤에서 말없이 걷고 있던 제가 묻는다.

덕분에 멋있는 물속 많이 봤거든요. 예쁜 물고기도.

음. 그때요. 블라디보스토크. 기차에서 만났던 그해였을 거예요. 여기저기 떠돌다가 돌아오기 전에 다합에 한 달 좀 넘게 있었거든요.

기억나요?

네. 기억났어요. 2층 침대, 맞죠? 그때 계속 잠만 잤잖아요. 내가 잊을 만도 하지.

무언이 제 발끝을 보면서 걷는다. 제가 제 발끝을 보면서 걷는다. 주머니 속에 두 주먹. 두 사람의 귓가에 두 사람의 발소리가 들린다. 두 사람의 귓가에 두 사람의 발소리만 들린다.

믿어도 돼요.

발소리 사이로. 제가 말한다. 자갈이 밟힌다.

네?

당신 눈으로 본 것들이오.

무언이 고개를 들어 제를 본다.

말 안 해요. 말 안 한다고요.

제는 잠깐, 제 옆얼굴을 스치듯 보았다고 느낀다.

지금은 어때요? 누구 눈이냐고요?

글쎄. 모르죠.

상관없어요. 어떤 눈이든.

제는 말하고 무언은 멈춰 선다. 두 사람은 안개 낀 호수 앞에 있다. 나란히 서서 호수를 본다. 호수에 두껍게 내려앉은 안개를 본다. 새벽. 호수. 짙은. 안개. 무언과 제는 안개 속에 있다.

안개를 좋아하던 때가 있었어요. 눈 감고 안개 속에 있으면 안개 냄새가 참 좋았거든요.

지금 눈 감아도 안개가 보이면 그건 당신 눈이겠죠. 만약 당신이 눈 감아도 안개가 보이면 그건 내 눈일 거고요. 그런데 당신이 누구든. 내 눈이 누구의 눈이든. 나는 내가 누군지. 나만의 눈이란 게 있긴 있었는지 이제 잘 모르겠어요. 정말.

왜 나한테? 왜 갑자기? 왜 하필? 왜 어떻게? 어떻게 이런 일이. 어떻게 이렇게 말도 안 되는 일이. 왜? 왜? 왜? 이렇게 끝도 없던 질문들은 이제 하지 않게 된 거 같아요. 지친 건지. 아무튼 그래요. 이제.

누가 알겠어요. 누가. 다 알겠어요.

그리고. 한참 동안 제는 말하지 않는다. 두 사람은 한참을 가만히 서 있는다.

생에 몇 개의 매듭이 있다면. 그런 게 있다면.

또 몇 개의 매듭을 얻은 거겠죠.

제가 서서히 옅어지는 안개 속 어딘가를 바라보며 말한다. 어느새 해가 떠올라 안개 속에 동그란 구멍이 나 있다. 짙은 안개 속에 흐릿한 해. 희미한 빛. 작은 구멍. 두 사람은 다시 한참을 가만히 서 있는다.

형 목소리가 기억이 안 나요. 사진 본 적 있죠?

형이 있다는 게 어떤 거였는지. 정말 잘 기억이 안 나요.

무언이 말하고. 두 사람은 다시 한동안 가만히 서 있는다. 희미하게. 희미한 침묵.

나도 궁금했어요. 목소리. 정말 전혀 기억이 안 났거든요. 형 목소리 들어본 적 없지만 당신 같지 않았을까요. 당신 목소리랑 비슷할 거 같아요.

제가 말하고. 두 사람은 그리고 한동안 가만히 서 있는다. 희미하게. 희미한 기억.

안개 냄새 좋네요.

무언이 말하고. 눈을 감는다. 제 목소리를 처음으로. 유심히 듣는다. 제가 눈을 감는다. 눈앞에 안개. 안개 속에 눈. 안개 속에 안개. 끝까지. 제는 그해의 전시를, 젊은 작가 중 한 사람이었던 무언의 사진을 기억하지 못한다. 제는 무언의 이름을 알지 못해. 무언의 이름과 무언의 얼굴과 무언의 사진을 연결하지 못한다. 찰칵, 누군가 셔터를 누른다. 호수 앞에 두 사람. 다정한 연인들 뒤로 제와 무언이 보인다. 연인들의 사진 속에 배경으로 남은 두 점. 두 사람은 사진 속에,

한 귀퉁이에 배경으로 남는다. 나란히 서 있는 남자와 여자. 안개 속에 제와 무언은 안개 속에 남는다.

안개 속에서.

제는,

다른 사람이 되기 전.

다른 사람의 눈에 눈 뜨기 전.

다른 사람의 눈에 띄기 전.

눈 뜨기 전. 눈 감고 있던 그때. 어쩌면 태어나기 전.

아마, 아직.

어둠에 가까운. 빛에 가까운.

눈 속의 눈을 생각한다.

눈이 눈을 덮는다.

안개가 눈을 덮는다.

선 정 의 말

—

윤해서의 「홀」은 소리 없는 언어들의 아우성으로 넘쳐나는 홀hall이
다. 말할 수 없는 '무언'의 운명을 애도하기 위한, 그러나 결코 애도할 수
없다는 곤혹스러움을 위한 길고도 역설적인 변명이다. 말해야 하지만 말
할 수 없어서 끊임없이 미끄러지기만 하는 언어들의 난장 속에서 '홀'로
견디며, 느닷없이[홀(忽)] 문득[홀(忽)] 떠오르는 이미지들을 따라가며,
그 이미지들을 보고 말하려 안간힘을 쓰는 '제'의 '홀'로인 몸부림이 매우
인상적이다. 여기서 '제'는 3인칭일 수도 있지만, '저의'로 풀어보면 1인
칭 관찰자이자 서술자의 기능에 가까운 인물이다. '제'가 끊임없이 보고
말하려 하는 '무언'이 "무언의 무동무언증의 시간 속"(『문학과사회』 통권
제101호, 2013년 봄호, p. 223)에서 두렵고 고통스러워하는 것은 형인 "우
현의 죽음에 속"(p. 223)해 있기 때문이다. 열네 살 때 군대에서 갓 제대
한 형 우현이 느닷없이[홀(忽)] 돌연사한 장면을 홀로 우연히 목격한 무
언은, 그 트라우마 때문에 상처받은 내면 아이로 인해 무동무언증에 걸리
게 된 것으로 보인다.

그런데 꼭 그렇게만 말할 수 있을까? 그렇게 작가는 질문한다. 사태
의 현상에 대해, 그 기원과 관련한 과거나, 그 영향과 연계되는 미래에
대해 누가 어떤 눈으로 보고 말할 수 있는가? 이런 문제에 대해 작가는
매우 발본적인 성찰을 보인다. 텍스트의 앞쪽에 "무엇이 보이는가. 보이
는 것을 말해. 네 눈앞에 보이는 것을 말해라"는 대목이 전경화되거니와,

이 본다와 관련한 시각동사에 대한 탐구는 이 소설 전편에 걸쳐 지속된다. 평생 표준렌즈만을 사용해 결정적인 순간들을 포착해온 전설적인 사진작가 앙리 카르티에 브레송의 말을 윤해서가 인용한 것도 그와 관련이 깊다. "나는 시각형 인물이다. 나는 지켜본다. 지켜본다. 지켜본다. 내가 사물들을 이해하는 것은 내 눈을 통해서다".

윤해서는 브레송처럼 시각형의 확신을 가질 수 없으므로 불행하다. 불안하다. 두렵고 고통스럽다. 그러므로 어떤 행동도, 사건도, 계기적인 진행을 보이기 어렵다. 앞으로 나아가는 이야기를 만들기 어렵다. "피그미 카멜레온이 죽을 때까지 맴돈다는 1제곱미터. 그 안에. 1제곱미터도 안 되는 뇌 속에 욕망이, 두려움이, 고통이 있다. 반복이 있다". 브레송과는 다른 눈의 분열과 해체상 때문에 윤해서의 불안은 피그미 카멜레온처럼 맴돈다. "제의 눈인지 무언의 눈인지 모르는 제 안의 다른 눈. 안의 눈. 밖의 눈. 무수한 눈. 무너진 눈. 무참한 눈. 무지한 눈. 감춰진 눈. 드러난 눈. 모두의 눈". 본다는 것에서부터 의심스러울 때, 말한다는 것은 더 의심스러운 것이 될 수밖에 없다. 그런 상황에서 이야기란 무엇이고 어떻게 말해질 수 있는가에 대한 신진작가의 실험적 고뇌가 「홀」에 넉넉하게 담겨져 있다. 의심과 실험이 매우 도저하여, 「홀」에 접근할 수 있는 독서 경로는 매우 많다. 어떤 독자들에게는 매우 흥미로운 퍼즐게임이 될 수도 있고, 또 다른 어떤 독자들에게는 무모한 도전이 될 수도 있다.

어떤 독자들을 배제하면서, 어떤 마니아 독자들과 내밀하게 소통하고 싶어 하는 작가의 어떤 풍경이 문득〔홀(忽)〕 떠오른다. 여러 측면에서 윤해서의 「홀」은 당분간 가장 문제적인 작품으로 화제가 될 것 같다. _우찬제

암스테르담 가라지 세일 두번째

김 솔

1973년 광주에서 태어나 2012년 『한국일보』 신춘문예로 등단했다.

새 달력 속엔
삼백예순다섯 桐의
독방이 있어
내 젊은 날이
한 방에 하나씩 갇혀 있다

●··

암스테르담 가라지 세일 두번째

—

1. 식사

첫번째 가라지 세일의 실패로부터 큰 교훈을 얻은 Y는 두번째 가라지 세일을 앞둔 금요일 저녁, 퇴근길에 마트에 들러 인도네시아 음식들을 샀다. 하지만 그것들은 토요일 아침 8시가 넘어서야 겨우 일어난 G의 식욕을 자극하기엔 너무 기름지고 이국적이었다. 냉장고 속의 신선한 우유와 바삭한 시리얼로 아침 식사를 해결한 G가 자신이 사용한 그릇들을 씻으려 하자 Y는 급히 막아서며, 중요한 날에는 행운이 집 밖으로 나가지 않도록 청소나 설거지를 하지 않는 인도네시아의 전통에 대해 알려주었다.

"그럼 이것들은 팔지 않겠다는 거야?"

G는 Y를 쏘아보았다.

"이런 상태의 것들도 필요한 사람이 있겠지. 자신의 예상보다도 훨씬 싼 가격일 테니까."

그렇게 대답하고 Y는 삼발 소스가 뿌려진 나시고렝을 꾸역꾸역 삼키면서 G의 몫이었던 바미를 슬그머니 휴지통에 던져 넣었다. G는 찻잔 속으로 점점 퍼져가는 실론 섬의 석양에 정신이 팔려 있어서 Y의 마지막 호의가 몰이해 속으로 비참하게 처박히는 걸 알아차리지 못했다. 붉은 빛이 탁해지고 해무 같은 향기가 걷힌 다음에야 겨우 한 모금을 들이키더니 G는 찻잔을 식탁 위에 내려놓았다.

"물론 홍차가 절반만 채워져 있는 찻잔을 선호하는 손님도 있겠지?"

G는 커피포트 속에다 1밀리리터의 연민조차 남겨두지 않았으므로 Y는 하는 수 없이 G가 남긴 홍차에다 인스턴트커피를 섞어 마셔야 했는데, 그 기괴한 맛만큼이나 그들의 추억과 잘 어울리는 것도 없는 것 같았다.

첫번째 가라지 세일을 시작하던 날 아침에 Y와 G는 평소와 다름없이, 땅콩버터에 치즈와 초콜릿 가루가 뿌려진 브로트져를 인스턴트커피와 함께 먹었다. 평소와 조금 다른 점이라면 식사의 단계를 엄격하게 구분하고 각 단계마다 시작과 끝을 알리는 의식을 간단하게 치렀다는 것이다. 사용한 그릇들을 정성스레 씻고 마른 수건으로 윤기나게 닦은 다음, 일일이 가격표를 붙여 찬장 위에 올려놓았다. 하지만 Y가 비바람을 뚫고 동네 어귀의 식당에서 사 온 팬케이크와 크로켓을 신문지 위에 늘어놓고 늦은 점심을 시작하려 했을 때, G는 울컥해져서 결국 찬장에 올려놓은 그릇들의 가격표를 떼어내고 그 속에다 음식들을 담았다.

"이건 팔지 말고 서로 공평하게 나누어 갖기로 해. 남루한 추억이지만 적어도 이 정도의 가치는 있지 않겠어?"

Y는 팬케이크 위에 버터를 바르고 메이플 시럽을 뿌리다가 G의 눈 속에서 일렁이는 슬픔을 잠시 들여다볼 수 있었다.

가라지 앞에 늘어놓은 세간을 도둑들에게서 지키기 위해서라도 두번째 가라지 세일의 점심 식사는 Y와 G가 번갈아 가며 혼자서 해결해야 했다. 불콰해진 낯빛에서 Y는 맥주를 마셨고, 소매에 묻은 케첩 자국에서 G가 감자칩을 먹었다는 사실을 서로 짐작할 수 있었다. 두번째 가라지 세일의 성공에 필요한 노동력과 사고력을 유지하되 감상 따윈 전혀 자극하지 않는 음식들을 찾아내려고 메뉴판을 자세히 훑어보았지만 끝내 적당한 위안거리를 발견해내지 못한 채, 한때 자신들이 가축처럼 부리던 세간 앞으로 허기를 몰고 돌아와야 했다. 그러고는 가능한 한 적게 움직이고, 적게 생각하면서 저녁 식사 시간이 되기를 경건하게 기다렸다.

청빈한 칼뱅의 혁명 이후 식도락을 거세당한 네덜란드인들에게 남아 있는 전통 음식이라곤 청어절임이 전부였기 때문에, 갖가지 사연으로 자신들의 집에 방문한 손님들을 Y와 G는 매번 실망시키지 않을 수 없었다. 마트나 식당에서 구입한 음식들 위에 화려한 장식을 덧붙이는 것만으로는 환대의 격식을 완성할 수 없었다. 그래서 G는 매주 수요일 저녁마다 시청 강당에서 열리는 세계 요리 강습회에 등록해서 프랑스와 독일과 모로코와 인도네시아 음식들의 조리법을 배워야 했다. 나중엔 Y도 참여하였으나, 강사로부터 더 많은 재능을 인정받은 G에게 주방장의 권위를 양보하는 것은 지극히 논리적인 결정이었다. 첫번째 가라지 세일을 앞둔 금요일, G는 회사에 휴가를 내면서까지 마지막 만찬을 준비하였다. 그 저녁 식사가 지니는 비장한 의미를 끊임없이 상기하지 않았더라면 Y는 식탁 위에 차려진 프랑스 음식들의 허위를 견뎌내지 못하고 기어이 토악질을 해댔을지도 모른다. 다행히 프랑스산 와인이 Y를 칼뱅의 저주에서 잠시나마 해방시켜 주었다.

두번째 가라지 세일을 마치고 탈진 직전에 내몰린 Y와 G는 동네 어귀의 식당으로 달려가 그 밤에 준비할 수 있는 모든 음식들을 주문하였다. 그래서 Y의 양팔 사이에는 으깬 감자와 소시지와 양배추와 스테이크와 맥주가 채워졌고, G는 콜라를 마셔가면서 시저샐러드와 에르텐 수프와 팬케이크와 후츠포트를 차례대로 먹어치웠다. 그들은 마치 밀항선을 타고 그 밤에 암스테르담에 도착한 사람들처럼 잔뜩 긴장한 채 대화도 없이 게걸스레 음식을 삼켰기 때문에 옆자리 손님들과 종업원의 의심 어린 시선을 번갈아 받았다. Y가 맥주 한 병을 더 주문할 때 G는 감자커틀릿 두 개를 주문하였는데, 그들은 자신들의 식탁 위에 더 이상 먹어 치울 음식이 남아 있지 않는 순간 영원히 작별해야 한다는 사실을 잘 알고 있었기 때문에, 상대가 근사한 작별 인사를 준비할 수 있도록 시간을 벌어주려는 목적도 있었다. 하지만 그들이 둘 중 누가 유다에 가까운지 가늠하지 못한 채 계산대 앞에서 키스 대신 포옹을 나눌 때까지도 맥주와 감자커틀릿을 들고 종업원이 나타나지 않았기 때문에, 아까운 돈을 허투루 썼다는 생각이 그들의 작별을 더욱 비참하게 만들었다.

첫번째 가라지 세일의 실패를 인정하면서 Y는 맥주 두 병을 연거푸 비웠고, G는 피자 한 판이 놓여 있던 접시를 깨끗이 비웠다. 임신 중이 아니었다면 G 역시 맥주를 마셨을 것이다. 허기가 사라지고 취기가 돌 때까지 그들은 침묵 속에서 자신들의 불운을 곱씹었다. 하지만 식당 안에 그들만 남게 되자 증오의 격정과 회한의 무력감은 순식간에 휘발하였고, 함께 집으로 돌아갈 수 있는 사람이 있다는 사실에 감격하게 되었다. 그러자 Y는 G가 매주 일요일 저녁으로 만들어주던 감자커틀릿의 맛은 훌륭했지만 자신의 접시 위에 고작 두 개밖에 놓아주지 않아서 늘 아쉬웠다고 고백했다. G는 매번 다섯 개를 만들 수 있는 분량만큼의 반죽을 준비했지만 기름에 튀기는 도중에 하나 정도를 망치기 때문에 Y의 접시에 더 놓아줄 수 없었다고 대답하였다. 실패가 인간을 위무하는 시간이 한참 동안 이어졌다.

두번째 가라지 세일을 끝내고 Y와 G는 각자의 모텔로 돌아가면서, 조만간 암스테르담 시내의 일본 식당에서 만나 저녁 식사를 하자고 거듭 약속하였으나, 그 약속에는 그 밤의 피로를 견뎌내는 데 필요한 최소한의 죄책감조차 녹아 있지 않다는 사실을 적어도 둘 중 한 명은 감지했다. 모텔 방에 들어서자마자 Y는 초콜릿 바를 두 개나 먹었고, G는 삼키지는 않고 입에 머금은 뒤 뱉어내는 방식으로 맥주 캔 하나를 비웠다.

2. 가격

첫번째 가라지 세일에서 얻은 교훈에는, 자신들이 팔려는 상품의 가격에 결코 추억의 가치까지 반영해서는 안 될 뿐만 아니라 물가 상승률이나 희소성을 앞세워서는 손님들의 소매를 결코 붙들 수 없다는 사실도 포함된다. 중고품의 가격은 폐기 처분할 경우 예상되는 손해부터 감안하여 결정되어야 하며, 상식보다 훨씬 더 높은 감가상각비가 적용되어야 한다. 첫인상을 통해 손님들의 머릿속에 번개처럼 주입된 감정가를 알아내는 게 흥정의 시작이자 끝이다. 그러고 나서 그 가격에다 일단 50퍼센트의 이익을 붙이되 거래 성사 직전에 20퍼센트 수준까지 양보하는 지혜가 절실하다. 그러면 누구도 이익을 얻을 수 있을 뿐만 아니라, 그 상품 속에 봉인되어 있는 추억의 가치까지도 한동안 고스란히 보존할 수 있게 되는 것이다.

그래서 두번째 가라지 세일에 전시된 세간에는 가격표가 일체 붙어 있지 않았다. 그렇다고 Y와 G가 그것들의 가격에 대해 미리 검토하지 않은 것은 아니다. 그들은 그저 그것들을 구입할 때의 최초 가격과 그것을 팔아넘길 수 있는 최저 가격을 일일이 확인하고 암기하였다. 그리고 그 가격들 사이에서 최대한의 상술을 발휘하되, 실제 판매 가격과 최저 가격 사이의 차액을 판매한 사람에게 주기로 합의하였다. 손님들의 흥미를 끌지 못하거나 흥정에 실패하여 가라지에 남겨질 세간은 중고품 가게에 넘길 작정이었다. 가격을 매기지 못할 만큼 자신에게 너무 소중하여 이웃에게 헐값에 넘겨주느니 차라리 제 손으로 없애버리는 게 낫겠다고 여겨지는 물건들만을 골라내어 최저 가격을 상대에게 지불하고 자신의 짐 꾸러미 속에 챙겨 넣을 수도 있었으나, 눈 밝은 손님들은 한 시절의 삶이 온전히 반영되지 않는 세간을 거들떠보지도 않을 것이고 결국 두번째 가라지 세일 전체마저 실패할 위험이 있다는 Y의 주장에 G가 공감하여, 그들은 각자가 구입할 수 있는 물건의 수량과 합산 가격을 제한했다.

첫번째 가라지 세일을 한 달 앞둔 시점부터 Y와 G는 매일 밤 세간을 목록에 추가하고, 기억을 거슬러 올라가 그것들의 구입 가격을 채워 넣어야 했다. 정보의 홍수로 기억이 유실된 것들은 그것과 가장 비슷한 상품의 현재 가격을 인터넷으로 확인하고 물가 상승률과 환율 등을 고려하여 최초의 가격을 추정했다. 그렇게 해서 완성된 가격들에 Y는 감가상각비 등을 일괄적으로 적용하여 현재의 적정 판매 가격을 산출해내었다. G는 그들이 동거를 시작하기 전부터 각자가 소유하고 있던 것들은 판매 목록에서 제외시켜 원래의 소유자에게 돌려주어야 한다고 주장하였으나, 이력과 목적을 Y와 G가 서로 다르게 기억하고 있는 물건들이 많은 데다가 선별 과정에 쏟아부어야 할 시간과 노력이 아깝게 여겨졌기 때문에, 게다가 최초의 소유자와 현재의 관리자가 서로 다른 것들이 끝없이 일으킬 논쟁의 피로감까지 고려하여, 판매 수입을 정확히 절반씩 나눈다는 원칙 아래 결국 동거 전후의 소유자를 구별하지 않기로 결정하였다. 이 결정은 동거 전에 이미 현재의 세간 대부분을 소유하고 있던 Y와, 동거 이후 그것들을 거의 혼자서 관리해온 G를 모두 만족시켰다. 각자의 방에서 시작하여 부엌이나 거실, 화장실처럼 공동 주거 공간으로 이어진 실물 조사에만 2주일 남짓 소요되었다. 그리고 각자가 완성한 목록들을 교환한 뒤 목록에서 누락되거나 가격이 잘못 기입된 세간은 없는지 확인하느라 또다시 1주일의 시간이 필요했다. 마침내 완성된 판매 목록에 따라 모든 세간에 가격표를 붙이는 일마저도 녹록치 않았다. 식기와 세면도구를 제외하고, 첫번째 가라지 세일이 열리는 아침까지 그것들의 사용은 일체 금지되었다.

두번째 가라지 세일에 앞서 Y와 G는 일요일 아침마다 집 근처의 공용 주차장에서 열리는 벼룩시장에 들러 중고품들의 가격 추세를 확인하고 상인들의 흥정 기술을 배워야만 했다. 특히 유태인이나 무슬

림 출신의 상인들과는 일부러 흥정을 걸어보았는데, 그들에게는 손님의 의도뿐만 아니라 그의 머릿속에 번개처럼 주입된 감정가까지 정확히 알아내는 능력을 지니고 있어서, 충분한 이익을 확보한 뒤에도 만약 불필요한 흥정으로 자신의 심기를 건드릴 경우 언제든지 좌판을 거둬들일 수 있다는 듯 단호한 태도를 유지하면서 손님의 결정을 재촉했다. 그래서 Y와 G는 은도금 된 촛대 하나를 시중의 가격보다 두 배나 비싸게 구입하고도 마케팅 수업료치곤 비교적 적은 돈을 지불했다는 사실에 겨우 만족해야 했다. 촛대는 단 한 번도 사용되지 않은 채, 구입할 당시의 가격으로 두번째 가라지 세일의 판매 목록에 곧장 포함되었다.

첫번째 가라지 세일에서 Y와 G에게 흥정을 걸어온 손님들은 하나같이 상품들의 가격이 터무니없이 비싸다고 투덜댔다. Y는 최대한의 예의를 지키면서 자신이 보관하고 있던 영수증들과 인터넷 쇼핑몰의 가격을 보여주었지만 손님들의 흥미를 더 이상 자극할 수 없었다. 그러면 G는 덩달아 Y의 탐욕과 융통성 없음을 불평하였고, 그들 사이의 긴장감을 감지한 손님들은 현관에서 쭈뼛대다가 발길을 돌렸다. 하지만 자신의 명품 가방이 터무니없이 낮은 감정가격을 받게 되자 G는, Y에게 했던 자신의 언행에 용서를 구할 목적으로라도 더욱 과장되게 분노하며, 손님 앞에서 가격표를 떼어 찢고 거친 욕설까지 퍼붓고 말았다. 그렇게 첫번째 가라지 세일의 마지막 손님이 떠나고 곧이어 저주와도 같은 폭우와 바람이 시작되었던 것이다. Y와 G는 그 밤이 끝날 때까지도 손님들의 감정 방식을 도저히 이해할 수 없었다.

"만약 우리가 부자였다면, 더 쉽게 성공할 수 있었을까?"

자신들이 너무 가난했기 때문에 적은 이익을 탐하다가 결국 가라지 세일을 통째로 망쳤다는 반성이 Y의 혼잣말 속에 섞여 있었으나, G는 제대로 알아듣지 못한 게 분명했다. 그래서 이렇게 대꾸했다.

"만약 우리가 부자였다면, 가라지 세일 따윈 애초에 궁리조차 하지 않았겠지."

두번째 가라지 세일에 찾아온 손님들은 세간 어디에서도 가격표를 찾을 수가 없게 되자 더욱 꼼꼼하게 물건들의 상태를 살폈다. 그사이 Y와 G는 짐짓 다른 일을 하느라 바쁜 척하면서도 연신 곁눈질로 그들의 행동을 관찰하였다. 구매를 결심한 손님들이 다가와 자신이 선택한 상품의 가격을 물었을 때, Y와 G는 마치 그것이 거기 있었는지도 몰랐으며 여전히 가격이 결정하지 못했으니 고민할 시간을 조금 달라는 듯 한참 동안 머뭇거린 다음, 퉁명스럽게, 하지만 자신은 파산한 게 아니라 단지 이삿짐을 줄이고 새집에 어울리는 물건들을 장만하기 위해 지금 가라지 세일을 하고 있으므로 만약 자신이 제시한 가격을 받아들이지 않을 경우엔 굳이 판매하지 않겠다는 메시지를 분명히 전달하려고 노력하면서, 가격을 건성으로 말해주고는 자신이 하던 일에 다시 몰두하였다. 제대로 가격을 듣지 못한 손님이 다시 묻기라도 할라치면 귀찮다는 듯이 쏘아보면서, 마지막으로 가격을 말해줄 수는 있지만 주의 깊게 듣지 않고 여전히 자신의 일을 방해한다면 그걸 파는 대신 부숴버리겠다고 엄포를 놓는 듯, 처음보다 20여 유로 정도 낮은 가격을 말해주었다. 그러면 손님은 주인들이 실수한 것으로 착각하고, 그들이 자신의 실수를 인지하여 가격을 원래대로 되돌리기 전에 흥정을 마무리하려고 허둥지둥 현금을 내밀었다. 손님이 도둑처럼 도망치듯 사라지면, Y와 G는 각자 지니고 있던 판매 목록에다 동시에 표시하였는데, 한 사람의 작은 실수에서 비롯된 오해와 불화가 작별 이후의 일상마저 훼손하는 것을 미연에 방지하기 위한 형식적 절차에 불과했다.

첫번째 가라지 세일이 진행되던 오후, 갑자기 시작된 폭우와 바람을 피해 세간을 다시 집 안으로 들여놓으면서 Y와 G는 사는 데 그렇게 많은 물건들이 정말로 필요한 것인지 확신할 수 없었다. 게다가 가격표들마저 비에 젖어 떨어져 나가자 어떤 것부터 지켜내야 하는지 구분할 수도 없었다. 젖은 몸을 말린 뒤에야 비로소 그들은 자신들이 지닌 세간을 크게 세 가지로 분류할 수 있을 것 같았다. 첫번째, 일상의 내용이 되어 매일 소모되는 것들, 가령 음식이나 비누, 속옷, 텔레비전이나 자전거, 휴대전화, 침대 등. 두번째, 일상의 외연이 되는 것들, 가령 스웨터나 책, 오디오 시디, 액자, 커튼, 페이퍼 나이프 같은 것들. 세번째는 일상과 관계없이 모호한 기능과 목적을 지닌 채 그냥 존재하는 것들, 가령 옷장이나 보석, 중국식 찻잔, 손목시계 따위. Y는 일상과 관계없이 존재하는 것들이야말로 현실적 쓸모의 제약을 거의 받지 않기 때문에 하나같이 비싸고, 그래서 더욱 중요한 재산이 될 수 있다는 사실을 깨달았다. 그리고 일상의 안팎을 유지하기 위해 필요한 세간의 최소 가격을 합산해보려고 판매 목록을 이리저리 살펴보았다. 홍차를 마시면서 한참 동안 Y를 지켜보고 있던 G는 네번째 부류의 세간이 가장 비싸고 소중한 것들이라고 말했는데, 그것은 Y나 G가 일생을 바쳐도 결코 가질 수 없는 것들, 가령 카리브 해 주변의 별장이나 호화 요트나 고흐의 그림 등이 거기에 속했으며 그것들을 구매하거나 판매할 때 중요한 것은 가격이 아니라 신분이라는, Y가 전혀 이해할 수 없는 말을 덧붙였다.

두번째 가라지 세일을 준비하던 Y와 G는 판매 목록에 기록되지 않은 물건들을 발견하고 또다시 말다툼을 벌였다. 처음엔 상대방의 신의 없음을 비난했으나 나중엔 그것들이 첫번째 가라지 세일 이후에 구입되었기 때문에 목록에서 누락되었다는 사실을 확인하고 서먹하게나마 화해하였다. 그래서 Y와 G는 세간을 다시 실사하여 목록을 업데이트하기로 합의하였다. 하지만 퇴근 후 이틀을 꼬박 투자하고도 만족스러운 결과를 얻지 못하자, Y는 자진 신고한 물품들만을 목록에 추가하자고 G에게 제안했다. G는 동의하기에 앞서, 새로 추가된 물품들과 가격을 상대가 알아보지 못하도록 판매 목록의 중간쯤에 끼워넣고 다시 정렬할 수 있어야만 각자가 양심에 따라 자진 신고를 할 수 있을 것이라고 말했다. 새로운 판매 목록이 완성된 이후부터 두번째 가라지 세일이 열리는 날까지는 결코 세간을 늘려서는 안 된다고 Y가 명토를 박자, 생존이 아닌 생활을 위해서 세간의 증식은 불가피하기 때문에 신용카드의 사용을 전면 금지시키는 것으로 고가의 상품 구입을 막을 수 있으며 첫번째와 두번째 가라지 세일 사이에 구입한 세간은 모조리 폐기하는 것으로 충분하다고 G가 맞섰다.

3. 이웃

두번째 가라지 세일을 1주일 앞둔 토요일 오전에 Y와 G는 이웃 집을 돌아다니면서 인쇄물을 내밀면서 작별 인사를 미리 나누었다. Y가 인도네시아로 파견 근무를 나가게 되어서 급히 세간을 정리하는 것이라고 둘러대었다. 가라지 세일보다는 인도네시아에 대해 더 열광한 이웃은 자신이 잠옷 차림이라는 사실도 잊은 채 자신의 지식과 환상을 두서없이 떠들어대면서 Y와 G를 현관 앞에 오랫동안 세워두었다. 그래서 여덟 명의 이웃을 만난 다음부터는 G가 대신 나서서, Y가 실직한 이후로 은행 대출 이자를 갚는 것마저 버거워져서 부득이 세간을 처분하게 되었다고 설명했다. 호기심보다는 동정심이 두번째 가라지 세일을 성공시키리라고 생각했던 것이다. 하지만 아홉번째의 이웃부터는 Y와 G를 자신의 이웃으로 간주하지 않았기 때문에 불쾌한 표정으로 하나같이 팔짱을 앞으로 낀 채 토요일 오전의 휴식을 방해할 수 있는 권리는 신에게조차 없다는 사실을 강조하였다. 그래서 Y와 G는 초인종을 누르지 않고 그저 우편함 속에 인쇄물을 끼워 넣고 급히 자리를 옮기는 방식으로 스무 세대의 이웃에게 가라지 세일을 알려야 했다. 덕분에 예상보다 일찍 귀가할 수 있었으나 또다시 가라지 세일에서 실패할지도 모른다는 불안감이 그들을 더욱 무기력하게 만들었다.

첫번째 가라지 세일을 1주일쯤 앞둔 토요일 오후, 초인종이 울렸다. 문밖에 선 경찰은 이웃의 신고로 찾아왔다고 말했지만 신고자가 누구인지는 끝내 밝히지 않았다.

"네덜란드 정부는 더 이상 커튼의 길이나 계단의 숫자에 따라 세금을 부과하지는 않지요. 하지만 어떤 이유로 당신들이 갑자기 창문마다 커튼을 치게 되었는지는 알아야 할 의무가 있습니다. 왜냐하면 자신들 스스로는 결코 해결하지 못하여 이웃의 안전을 침해한 사건들이 너무 자주 일어나고 있으니까요. 제가 예고도 없이 불쑥 찾아온만큼, 당신들이 상의할 수 있는 만큼의 시간은 드리겠습니다. 문 앞에서 있을 테니 준비되면 말씀해주시죠."

물론 이렇게 친절하고 장황하게 말할 수 있는 경찰은 세상에 거의 존재하지 않는다. 오히려 그들은 짧고 단순한 문장을 사용할수록 시민들에게 존경과 협조를 받을 수 있다고 확신한다. 더욱이 자신을 칼뱅의 충실한 사제로 간주하여 시민들의 고해성사를 강요하는 자들도 많다. 그래서 현관문이 열리자마자 경찰은 다짜고짜 이렇게 물었다.

"뭐가 문제죠? 저 커튼에 대해 설명해보실까요? 오직 용기만이 진실과 용서를 함께 보장해준다는 사실을 기억하십시오."

Y와 G는 자신들이 동거를 끝내고 있다는 사실을 굳이 경찰이나 칼뱅에게도 알릴 이유가 없었다. 그래서 Y는 이렇게 대답했다.

"최근 아내가 임신을 해서 안정이 절대적으로 필요했습니다. 리베라 메."

두번째 가라지 세일이 진행되는 도중에 Y와 G는 자신들을 경찰에 신고한 자가 앞집의 노파라는 사실을 알게 되었다. G는 그 노파를 전혀 알지 못했고, Y는 출퇴근길에 마트 앞에서 두어 번 마주치고 가볍게 눈인사를 나눈 게 전부였다. 하지만 그들의 집 안으로 들어온 노파는 자신이 구매하길 원하는 것들이 어디에 보관되어 있으며 언제 어떤 이유로 훼손되었고, 어떻게 수리되었는지까지 정확히 알고 있었다. Y가 노파의 기억을 일부러 부정하며 거짓 정보들을 섞자 노파는 난감한 표정을 지어 보이면서 이렇게 중얼거렸다.

"커튼 뒤에서 많은 일을 벌였군."

노파의 혼잣말을 먼저 알아들은 G의 투명한 얼굴이 검붉어지는 것으로 Y는 상황을 대충 짐작할 수 있었다. 그래서 그들은 자신들의 집에서 노파를 내쫓기 위해 그녀의 손이 닿는 세간마다 터무니없이 높은 가격들을 붙였고, 노파는 그들의 이성을 잠들게 만들고 있는 각다귀를 흩어놓기 위해 연신 손으로 허공을 휘저으면서 가격을 거듭 확인하였다. 그러더니 결국 패배자의 뒷모습으로 현관을 나서다가 이번엔 Y와 G에게 모두 들리도록 중얼거렸다.

"커튼을 매다는 순간 악마가 태어난다는 속담이 하나도 틀리지 않다니까."

토요일 아침, Y와 G의 가라지 앞에서 방황하던 두 명의 네덜란드인들에 의해 첫번째 가라지 세일이 이웃에게 알려졌다. 하지만 폭우와 바람이 시작되기 이전에 그곳으로 찾아온 손님들은 고작 대여섯 명에 지나지 않았다. 나중에 밝혀진 사실이지만, 마수걸이조차 시작하지 못해 초조해진 주인들이 결국 항복의 의미로 파격적인 할인을 시작할 때까지 개별적 방문을 엄격히 금지하되, 우연히 그곳을 지나가게 된 행인들에게 행운이 모조리 찾아가지 않도록 이웃들은 순번을 정하여 한 시간마다 정찰을 하기로 은밀하게 담합했던 것이다. 하지만 그들의 예상과는 달리 첫번째 가라지 세일은 너무 일찍, 그리고 너무 갑작스럽게 마무리되고 말았다. 토요일 저녁 동네 어귀의 식당에 삼삼오오 모여 자신들이 눈독 들이고 있던 물건을 두고 가벼운 말다툼까지 벌이던 그들은 Y와 G의 출현에 놀라 일제히 흩어졌다.

Y와 G가 이웃에게 나누어준 인쇄물 앞면에는 두번째 가라지 세일이 진행되는 시간—토요일 아침 10시부터 오후 7시까지—과 장소만이 기록되어 있었다. 그리고 Y는 뒷면에, 가라지 세일이 끝난 뒤에도 집 안에 남은 세간은 무게를 달아 중고품 가게에 넘길 예정이라는 문구를 적어 넣었는데, 이 사족이 두번째 가라지 세일을 성공시킨 게 분명하다. Y와 G는 터무니없이 낮은 가격으로 흥정을 시작하는 이웃에게 화를 내지 않는 대신, 마치 유령을 대하듯 철저히 외면했다. 그러한 대응은 모호한 담합을 가장 먼저 깨는 자만이 가장 많은 이득을

얻게 될 것이라고 이웃들을 부추겼다. 결국 Y와 G의 이웃에 속하지 않은 여자가 갑자기 가라지 앞에 자동차를 세우고 G가 아끼던 우산을 구입한 뒤로 이웃의 연대는 허무하게 깨어지고 말았다. Y와 G는 첫번째 가라지 세일의 실패로 떠안게 된 금전적 손해까지 만회할 작정이었다. 그리하여 어떤 물건들은 최초의 구입 가격보다도 더 비싸게 팔 수 있었을 뿐만 아니라 훗날 원래의 주인들이 요구할 경우 그것들을 되판다는 조건까지 덧붙였다. 그 물건들이 모두 자신에게 간절하지는 않았지만 이웃에게 결코 빼앗기고 싶지도 않았기 때문에 손님들은 감정가격보다도 훨씬 많은 돈을 지불하고도 기뻐했다. 실제로 어떤 물건들은 경매 방식으로 팔렸는데, 적대적인 경쟁심에 놀라 Y가 가격의 상한치를 정해주지 않았더라면 두번째 가라지 세일이 끝난 뒤에 이웃들은 즉시 두 부류로 나뉘어 30년 전쟁을 또다시 준비해야 했을 것이다. 가라지 세일은 누구에게나 언제든지 일어날 수 있는 사건이므로 이웃의 불행이 가져다 준 행복 앞에서 최소한 1분 동안이라도 겸양의 태도를 보여주는 게 시민의 의무라고 G는 생각했다.

비록 첫번째 가라지 세일은 실패했지만 Y와 G는 자신들이 이 집으로 처음 이사 왔을 때 일손을 거들어주었던 옆집 청년에게만큼은 직접 만나 메별(袂別)의 선물을 전달해주고 싶었다. 그래서 가장 적당한 물건을 골라 가격표를 떼어내고 포장을 했다. 하지만 이삿짐을 나르던 청년의 관심을 끌었던 물건이 G의 손목시계였다고 Y는 말했고, G는 Y의 속옷이었다고 기억했다. 손목시계와 속옷의 가격 차이가 너무 컸으므로 결국 Y는 자신이 아끼던 미니스커트까지 추가해야 했다. 초인종 소리를 듣고 현관에 나타난 그 청년의 아버지는, 아들이 자랑스러운 유대인의 전통에 따라 이스라엘 군대에 자원 입대하여 복무하고 있다고 짧게 대답하더니 매몰차게 현관문을 닫았다. 선물을 뒷짐에 숨긴 채 집으로 돌아온 Y와 G는, 남자뿐만 아니라 여자에게도 국방의 의무를 동일하게 부여하는 이스라엘의 헌법이 그 청년의 갱생을 방해할 것 같아 몹시 걱정되었다.

4. 아이

두번째 가라지 세일을 마치고 식당에서 마주 앉았을 때 Y와 G가 나누어 가지지 않은 재산이라고는 G의 배 속에서 자라고 있는 아이뿐이었다. 하지만 그것으로 G가 Y보다 훨씬 나은 미래를 보장받았다고 간주할 수는 없었다. 왜냐하면 아이를 맡아 키우는 쪽이 그렇지 않은 쪽보다 더 많은 기회비용을 지불해야 하기 때문이었다. 양육을 통해 겪게 될 수많은 시행착오와 자기연민을 극복할 방법이라곤 오직 인내와 망각뿐이라는 사실을 그들은 이미 이해할 나이가 되었던 것이다. 그래도 G는 결코 Y의 동정이나 배려를 요구하지 않았다. Y도 그걸 매우 고맙게 여기고 있어서, 비록 아이가 성년이 될 때까지 주위에 머물면서 돌봐줄 수는 없겠지만, G가 출산을 하게 되면 축하 선물을 보내주고 이따금 저녁 식사에 함께 초대하겠노라고 약속했다.

거의 매일 아침마다 비가 쏟아지는 계절에 접어들었음에도 불구하고 첫번째 가라지 세일을 강행했던 까닭은 임신 5개월로 접어든 G의 초조함을 덜어주기 위해서였다. G는 자가 진단기를 이용하여 임신 사실을 확인한 순간부터 자신이 아이의 미래를 위해 어떤 것을 할 수 있고 어떤 것들을 할 수 없는지를 고민한 끝에, Y와의 이별을 가장 먼저 결정했다. 아이가 태어나기 전에 새로운 양아버지를 찾아주고 넓은 집으로 이사를 하고 육아에 필요한 물건들을 준비하려면 끈적거리는 죄책감 따위에서 허우적거리느라 시간을 낭비해선 안 되었다. 그리고 혼자서 짐을 꾸릴 수 있을 때 가라지 세일을 끝내고 싶었다. Y는 가라지 세일 당일의 날씨가 몹시 걱정되었지만 G의 제안을 거절할 수 없었다. 자신에겐 부모가 될 수 있을 만큼의 애정과 윤리 의식이 결핍되어 있다는 사실을 Y는 잘 알고 있었다. 게다가 히피 출신의 부모로부터 입은 상처들에선 여전히 인광이 뿜어져 나오고 있었으므로 Y는 조금도 불평하지 않고 G의 계획을 충실히 따랐다. 하지만 동일한 유전자만으로는 더 이상 가족을 규정하고 유지할 수 없는 시대가 되었는데도 여전히 아이가 자신의 삶을 구원해줄 것이라고 믿는 G가 가끔은 측은해지기도 하였다.

두번째 가라지 세일이 열리던 토요일 오후에 한 남자가 찾아왔다. G는 그 남자와 팔짱을 낀 채 Y에게 다가와 인사를 시켜주었다. 가라지 세일이 끝날 무렵에 Y의 기억 속엔 그 남자의 이름이나 얼굴은 사라지고 나이와 직업만 남았다. 그런 나이와 직업은 아이를 낳는 일보다 기르는 일에 더 적합할 것 같았다. Y는 자신이 지니지 못한 장점을 그 남자에게서 찾아내기 위해 유심히 관찰했다. 하지만 행동이 굼뜨고 말이 어눌했을 뿐만 아니라 취미라곤 가구 조립이 전부인 그가 결코 임신 전의 G를 매혹할 수 없었으리라는 확신만이 유일한 성과였다. 벌써부터 아이가 G의 일상을 제한하기 시작한 것이다. 이를 보상받으려는 듯이 G는 자신이 결코 포기할 수 없는 물건 몇 개를 그 남자에게 안기며 계산하도록 요구했다. 그 남자는 가격에 반영된 추억의 가치 따윈 묻지 않고, 가격을 깎으려고 흥정하지 않았으며, 거스름돈을 챙기지도 않았다. 가격표가 붙어 있는 한 그는 말을 아낄 수 있는 사람이 분명했다. 그 정도의 조건이라면 설령 G가 그 남자와 훗날 헤어진다고 해도 세번째 가라지 세일을 기획해야 할 만큼 궁상을 떨 필요는 없을 것 같아 Y는 안심했다.

G는 그 남자를 첫번째 가라지 세일이 끝난 직후에 만났다. 그러니까 그들은 고작 한 달 동안의 연애 끝에 결혼을 결심하였던 것이고 그 남자는 G의 임신과 무관했다. 하지만 두번째 가라지 세일 직전까지도 그 사실을 알지 못했던 Y는 첫번째 가라지 세일이 진행되는 동안 G의 새로운 애인, 또는 정자 공여자가 나타나기를 기다렸으나, 첫번째 가라지 세일이 갑자기 중단될 때까지 찾아온 대여섯 명의 손님들 중에서 Y에게 낯선 자는 단 한 명도 없었다. 그래서 비록 생명과 자유 이외에 금기라고는 전혀 존재하지 않는 나라의 시민임에도 불구하고 Y는 세 가지 개연성을 상상하지 않을 수 없었다. 첫번째, G가 커밍아웃을 포기하고 전통적인 가족 제도로 회귀하는 중일 수도 있다. 두번째, G가 자신과 동거하는 동안에 이웃 남자의 침대를 가끔씩 드나들었을 수도 있다. 세번째, 자신의 아이를 성인이 될 때까지 지속적으로 양육하려면 한 사람의 능력과 희생만으로는 부족하다고 판단하여 G가 일처다부제를 선택했을 수도 있다. 하지만 자칫 G의 불편한 심기를 건드렸다가는 G의 울대로부터 쏟아져 나올 악어 떼를 감당해낼 자신이 없어서 Y는 차마 입을 열지 못했다. G를 위로하려면 G가 견뎌내야 할 몫만큼의 슬픔을 모른 척하는 게 최선이었다.

침대 위에 나란히 누워 두번째 가라지 세일에 판매할 세간 목록을 점검하면서 Y와 G는, 살인적인 집세 때문에 자신의 일상보다 늘 좁은 집을 선택해야 하는 암스테르담에서 아이가 자라날 공간을 확보

해주기 위해서라도 부모는 세간에 대한 소유욕을 크게 줄이지 않으면 안 된다는 사실에 공감하였다. 그러면서 Y는 자신들의 소유물 중에서 아이에게 해로운 것들이 무엇인지 골라낸 반면, G는 아이에게 유리한 것들부터 챙겼는데—그러니까 Y는 인간이 선하게 태어난다고 믿지만 G는 악하게 태어난다고 믿는다—몇 가지 물건을 두고 그들은 매서운 설전을 벌이기도 하였다. 가령 Y는 성경책이 아이에게 지나친 선민사상과 천국에 대한 환상을 주입시켜 현실감각을 마비시킬 거라고 비난하였으나, G는 인간에 대한 겸손함과 이웃에 대한 소속감을 배우는 데 그것보다 더 나은 교재는 없다고 반박하였다. 소파를 두고도 그것이 가족들을 한곳으로 불러 모아 가족애를 강화시킬 수 있다는 G의 상찬에 맞서, 그것과 어울릴 법한 가구들의 부재를 끊임없이 상기시켜 구매 충동을 자극할 위험이 있으므로 아이의 출산과 함께 책상으로 대체되어야 한다고 Y는 주장했다.

비록 G에게 아이를 잉태시킨 남자가 전적으로 G의 사생활에 속해 있다고 하더라고, 첫번째 가라지 세일의 실패는 Y의 사생활에도 큰 영향을 미쳤으므로, 그 남자의 정체를 알아낼 수만 있다면 Y는 내일이라도 그를 찾아가 멱살을 잡고 바닥에 내동댕이치고 싶은 충동에 사로잡혔다. 하지만 그런 행동을 G가 질투로 오해할까 두려워 Y는 혼자서 분을 삭여야 했다. 상대방의 행동과 생각이 자신에게 미치는 영향까지 덤덤하게 받아들이지 않는다면 그들의 관계는 언제든 끝장날 수 있을 만큼 취약한 것이었다. 그래서 각자의 삶에 충실하기 위해 매 순간 최선의 선택을 하되 일단 결정된 사항들은 전적으로 존중하자는 합의가 동거의 첫번째 조건으로 내걸렸다. 그런 다음에야 G는 Y의 집으로 이사를 왔던 것이다. 그리고 Y 역시 G가 임신 사실과 함께 이별을 통보했을 때 덤덤하게 받아들였다. 어쩌면 그들은 동거 기간 내내 이런 방식의 파국에 대비하여 감정과 근육을 단련시켜왔는지도 모른다. 매일 저녁 퇴근하여 현관문을 열고 집 안으로 들어서면서 그들은 상대에 대한 무력감이야말로 사랑의 본질이라고 혼잣말로 되뇌곤 하였기 때문이다. 그들의 동거는 자유롭게 사랑하기 위해서가 아니라 오히려 상처받지 않고 이별하기 위해서 시작된 것은 아니었을까. 그래도 G의 갑작스런 임신이 자신과의 동거 생활의 실패를 의미하는 것인지, Y는 G에게 건성으로라도 한 번쯤은 묻고 싶었다.

애증의 개인사가 충실하게 반영된 세간이 눈앞에서 사라질 때마다 G는 아랫배로부터 더욱 경쾌한 태동을 느꼈고, 그것을 희망의 근거로 해석하였다. 반면 Y는 사라진 것들이 남긴 공간을 여생 동안 결코 채울 수 없을 것 같아 허탈해졌다. 그래서 가구처럼 사는 것 이외에 별다른 취미가 없었던 Y는 G의 아이와도 같은 존재가 자신에겐 무엇일까 자문해보았다. 하지만 두번째 가라지 세일의 마지막 손님이 떠날 때까지도 Y는 저급한 알리바이조차 완성할 수 없었다. 그래서 당분간 혼자 지내면서 자신의 삶을 이끌어줄 북극성을 찾아보기로 Y는 다짐했다. 만약 그것을 찾아내기도 전에 또다시 해일 같은 외로움에 휩쓸려 어느 여자의 무릎 아래에서 발견된다면, Y는 인광이 뿜어져 나오는 상처부터 가장 먼저 치료할 것이다. 스스로 부모가 되는 것도 효과적인 처방전이겠지. 아이란, 신이 인간들의 세상에 비가역적 시간을 삽입하는 방편이 아닐까. 자신의 무절제한 성적 충동 때문이 아니라 오히려 상대방의 낙관주의 때문에 아이가 태어나는 걸 방지하려고, 정관수술로도 모자라 하루 종일 콘돔을 착용하고 지낸다는 회사 동료가 생각나서, 혼자서 모텔을 찾아가는 시간이 Y는 그리 쓸쓸하진 않았다.

5. 세금

첫번째와 두번째 가라지 세일 전후로 Y와 G에게 달라지지 않은 게 있다면 그것은 정부에 납부해야 하는 세금이었다. 납세의 의무야 말로 암스테르담 시민들에게 남은 유일한 윤리이자, 적과 자신들을 구분해주는 이데올로기다. 모든 암스테르담 시민들은 일생 동안 세무 공무원들에게 감시당하고 있다고 해도 과언이 아니다. 이곳에서 젊음의 반대말은 세금이며, 사랑의 반대말도 세금이다. 심지어 세수(稅收)를 늘리기 위해, 젊음을 유지하는 신약을 개발하고 있는 제약 회사에 정부가 막대한 자금을 지원하고 있다는 소문까지 나돌았다. 비록 커튼의 길이나 계단의 숫자에 따라 세금을 부과하던 시대는 지나갔지만—개를 운송 수단으로 여기고 세금을 부과하던 전통만큼은 아직까지 남아 있어서, 제 밥그릇 하나 옮기지 못할 정도로 어린 애완견에게도 세금 고지서가 발부된다—오직 국가의 재력만이 암스테르담 시민들의 인권과 자유를 보호할 수 있다고 믿는 위정자들이 여전히 득세하는 한, 기상천외한 명목의 세금들은 얼마든지 발명될 수 있다. 그러니 정작 유럽식 삶을 향유하려면 연금을 수령할 수 있는 나이까지 늙지 않으면 안 된다. 그런 면에서 Y보다는 열한 살이나 어린 G가 더 불행하지만, 정년 연장 법안이 검토되고 있다는 뉴스가 일순간 Y와 G의 불행을 뒤섞고 같은 무게와 부피로 재분배하고 말았다.

가혹한 세금 제도에 학대당하지 않기 위해 Y와 G는 동거를 선택했지만 그렇다고 결혼의 장점을 이해하지 못하는 건 아니었다. 결혼은 마치 입구는 있으나 출구가 없는 미궁과도 같아서, 안으로 들어가는 방법은 분명하고 간단한데 반해 그것의 밖으로 나오려면 배우자와 국가를 모두 적으로 삼고 사회적 죽음까지 각오한 채 새로운 출구를 스스로 만들지 않으면 안 되기 때문이다. 하지만 미궁 밖은 또 다른 미궁의 안이라는 사실을 깨닫는 순간, 인생은 어느새 황혼에 물들어 있고 체념과 망각의 습관에 사지가 붙들려 앞으로 나가거나 뒤로 물러나지 못한 채 괴뢰처럼 제자리에서만 흔들릴 따름이다. 미궁은 영원한 감금을 위해 고안된 장치다. 반면 동거는 입구와 출구가 명확히 구별되는 미로에 비유할 수 있을 텐데, 미혹의 고통이야 미로 속이든 미궁 속이든 다를 바 없겠지만, 미로 안에 갇힌 자들은 출구에 대한 믿음이 확고하여, 언제든 그것을 찾아내기만 한다면 상실감은 완전히 극복되고 인생의 새로운 시공간이 펼쳐질 것이라고 굳게 믿는다. 그래서 폭우와 바람이 첫번째 가라지 세일을 갑작스레 중지시키기 전까지, Y와 G는 마치 브레이크 없는 자동차를 타고 빙판 위를 함께 달리고 있는 자들처럼 자신의 결정에 속수무책 끌려가면서도 덤덤하게 파국의 결과를 기다릴 수 있었다. 그러는 동안 Y는 변호사 친구에게 전화를 걸어서 가라지 세일로 얻은 이익의 몇 퍼센트를 세금으로 떼어주어야 하는지 물었다. Y의 의도를 단번에 알아차린 친구는, 동거자와 화해하는 게 가장 확실하게 세금을 줄이는 방법이고, 헤어지더라도 변호사를 고용하지 않고 당사자끼리 합의하는 게 두번째 최선이며, 그렇게 할 수 없다면 실재 수익을 관공서에 자진 신고하지 않는게 세번째이지만, 만약 가라지 세일 당일 경찰이나 세무 공무원의 방문을 받게 되더라도 끝까지 자선 행사라고 우기면서 몇 푼의 기부금을 약속하면 그만이라고 지극히 사무적인 말투로 알려주었다.

새로운 동거녀의 낡아빠진 추억을 구입하면서도 가격을 깎으려고 흥정하거나, 거스름돈을 챙기지도 않은 남자가 스위스 시민이라는 사실 역시 G를 매혹시켰다. 유럽의 모든 납세자들에게 스위스는 인간이 세운 천국과도 같아서, 세금을 가장 적게 부과하고도 가장 많은 혜택을 제공한다. 또한 중립국인 데다가 사방이 산과 눈과 관광객으로 채워져 있어서 이웃과의 전쟁을 걱정할 필요도 없었으니, 부모나 자식 모두 자신의 일생을 자작나무의 그것으로 간주하고 여러 단계의 목표를 세워 느긋하게 이뤄갈 수도 있다. 스위스 정부는 기하급수적으로 늘어나고 있는 외국인 영주권 신청자들의 자격 심사와 사후 관리를 더욱 강화하고 있긴 하지만, 이국의 연인과 혼인을 서약한 시민들의 로맨스까지 객관적으로 검증할 방법을 발명해내진 못했다. 그래서 G는 그 늙수그레한 남자가 금치산자로 판명되지 않는 한 아이가 태어나기 전에 결혼식을 올릴 것이다. 스위스 시민들은 자신의 결혼 소식을 지역 신문에 1주일 동안 싣고 반응을 살펴 자신들의 결혼이 아무런 비극도 일으키지 않는다는 사실을 확인하고 나서야 비로소 관청에 혼인 신고를 하는 전통이 있기 때문에, 아마도 G는 영주권을 발급받기 전에는 결코 Y에게 자신의 결혼 소식을 알려오지 않을 것이다.

따지고 보면 Y와 G는 네덜란드의 가혹한 세금 정책 덕분에 만났다고도 말할 수 있겠다. 그들은 지난한 일상에서 잠시나마 벗어날 목적으로 수년 전부터 코카인을 탐닉하기 시작했다. 만약 네덜란드 정부가 성매매와 함께 마약 사업을 합법화하면서 엄중한 세금을 부과하고 거래를 투명하게 관리하지 않았더라면, Y와 G는 탐욕스러운 마약상들로부터 몇 그램의 저질 코카인을 구입하기 위해서 한 달에 수백

유로씩 탕진해야 했을 것이고, 현실감을 잃고 회사에서마저 해고당한 뒤로는 노숙자로 전전하다가 갱단이나 경찰의 총탄에 쓰러졌을 수도 있다. 생명과 자유 이외의 금기라고는 전혀 존재하지 않는 나라의 시민들은 카페의 안락한 소파에 앉아서 피로로 무거워진 육신을 몽롱한 환각으로 정제할 수 있게 되었을 뿐만 아니라, 언제든지 정상적인 일상으로의 복귀를 원한다면 무상으로 의료기관의 도움을 받을 수도 있게 되었다. 담 광장 부근의 카페에서 처음 만나 함께 코카인을 들이키면서 가까워진 Y와 G는 코카인보다는 서로의 이야기와 육체에 점점 더 많은 흥미를 느끼게 되었고, Y의 제안에 따라 G가 짐을 옮겨왔다. 1년여 동안 함께 지내면서 갱생의 의지를 서로 부추겨준 덕분에 그들은 더 이상 환각 없는 일상을 견뎌낼 수 있게 되었다. 첫번째 가라지 세일이 열린 시기로부터 반년 전의 일이었다. 하지만 G가 집에서 홀로 저녁 식사를 하거나 자정을 넘겨 귀가하는 날이 많아지는가 싶더니 결국 아이가 빈 곳으로 숨어든 것이다.

하긴 Y도 공허감을 어찌할 수 없을 때마다 G에게는 거짓말을 하고 퇴근길에 카페에서 들러 마리화나 연기를 들이켠 뒤 귀가하곤 하였다. 두번째 가라지 세일을 끝낸 뒤에도 가끔씩 번개처럼 찾아올 성욕을 해결하기 위해 Y는 자정 무렵 담 광장 부근의 홍등가를 어슬렁거리게 될는지도 모른다. 격렬한 화학반응이 끝나면 칼뱅의 사생아들은 옷매무새를 고치고 간이영수증을 꼼꼼하게 작성하면서 가끔씩은 높은 소득세율에 항의하는 의미로 화대를 깎아주기도 할 것이다. 그러면 Y는 팁을 쥐어줄 것 것인데, 환희의 절정까지 이끄는 데 남자 손님보다 여자 손님이 더 많은 시간과 노력이 필요하다는 그녀들의 불평에 동의하기 때문이다. 하지만 성욕에서 해방되자마자 수치심과

두려움에 정복된 Y는 손님 이상의 인연을 기대하지 않기 때문에 그녀
들이 감사의 선물로 건네는 화장품이나 쿠키를 정중하게 거절할 것이
다. 혼자서 만끽할 수 있는 코카인으로의 회귀를 생각해보지 않은 건
아니었지만, G의 격려와 도움 없이는 두 번 다시 그것으로부터 일상
의 고삐를 되찾아올 자신이 없었다. 그래서 두번째 가라지 세일을 끝
내고 모텔 침대 위에 운석처럼 처박히면서 Y는 내일 아침 눈을 떴을
땐 이미 연금을 받을 수 있을 만큼 늙어 있었으면 좋겠다고 생각했다.

6. 연대

첫번째 가라지 세일을 계획하기 전까지 Y와 G 역시 여느 커플
과 다름없이 서로의 욕망과 감정에 민감하게 반응했다. 늪처럼 눅진
한 침대 위에서 벌거벗은 채로 만난 그들은 마치 시간을 주관하는 주
술사처럼 서로의 몸을 격렬하게 흔들며 밤을 전진시켰다. 오르가슴
에 이르러 정수리에서 용암처럼 쏟아져 내리는 호르몬의 세례가 코카
인 금단 증상을 완화시킬 수 있다는 의사의 조언 때문이라도 그들은
성교 없이 하루를 마무리할 수 없었다. 그렇다고 성교를 끝낼 때마다
매번 무중력 상태와도 같은 나른함에 빠져드는 것도 아니었다. 그래
서 살갗과 관절이 심하게 닳은 어느 밤에 G가 Y에게 아이를 갖자고
제안하였던 것인데, Y는 대답 대신 등을 돌려 모로 뉘면서 최근 부쩍
떨어진 체력을 보강하기 위해서 유산소 운동을 시작해야겠다고 마음
먹었다. 하지만 G의 몸에서 흘러나온 슬픔에 미끄러지면서 Y는 가벼
운 멀미 증세를 느꼈다. 가까스로 잠의 입구에 도달하기는 했지만 너

무 어둡고 조용해서 차마 안으로 곧장 안으로 들어가지 못하고 한참을 서성거렸는데, 신산한 꿈 때문에 한숨도 자지 못했다는 G의 푸념이 갑자기 생각나, 잠의 밖에 있는 G에게까지 들리도록 크게 웃고 말았다.

첫번째 가라지 세일의 실패 이후 Y와 G는 성교를 멈추었지만 그렇다고 각방을 사용한 것도 아니었다. 두번째 가라지 세일을 앞둔 전날까지도 그들은 늪처럼 눅진한 침대에서 잠옷 차림으로 만나 이런저런 이야기를 나누었다. 성교의 의무가 사라지자 비로소 밤의 축복을 향유할 여유가 생겨난 것이다. Y가 배 위에 노트북을 올려놓고 메일을 확인하거나 블로그에 글을 올리는 동안 G는 출산과 육아에 관련된 책들을 읽었는데, G의 독서가 미혹의 구덩이에 빠져 버둥거릴 때마다 Y는 인터넷 검색 사이트에서 이정표를 찾아주었다. 그러면 G는 다음 날 저녁 태아와 산모에게 좋은 음식들로 식탁을 차리고 Y의 음식에 후추를 쳐주는 것이었다. Y는 이야기가 멈출 때마다 벽난로 속에 장작을 집어넣었고, 식사를 마친 다음에는 음식물 쓰레기봉투를 집에서 백 미터가량 떨어져 있는 수거함에 버리고 돌아왔다. G는 식기세척기를 사용하지 않은 채 설거지를 하다가 Y의 핀잔을 들었지만 끝까지 제 손으로 닦고 말리는 일을 고집했다. 헛구역질을 하고 있는 G의 등을 두드려주면서 Y는, 그리고 거위침을 삼키고 있던 G 역시, 마치 자신들이 수십 년간의 불안한 동거 생활을 끝내고 합법적인 부부가 된 것 같은 착각에 빠져들기도 하였다. 기묘한 유대감 때문에 불면에 이르는 밤이 종종 찾아왔다.

프랑스 사람들이 시민연대협약PACS · Pacte Civil de Solidarit이라고 부르는 동거를 시작한 지 얼마 지나지 않아서 Y와 G에게는 각자 애인이 생겼다. Y와 G 중 누구에게 먼저 애인이 생겨났는지는 전혀 중요하지 않다. 그들은 질투심에 사로잡혀 경쟁하듯 연인을 만든 게 결코 아니기 때문에 죄책감 따위는 느끼지 않았다. 그들이 전혀 의도하지 않은 곳에서 또 다른 사랑이 발아하였던 것이고, 정작 그걸 깨달았을 땐 싹은 잘라낼 수 없을 만큼 웃자라 있었다. 그래서 Y와 G는 각자의 애인에 대해 서로에게 이야기하며 조언을 구했고, 그 조언이 이끌어낸 결과를 공유하였다. 그러는 사이 밤의 상류까지 흘러간 침대를 아침의 회랑으로 되돌리기 위해서 그들의 성교는 더욱 격렬해지지 않을 수 없었다. 격정이 지나간 자리엔 갈증과 허기 대신 청량감과 포만감이 함께 남았으니, 어쩌면 숨겨진 애인들은 Y와 G의 사랑을 더욱 충일하게 만들고 오늘을 내일로 연결시켜주는 은유에 불과했는지도 모르겠다. 그리고 그들의 애인들 역시 자신들의 비극에 그다지 괘념치 않았다. Y와 G는 공통의 추억과 연관된 장소들을 일부러 피해 데이트를 했기 때문에 동시에 마주친 적은 없었다. 하지만 각자의 애인들이 별다른 상처를 남기지 않고 거의 동시에 그들을 떠나갔는데도 Y와 G가 첫번째 가라지 세일을 피할 수 없었다는 사실이야말로 암스테르담 특유의 아이러니였으리라.

두번째 가라지 세일을 끝낸 집의 살풍경은 마치 물을 뺀 수족관과도 같았다. 3년 동안 그곳을 채우고 있던 사람들이며 사건들이며 공기의 냄새들이 전혀 기억나지 않아서 Y는 몹시 쓸쓸해졌다. 그리고 다시 이곳을 무엇으로 채워 넣어야 할지 막막했다. 전혀 연관이 없어 보이는 사물들도 한자리에서 한사람에 의해 오랫동안 사용되다 보면, 루빅큐브의 조각처럼 그것들 사이에서 순서와 조화가 생겨나는 법이다. 하지만 그 복잡하고 예민한 관계를 이해하고, 불의의 사건들에 의해 흐트러진 그것들의 서사를 능숙하게 맞추는 방법을 터득하려면 기억보다 더 많은 노력과 시간이 필요하리라. 어쩌면 Y의 여생으로는 이미 부족할 수도 있고, G라면 Y의 죽음 뒤에야 겨우 깨닫게 되는 순간이 올 수도 있겠다. 하지만 인간은 자신이 전혀 반박할 수 없을 때에만 비로소 진리를 깨닫는 법. 그 금언을 이해하기에도 너무 늦었다는 생각에 Y는 아찔해져서 현관문을 매몰차게 닫고 말았다. G는 빈집이 태교에 나쁜 영향을 미친다고 여기는지 현관 밖에 앉아서 물을 마시며 세간이나 집도 없이, 목적이나 미래도 없이, 약속이나 구속도 없이, 오직 연대 의식만으로 서로의 삶을 연결시키기엔 그것의 경계가 너무 모호하다는 푸념을 연신 늘어놓았다. G와 나란히 길을 걷던 Y는 갑자기 걸음을 멈추고 주머니 속에서 무엇인가를 꺼내어 자신이 걸어온 길을 향해 힘껏 던졌는데, 그것은 비록 3년 전의 그들에게까지는 닿지 않았으나 G가 그것의 정체를 알아볼 수 없을 만큼은 멀리 날아갔다. 동네 어귀의 식당에 거의 도착할 때쯤 G가 Y에게 그것이 무엇이었냐고 물었을 때 Y는 어금니 같은 것이라고 얼버무렸다.

7. 날씨

첫번째 가라지 세일이 예정되어 있던 토요일의 날씨를 확인하기 위해 Y는 사설 일기예보 센터에 전화를 걸었다. 여자 안내원은 퉁명스럽게 그날 비가 내릴 확률이 69퍼센트이며 자세한 사항은 인터넷 홈페이지에서 확인하라고 알려주었다. 끊긴 언어의 끝에서 바닥으로 추락하고 있는 신호음을 들으면서 Y는, 한 가지 사실에 확신을 갖기 위해서는 69퍼센트의 확률이면 충분한 것인지, 아니면 여전히 부족한 것인지 전혀 분간할 수 없었다. 그리고 자신이 확신할 수 없는 사실을 G에게 이해시킬 자신도 없었다. 인터넷 홈페이지 어디를 뒤져도 31퍼센트의 희망을 해결해줄 정보를 찾을 수는 없었다. 결국 러시안 룰렛에 도전하는 심정으로 첫번째 가라지 세일을 강행하였던 것인데, 세간을 가라지 밖으로 겨우 다 꺼내놓았을 무렵, 마치 세상이 우연의 법칙을 버리고 필연의 궤도를 따라 회귀한 것처럼, 백 퍼센트의 폭우가 쏟아지면서 바람이 채찍을 휘갈기기 시작했고, G는 젖어가는 세간을 집 안으로 옮길 생각도 하지 못한 채, 그런 비극이 마치 Y의 변덕에서 시작된 것처럼 비난의 화살을 Y에게 퍼부어댔다. Y는 혼자서 젖은 세간을 마른걸레로 닦아내느라 일요일 저녁까지 쉴 수가 없었다.

두번째 가라지 세일을 앞둔 금요일에도 Y는 사설 일기예보 센터에 전화를 걸어 내일의 날씨를 문의하였다. 첫번째와는 다른 여자의 목소리가 들려왔으나 응답 방식은 한결같았다. 비가 내릴 확률은 23퍼센트이고 자세한 사항은 인터넷 홈페이지에 나와 있다고 했지만, Y는 홈페이지를 찾아가지는 않았다. 23퍼센트의 확률 역시 그들에게 내일의 날씨를 확신시켜줄 수 없었다. 하긴 1퍼센트의 확률이나 99퍼센트의 확률에도 엄연히 오류와 반전은 내포되어 있을 터이니, 확률의 세계에서 모든 사건은 반드시 일어나는 동시에 전혀 일어나지 않기 때문에 항상 두 가지 경우에 대비하지 않으면 안 된다. 신이 확률을 결정하기 위해 사용한다는 동전은 무한히 많은 면으로 이루어졌을 게 분명했다. 그러니까 인간은 확률 대신 차라리 직관에 의지한 채 사건의 한쪽을 선택하여 맹목적으로 헌신하되, 자신이 원한 것과 정반대의 결과를 얻게 되더라도 그것 역시 자신의 선택에서 비롯되었다고 수

긍하는 수밖에 없는 것이다. 설령 23퍼센트의 확률 속에서 폭우가 내린다고 한들 자책하지 말자고 Y는 G에게 제안했다. 그래도 Y는 비에 취약한 세간을 가능하면 실내에다 진열하였고, 부득이 가라지로 꺼내놓아야 할 것들은 장례식을 앞둔 주검처럼 비닐로 덮고 노끈으로 단단히 묶어서 만일의 사태에 대비하였다. 구름 한 점 없는 날씨는 결코 Y의 행동을 G에게 이해시키지 못했다.

네덜란드의 역사는 곧 자연의 불리함을 극복한 인간의 역사와 일치한다. 게다가 전 세계 물류 산업의 수도와도 같은 암스테르담은 날씨의 변덕으로부터 완벽하게 보호받을 수 있는 온실을 건설해왔다. 그래서 첫번째 가라지 세일이 열리기 전까지 그 온실 속에서 살아온 Y와 G는 날씨가 인간의 생활에 미치는 영향에 대해 제대로 이해하지 못하고 있었다. 그도 그럴 것이 Y가 하루 종일 입출고 서류를 처리하고 있는 다국적 기업의 물류 창고나, G가 하루 종일 화장품을 판매하고 있는 백화점 어디에도 창문이 없기 때문에, 출퇴근 시간 사이에 일어나는 날씨의 변화를 거의 감지하지 못했다. 게다가 주말에 그들은 주로 집 안에 머물면서 밀린 집안일을 하거나 파티를 했고, 여름 휴가 때에는 스페인이나 프랑스 남부, 이탈리아와 그리스에 있었다. 만약 그들의 일상이 암스테르담의 날씨와 밀접하게 연계되었더라면 서로에게 일어날 수도 있는 사건들의 확률도 대략적으로나마 예측할 수 있지 않았을까. 그래서 그들은 두번째 가라지 세일을 1주일 앞두고 인근 공원에서 함께 산책을 하였다. 그걸 두고 시쳇말로 이별 여행이라고 폄하할 수도 있겠지만, 이별과 만남은 서로 다른 확률로 항상 동시에 일어나는 사건이므로 우울함이나 유쾌함 같은 극단적 감정에 사로잡히지 않으려고 그들은 진심으로 노력하였다.

　김솔의 「암스테르담 가라지 세일 두번째」는 여러 층위에서 매력적인
소설이다. 이 소설을 한 번 읽었을 때, 이 소설의 위트 넘치는 문장의 매
혹이나, 두 주인공인 G와 Y 사이의 동성애적 서사를 완전히 의식하지 못
했다 하더라도 이 소설은 '이미' 매력적일 것이다. 이 소설을 여러 번 읽
는다면, 여러 가지 층위에서 '다시' 읽을 수 있음에 놀라게 된다. 이 소
설은 제목처럼 '암스테르담'이라는 이국의 도시에서의 한 커플이 '가라
지 세일'을 진행하며 겪는 일들로 구성되어 있는데, 이때 세일의 과정은
이 커플의 현실의 일부이자 어떤 '상징의례'처럼 읽을 수 있다. 이 '상징
의례'는 이 커플의 동거를 마감하려는 이별의 과정이며 그들 사이에 속해
있던 사물들의 정리의 과정이며, 다른 한편으로는 '암스테르담'이라는 도
시의 어떤 공기, 어떤 뉘앙스를 대면하는 과정이며, 또 한편으로는 자본
주의적 교환 가치와는 다른 층위의 교환 가치를 시험하는 과정이다. "자
신들이 팔려는 상품의 가격에 결코 추억까지 반영해서는 안"되는 것이기
때문에, 이별 절차로서의 가라지 세일은 실패할 수 있다. 가라지 세일의
실패 과정은 위의 세 가지 층위에서 '실패로서 구축되는 미학'을 만나게
한다. 그것은 이성애 중심적인 전통적인 가족제도와 자본주의적 질서와
국가 이데올로기라는 완강한 체제 안에서의 '실패'를 또한 의미하기도 한
다. 그래서 이 소설에서 "상대에 대한 무력감이야말로 사랑의 본질"이라
는 문장이나, "실패가 인간을 위무와는 시간이 한참 동안 이어졌다"와 같

은 문장이 기억에 남는다면, 바로 이 소설의 위트 넘치는 섬세함과 이국
적인 유니크함이 사랑의 필연적 실패에 대한 '무력한 위무'의 시간을 독
자에게 선물하기 때문이 아닐까? _이광호

2013년 10월
이 달 의 소 설

빛의 호위

조 해 진

1976년 서울에서 태어나 2004년 문예중앙 신인문학상으로 등단했다. 소설집『천사들의 도시』
『목요일에 만나요』, 장편소설『한없이 멋진 꿈에』『로기완을 만났다』『아무도 보지 못한 숲』이
있다.

작 가 노 트

조금은 고지식하고 답답할지라도, 그래서 필요 이상 무겁고 복잡한 이야기라도, 천천히 시간을 들여가며 음미하고 기억되는 작품을 쓰고 싶었습니다. 찍자마자 보고 저장하고 삭제할 수 있는 디지털 카메라가 아니라 다루기도 까다롭고 긴 시간 인내심을 갖고 기다려야 그 안의 사진들을 구경할 수 있는 필름 카메라처럼요. 바라던 대로 되었는지는 확신할 수 없지만, 「빛의 호위」가 문지문학상을 통해 또 한 번 소개되어 지금은 다만 기쁩니다.

●··

빛의 호위

—

입국 심사대로 이어지는 낯선 공항의 북적이는 통로에서 나는 문득 걸음을 멈추고 주위를 둘러봤다. 눈 내리는 둥글고 투명한 세계를 부드럽게 감싸주던 그 멜로디가 또다시 귓가에서 되살아나고 있었다. 갑작스러운 악천후로 비행기들이 연착되는 바람에 저마다의 스케줄에 차질이 생긴 사람들은 통행에 방해가 되는 나를 거칠게 밀치며 지나갔다. 통유리 너머로는 눈이 쌓여가는 뉴욕 국제공항의 어두운 활주로와 창문마다 희미한 불빛이 어른거리는 비행기들이 보였다. 눈이 내리고 있었구나. 그제야 알게 됐다는 듯 나는 나직이 중얼거렸다. 그 순간 내 귀에만 들리는 멜로디의 볼륨이 한 단계 더 올라가는 듯했다. 권은을 다시 만난 이후로, 아니 녹슬고 찌그러진 현관문 안의 풍경을 기억의 영역에 고스란히 복원하게 되면서부터, 그 멜로디는 그렇게 종종 긴 세월을 통과하여 내가 서 있는 곳으로 흘러 들어오곤

했다. 그럴 때 내가 할 수 있는 거라곤 그 멜로디가 울려 퍼지는 세계 안쪽을 가만히 들여다보는 것 외엔 아무것도 없었다. 그 세계는 부엌과 화장실이 딸려 있지 않은 작고 추운 방일 때도 있었고 일요일의 눈 쌓인 운동장일 때도 있었으며 가끔은 약품 냄새가 진하게 밴 병실일 때도 있었다. 그리고 그 세계에 사는 주민은, 언제나 권은 한 사람 뿐이었다.

1년 전, 일산에 위치한 북카페에서 20여 년 만에 권은과 재회했을 때 나는 사실 그녀를 기억하지 못했다. 파주에 살고 있다는 권은을 만나기 위해 일산까지 가게 된 건 오로지 인터뷰를 위해서였다. 그 무렵 신문사와 연계된 시사잡지사의 기자였던 나는 문화계를 이끌어갈 신진들을 인터뷰하는 코너도 하나 맡고 있었는데, 주로 분쟁 지역에서 보도사진을 찍는 젊은 사진작가 권은이 바로 그 주의 인터뷰이였던 것이다. 그날 그녀가 내게 들려준 이야기는 대부분 인상적이었고 사뭇 감동적인 면도 있었다. 친구가 준 필름 카메라를 접하면서 사진에 입문했다는 이야기는 흥미로웠고, 분쟁 지역에서의 생사를 넘나드는 에피소드들에는 하나같이 그녀의 절박한 열정이 그대로 투영되어 있었다.

인터뷰가 끝나갈 쯤, 북카페 창밖으로 굵은 눈송이가 날리는 게 보였다. 금방 그칠 눈 같지는 않네. 인터뷰 원고를 저장하며 혼잣말을 하는 내게 권은이 작은 목소리로 이렇게 말했다. 태엽이 멈추면 멜로디도 끝나고 눈도 그치겠죠. 보통의 사람들이 구사하지 않는 그녀의 표현이 재미있어서 수수께끼냐고 장난스럽게 물었지만 권은은 말없이 웃기만 할 뿐, 더 이상 아무 말도 하지 않았다. 인터뷰를 마무리하고서 북카페를 나온 우리는 신호등 앞에서 헐거운 악수를 나눈 뒤 헤어졌다. 몇 발자국 걷다가 무심결에 뒤를 돌아봤을 때, 고개를 숙인 채 가만히 눈을 맞고 있는 권은의 옆모습이 보였다. 눈발이 제법 거세지고 있었는데도 그녀는 좀처럼 움직이지 않았다. 다가가 우산이라도 씌워주고 싶다는 생각을 잠깐 했지만 같은 우산 아래 있는 동안 우리를 둘러쌀 침묵이 부담스러웠다. 나는 이내 지하철역 쪽으로 걸음을 돌렸고 권은 쪽을 다시 돌아보지 않았다.

돌이켜보면 그 만남에서 그녀가 내게 한 이야기들, 가령 사진에 빠져들게 된 계기며 태엽과 멜로디에 대한 언급은 일종의 힌트들이기도 했다. 심지어 차가운 눈 속에서 꿈쩍도 않고 서 있던 그 모습도 나에게는 하나의 기호였는지도 모른다. 하지만 그날 그녀가 내게 건네고 싶었던 것이 잊고 있던 지나간 시절을 열어줄 열쇠와도 같은 것이었음을, 그때 나는 짐작조차 하지 못했다.

감각은 왔던 순서대로 떠났다. 멜로디가 옅어지면서 우리가 나누었던 대화도 지워져갔고 권은이 서 있던 거리 풍경도 점점이 뒤로 물러났다. 남은 건 아스팔트 바닥에, 권은의 코트깃에, 그리고 그녀의 신발 위에 내려앉던 하얀 눈송이뿐이었다. 정신을 차리고 다시 고개를 들었을 때, 그 눈송이는 공항의 통유리 너머에서 나부끼는 눈발 속으로 금세 스며들었다.

공항을 빠져나가 버스를 타고 맨해튼 시내에 도착한 건 밤 11시가 다 되어서였다. 밤의 네온사인에 눈이 부셨고 원색의 광고판은 끝도 없이 이어졌지만, 출구 없는 미로에 내던져진 듯 대도시 한복판에서 나는 자주 방향감각을 상실했다. 예약해놓은 호텔을 찾아가는 동안, 이 휘황한 도시가 누군가의 꿈속은 아닌가, 하는 생각이 점점 더 견고해졌다. 그러니까 작고 추운 방에 혼자 앉아 스노우볼의 태엽을 감고 또 감으며 눈 내리는 세계에 빠져 있다가 눈물 한 방울 흘릴 새도 없이 급하게 잠이 들곤 했던 어떤 외로운 소녀의 꿈. 그런데, 이 꿈속은 어째서 이토록 추운 것인가.

*

일산에서의 인터뷰 이후 권은을 다시 만나게 된 건, 아마도 스노우볼 때문이었을 것이다. 인터뷰 기사를 잘 봤다는 그녀의 전화를 받기 전, 나는 조카의 크리스마스 선물을 사러 대형마트 아동 코너에 갔다가 스노우볼을 발견하게 됐는데 그 사물에는 권은의 수수께끼를 풀어줄 단서들이 모두 들어 있었다. 조카의 선물을 골라야 한다는 것도 까맣게 잊은 채 태엽이 돌아가는 동안 멜로디가 흐르고 눈이 내리는 그 둥글고 투명한 세계를 나는 한참동안 넋 놓고 바라봤다. 갈 곳이 없다는 듯 하염없이 눈을 맞으며 우두커니 서 있던 권은이 그 세계 안에 있었다. 그제야 나는, 그날 거리에서 본 그녀의 모습이 오랫동안 내 마음의 한 부분을 차지하고 있었다는 것을 느리게 깨달았다. 의례적인 감사의 전화를 걸어온 권은에게 술이나 한잔하자고 제안한 건, 그러니 스노우볼 때문이었다고 밖에는 설명할 수가 없다. 나는 그때껏 인터뷰를 통해 알게 된 사람을 사적으로 다시 만난 적이 한 번도 없었고 그런 필요성을 느껴본 적도 없었다. 권은과의 두번째 만남이 없었다면, 그래서 헬게 한센의 다큐멘터리 「사람, 사람들」에 대해 듣지 않았다면, 어쩌면 나는 평생 그녀가 누구인지 모른 채 살았을지도 모르겠다.

지금의 나는, 아무것도 후회하지 않는다.

아마 크리스마스가 지난 어느 날이었을 것이다. 서울의 연말 분위기는 절정에 달해 있었고 어디를 가나 사람들이 많았다. 잡지사가 위치해 있는 을지로 지하철역에서 만난 우리는 그 근처 술집으로 자리를 옮겼다. 맥주와 간단한 안주가 나오자 권은은 뜻밖의 소식을 전했다. 1주일 후 보도사진을 찍으러 목사와 선교사로 이루어진 봉사단체를 따라 시리아의 난민 캠프를 방문할 거라는 얘기였다. 시리아는 내전 중인 국가였고 외국인을 인질로 납치하거나 부상을 입히는 것으로도 악명이 높았다. 걱정이 되는 건 사실이었지만 나는 다시 생각해보라거나 가지 않는 게 좋겠다는 말은 할 수 없었다. 그건 전적으로 권은의 일이었고, 잘 알지도 못하는 젊은 사진작가의 필모그래피가 내 간섭으로 바뀌는 상황은 껄끄러웠다. 카메라만 있다면 모든 위험을 충분히 피해갈 수 있다고 믿는 그녀의 순박한 열정을 내 멋대로 깎아내릴 수도 없었다. 게다가 그녀는 이미 적지 않은 분쟁 지역을 다녀온 전문적인 사진작가였다.

그래서 어떤 사진을 찍을 계획인데요? 나는 괜히 맥주나 거푸 비우며 건성으로 그런 질문밖에 할 수 없었다. 사람을 찍어야죠. 그녀가 대답했다. 전쟁의 비극은 철로 된 무기나 무너진 건물이 아니라, 죽은 연인을 떠올리며 거울 앞에서 화장을 하는 젊은 여성의 젖은 눈동자 같은 데서 발견되어야 한다. 전쟁이 없었다면 당신이나 나만큼만 울었을 평범한 사람들이 전쟁 그 자체니까. 마치 준비라도 한 듯 유려한 문어체로 덧붙여 설명하는 그녀를 나는 어리둥절하게 건너다봤다. 내 표정이 너무 진지했는지 그녀는 이내 웃음을 터뜨리며 누군가의 말을 인용해서 대답한 것뿐이라고 이어 말했다. 헬게 한센이 한 말이죠. 헬게 한센? 그 사람이 누군데요? 내가 가장 좋아하는 사진기자예요. 분쟁 지역을 다니게 된 것도 그의 영향이라고 할 수 있고요. 그랬으므로, 그 사진기자가 생애 최초로 다큐멘터리를 찍었다는 소식을 들었을 때 그녀는 어떻게든 그 영상을 보고 싶어 한동안 여러 독립영화관의 상영 스케줄을 수시로 확인했고 각종 영화 관련 사이트를 돌아다니며 디브이디나 파일에 대해 문의를 하기도 했다. 하지만 그 다큐멘터리는 국내에서 상영된 적이 없었고 디브이디나 파일을 판매하는 곳도 없었다. 그녀가 헬게 한센의 유일한 다큐멘터리인 「사람, 사람들」를 볼 수 있었던 건 일본에서 영화를 공부하는 친구가 어렵게 파일을 구해 보내준 덕분이었다. 처음엔 헬게 한센에 대한 관심으로 보게 된 그 다큐멘터리에서, 그리고 그녀는 알마 마이어라는 여성을 알게 되었다. 이상해요. 권은이 말했다. 권은의 표현에 따른다면, 각기 다른 시대와 역사에서 출항한 배에 탑승한 승객들처럼 아무런 관련이 없는 알마 마이어와 그녀는 비슷한 경험을 공유하고 있었다. 마치 두 사람을 태운 전혀 다른 두 척의 배가 똑같은 섬에서, 똑같은 풍랑을 견디며 잠시 표류된 적이 있기라도 한 것처럼. 그래서 그때부터 시간이 날 때마다 알마 마이어에게 편지를 쓰곤 한다고, 권은은 쑥스럽다는 듯 웃으며 말했다. 그 웃음이 어딘지 낯익어서 나는 물끄러미 그녀를 건너다봤고, 어느 순간 그녀와 나의 시선이 허공에서 어색하게 얽혔다. 그럼 알마 마이어한테서 답장도 받고 그랬어요? 나는 그녀에게서 재빨리 시선을 거두고는 그녀의 빈 잔에 맥주를 따라주며 얼떨결에 물었다. 개인 블로그에 쓰고 있어요, 일기처럼. 아, 물론 한국어로요. 어차피 알마 마이어는 내 편지를 받을 수도 없거든요. 그녀는 이미 2009년에 죽었으니까요. 나는 맥주를 따르다 말고 또 한 번 진지하게 그녀를 건너다봤다. 그렇다면 그녀는 한 번도 만난 적 없는, 게다가 이미 죽고 없는 여성에게 무엇을 기대하며 편지를 써왔다는 말인가. 그녀와 알마 마이어의 겹쳐진 경험이 무엇인지 궁금하긴 했으나 타인의 내밀한 사연을 섣불리 공유하고 싶지는 않았다. 자연스럽게 화제가 바뀌었다. 전세 가격의 믿을 수 없는 상승이라든지 삼십대 중반이라는 우리의 애매한 나이 같은 시시콜콜한 주제로 대화는 이어졌지만, 내 마음속엔 권은의 이야기가 사라지지 않고 응고된 채 남아 있기는 했다.

밤 10시 쯤 술집을 나와 각자의 길로 돌아서기 전, 나는 그녀에게 말했다. 참, 수수께끼 풀었어요. 태엽이 멈추면 멜로디도 끝나고 눈도 그치는 곳 말이에요. 그녀는 그게 뭐냐고 묻는 대신 마치 내가 무슨 말인가를 더 해주기를 기다린다는 듯 말없이 나를 되바라보기만 했다. 근데 나이가 몇인데 아직까지 장난감을 좋아하는 거예요? 나는 농담을 한 건데 그녀는 웃지 않았다. 마침 빈 택시가 우리 앞에 와서 섰다. 그녀는 곧 택시에 올랐고, 나는 택시 밖에 서서 조심해서 다녀오라는 식상한 당부를 했다. 고맙다고, 그녀가 말했다. 카메라……네? 택시가 곧 출발했으므로 카메라에 연이어졌을 그녀의 또 다른 힌트들에 대해서 나는 듣지 못했다. 작고 추운 방, 그 방에 형광등이 켜진 순간 작동을 멈춘 스노우볼, 그리고 그 방을 나설 때마다 내 시야를 가득 채웠던 주황빛의 허름한 골목들과 카메라를 가슴에 안고 그 방으로 달려갔던 어느 늦은 가을날…… 이런 힌트들은 좀더 시간이 흐른 뒤에야 눈 쌓인 운동장에 띄엄띄엄 새겨진 발자국처럼 한 걸음씩 천천히 내게로 왔다.

*

　다음 날 아침, 뉴욕엔 짙은 안개가 꼈다. 9층 높이의 호텔방에서 내려다본 뉴욕 거리는 물에 잠긴 고대도시만큼이나 비현실적으로 보였고 영원이라는 시소 끝에 세워진 허상인 듯 멀게 느껴졌다. 내가 아직 알아내지 못한 비밀들이 잔뜩 숨겨져 있는, 길을 잃은 채 울먹이며 헤매고 다녀야 했던 권은의 어린 시절 꿈속 도시처럼.

　호텔을 나와 맨해튼의 앤솔러지필름아카이브에 도착하자 「사람, 사람들」의 특별 상영을 알리는 표지판이 보였다. 나는, 맞게 찾아온 것이다. 로비에 마련된 테이블에는 이스라엘이 팔레스타인을 공격했던 5년 전의 사진 자료와 「사람, 사람들」의 팸플릿이 놓여 있었다. 팸플릿 한 장을 들고 로비의 구석 자리로 걸어갔다. 팸플릿에는 「사람, 사람들」의 감독인 헬게 한센이 2009년 1월 이집트에서 팔레스타인으로 향하던 구호품 트럭이 피격되었을 당시 살아남은 사람들 중 한 명이라고 소개되어 있었다. 헬게 한센은 이 다큐멘터리를 완성하게 된 계기를 이렇게 말했다. "구호품 트럭의 피격으로 사망한 노먼 마이어와 하나뿐인 아들을 잃은 그의 어머니 알마 마이어를 통해 역사의 폭력에 맞서는 개인의 가치 있는 용기를 보았기 때문이다. 나는 생존자고, 생존자는 희생자를 기억해야 한다는 게 내 신념이다."

　팸플릿이 구겨지지 않도록 납작하게 잘 펴서 가방에 넣은 뒤 상영관 안으로 들어갔다. 평일 이른 시각이었지만 객석은 절반 이상 차 있었다. 빈자리를 찾아 가방을 내려놓고 앉자 곧 관내의 조명이 꺼졌고 바로 그 순간부터 예상하지 못한 긴장감이 밀려들었다. 스크린에

영상이 비치고 다큐멘터리의 제목이 뜰 때까지도 긴장감은 수그러들지 않아 이내 손끝까지 떨려왔다.

다큐멘터리는 아무런 자막이나 내레이션 없이, 팔레스타인의 수도인 라말라의 사원 벽에 붙어 있는 수많은 사람들의 사진들을 비추며 시작됐다. 사원 벽은 하나의 거대한 앨범처럼 보였고 조악한 한 장 한 장의 사진 속에 들어가 있는 남자, 여자, 노인, 아이 들은 각기 다른 표정으로 떠나온 세상을 고요하게 건너다보고 있었다. 히잡을 쓴 젊은 여성이 한 청년의 사진 앞으로 비틀비틀 걸어가 정성스럽게 입을 맞추는 장면에 카메라는 오래 머물렀다. 사원으로 오기 전, 죽은 연인에게 보여주기 위해 화장을 하면서 눈동자가 젖을 만큼 눈물을 흘렸을 그녀의 모습을 상상해보라고 주문하듯이.

짧지만 강렬한 오프닝 화면이 지나가자 곧이어 구호품 트럭 안이 나왔다. 운전수를 비롯한 여섯 명의 동승자들은 간간이 웃으며 이야기를 나눴고 트럭이 잠시 쉴 때는 지도를 펼쳐놓고 진지하게 상의를 하기도 했다. 아마도 편집으로 인해 다른 동승자들의 컷이 잘려나간 때문이겠지만, 주로 원샷을 받는 사람은 노먼이었다.

내가 찾아본 기사에 따르면, 노먼의 죽음은 미국 사회에서 커다란 이슈가 되었고 오랜 기간 회자되었다. 아무리 전시라 해도 구호품 차량은 피격하지 않는다는 불문율이 깨졌다는 것, 이로 인해 퇴직 의사였던 유대계 미국인이 사망했다는 것, 그리고 그 트럭에 실려 있던 대부분의 구호품은 이미 그 유대계 미국인이 자신의 전 재산을 털어 구입한 거였다는 것, 이 모든 것은 많은 사람들에게 드라마 같은 인상을 주었고 특별한 시사성을 얻을지도 모른다는 기대감을 갖게 했다. 노먼에 대한 관심이 고조되자 그의 어머니 알마 마이어도 덩달아

유명해졌다. 각종 매스컴은 연일 그녀와의 인터뷰를 시도했고 유대인 커뮤니티를 제외한 각계각층에서 위로의 메시지를 보내왔다. 그녀는 그 어떤 인터뷰에도 응하지 않았고 위로의 말들을 모두 무시했다. 외출을 하지 않았으며 손님을 초대하지 않았고 전화도 받지 않았다. 그녀가 노먼의 일로 만난 외부인은 헬게 한센이 유일했다. 헬게 한센이 그녀에게 보낸, 노먼의 마지막 열다섯 시간이 기록된 영상—그리고 이 영상은 훗날 「사람, 사람들」에 고스란히 담기게 된다—을 보고 난 후였다.

*

　권은과의 그 두번째 만남 이후 석 달 만에 신문과 뉴스를 통해 그녀의 불운한 소식을 접했을 때, 나는 사실 그리 민감하게 반응하지 않았다. 놀라긴 했지만 충격 수준은 아니었고 착잡한 심정은 들었으나 일상을 잊을 만큼 괴로워하진 않았다. 내가 그 술집에서 그녀를 만류했다 해도 그녀는 떠났을 터였다. 게다가 내가 무슨 자격으로 그녀의 결정을 되돌릴 수 있었을 것인가. 그리 생각하는 게 편했다. 그 무렵, 나는 영화잡지사로 직장을 옮겼으므로 권은에 대한 생각을 오래 붙들고 있을 만한 여유도 없었다. 새로운 직장에는 새로운 인간관계와 새로운 형식의 글쓰기가 있었고 나는 그 모든 것에 최대한 빨리 적응해야 했다. 권은의 일은 저절로 잊혀갔다. 아니, 잊기 위해 무의식적으로 나는 노력했다. 권은을 망각하는 일은 그렇게, 거의 성공할 뻔했다.

　기억의 뒤편에만 희미하게 남아 있던 권은의 이름이 손끝에 닿을 듯 다시 가까워진 건, 잡지사 선배 기자가 갑자기 퇴사를 하면서 그가 담당했던 여러 업무가 나에게 넘어오면서부터였다. 내가 새로 맡게 된 그의 업무 중에는 뉴욕에서 열리는 다큐멘터리 영화제의 취재 건도 포함되어 있었는데, 그가 작성한 영화제 관련 자료에서 나는 헬게 한센의 「사람, 사람들」을 발견했던 것이다. 자료에 따르면 이 다큐멘터리는 2010년에 공개되자마자 평단의 호평을 받았으며 그해 다수의 국제 영화제에 초청을 받기도 했다. 자료에는 또한, 영화제 측이 구호품 트럭의 피격이라는 전례 없는 사고의 발발 5주년을 맞아 「사람, 사람들」의 특별 상영을 준비할 거라는 내용도 담겨 있었다.

그날부터 나는 권은이 일산의 북카페와 을지로의 술집에서 내게 했던 말들을 자주 되새겼다. 기자들이 모두 떠난 깊은 밤의 사무실에 앉아 권은에 관한 모든 정보를 찾겠다는 듯 인터넷을 뒤지기도 했다. 기억들은 어느 한 순간 섬광처럼 내 머리를 강타한 것이 아니라 아주 먼 곳에서 한 조각씩 내 감각 속으로 흘러들어왔다. 친구가 준 필름 카메라로 사진에 입문하게 됐다는 그녀의 고백이 첫번째 단서였고, 을지로 거리에서 택시에 올라탄 그녀가 고마웠다고 말한 뒤 카메라를 언급한 장면은 확증처럼 다가왔다. 아무려나 내가 기억 속에서 돌아보는 그녀의 세계에서는 언제나 눈이 내리고 있었다. 그 세계는 둥글고 투명했으며 눈이 내리는 동안만큼은 쉬지 않고 귀에 익은 멜로디가 흐르기도 했다. 그리고 이런 비현실적인 대화를 나누었던 일요일 오후의 눈 쌓인 학교 운동장. 셔터를 누를 때 카메라 안에서 휙 지나가는 빛이 있거든. 그런 게 있어? 어디에서 온 빛인데? 평소에는 눈에 잘 안 띄는 곳에 숨어 있겠지. 어떤 데? 장롱 뒤나 책상 서랍 속이나 아니면 빈 병 같은 데……

뉴욕으로 취재를 오기 전, 나는 권은이 입원해 있는 병원을 수소문해서 찾아갔다. 예상대로 그녀는 내 방문을 무척 놀라워했다. 다리에 박힌 포탄 파편을 제거하는 수술을 이미 세 차례나 받았지만 남은 생애 동안 두 발로 걸어 다닐 수 있을지는 의문이라는 우울한 이야기를 전하면서도 눈빛만은 의아함으로 검게 일렁이고 있었다. 그 후지사의 필름 카메라, 아직도 갖고 있어요? 긴 침묵 끝에 내가 묻자 그녀는 잠시 뚫어지게 날 바라봤고, 이내 우리는 서로를 마주 보며 멋쩍게 웃었다. 다시 찾아오겠다는 말은 끝내 하지 못했다. 병실을 나서기 전, 그녀는 자신의 블로그 주소를 메모지에 적어주었다. 그 블로그에 내게 쓴 편지도 있다고 덧붙여 말하면서도 또 보면 좋겠다는 식의 얘기는 그녀 역시 꺼내지 않았다.

그날 집으로 돌아와 나는 노트북을 켜고 권은의 블로그로 들어갔다. 블로그의 카테고리 중에는 편지란이 있었고 그 속에는 그녀가 알마 마이어 앞으로 쓴 열두 통의 편지와 내게 쓴 한 통의 편지가 포스팅되어 있었다. 책상에 앉아 단숨에 편지들을 다 읽은 후엔 욕실로 들어가 오랫동안 샤워를 했다. 수건으로 몸을 닦으며 뿌연 김이 서린 세면대 거울 앞에 서자, 옳고 그른 선택 따위 없는 모호한 세상을 창문 안쪽에서 건너다보고 있는 듯한 착각이 들었다. 나쁘지 않은 착각이었지만 김은 곧 사라져갔다. 조금씩 선명하게 내 모습을 되비추는 거울에 대고 나는 속삭이듯 물었다. 그래서 넌, 지금 행복하니? 모호한 세상에서는 답변이 돌아오지 않았고, 내 등 뒤에서는 문손잡이를 돌리는 쇳소리가 들려왔다. 돌아보지 않아도 알 것 같았다. 그 문은 녹슬고 찌그러진 현관문일 것이고, 얼떨결에 문을 열게 된 열세 살의 소년은 암순응이 되지 않은 두 눈을 껌뻑이며 겁먹은 목소리로 이렇게 물을 터였다. 거, 거기, 권은 집, 맞아요?

*

스크린 속에서 알마 마이어는 그 오랜 칩거에 대해 이렇게 설명한다.

—사람들이 노먼을 시대의 양심이니 유대인의 마지막 희망이니 하는 수식어로 포장하는 걸 도저히 용납할 수 없었어요. 그런 거창한 수식어 뒤에 숨어 있으면 아무것도 하지 않고도 정의의 증인이 될 수 있다고 믿는 건, 뭐랄까, 나에겐 천진한 기만 같아 보였죠. 알려 했다면 알았을 것들을 모른 척해놓고 나중에야 자신은 몰랐으므로 아무런 책임이 없다고 주장하는 것처럼 말이에요. 전쟁이 끝나고 나서야 홀로코스트의 잔인함에 양심적으로 경악하던 그 수많은 비유대인들을 나는 기억하고 있어요. 화가 나진 않았어요. 그때나 지금이나 그저 무기력해졌을 뿐이에요. 무기력한 환멸 같은 거, 그런 거였죠.

화면이 바뀌면서 다큐멘터리는 자연스럽게 알마 마이어의 과거를 짚어갔다. 1916년 벨기에에서 태어난 알마 마이어는 유대인이면서 여성이라는 차별을 딛고 1938년에 브뤼셀 필하모닉 오케스트라에 바이올리니스트로 입단했다. 하지만 1940년, 벨기에에 유대인 등록령이 내려지면서 그녀는 오케스트라에서 해고됐고 게토에 갇히거나 수용소로 끌려가야 하는 상황에 처해졌다. 그때 그녀의 연인이자 같은 오케스트라에서 호른을 연주하던 장이 브뤼셀 외곽에 위치한 사촌형의 식료품점 지하 창고에 그녀의 은신처를 마련해주었다.

창문이 없던 그 지하 창고는 램프를 켜지 않으면 아침이나 한낮에도 깜깜했다. 가끔은 눈을 뜨고 있어도 꿈속처럼 몽롱하고 아스라한 장면들이 허공에 펼쳐지곤 했다. 그럴 때 눈을 한번 꾸욱 감았다 뜨면 어김없이 낯선 거리가 나왔는데, 그 거리에서 유일하게 불이 켜진 곳은 악기 상점뿐이었다. 조심스럽게 그 악기 상점의 문을 열고 들어가면 오랫동안 만나지 못한 오케스트라 단원들이 반갑게 그녀를 맞이해주었다. 그들은 곧 각자의 악기 앞에 앉아 무가나 행진곡 같은 활기찬 연주를 시작했고 그녀와 시선이 엇갈릴 때마다 더할 나위 없이 호의적인 미소를 지어 보이곤 했다. 아픈 건 없다고, 살아 있는 한 그 모든 아픔은 위로받고 치유되기 위해 존재하는 거라고 속삭이듯이. 흐뭇한 마음으로 그들의 연주에 심취해 있다가 어느 순간 다시 한 번 눈을 꾸욱 감았다 뜨면 선율도, 단원들도, 그들의 미소도 사라지고 없었다. 달콤했던 환영이 사라질 때마다 그녀는 더 외로워졌고 더 쓸쓸해졌다. 어머니가 만들어준 음식을 마음껏 먹는 꿈을 꾸면서 자신도 모르게 입술을 오물거리다가 문득 잠에서 깨고 나면 바람뿐인 벌판에 혼자 서 있는 듯한 기분에 견딜 수 없이 추워지곤 했던 것처럼. 2주에 한 번씩 장이 물과 빵이 담긴 바구니를 들고 지하 창고를 찾아오긴 했지만 그 무렵엔 누구나 그렇듯 장 역시 가난했으므로 그 양은 보름을 버티기엔 늘 부족했다. 바구니는 가볍고 초라했지만 그래도 장은 바구니 밑바닥에 자신이 작곡한 악보 한 장씩을 깔아놓는 걸 잊지 않았다. 빛으로 에워싸인 허공의 악기 상점을 본 날이면 그녀는 바이올린을 꺼내 활이 줄에 닿지 않도록 적당한 거리를 유지하며 그 악보들로 연주를 했다. 조명이 없는 무대에서, 관객의 박수를 받지 못한 채, 소리가 없는 연주를.

　—장이 작곡한 그 악보들은 식료품점 지하 창고에서 날마다 죽

음만 생각하던 내게는 내일을 꿈꿀 수 있게 하는 빛이었어요. 그러니 난 이렇게 말할 수 있어요. 그 악보들이 날 살렸다고 말이에요.

긴 이야기를 마친 뒤 알마 마이어는 천천히 고개를 들어 인터뷰 중 처음이자 마지막으로 조금 웃었다. 어두운 객석에서 나는, 얼떨결에 그녀를 따라 웃고 말았다.

*

거, 거기, 권은 집, 맞아요?

문은 열렸지만 그 안으로 선뜻 들어가지 못한 채 나는 몇 번이나 묻고 또 물었다. 녹슬고 찌그러진 현관문은 깜깜한 방과 곧바로 이어져 있었는데 그 방에서 빛을 발하는 건 둥글고 투명한 스노우볼뿐이었다. 햇빛이 거의 들지 않는 그 작고 추운 방에 가게 된 계기는 사실 내 의지와는 상관이 없었다. 권은이 연락도 없이 나흘이나 결석을 하자 담임은 반장인 나와 부반장을 맡고 있던 여학생을 불러 상황이 어떤지 보고 오라고 부탁했었다. 교무실을 나서자 부반장은 피아노 교습이 있다며 동행을 거부했고, 어쩔 수 없이 나 혼자 종이에 적힌 주소를 따라가보니 바로 그 현관문이 나왔던 것이다. 더디게 암순응이 찾아오자 그제야 허름한 외투를 껴입은 채 담요까지 뒤집어쓰고 있는 권은이 보였다. 권은은 곧 몸을 일으켜 형광등을 켰고 형광등이 켜진 순간, 태엽이 다 풀린 스노우볼도 작동을 멈췄다.

부엌과 화장실이 딸려 있지 않은 방이었다. 휴대용 가스레인지와 주전자, 그리고 세면도구가 담긴 플라스틱 대야는 그 방의 많은 역할을 보여주는 듯했다. 온기 없는 그 가난한 방에서 열세 살의 그녀가 무엇을 먹으며 어떻게 살고 있는 건지, 나로선 가늠조차 할 수 없었다. 권은의 유일한 가족인 아버지는 짧게는 한두 달에서 길게는 반년까지 집을 비운다고 했다. 비밀로 해줘. 그녀가 물이 담긴 유리컵을 내밀며 말했다. 난 고아가 아니야. 보호시설 같은 덴 절대 안 가. 할 말이 딱히 생각나지 않아 얼떨결에 벌컥벌컥 들이마신 물에서는 수돗물 특유의 비릿한 소독약 맛이 났다. 나는 얼굴을 찡그리며 유리컵을 내려놓고는 알았어, 말한 뒤 서둘러 그 방을 나왔다. 다음 날 담임에게는 권은이 아프다고 둘러댔다. 따지고 보면 아주 틀린 말도 아니었다. 부임한 지 얼마 되지 않은 젊은 담임은 내 말에 신경도 쓰지 않는 눈치였다. 그날 이후 나는 권은이 죽을지도 모른다는 상상에 자주 빠져들곤 했다. 권은이 죽는다면, 하고 가정하는 것만으로도 숨이 막혀왔다. 어떤 날은 같은 반 아이들이 나 때문에 권은이 죽었다고 수근거리는 환청을 듣기도 했다.

누가 시키지도 않았지만 나는 그 후로 몇 번 더 권은의 방을 찾아갔다. 숨이 막혀오고 환청을 듣는 게 싫어서였을 뿐, 대책 같은 건 없었다. 내가 그녀의 방에 갖다 줄 수 있는 거라곤 읽다 만 만화책이나 스노우볼에 들어가는 건전지처럼 사소한 것뿐이었다. 너는 어서 가. 나는 괜찮아. 여자애와 한방에 단 둘이 있는 게 어색했으면서도 쉽게 떠나지 못하고 방 안을 서성이고 있으면 그녀는 그렇게 말하며 내 등을 떠밀곤 했다.

권은의 방을 나와 차도로 이어지는 좁은 내리막길을 따라 걷다 보면 주황빛의 전등도, 골목 사이로 급하게 사라지는 꼬마들도, 공동화장실의 부서진 문짝과 그 사이로 살짝 보이는 더러운 변기도, 심지어 공터에 화난 짐승처럼 잔뜩 웅크리고 있는 불도저도 도무지 이 세상의 풍경 같지 않게 흐릿하게 번져 있곤 했다. 산비탈에 시멘트와 판자로 대충 지어진 집들은 그나마도 반 이상 헐린 상태였다. 나도 권은처럼 열세 살일 뿐이었다. 폐허가 되어가는 동네의 외진 방에서 권은이 감당해야 하는 허기와 추위를 나는 해결해줄 수 없었다. 안방 장롱에서 우연히 후지사의 필름 카메라를 발견했을 때 일말의 주저도 없이 그걸 품에 안고 무작정 권은의 방으로 달려갔던 건, 내 눈에는 그 수입 카메라가 중고품으로 팔 수 있는 돈뭉치로 보였기 때문이다. 권은은 내 기대와 달리 그 카메라를 팔지 않았다. 그건, 당연한 일이었을 것이다. 그녀에게 카메라는 단순히 사진을 찍는 기계장치가 아니라 다른 세계로 이어지는 통로였으니까. 셔터를 누를 때 세상의 모든 구석에서 빛 무더기가 흘러나와 피사체를 감싸주는 그 마술적인 순간을 그녀는 사랑했을 테니까. 그런데, 셔터를 누른 직후 뷰파인더 속 그 빛이 한꺼번에 사라지고 나면 권은도 알마 마이어처럼 더 외롭고 쓸쓸해졌을까. 사진에는 담기지 않는 프레임 밖의 풍경처럼, 그 이야기는 지금 내가 확인할 수 없는 영역 속에 있다. 어쩌면, 영원히.

권은은 그 후지사의 필름 카메라로 방 안의 사물들을 찍다가 카메라에 담을 만한 더, 더 많은 풍경을 찾기 위해 조금씩 집 밖으로 나오기 시작했고 학교도 다시 다녔다. 학교로 돌아온 그녀에게, 하지만 나는 다가가지 않았고 말을 걸지도 않았다. 언제나 똑같은 옷만 입고 다니는 권은과 친하다는 인상은 그 누구에게도 주고 싶지 않아서였을 것이다. 권은 역시 날 못 본 체할 때가 많았다. 우리는 결국 친구가 되지는 못했지만 그래도 서로의 비밀 하나씩을 지켜주긴 했다. 나는 권은이 고아나 다름없다는 걸 누구에게도 발설한 적 없었고, 권은 또한 내가 아버지의 카메라를 훔친 사실을 끝까지 모른 척했다. 권은이 친척을 따라 먼 지방으로 이사를 가게 되었다는 소식을 들은 건 겨울 방학을 2주 정도 앞둔 어느 날이었다. 학교에는 권은의 아버지가 도박장 근처 쓰레기장에서 시신으로 발견됐다는 소문도 떠돌았지만 확실한 건 없었다.

　그로부터 아주 많은 시간이 흐른 뒤, 권은은 지상의 주소를 갖고 있지 않은 알마 마이어에게 이런 편지를 쓴다. 아버지가 좀처럼 돌아오지 않는 그 방에서 거의 날마다 똑같은 꿈을 꿨노라고, 그 꿈을 꾸고 싶지 않아 잠이 올 때까지 스노우볼의 태엽을 감았고 1분 30초 동안 눈 내리는 세계에 빠져 있다가 마지막 멜로디가 끝나기 직전 이불을 머리끝까지 뒤집어쓰고는 급하게 눈을 감곤 했노라고도. 처음 와보는 낯선 도시를 헤매다가 엄마를 부르며 깨어나는 꿈이었죠. 단 한 번도 그 레퍼토리는 바뀌지 않았어요. 거기까지 쓴 뒤, 권은은 잠시 침묵한다. 나도 그녀의 침묵을 지켜준다. 며칠이 지난 후에야 권은은 다시 블로그를 열고 천천히 쓴다. 어느 날은 차가운 벽에 이마를 대고 간절히 기도도 했습니다. 이 방을 작동하게 하는 태엽을 이제 그만 멈추게 해달라고, 내 숨도 멎을 수 있도록. 내 손에 카메라가 들어오기 전까지 고작 그런 걸 난 기도했던 거예요. 그러니까…… '그러니까'에 이어지는 문장은 권은이 내 앞으로 쓴 단 한 통의 편지에서도 비슷하게 반복됐다. 그 편지에서 그녀는 나를 반장이라고 불렀다. 20여 년 만이긴 했지만 내가 자신을 알아보지 못해서 서운했다고, 그러나 한편으론 다행이라는 생각도 했다고 편지에는 적혀 있었다. 편지 안에서 그녀가 내게 묻는다. 반장, 사람이 할 수 있는 가장 위대한 일이 뭔지 알아? 편지 밖에서 나는 고개를 젓는다. 누군가 이런 말을 했어. 사람을 살리는 일이야말로 아무나 할 수 없는 위대한 일이라고. 그러니까…… 그러니까 내게 무슨 일이 생기더라도 반장, 네가 준 카메라가 날 이미 살린 적이 있다는 걸 너는 기억할 필요가 있어. 은이. 그 편지가 저장된 날은 그녀와 내가 을지로에서 만나 맥주를 마신 날이었다. 내게 고맙다고 말한 뒤 택시를 타고 떠난 그녀는 연말의 서울 거리를 가로지르는 택시 안에서 언젠가 살아 있는 사람이 읽을 수도 있는, 이번에는 꽤 쓸모 있는 편지를 써야겠다고 생각했던 것이다.

*

1943년이 되어서야 알마 마이어는 그 지하 창고를 벗어날 수 있었다. 누군가 알마 마이어를 독일 경찰에 신고했다는 소식을 전해들은 장이 이번에도 그녀의 또 다른 탈출을 도왔다. 알마 마이어는 장을 따라 스위스로 갔고 스위스 국경 도시에서 그와 헤어졌다. 그때 이미 그녀는 노먼과 심장과 심장으로 연결되어 있었지만 인지하지는 못했으므로 장에게는 아무 말도 하지 못했다. 그녀가 노먼의 존재를 알게 된 건 미국으로 향하는 증기선 3등칸에서 심한 뱃멀미를 하고 난 뒤였다. 1943년 11월, 미국의 관문인 엘리스 아일랜드에 도착한 알마 마이어가 가장 처음으로 한 일은 그녀에게는 몸의 한 기관과도 같았던 수제 바이올린을 판 것이었다. 그 돈으로 그녀는 거처를 구할 수 있었고 노먼을 낳을 때까지 일을 하지 않아도 되었다. 장이 살아 있다는 것을 알게 된 건 거짓말처럼 전쟁이 끝나고 5년이나 지난 후였다. 하지만 그녀는, 이미 결혼을 해서 가정을 이루고 있던 장에게 자신의 생존과 주소를 알리지 않았다. 그녀가 생각하기에, 장은 이미 그녀를 위해서 너무 많은 일을 했고 그로 인해 오랫동안 삶이 불안정했다. 그녀는 장의 일상을 또다시 흔들고 싶지 않았다. 그것은 연인으로서의 자존심이라기보다는 인간적인 예의에 가까웠다.

헬게 한센이 보내준 영상을 보기 전까지, 하지만 그녀는 노먼이 오랫동안 장의 생애를 멀리서 지켜봐왔다는 것을 알지 못했다. 노먼은 무려 30년 가까이 뉴욕 외곽에 위치한, 타인의 개인정보를 비밀스럽게 수집해주는 비인가 사무소의 고객이었다. 노먼은 한 달에 한 번 정도 그 사무소에 들러 장의 최근 동향에 대해 들었고 간혹 사진을 건네받기도 했다. 그러나 노먼은 정보만 전달받았을 뿐, 장에게 자신의 존재를 알리지 않았고 편지나 전화를 한 적도 없었다. 어머니가 생각하는 인간적인 예의에 동의하지는 않았으나 그 선택을 지켜주고 싶었고, 세상에는 진실 이외의 것이 더 진실에 가까운 경우도 있다고 생각했기 때문이다. 2007년, 노먼은 장에 대한 마지막 정보를 건네받았다. 장의 장례식장을 찍은 사진과 묘지 주소가 적힌 책자 같은 것이었다. 유감이에요, 노먼. 오랜 시간 노먼의 일을 담당해오며 노먼과 함께 늙어온 사무소 소장은 그렇게 말한 뒤 담배 한 대를 권했다. 담배를 다 피우고 나서 사무소를 나온 노먼은 주차해놓은 자신의 자동차를 지나쳐 무작정 걸었다. 장 베른, 프랑스계 벨기에인, 평생 작곡가를 꿈꾸었으나 단 한 곡도 발표를 못한 사람, 마흔 이후엔 지방의 작은 오케스트라에서조차 밀려났으며 그 어디에서도 독주 초청을 받아본 적이 없는 무명의 호르니스트…… 30년 가까이 제공받아온 그 정보들을 떠올리며 노먼은 그날 이런 다짐을 했다.

—그가 인생에서 한 가장 위대한 일을 내 삶에서 재현해주자는 다짐이었죠. 쓰레기 같은 전쟁에서 죽을 뻔했던 여성을 살린 그 일을 말이에요. 사람을 살리는 일이야말로 아무나 할 수 없는 가장 위대한

일이라고 나는 믿어요. 보다시피 나도 이제 늙었어요. 더 늙기 전에, 나는 그가 했던 방식으로 그의 역사를 기념해주고 싶어요.

노먼이 말을 마치자 구호품 트럭 안엔 숙연한 침묵이 흘렀다. 카메라는 동승자 한 명 한 명을 클로즈업한 뒤 조금씩 뒤로 물러났다. 스크린은 서서히 페이드아웃되고 있었다. 완벽한 어둠이 찾아오기 직전, 그리고 관객들의 뒤통수를 내리치듯 강렬한 폭발음이 상영관 안을 가득 메웠다. 객석에 조명이 들어오고 스크린에는 엔딩크레디트가 한 줄씩 뜨고 있었지만 두 귀는 그 폭발음 너머의 비참한 장면에 닿아 있는 듯 여전히 얼얼하기만 했다. 가장 마지막으로 엔딩크레디트에 올라오는 두 사람의 이름 옆에는 생몰년도가 정확하게 기재되어 있었다. 노먼 마이어, 그리고 감독과의 인터뷰 이후 두 달 만에 자택에서 숨진 알마 마이어가 그들이다. 그들의 세계를 작동하게 하던 태엽은 모두 2009년에 멈춘 것이다.

엔딩크레디트마저 끝난 뒤에도 스크린에서 시선을 떼지 못한 채 자리를 지키고 있는데 누군가 내 등을 가볍게 쳤다. 뒤를 돌아보자 청소 도구를 든 중년의 흑인 여성이 서 있었다. 그제야 주위를 보니 객석은 모두 비어 있었다. 가방을 챙겨 황급히 건물을 나오자 아침의 안개는 모두 걷히고 뜻밖에도 눈부신 겨울 햇빛이 온 거리에 내리비치고 있었다.

*

나는 빛으로 일렁이는 맨해튼 거리 속으로 천천히 스며 들어갔다. 몇 개의 블록과 모퉁이를 지나자 그곳이 눈에 들어왔다. 벌어진 입을 다물지 못한 채 거리의 모든 햇빛을 빨아들이는 그곳, 악기 상점의 쇼윈도 쪽으로 나는 한 발 한 발 걸어갔다. 악기 상점 안에는 여러 악기들이 진열되어 있었고 그 중엔 바이올린과 호른도 있었다. 권은이 옆에 있었다면, 그녀는 분명 알마 마이어와 장 베른이 각자의 악기를 들어 연주를 하는 상상에 빠져들었을 것이다. 아마도 눈을 한 번 꾸욱 감았다 뜬 뒤, 빛의 호위를 받으며. 이상할 건 없었다. 태엽이 멈추고 눈이 그친 뒤에도 어떤 멜로디는 계속해서 그 세계에 남아 울려 퍼지기도 한다는 걸, 그리고 간혹 다른 세계로 넘어와 사라진 기억에 숨을 불어넣기도 한다는 것 역시, 나는 이제 이해할 수 있었다.

발아래를 보았다.

눈이 녹기 시작하면서 그 위에 새겨진 사람들의 발자국들이 조금씩 지워져가고 있었다. 몇 걸음 앞에서 쭈그리고 앉아 있는 권은의 작은 뒷모습이 보였다. 일요일 오후, 눈 쌓인 학교 운동장에는 우리 외에는 아무도 없었다. 조금씩 권은에게 다가가자 누군가 남기고 간 발자국에 후지사의 필름 카메라를 들이대고 있는 그녀의 자세가 또렷해졌다. 뭐 해? 그건, 학교로 되돌아온 권은에게 내가 처음 건넨 말이었다. 권은이 카메라에서 눈을 떼며 놀란 얼굴로 날 올려다보더니 이내 뚱한 목소리로 되물었다. 넌 왜 학교에 있는데? 집에 손님이 왔는데 갈 데가 없어서…… 근데 여기서 뭘 하는 거야? 권은은 대답 대신 손짓으로 자기 옆에 앉아보라는 표시를 해 보였다. 얼떨결에 그녀 옆에 앉자, 테두리가 흐릿해지고 있는 발자국을 손가락으로 가리키며 그녀가 말했다. 발자국 안에 빛이 들어 있어. 빛을 가득 실은 작은 조각배 같지 않아? 어, 그런가…… 여기에도 숨어 있었다니…… 뭐가?

셔터를 누를 때 카메라 안에서 휙 지나가는 빛이 있거든. 그런 게 있어? 어디에서 온 빛인데? 내가 관심을 드러내자 권은은 그때까지 내가 한 번도 본 적 없는 한껏 신이 난 얼굴로 날 바라봤다. 그녀의 이야기는 아직 시작되지 않았지만 나는 이미 알고 있었다. 평소에는 장롱 뒤나 책상 서랍 속, 아니면 빈 병 속처럼 잘 보이지 않는 곳에 얄팍하게 접혀 있던 빛 무더기가 셔터를 누르는 순간 일제히 퍼져나와 피사체를 감싸주는 그 짧은 순간에 대해서라면, 그리고 사진을 찍을 때마다 다른 세계를 잠시 다녀오는 것 같은 그 황홀함에 대해서라면, 나는 이미 모든 것을 기억하고 있었다. 권은이 내가 알고 있는 그 이야기를 시작한다. 악기 상점의 쇼윈도에 반사되는 햇빛이 오직 그녀만을 비추고 있었다.

—

조해진의 「빛의 호위」는 작은 구멍을 통해 들어오는 빛으로 사물의 이미지를 포착하는 카메라 옵스큐라 구조를 유려한 서사로 풀어냈다. 칠흑같은 어둠을 관통하는 한 줄기 빛은 그 자체로 대단히 상징적이며, 그 빛에 의해 어떤 사물의 이미지가 새겨진다는 것 역시 의미심장하다. 이 소설에는 몇 장면을 관통하는 빛줄기가 있다. 우선, 권은의 불우한 어린 시절을 관통하는 빛. 그녀는 '나'가 건네준 카메라의 마술에 매혹되어 사진작가가 된다. "셔터를 누를 때 카메라 안에서 휙 지나가는 빛이 있거든. 그런 게 있어? 어디에서 온 빛인데? 평소에는 눈에 잘 안 띄는 곳에 숨어 있겠지. 어떤 데? 장롱 뒤나 책상 서랍 속이나 아니면 빈 병 같은 데." 그 빛줄기는 또한 2차 대전 중 홀로코스트를 피해 어두운 지하실로 숨어든 한 유대인 여인에게로 이어진다. "창문이 없던 그 지하 창고는 램프를 켜지 않으면 아침이나 한낮에도 깜깜했다. 그럴 때 눈을 한번 꾸욱 감았다 뜨면 어김없이 낯선 거리가 나왔는데, 그 거리에서 유일하게 불이 켜진 곳은 악기 상점뿐이었다." 아이 홀로 방치된 어두운 방을 비췄던 빛은 이제 사진작가 권은의 카메라를 통해 세심하게 보지 않으면 눈에 잘 안 띄는 분쟁 지역의 비극적 장면을 기록한다. 그 빛은 카메라 필름에 이미지를 새기기도 하고, 나아가 한 유대인 여인에게 그러했고 수십 년 후 권은에게 그러했듯 누군가를 살리기도 한다. "잘 보이지 않는 곳에 얄팍하게 접혀 있던 빛 무더기가 셔터를 누르는 순간 피사체를 감싸주는 그 짧은 순간" 빛은 피사체인 누군가를 호위한다. _이수형

상류엔 맹금류

황정은

1976년 서울에서 태어나 2005년 『경향신문』 신춘문예로 등단했다. 소설집 『일곱시 삼십이분
코끼리열차』 『파씨의 입문』, 장편소설 『百의 그림자』 『야만적인 앨리스씨』가 있다.

건강하기를.

●··

상류엔 맹금류

—

나는 오래전에 제희와 헤어졌다. 헤어질 무렵엔 무슨 대화를 나눴는지 기억나는 것이 없다. 나눈 대화가 거의 없었기 때문인지도 모른다. 그즈음엔 제희네까지 갈 일이 있어도 안에는 들르지 않고 집 앞에서 헤어졌다.

제희의 이름은 제희. 재희가 아니라 제희. 이름을 말할 일이 있을 때마다 제희는 자기 이름의 모음을 일러주었다. 아이 말고 어이. 재희 말고 제희. 제희에게는 누나가 넷 있었다. 막내가 제희였는데 딱히 아들을 바란 출산의 결과는 아닌 듯했다. 제희네 어머니가 장사로 너무 바빠 아이를 떼러 갈 시간을 내지 못했기 때문이라고 들었다. 자라는 동안에도 제희는 아들이라고 딱히 대우를 받거나 혜택을 누린 것이 없었다. 적어도 내가 들은 바로는 누나들과 공평하게 먹었고 얻어맞았고 나누어 받았다.

제희는 누나들과 닮았다. 사진을 보면 알 수 있었다. 다들 요모조모 달라 보이는 얼굴을 하고 있는데도 사진 안에서는 공통된 윤곽이 보였다. 그건 물리적인 형태라기보다는 어쩌면 분위기 같은 것인지도 몰랐다. 제희는 여자에게 친절했다. 친절하게 굴자고 마음먹고 친절한 것이 아니라 여성의 생태를 잘 이해하고 있는 것처럼 보였다. 누나들의 성장을 지켜보면서 간접적으로 경험한 여성성을 내면화한 듯한 모습이었다. 제희와 같이 다니다 보면 남자친구라기보다는 자매나 친한 남매 같을 때가 많았고 나는 그런 친밀감을 느낄 수 있다는 것이 좀 즐거웠다.

그해 제희네 아버지는 한쪽 폐를 제거하는 수술을 받았다. 젊은 시절에 제대로 치료하지 않은 결핵으로 이미 손상된 폐에 암세포가 번졌다는 것이었다. 제희네 아버지는 감기 치료를 하러 병원에 들렀다가 우연히 그 사실을 알았다. 암이 발견된 뒤로는 제희가 아버지를 모시고 병원을 다녔고 얼마 지나지 않아 수술을 시도해볼 수는 있지만 가망은 별로 없다는 최종 진단을 받았다. 소식을 들은 밤에 제희네 누나들이 마루에 모였다. 제희네 어머니와 제희까지 여섯 사람이 손을 잡고 둥글게 앉아서 이 고난을 잘 헤쳐나가자고 스스로에게 또 서로에게 다짐했다. 그건 분명한 기도였지만 일방적인 위탁은 아니었고 서로 간의 다짐이자 격려였다. 제희나 제희네 누나들에게는 신이 없었다.

나는 조금 떨어진 자리에 앉아 그들을 보았다. 제희가 손수 개조해서 벽에 걸어둔 선풍기 아래 크고 작은 액자들이 걸려 있었다. 오래된 사진과 액자 들. 아름다운 여자. 가장 오래된 사진은 제희네 어머니였다. 흑백 사진으로, 결혼하기 직전인 십대 후반에 그 사진을 찍었을 것이다. 헵번 스타일로 머리를 말고 민소매 원피스를 입은 그녀는 아주 세련되고 아름다워 보였다. 눈에도 생기가 있고 표정이 풍부했다. 그리고 그녀의 아이들, 그들의 어린 시절이 있었다. 코스모스와 백일홍 곁에서 멜빵바지를 입고 찍은 사진. 옛날 집 마당에서 벌거벗고 등목을 하는 마른 아이들. 사진 속 아이들이 모두 그 마루에 모여 있었다. 역경을 함께 이겨내고 살아남은 사람들이었다. 내 사진도 언젠가 그 벽에 걸릴 것이라고 나는 생각했다. 그러고 나면 또 언젠가 사진 속의 나보다도 훨씬 나이 든 내가 그 사진 아래 앉아 있게 되는 날도 오겠지. 나는 그걸 의심하지 않았다. 제희와 나는 오래 만났고 서로의 집을 잘 알았다. 아마도 다음번 고난이 닥쳤을 땐 나도 그들과 손을 잡고 이 마루에 앉을 것이다. 제희네 어머니의 화분들에 둘러싸여서, 우리가 힘을 합쳐 이 고난을 잘 이겨내자고 진심으로 다짐하게 될 것이다. 그렇게 되는 것이 당연하고 자연스러웠다.

제희네 아버지는 여름이 끝날 무렵에 수술을 받았다. 6시간이 걸렸는데 예상보다도 긴 시간이었다. 수술을 끝내고 나타난 의사는 피곤해 보이는 모습과는 다르게 상쾌한 어투로 경과를 일러주었다. 열고 보니 가슴이 너무 지저분한 상태라서 고름과 이물질을 깨끗하게 걷어내느라고 그만큼의 시간이 걸렸다는 것이었다. 유별나게 힘든 수술이었고 한 번 더 이런 수술을 하라고 하면 자기는 사양할 것 같다며 그는 웃었다. 수술은 일단 성공적이라고 그는 말했다.

나는 제희네 부모님이 시장에서 장사를 했다고 들었다. 재래시장에서 과일을 팔았고 꽤 규모가 있는 가게로 장사도 잘되어서 시장 상인들 중에서도 번듯하게 살았다고 했다. 제희네 부모님은 주변 상인들하고 계를 들어서 크게 현금을 돌리곤 했는데 어느 해, 제희네 어머니의 소개로 계원이 된 여자가 곗돈을 가지고 달아났다. 제희네 어머니와는 자매처럼 지내던 사이로 일이 벌어지고 보니 시장 안에서 신용이 있었던 제희네 이름으로 여러 상인들에게 상당한 금액의 돈을 빌리기까지 했던 모양이었다. 모두 합치자 큰돈이 되었다. 그건 정말 큰돈이었다. 달아날 것을 작정하고 달아난 사람이라 쫓아갈 길도 찾아낼 길도 없었다고 제희네 어머니는 말했다. 이후의 상황은 제희네 누나들이 잘 기억하고 있었다. 어제까지만 해도 형님 동생, 하던 상인들이 제희네 가게로 몰려와서 박스를 뒤집고 과일을 짓밟았는데 당시 고등학생이던 맏딸에게까지 찾아와서 학교를 그만두고 어떻게든 돈을 갚으라고 요구를 했던 모양이었다. 제희가 두 살이 되었을 무렵으로 제희네는 이때 크게 넘어졌고 그 뒤로 다시는 전과 같은 모습으로 일어나지 못했다.

우린 의논해볼 데도 없었다,라고 제희네 어머니는 말했다.

둘 다 실향민이었으니까. 상황이 이러저러하다고 하소연이라도 해볼 연고가 없었다. 그 상황에 머리털 까만 아이만 다섯이지. 우린 딱 두 가지 길을 생각했다. 함께 살든가, 함께 죽든가.

처음에 제희네 부모님이 생각해본 것은 후자 쪽이었다. 하지만 아이 다섯과 자신들을 한꺼번에 '확실하게' 죽일 수 있는 방법을 좀처럼 생각해낼 수가 없어서, 그렇다면 사는 길, 하고 방향을 틀었다고 제희네 어머니는 말했다. 제희네 아버지는 사정이 좀 나아질 때까지 아이들을 시설에 넣으면 어떠냐고 제안했지만 그건 그녀가 반대했다. 입양이라도 되면?

살았는지 죽었는지도 모르게 영영 만날 수 없게 된다면?

그걸 또 겪게 된다면?

잠든 아이들 곁에서 제희네 부모님은 다시 생각해보았고 이번엔 제희네 어머니가 빚을 두고 멀리 달아나는 것을 제안했다. 이것은 제희네 아버지가 반대했다. 그는 자기 잘못도 아닌 일 때문에 범죄나 다름없는 방식으로 달아날 수는 없으며 그렇게 도망치는 모습을 보여서 아이들 보기에 부끄러운 부모가 되고 싶지는 않다고 말했다. 제희네 어머니가 그 말에 공감했다. 거기까지 들려주고 제희네 어머니는 내게 묻듯 말했다. 그래서 어떻게 했냐.

그들은 아이들을 기르며 빚을 갚겠다고 결심했다. 과일가게와 집을 처분한 뒤 방이 한 개인 셋방을 빌려서 들어갔고 거기서부터 다시 시작했다. 전과 같은 상태는 아니더라도 조금씩 사정이 나아졌다고 제희네 어머니는 말했다. 딸들도 거의 시집을 보냈다. 사위들도 좋은 사람들이었다. 그녀에게는 고난 속에서도 아이 다섯 가운데 누구도 홀리지 않고 어떻게든 끌어안고 버텨서 길러낸 것에 관해, 단념하지 않고 가족을 가족으로 유지했다는 자부가 있었다. 제희네 어머니에게 세상에서 가장 나쁜 여자는 자식을 버린 여자였다.

나는 부도덕하다고 생각했다.

제희네 부모님과는 잘 지냈고 존경심도 가지고 있었으나 그 시점의 선택에 관해서는 그런 생각을 하지 않을 수가 없었다. 두 사람은 빚을 전부 갚기도 전에 늙어버렸고 제희네 누나들과 제희가 그 몫을 나누어 받을 수밖에 없었으니까. 맏딸인 큰누나는 진학을 포기하고 전철역에서 보세 의류를 팔았다. 그녀는 수입의 일부를 빚을 갚는 데 보태고 또 다른 일부로는 빚의 이자를 갚는 데 보태고 남은 일부로는 생활하는 데 들어가는 비용을 보탰다. 그녀가 결혼한 뒤로는 둘째, 셋째, 넷째, 제희 순이었다. 제희네 누나들 가운데 대학에 진학한 사람은 단 한 명도 없었고 결혼해 사는 누나들을 비롯해서 모두가 형편이 그만그만했다.

나는 그것을 골똘히 생각해볼 때가 있었고 그때마다 좀 사나운 심정이 되었다. 제희네 부모님은 왜 도망가지 않았을까. 왜 새로운 곳에서 새롭게 시작하지 않았을까. 자식들에게 부끄럽지 않은 부모가 되고자 하는 것은 자신들의 욕심일 뿐이라는 생각은 안 해보았을까. 빚을 떠안으면서 딸들에게 짐을 지운 것이라는 생각은 해본 적이 없었을까. 자신들의 양심과 도덕에 따랐지만 딸들의 인생을 놓고 봤을 때는 부도덕한 선택이 아니었을까.

내가 두서없이 그런 이야기를 하면 제희는 어쩔 수 없다는 듯 웃었다. 그냥 그런 사람들인 거야. 그리고 그대로 도망을 가서 살았다면 우리는 만나지도 못했을걸? 제희는 그렇게 말했고 나는 옳다고 생각했다. 제희네 부모님이 도망을 결심했다면 제희는 나와 같은 고장에서 살지 못했을 것이고 고교 동창생이었던 우리에게는 어쩌면 접점이 없었을지도 몰랐다. 어쩔 수 없이 그렇게 납득은 하면서도 당시를 상상하면 한숨이 나왔다.

제희네 아버지가 퇴원한 날에 제희네 누나들은 다시 그 집에 모였다. 제희는 제희네 누나들과 돈을 모아서 환자가 드러눕고 일어나기 편하도록 전동으로 작동되는 침대를 사서 방에 넣어두었다. 제희네 아버지가 그 위에 앉자 제희네 누나들은 한 번씩 그의 머리를 끌어안았다. 우리 아버지, 한번 안아봅시다. 그의 조그만 머리가 이제는 그보다 더 크게 자란 딸들의 품에 한 번씩 묻히는 광경을 나는 지켜보고 있었다. 나는 내 부모님과 한 번도 그런 포옹을 해본 적이 없었다. 내 부모가 서로를 그렇게 포옹하는 모습을 본 적도 없었다. 어렸을 적부터 그들과 나는 사이가 좋지 않았고 부모 간에도 마찬가지였다. 내가 제희네를 수차례 들락거리면서 동경하고 부러워하고 어떤 밤에는 눈물이 날 정도로 질투했던 것이 바로 그런 광경이었다. 그리고 그건 어쩌면 내가 그들로부터 나눠 받을 수 있게 될지도 몰랐던 어떤 것이었다.

제희네 아버지는 그 뒤로 집에 머물면서 투병했다. 방사선 치료를 하지 않아도 되는 것은 다행이었으나 수술 부위에 자꾸 문제가 발생했다. 폐를 들어낸 자리는 말 그대로 텅 비어 있는 상태였고 시간이 지나면 차츰 몸을 구성하는 다른 물질들로 채워지는데 그사이 염증이 생겨서 고름이 차지 않도록 관리해야 했다. 관리를 위해 옆구리에 구멍을 뚫고 배수로 삼아 짤막한 관을 박아두었는데 새로 돋아나는 살 때문에 그 길이 자꾸 막혔고 그게 완전히 막히면 목숨이 위태로워지는 상황이었다. 담당의는 재생력이 좋은 것이고 그건 좋은 징조라는 이야기를 한 모양이었지만 염증도 빈번했다. 제희네 아버지의 옆구리는 날씨, 습도, 기분에 예민하게 반응했고 두 달에 한 번씩은 재입원해야 하는 상황이 벌어졌다. 몸이 붓고 열이 나고, 그러면 내부 상태를 점검하기 위해 병원을 찾았고 그때마다 입원해서 수술이나 다름없는 과정으로 검사를 했다. 아물 만하면 열고 아물 만하면 여는 과정이었다. 제희네 아버지는 그간에 부쩍 지치고 여위었는데 그보다는 어깨 통증과 관절염으로 고생하며 종일 그를 돌보는 제희네 어머니의 피로가 더 심각했다. 지치고 우울하다는 것이 눈에 보였고 귀로 들렸다. 그즈음 제희네 어머니가 제희네 아버지를 향해 던지는 말은 곁에서 듣기에도 주눅이 들 정도로 거친 경우가 많았다.

제희가 나들이를 가자고 제안한 것은 어느 해 여름이 끝나갈 무럽이었다.

수목원에 가자고 제희는 말했다.

부모님과 텔레비전을 보다가 수목원을 보았는데 저런 근사한 곳에 소풍 가고 싶다고 제희네 아버지가 말했고 제희네 어머니가 근래엔 드물게도 공감했다는 것이었다. 두 분이 여태 여행을 함께 가본 적이 없다는 것을 안 것도 처음, 아버지가 먼저 어딘가에 소풍을 가고 싶다고 말한 것도 처음이라고 제희는 말했다. 제희는 수목원을 몇 군데 알아보았고 수도권에서 너무 멀지 않은 곳으로 원시림이 잘 보존되어 있는 큰 수목원을 골랐다. 삼림 보호를 위해 관람객을 제한적으로 받아들이는 숲으로 사전에 예약을 해야 입장할 수 있는 곳이었다. 거기 모시고 가고 싶다고 하면서 제희는 함께 가겠느냐고 물었고 나는 가겠다고 대답했다. 나는 수목원에 가본 적이 없었다.

*

9월 초순이었다.

그해 여름은 다른 해보다 무더웠다. 그때까지도 더위가 가시지 않아 가만히 앉아 있어도 땀이 흘렀다. 제희네 어머니는 이날의 나들이를 위해 인견으로 만든 옷 한 벌을 샀고 도시락을 준비했다. 시동을 걸고 기다리는데 뭐가 들었는지 모를 짐이 여섯 개나 내려왔다. 마지막으로 그 짐을 싣고 다닐 카트를 실은 뒤 수목원을 향해 출발했다. 수목원까지 막힘 없이 가더라도 2시간이 걸리는 거리였다.

자유로로 진입해서 속도를 높이기 시작했을 때 제희네 아버지가 신분증을 가져오지 않았다고 말했다. 마지막 순간에 탁자 어딘가에 놓아두었는데 챙긴 기억이 없다는 것이었다. 예약한 인원만 예약한 이름으로 입장할 수 있는 숲이었으므로 입구에서 신분증 확인이 있을지 몰랐다. 그걸 가지러 되돌아갈 수도 없는 시점이었다. 제희네 어머니가 곧바로 그의 정신머리를 타박하기 시작했고 제희네 아버지는 자책도 아니게 화를 냈다. 그는 신분증을 탁자에 놓아두고 여기까지 와버린 다른 누군가를 비난하는 것처럼 혀를 찼다. 괜찮을 거야. 운전대를 잡고 있던 제희가 설마 거기까지 온 사람을 되돌려 보내야 하겠느냐고 여러 차례 달랜 뒤에야 상황은 진정되었다. 제희는 지나간 시절의 음악이 나오는 채널로 라디오를 틀어두었다. 때도 아니게 폭염주의보가 있던 날이었다. 에어컨디셔너의 냉기 속에서도 대시보드는 직사광선을 받고 뜨겁게 달아올랐다. 바람 소리가 시끄러워 냉기를 줄이면 바로 숨쉬기가 곤란해졌다.

제희와 나는 어른들의 컨디션에 신경을 곤두세우고 있었다. 제희네 부모님, 특히 제희네 어머니는 예민하게 들뜬 채로 기분이 좋아졌다가 나빠지기를 반복했다. 아무것도 아닌 일이나 말이 꼬투리가 되었다. 제희네 아버지가 소음이 신경 쓰이니 에어컨디셔너를 좀 끄자고 말하자 제희 어머니는 나머지 사람들보고 이 더위에 어쩌라는 것이냐고 쏘아붙였다. 제희네 아버지가 그러냐고 웃으면 그게 웃기냐고, 왜 우습지도 않은데 웃느냐고 정색을 하고 물었다. 제희가 능숙하게 화제를 전환해가며 둘 사이를 달래는 동안 나는 조수석 모서리를 손으로 붙들고 있었다. 고집스럽고 뜨거운 것을 무릎에 올려두고 앉은 기분이었다. 파도를 수차례 타고 넘는 것처럼 가라앉았다가 떠오르고 가라앉기를 반복하면서, 아슬아슬하게 나아가는 길이었다.

제희는 그늘에 차를 세우려고 주차장을 두 바퀴 돌았지만 적당한 자리를 찾지 못했다. 웬만한 나무 그늘엔 먼저 도착한 차들이 자리를 잡고 있었다. 그늘 한 점 없는 주차장 복판에 차를 세워두고 짐을 내리는 동안 해는 우리 머리 꼭대기에 있었다. 정오였다. 제희네 아버지가 뒷좌석에서 깨끗한 파나마모자를 꺼내 머리에 얹었다. 제희네 어머니는 나무 그늘 쪽을 바라보고 서 있었는데 이마를 덮은 곱슬머리 때문에 눈 아래 짙은 그늘이 져 있었다.

제희는 트렁크를 열어둔 채로 카트에 짐을 실었다. 도시락 찬합, 수박 반 통을 담았다는 아이스박스, 1.5리터들이 물병 두 개, 돗자리 두 묶음과 각종 피크닉 용품이 담긴 종이봉투, 간식을 담은 배낭이었다. 여섯 개의 짐은 부피도 모양도 제각각이라서 카트에 쌓기가 쉽지 않았다. 찬합은 둥글고 아이스박스는 아래쪽으로 갈수록 좁아지는 형태에 물병은 길쭉하고 돗자리는 더 길쭉해서 어떻게 쌓아도 균형이 잘 맞지 않았다. 특히나 피크닉 용품이 담긴 종이봉투는 아래쪽에 놓으면 찌그러져서 균형을 무너뜨렸고 위에 얹으면 짐을 고정하는 고무줄 틈으로 빠져 바닥으로 떨어졌다. 그런 과정을 반복하면서 벌써 몹시 구겨진 상태였다. 나는 지쳐서 뒤로 물러섰다. 제희는 저걸 끌고 숲으로 들어갈 작정일까. 카트를 끌기에 적당한 길만 있는 것도 아닐 텐데 어쩌려는 걸까, 하고 생각했다. 산책을 하러 왔는데 그래서야 산책하기가 어려운 모양새였다. 한두 개는 두고 가도 상관없을 것 같았는데 제희네 어머니는 다 필요한 거라며 몽땅 가지고 입장하기를 고집했다. 제희는 뜨거운 시멘트 바닥에 무릎을 꿇은 채로 짐을 쌓았다가 내리고 다시 쌓기를 반복하면서 땀을 흘리고 있었다. 제희네 아버지는 부채를 부치면서 줄이 너무 짧은 것 아니냐고 말했다. 제희는 비뚤비뚤하게 쌓인 짐 위로 고무줄을 당기다가 고리에 발목을 다쳤다. 굵은 고무줄 끝에 수리 발톱처럼 생긴 금속 고리가 달려 있었는데 그게 어딘가에 잘못 걸렸다가 탁, 풀리면서 제희의 왼쪽, 그것도 안쪽 복사뼈를 때렸다. 조그만 돌이 쪼개지는 듯한 소리가 났다. 제희는 발목을 붙들고 앉은 채로 한동안 움직이지 못했다. 복사뼈를 덮은 손 위로 핏줄이 불거져 있었다. 괜찮으냐고 묻자 제희는 괜찮다고 답하면서 한두 번 발을 털어본 뒤 똑바로 섰다. 제희네 어머니가 멍한 눈빛으로 제희를 바라보고 있었다.

숲은 예상보다 조용하고 한적했다.

주차장에 차들을 내버려두고 숲으로 들어간 사람들은 다 어디에 모였는지 인적이 드물었다. 그늘을 찾아 어디론가 들어간 모양이라고 나는 생각했다. 신분증 문제로 입구에서 실랑이가 벌어졌을 때 우리 뒤쪽에 서서 다음 차례를 기다리고 있던 젊은 커플이 팔짱을 낀 채로 앞서 걷고 있었다. 그들도 양치식물원 쪽으로 모퉁이를 돌아 사라지자 넓은 편백나무 가로수 길에 제희네와 나뿐이었다.

제희는 내 목에 카메라를 걸어주며 사진을 찍어보라고 말했다. 어머니와 아버지가 나란히 걷고 있을 때, 그럴 때 자연스럽게. 그게 쉽지는 않았다. 부채를 부치며 걷는 아버지와 큰 나무들에 한눈을 팔며 걷는 어머니, 그들의 뒤쪽에서 카트를 끌며 천천히 걷는 제희까지 한 번에 담아보려고 했지만, 누군가는 앵글 바깥에 있었고 제희네 아버지와 어머니가 워낙 떨어진 채로 걷고 있어 그 둘을 한 번에 앵글에 담을 수 있는 순간도 많지 않았다. 나는 몇 번 시도를 해보다가 무궁화와 반송, 당단풍에 카메라를 가져다대고 찍었다. 제희는 조금씩 다리를 절며 걷고 있었다. 그의 뒤에서 기묘한 형태로 짐을 실은 카트가 용케 균형을 유지하며 끌려가고 있었다. 제희가 문득 멈춰 서서 허공을 바라보더니 봐,라고 말했다. 나는 제희가 뭘 보라는 건지 알수 없었다. 내게는 보이지 않았다. 이거. 보이지도 않는데 이것을 보라며 제희는 검지로 공중을 가리키고 있었다.

거미였다.

거미 한 마리가 거미줄 끝에서 바람을 타고 있었다. 구름 어딘가에서 내려온 것처럼 보였다. 다리가 투명하고 등에 아름다운 하늘색 무늬가 있는 거미였다. 제희네 어머니가 다가와 보더니 피난길에 숲에서 이런 거미를 더러 보았다고 말했다. 그녀는 거미를 능숙하게 손가락에 얹고 거미가 손등 위를 기어 다니도록 내버려두었다. 거미를 들여다보는 얼굴에 장난기가 어렸다. 그녀는 이따금 그런 얼굴을 할 때가 있었고 그럴 때 나는 그녀의 어린 시절을 생각하게 되었다. 1939년생 노부인의 어린 시절. 그런 걸 생각하면 이상하고 아득한 기분이 되었다. 그녀는 어린 시절에 전쟁을 겪었다. 살던 집에서 짐을 꾸려 어딘지 알 수 없는 곳으로 피난을 가는 길에 가족을 영영 잃어버리기도 하고 폭탄이 터져 부모나 형제의 몸이 바로 곁에서 조각나기도 하는, 그런 전쟁을 말이다. 그녀는 내게 전쟁 중에 있었던 일을 들려준 적이 있었다. 피난길에 갓난쟁이 막내를 등에 업었는데 어느 순간 부모님과는 헤어졌고 그 뒤로 다시는 만나지 못했다. 갓난쟁이 막내는 그 피난길에서 죽었다. 막내를 이불로 감싸서 등에 업고 있었는데 공습 뒤 잔불이 남은 들판을 걸을 때 불티가 튀었는지 솜 속으로 번진 불에 타죽었다는 것이었다. 아기가 울어대도 방법이 없어 그냥 업고 걷다가 문득 등이 뜨거워 아기를 내려놓고 이불을 열고 보니 새카맣게 그을려 죽어 있었다고 그녀는 말했다. 내가 그 이야기를 들은 당시부터 거슬러 올라가도 50여 년 전의 이야기였다. 그것을 함께

들은 제희가 슬펐겠다고 말하자 그녀는 슬펐다거나 잊었다거나 답하지는 않고 그때는 그런 일을 겪은 사람이 많았다고만 답했다.

나는 그 이야기를 들은 이후로 그녀의 어린 시절을 생각하면 다 타고 남은 하얀 잿더미로 덮인 들판에 서 있는 여자아이를 떠올리게 되었고 그 여자아이는 왠지 육십대 초반인 그녀의 얼굴을 하고 있는 경우가 많았다. 내가 알고 있는 얼굴, 노부인의 얼굴을 말이다. 그녀는 전쟁 고아였다가 헵번 스타일로 머리를 만 아름다운 여인이었다가 이제 오십견으로 고통을 받고 있고 관절염으로 다리를 저는 노부인이었다. 그 사이사이에, 내가 모르고 제희도 모르고 심지어는 그녀 자신조차 잘 모르는 일들이 그녀에게 일어났을 것이다. 나는 그 사이를 잘 상상할 수 없었다. 폐허 속 여자아이, 유행하는 스타일로 맵시 있게 자신을 가꿀 줄 아는 아름다운 여자, 부어오른 관절 때문에 대체로 시무룩한 표정을 하고 있는 제희네 어머니. 각각이 다른 사람 같았다. 60년이었다. 반백 년이 넘는 시간. 거미가 그녀의 팔뚝으로 기어올랐다. 길 위로 나온 것들을 모조리 끝장내버릴 것처럼 날은 더 무더워지고 있었다. 나는 땀이 밴 손으로 카메라를 붙들고 있다가 거미를 들여다보고 있는 그녀를 찍었다. 거미는 다음 바람을 타고 어디론가 날아갔다.

여보.

제희네 아버지가 길 앞쪽에서 옆구리를 내려다보며 서 있다가 말했다.

나 이게 새는 것 같아. 좀 봐줘.

제희네 아버지.

제희네 누나들의 말을 빌리면 그는 교장이 되었어야 할 사람이었고 최소한은 독학자나 선생님이 되었어야 했을 사람이었다. 그는 부지런했고 주어진 일을 필요 이상으로 꼼꼼하게 처리했으며 한자리에서 긴 시간을 들여 해내야 하는 일을 잘했다. 보수 정당의 오랜 지지자였으며 정치를 말할 기회가 있을 때는 약간 들뜬 채로 보수 성향의 신문에서 사용하는 어휘로 말했고 일기를 썼고 신문을 스크랩했고 재활용품을 깔끔한 솜씨로 손수 분리했고 밤에는 머리맡에 낡은 트랜지스터라디오를 틀어두고 누웠다. 트랜지스터라디오는 오래전에 그가 빚의 일부라도 갚아보려고 일본으로 건너가 불법적으로 체류하며 일했을 당시의 생활품이었다. 그는 그것을 틀어두고 자리에 누워서도 오랫동안 잠들지 않고 눈을 뜬 채로 누워 있었는데 그가 그렇게 누워서 무엇을 생각하는지 아무도 물은 적이 없었고 그가 스스로 말한 적도 없어서 결국엔 아무도 몰랐다. 언제고 한번은 내가 제희에게 아버지의 일본 생활에 대해 물은 적이 있었다. 제희는 조금 생각을 해본 뒤에 자신은 아는 것이 없다고 대답했다. 아버지에게 물어본 적이 없었느냐고 묻자 없다고 대답했다. 궁금한 적이 없었느냐고 다시 묻자 그러게, 궁금한 적도 없었다고 대답하며 제희는 그것 참 이상하다는 표정으로 고개를 기울였다. 제희네 아버지는 1년 정도를 일본에 머물렀고 그간에 모은 엔화를 구석구석에 숨겨 돌아왔다. 공항 입국장으로 들어서는 그를 봤을 때 1년 사이 너무 늙고 마르고 쇠약해진 모습에 누나들과 어머니가 충격을 많이 받았다고 제희는 말했다. 특히 머리카락이 거의 사라지고 없어서 어머니가 한동안 닭발을 가마솥에 삶아 먹이는 등 노력을 한 뒤에야 어느 정도 예전 모습이 되었다고 제희는 덧붙였다. 제희는 그때 어렸는데 어머니가 닭발을 사러 가는 길에 자주 데리고 다녔다고 했다. 알고 지냈던 시장 상인들과 마주치는 것이 싫다며 일부러 버스를 타고 먼 시장까지 가서 닭발을 한 자루 사서 다시 버스를 타고 돌아오던 길이 기억난다고 제희는 말했다. 제희네 아버지는 그걸 곧 국물을 마시고 천천히 회복되었지만 정수리 쪽에 당시의 흔적이 성글게 남아 있었다.

그는 작고 인자한 노인이었다. 한쪽 폐를 잃은 뒤로는 침대에 꼼짝 않고 드러누워 있는 때가 많았으나 여전히 깔끔한 솜씨로 재활용품을 분리했고 신문을 스크랩했고 손자들과도 잘 놀아주었다. 요즘은 귀가 잘 들리지 않는지 뭘 물으면 자꾸 엉뚱한 소리를 한다고 제희네 어머니는 불평했다.

아버지한테 너무 그러지 마세요.

제희가 부드럽게 일렀다.

몸도 아픈 사람한테 자꾸 그러면 가혹하잖아요.

제희네 어머니와 제희, 그리고 내가 벤치에 앉아 있었다. 뒤쪽으로 거대한 은행나무가 솟아 있었고 그 그늘로 그 주변은 몇 도쯤 서늘했다. 땀에 젖은 거즈를 교체하고 소독도 할 겸 제희네 아버지를 따라 남성용 화장실에 들렀다 나온 제희네 어머니는 열에 달아오른 얼굴을 하고 있었다. 붉게 주름진 목으로 땀이 흘러내렸다. 제희네 아버지는 화장실에서 나오다가 바위틈에 설치된 식수대를 발견하고 물을 마시고 있었다. 그는 수도꼭지에 입을 대고 한참을 마신 뒤 손수건에 물을 적셔 벌겋게 달아오른 목과 팔뚝을 닦았다. 그를 멍하니 바라보고 있다가 제희네 어머니가 말했다.

글쎄 나도 모르게 말이 그렇게 나오는데 어쩌냐.

전부 그가 자초한 거라고 그녀는 말했다.

내가 의지할 곳 없이 혼자 살아가는 게 너무 힘들어서 비슷한 처지의 남자를 이른 나이에 중신으로 만났다. 사람이 성실했고 그거면 됐다고 생각했다. 이날까지 정신없이 살아왔는데 내가 저 양반한테 뭐 받은 게 없다. 생일이라고 빵 한 덩어리, 장미 한 송이, 다정한 말 한마디 받은 적이 없다. 남들도 다 그러고 살려니, 하고 살았는데 이만큼 살고 보니 그게 아니다. 내가 사랑을 못 받고 살았다. 나만 그러고 살았고 남들은 그러지 않았더라. 이제야 그걸 알고 보니 너무 열받는다. 저 얼굴 볼 때마다 나는 너무 열이 받는 거다.

제희네 아버지가 젖은 손수건을 손목에 묶고 무작정 길을 따라 걸어 올라가기 시작했다. 저거 봐라. 제희네 어머니가 무표정하게 말했다.

혼자 가는 거, 저거 봐라.

제희네 어머니는 서쪽에 있다는 희귀식물관에 가보고 싶어 했는데 그보다 먼저 밥 먹을 장소를 찾아보자고 말했다. 제희네 아버지가 벌써 밥을 먹느냐고 묻자 제희네 어머니는 밥을 먹지 않고 무슨 힘으로 여길 다 돌아볼 거냐고 쏘아붙였다. 나는 제희의 곁에서 걸으며 도시락을 펼칠 만한 공간이 있는지 둘러보았다. 길은 아스팔트로 포장되어 있거나 쇄석이 깔려 있었고 넓거나 구불구불하거나 좁았다. 길 양쪽으로는 출입이 금지된 화단과 야외식물원이었다. 돗자리를 펼칠 만한 공간은 없었다. 양치식물과 작약이 자라는 구간을 지나자 열대식물을 연구하는 센터가 나타났고 그 근방엔 관람객들이 좀 있었다. 제희네 어머니는 돔처럼 생긴 온실 안으로 들어가보고 싶어 했는데 입장이 가능한 시간이 따로 정해져 있었다. 투명한 온실 벽을 통해 넓은 잎을 가진 열대식물이 보였다. 온실에서 빠져나온 수로는 주머니 모양의 연못과 연결되어 있었다. 갈대와 파피루스 사이로 연밥이 올라와 있었고 갈색 잠자리들이 물과 구름 사이를 날아다녔다. 물은 미지근해 보였다.

앉아 있을 만한 곳이 없어 계속 이동했다. 그늘지지 않은 곳은 복사열이 대단해서 그냥 걷고 있는 것만으로도 숨이 막혔다. 평평하지 않은 길이나 비탈에서 카트는 자꾸 한쪽으로 뒤집어졌고 그럴 때마다 짐이 흘러내리거나 무너져 내렸다. 제희는 조금 전보다 더 많은 땀을 흘리고 있었고 다리를 상당히 절었다. 괜찮다고 하는데 괜찮아 보이지 않았다. 안쪽 복사뼈에 아주 작고 아주 짙은 자주색 멍이 올라와 있었다. 짐승의 발톱이나 송곳니에 찍힌 것처럼 보였고 그쪽 발로는 제대로 바닥을 딛지 못했다. 뼈에 문제가 생긴 것 아니냐고 묻자 제희는 고개를 저었다. 카트를 내가 끌겠다고 해도 내주지 않고 나중엔 대꾸도 없이 땀만 흘리며 묵묵히 걸었다.

벽돌이 깔린 갈림길에서 제희네 부모님은 오른쪽의 비탈로 올라가보자고 말했다. 그즈음부터 부쩍 늘어난 관람객들이 그 길을 택해 가고 있었다. 고운 흙으로 덮인 가파른 비탈이 정점에서 오른쪽으로 휘어져 있었다. 경사가 꽤 급했다. 비탈을 다 올라간 곳에 무엇이 있는지는 물론 보이지 않았다. 그저 사람들이 그 길로 가고 있었고 차가 올라간 흔적도 있었다. 저기 뭐가 있나 보다고 우리도 저쪽으로 가보자고 제희네 어머니가 말했다. 카트에 실린 짐이 자꾸 아래쪽으로 쏟아졌다. 제희는 비탈에 무릎을 꿇고 짐을 다시 쌓은 뒤 고무줄을 더 팽팽하게 조였다. 올라가거나 내려오는 사람들이 제희와 내 곁을 둥글게 돌아갔다. 제희네 부모님은 뒤처진 일행엔 아랑곳 않고 앞서 가고 있었다.

작은 계수나무들이 있었다. 오른쪽은 깎아낸 산비탈이었고 왼쪽은 야트막한 물이 흐르는 계곡이었다. 계곡을 내려다보며 점점 비탈을 올라가는 길이었다. 올라갈수록 계곡과의 낙차가 커졌다. 계곡엔 제멋대로 구르다가 거칠게 쪼개진 듯한 돌이 많았고 나무줄기엔 상당히 높은 위치까지 흙이 말라붙어 있었다. 비가 올 때는 꽤 거친 기세로 범람하는 듯했다.

제희네 어머니가 문득 멈춰 서더니 계곡에 내려가고 싶다고 말했다. 제희네 아버지가 동의했다. 물이 저기에 있으니 물 곁에 자리를 잡고 밥을 먹자는 것이었다.

말이 나오자마자 제희네 아버지가 계수나무 사이로 성큼 내려섰다. 첫번째로 발 닿는 곳에 낙차가 좀 있었다. 그는 노부인이 내려오기 편하도록 주변을 오가며 돌을 옮기고 굵은 나뭇가지를 모으고 꺾어서 발 디딜 곳을 만들기 시작했다.

나는 당황했다.

여기는…… 안 되지 않을까요? 이렇게 하면 안 되지 않을까요? 혼자 중얼거리듯이 물으며 안절부절 서 있었다. 저기 앉으면 된다고 하는데 내 눈엔 앉을 수 있을 만한 곳이 보이지 않았다. 젖은 흙이 달라붙어 있는 채로 축 늘어진 나무들은 음산해 보였고 햇빛도 들지 않았다. 돌들 위로는 물에 휩쓸렸다가 쌓인 채로 썩어가는 잎들이 달라붙어 있었다.

나는 거기 내려가는 게 싫었다. 그렇게 행동해서는 안 되는 공공의 장소라는 검열도 작동했으나 무엇보다도 직관적으로 그 장소가 싫었다. 나는 그곳에서 분명히 뭔가가 비참하게 죽었을 거라고 생각했다. 그렇지 않으리란 법은 없었다. 수목원이지만 본래는 숲이니까. 눈물이 날 정도로 그리로 가고 싶지 않아서 다른 곳을 찾아보자고 나는 말렸다. 제희가 좀 거들어주기를 바라며 돌아보았으나 제희는 카트에 기대서서 체념한 듯 계곡을 내려다보고 있었다.

계곡 바닥은 습했고 부패 중인 식물 냄새로 공기가 진했다.

제희가 축축하게 젖은 돌들 위로 돗자리 두 개를 펼치자 제희네 어머니가 도시락을 열었다.

계곡 쪽에서 보니 그건 계곡이 아니고 수로였다. 콘크리트로 비탈 측면이 덮여 있었고 사람의 머리통만 한 배수구도 몇 군데 보였다. 바닥에 깔린 돌엔 노란 줄무늬가 있었고 그 위로 찬물이 흘렀다. 제희네 아버지는 바위에 쪼그리고 앉아서 그 물에 손을 씻고 세수를 하고 목을 닦고 양말을 벗고 발을 닦았다. 먹어도 되는 물이라며 입도 헹궜다. 제희네 어머니는 물병 두 개를 물에 담갔다. 관람객들이 우리를 내려다보며 비탈을 오르고 있었다. 아홉 살 정도로 보이는 사내아이 한 명이 제희네 아버지가 만들어둔 받침을 딛고 비탈 아래로 내려섰다가 어머니로 보이는 여자에게 꾸중을 듣고 도로 올라갔다. 제희네 부모님은 내가 토라졌다고 생각했는지 달래려는 것처럼 자꾸 음식을 권했다. 나는 비탈을 등지고 앉아서 그걸 조금씩 먹었다. 만두처럼 소를 넣은 주먹밥, 야채 김밥, 계란을 넣은 샌드위치와 소시지, 새우튀김, 치즈, 토마토, 단정하게 자른 오렌지, 수박, 깨끗하게 씻은 포도. 새벽부터 열심히 준비한 도시락이라는 것을 알 수 있었는데 맛이 조금도 느껴지지 않았다. 목이 메어 음식이 잘 넘어가지 않았다. 본래 이런 데 놀러 와서는 이런 물 옆에서 밥을 먹는 거라고 활달한 기색으로 음식을 건네고 말을 걸어오던 제희네 부모님도 차츰 입을 다물었다. 제희는 거의 먹지 않았다. 얼굴이 창백했고 어머니가 주먹밥을 내밀면 고개를 끄덕이며 어서 먹으라고 말했다. 뭐라 말할 수 없는 표정으로 자기 부모님을 지켜보고 있었는데 제희가 그런 표정을 하고 있어서 나는 마음이 아팠다. 그건 얼마나 이상한 광경이었을까. 이상한 장소에 자리를 펼치고 밥을 먹고 있는 노부부와 그들 곁에서 울적하게 그들을 지켜보고 있는 젊은 남자, 그리고 그들을 등지고 앉은 여자.

비탈 아래쪽에서 원동기 소리가 들려왔다. 헬멧을 쓴 남자가 나타나서 계수나무 사이에 원동기를 세워두고 우리를 물끄러미 내려다보았다. 그가 이 구간의 관리인인 듯했다. 관람객 중 누군가가 신고를 한 것인지도 몰랐다. 그는 제희네 아버지를 아저씨,라고 불렀다. 여기는 국립공원이고 여기서 이런 행동을 해서는 안 된다고 그는 말했다. 제희네 아버지는 알겠다고, 이것만 다 먹고 올라간다며 그를 향해 사람 좋게 웃어 보였다. 관리인은 아무런 대꾸도 표정도 없이 물끄러미 이쪽을 보고 있다가 비탈을 마저 올라가버렸다.

후식은 아무도 먹으려 들지 않았다. 수박 반 통은 고스란히 박스에 도로 담겼고 절반 넘게 남은 도시락 찬합도 서둘러 포개졌다. 물 비린내가 밴 돗자리 바닥엔 젖은 모래가 달라붙어 있었다. 나는 제희가 그걸 접어서 카트에 싣는 걸 도왔다. 제희네 어머니는 내려왔던 자리에서 나뭇단을 딛고 비탈로 올라갈 때 발을 헛디뎠다. 비탈을 내려오며 우리를 지켜보고 있던 사람들이 놀라서 소리를 질렀다. 제희가 그녀의 뒤쪽에 서 있다가 제때 그녀를 붙들지 않았더라면 계곡의 뾰족한 돌들을 향해 굴렀을지도 몰랐다. 먼저 비탈에 올라섰던 제희네 아버지가 크게 웃으며 그녀의 오른쪽 팔을 잡고 위로 끌어당겼다. 제희네 어머니는 짤막하게 비명을 지른 뒤 아픈 팔을 그렇게 마구 당기면 어떡하느냐고 말했다. 그런 얘기를 하면서 그녀는 웃었다. 제희네 아버지도 웃었다. 우리가 좋은 사람들이고 누구에게도 악의가 없다는 것을 보여주고 싶어 하는 웃음인 것 같았다. 그 비탈에서, 그 웃음이 점차로 사라지는 것을 나는 아주 이상한 심정으로 지켜보고 있었다. 제희네 어머니는 통증을 참는 듯 눈을 꾹 감은 채로 어깨를 감싸쥐었다.

제희네 부모님은 비탈 위쪽을 단념하고 근처 식물원이나 둘러보자고 말했다. 피곤해 보였고 나들이에 관한 의욕도 사라진 것처럼 보였다. 느리게 이동했다. 나는 비탈을 다 내려온 곳에서 아까는 보지 못했던 안내판을 보았다. 맹금류 축사라고 적힌 안내판이 화살표 모양으로 비탈 위쪽을 가리키고 있었다. 뒤처진 채로 그 앞에 한동안 서 있다가 일행에게 돌아갔다.

위쪽에 맹금류 축사가 있더라고 나는 말했다. 똥물이에요.

저 물이 다, 짐승들 똥물이라고요.

*

나는 오래전에 제희와 헤어졌다. 수목원 나들이가 있고 2년쯤 지난 시점이었을 것이다. 헤어질 무렵엔 무슨 대화를 나눴는지 모르겠다. 무슨 일을 계기로 헤어지게 되었는지도 지금은 기억나지 않는다. 어째서일까? 그날의 나들이는 이렇게 기억하고 있는데.

수목원을 나오는 길에 제희네 부모님은 들어올 때보다도 떨어진 채로 걷고 있었다. 제희네 어머니는 주머니와 연결된 이어폰으로 귀를 틀어막은 채 노래를 불렀다. 사랑도 매화처럼 한철이라 한철이로다. 제희는 슬퍼 보였다. 말을 붙여도 대답이 없었고 내 쪽을 쳐다보려고 하지 않았다. 수목원을 떠나서 집으로 돌아오는 길은 공사 중이었다. 도로 양쪽으로 벌겋게 벗겨진 길을 달리다가 산을 향해 움푹 들어간 곳에서 복숭아를 파는 노점을 만났다. 제희네가 먼지 쌓인 노점에서 복숭아를 둘러보고 가격을 흥정하는 동안 나는 손을 비틀며 차 안에 남아 있었다. 차로 돌아온 제희네 어머니는 내 무릎에 작은 상자를 올렸다. 무화과였다. 불그스름하게 벌어진 것으로 여섯 개가 담겨 있었다. 언젠가 여름에 내가 무화과를 맛있게 먹더라며 집에 가져가서 먹으라고 그녀는 말했다.

이따금 생각해볼 때가 있다.

차라리 내가 제희네 부모님에게 적극적으로 동조하고 흔쾌히 그 비탈에서 내려서서 계곡 바닥에 신나게 돗자리를 깔았다면 어땠을까. 그 편이 모두에게 좋지는 않았을까. 그러는 게 옳지 않았을까.

나는 지금 다른 사람과 살고 있다. 제희보다 키가 크고 얼굴이 검고 손가락이 굵은 사람으로 그에게는 누나나 형이나 동생이 없다. 그의 부모님은 자동차로 2시간 걸리는 거리의 소도시에서 살고 있고 두세 달에 한 번쯤 나는 그와 함께 그 집을 방문해 밥을 먹고 돌아온다. 그는 내게 친절하고 나도 그에게 친절하다. 그러나 어느 엉뚱한 순간, 예컨대 텔레비전을 보다가 어떤 장면에서 그가 웃고 내가 웃지 않을 때, 그가 모는 차의 조수석에 앉아서 부쩍부쩍 다가오는 도로를 바라볼 때, 어째서 이 사람인가를 골똘히 생각한다.

어째서 제희가 아닌가.

그럴 땐 버려졌다는 생각에 외로워진다. 제희와 제희네. 무뚝뚝해 보이고 다소간 지쳤지만, 상냥한 사람들에게.

최근에 나는 텔레비전을 통해 우연하게 그 수목원을 다시 보았다. 나와 살고 있는 사람은 수목원의 규모에 감탄하며 거기 가보고 싶다고 말했다. 나는 제희의 뒤를 따라 터벅터벅 걸었던 가로수 길을 멍하니 보고 있다가 거기 간 적이 있다고 답했다. 언제 누구와 갔느냐고 묻는 것처럼 그가 나를 바라보았으나 더는 아무것도 말하지 못했다.

나는 그날의 나들이에 관해서는 할 말이 많다고 생각해왔다.

모두를 당혹스럽고 서글프게 만든 것은 내가 아니라고 말이다.

선 정 의 말

—

황정은의 「상류엔 맹금류」는 행복해 보이는 한 장의 가족사진 속에 끼어들지 못한 이의 후일담이다. 물론 모든 가족사진 속의 가족들은 항상 화목하고 행복하다. 그러나 바로 그 이유로 모든 가족사진은 거짓말하기 십상인데, 피사체가 된 가족은 실상에 있어 대부분 행복한 가족이기보다는 행복하려고 발버둥치는 가족일 경우가 많기 때문이다. 즐비한 불행을 가급적 외면할 때만, 라캉식의 용어를 빌리자면 상징적이거나 상상적인 가족 너머의 실재 가족을 회피함으로써만 가족은 행복하다.

「상류엔 맹금류」는 독자로 하여금 바로 그 사실을 직시하게 만든다. 작중 한 가족이 보낸 계곡에서의 하루는 실은 행복해지기 위해 온갖 발버둥을 치는 불행한 가족의 하루다. 그들이 하루를 보낸 계곡은 상류의 맹금류들이 배설한 오물들의 하수구다. 아마도 이것이 우리 사회의 '실재'일 것이다. 아무리 버둥거려도 더 높은 상류에는 항상 맹금류들만 살고, 우리 가족은 그 배설물로 가득 찬 계곡에서의 소풍 외에 달리 행복의 방식을 찾지 못한다. 화자는 바로 그 사실 앞에서 이 가족의 일원이 되는 것을 포기했는데, 그녀의 후회는 따라서 실재 앞에서 그것을 대면하지 않고 도망갔음에 대한 윤리적 반성이라 할 만하다. **_김형중**

2013년 12월
이 달 의 소 설

미래를 도모하는 방식 가운데

김 엄 지

1988년 서울에서 태어나 2010년 문학과사회 신인문학상으로 등단했다.

잘 가라 히아신스
중얼거리는 미래

●··

미래를 도모하는 방식 가운데

—

그는 산으로 갔다.

그는 산으로 가기 위해 배낭을 샀다. 양말과 팬티, 점퍼와 트레이닝 바지, 치약과 칫솔, 야구모자와 수영모, 물안경을 챙겼다. 그는 계곡을 기대하고 있었다. 그는 다이빙을 하고 싶다. 3미터는 돼야 해. 그는 수심 3미터 이상의 계곡이 있는 산을 검색했다. 익사, 중태와 같은 기사를 여러 건 읽을 수 있었다.

그는 산으로 가기 위해서 4시간 동안 고속버스를 타야 했다. 그리고 두 번 더 버스를 갈아타야 했다. 잠들고 깨기를 반복했다. 잠에서 깰 때마다 그는 고민했다. 며칠 동안 산에서 머무를 것인가. 그가 고민하는 동안 비가 내렸다. 장마는 끝이라는 예보가 있었지만 비는 계속 내렸다.

휴게소에서 그는 소시지와 통감자구이를 사 먹었다. 버스가 다시 출발했을 때 가슴 언저리에서 소시지와 통감자구이가 거북하게 일렁였다. 그는 버스 창에 머리를 기대고 심호흡을 했다. 그는 멀미를 앓으면서 다시 생각했다. 며칠 동안 산에서 머무를 것인가. 아주 오래 머물고 싶기도 했고, 다이빙을 단 한 차례만 한 뒤에 곧바로 돌아올 생각도 있었다.

그가 산 입구에 도착했을 때 비는 거의 내리지 않는 것처럼 내리고 있었다. 그래서 그는 비가 그쳤다고 생각했다. 그는 좀 쉬고 싶었다. 하늘이 어두웠다. 민박이나 펜션, 산장 같은 건물은 보이지 않았다. 보이는 것은 어두운 하늘과 텅 빈 주차장, 수심 3미터의 계곡이 있다는 크고 짙은 산, 산의 입구를 상징하는 녹슨 철제 구조물, 비교적 환하게 빛나는 24시 편의점뿐이었다.

근처에 숙소 있습니까? 그는 편의점으로 들어가 물었다. 편의점 직원은 근처에 숙소가 없다고 대답했다. 없어요. 짧은 대답이어서 그는 섭섭함을 느꼈다. 그는 1.5리터 게토레이를 계산했다.

근처에 숙소 있습니까? 그는 등산복을 갖춰 입은 오십대 남자에게 물었다. 등산복 차림의 남자는 편의점 계산대에서 버터오징어를 계산하는 중이었다. 없습니다. 등산복의 남자 역시 짧게 대답했다. 그는 이제 누구에게 더 물어보아야 할지 고민됐다. 그는 편의점 밖으로 나왔다.

편의점에서 게토레이를 계산하고 숙소를 물었을 뿐이었지만 그 사이 하늘은 좀더 어두워졌다. 산은 좀더 짙어졌고, 산 입구를 상징하는 철제 구조물은 좀더 녹슬어 보였다. 그리고 주차장은 더 넓게 비어 있었다. 그는 가끔 공간이 넓어지는 현상을 겪었다. 실제로 공간이 넓어진 것이 아니라 그가 그렇게 느끼는 것이었다. 그가 가벼운 공황 증세를 갖고 있었기 때문이었는데, 그는 자신이 공황 증세를 가지고 있다는 것을 아직 알지 못했다. 그는 편의점 유리 앞에 서서 1.5리터의 게토레이를 들이켰다.

좀더 어두워지기 전에. 그는, 좀더 어두워지기 전에,라는 생각을 반복적으로 했다. 좀더 어두워지기 전에. 좀더 어두워지기 전에. 좀더 어두워지기 전에. 그는 한 가지 생각을 반복적으로 되새겼다. 그가 가벼운 강박을 가지고 있기 때문이었다. 그는 자신이 가벼운 강박을 가지고 있다는 것을 아직 알지 못했다. 그는 1.5리터의 게토레이 병이 순식간에 가벼워진 것을 느꼈다. 한꺼번에 많이 마셨다는 것을 깨달았다. 너무 많이 마셨다는 사실을 깨닫자마자 화장실에 가고 싶었다. 화장실은 어디에도 없었다. 그는 좀 참아보기로 했다. 좀 참고, 좀더 어두워지기 전에.

그는 편의점 유리 앞에 서서 하산하는 등산객 둘에게 다시 숙소를 물었다. 30분쯤 걸어야 합니다. 그중 한 등산객이 그에게 말했다. 그는 걷는 것을 좋아하지 않았다. 감사합니다. 그는 걷는 것을 좋아하지 않았지만 등산객에게 인사를 했다. 등산객은 등산로를 따라 산속으로 30분쯤 걸어가라 했다.

그는 산속으로 걷기 시작했다. 흙과 잎이 진한 냄새를 뿜었다. 축축하고 신선한 냄새였다. 축축하고 신선하게, 그는 신비로운 기분에 휩싸였다. 신비로운 기분은 그가 10분 정도 더 걸었을 때 최고조에 달했다. 10분쯤 걸었을 때 그는 안개에 휩싸였다. 그는 안개 속에서 눈을 감았다. 눈을 감고 뜨는 사이에 사위는 더 어두워졌다. 그는 안개 속에서 바지를 내리고 오줌을 쌌다. 그는 한 방향으로 힘을 주었다. 그를 보는 사람은 아무도 없었다. 그는 비가 멈췄다고 생각했지만, 비는 내리지 않는 것처럼 계속해서 내렸다. 그의 옷과 몸은 천천히 계속 젖었다. 흙과 잎, 등산로 역시 젖어 있었지만, 그는 비와 어두움에 적응하면서 그런대로 잘 걸어 나갔다. 하지만 두 번의 심한 오르막을 거치고 나자 배낭이 무겁게 느껴졌다. 길은 걸을수록 가팔라졌고, 그가 배낭 안에서 무언가 버리고 싶다고 생각했을 때, 숙소가 보였다. 숙소라기보다 허름한 식당에 가까운 모습이었다. 백숙과 막걸리, 라면, 몇 가지 스낵을 파는 곳이었다.

잘 수 있습니까? 그가 물었다. 잘 수 있습니다. 비쩍 마른 여자가 대답했다. 여자는 비쩍 마른 데다가 거의 백발이었다. 그리고 정리되지 않은 단발이었다. 허리가 약간 굽어 있어서 더욱 나이 들어 보였다. 그는 핸드폰을 꺼내어 시간을 확인했다. 그는 27분 만에 숙소에 도착했다. 등산객에 일러준 30분이 채 걸리지 않았기 때문에 뿌듯했다. 그는 뿌듯한 마음으로 라면을 주문했다. 늙고 마른 주인여자는 방으로 가져다주겠다고 말했다.

그는 라면을 기다리는 동안 옷을 갈아입었다. 옷과 몸이 젖었다는 것, 심지어 자신의 몸이 차갑다는 것에 대해서 의아했다. 산속을 걷는 내내 더웠고, 비가 그친 줄로만 알고 있었기 때문이었다. 옷을 다 갈아입고 나서 그는 담배를 태웠다. 집에서 나온 뒤로 처음 태우는 담배였다. 맛이 좋았다. 그가 담배 한 대를 다 태우기 전에 주인여자가 방문을 두드렸다.

계곡은 여기서 얼마나 가야 합니까? 그는 라면을 가져온 주인여자에게 물었다. 여기서 멉니다. 1시간은 걸어야 합니다. 주인여자의 목소리는 낮고 굵었다. 체형과 어울리지 않는 톤이었다. 보이는 대로라면 실같이 얇고 작은, 떨리는 목소리를 내야 할 것 같았다. 그래서 그는 주인여자의 나이를 다시 가늠했다. 그는 방문을 닫고 라면을 먹었다.

그는 라면을 다 먹은 후에 담배를 한 대 더 피웠다. 그리고 구석에 놓인 요와 이불을 방 한가운데에 펼쳤다. 눅눅하고 무거운 이불이었다. 그의 집에 있는 것과 꼭 같은 눅눅함과 무거움이었다. 그는 친근함과 편안함을 느꼈다. 동시에 그는, 그가 얼마나 오랫동안 이불을 빨지 않았는지를 깨달았다. 그는 2년 7개월 동안 이불을 빨지 않았다. 그러나 그것이 정확히 2년 7개월이라는 것은 알지 못했다. 그는 그저, 집으로 돌아가면 이불을 빨아야겠다고 결심했을 뿐이었다. 그는 눅눅하고 무거운 이불 속에서 고민했다. 며칠 동안 머무를 것인가. 그는 아직 결정하지 못했다. 아주 오랫동안 머물 수도 있었고, 단 한 차례 다이빙을 한 뒤에 돌아갈 수도 있었다. 이불의 눅눅함과 무거움이 익숙해서인지 오랫동안 머물러도 나쁘지 않을 것 같았다. 그는 꿈 없이 잠을 잤다.

아침이 되어도 어둡기는 마찬가지였다. 아침이 되어도 비는 그치지 않았다. 이미 예보는 장마의 끝을 선언했지만 갑자기 굵게 비가 내리기도 했다. 산속은 춥기까지 했다. 실제로 그는 추위에 선잠에서 깨었다. 어둡고 추웠기 때문에 그는 계곡과 다이빙을 떠올리지 못했다. 더 자고 싶은 마음과 추운 마음뿐이었다.

그는 아침으로 라면을 주문했고, 주인여자가 방 안으로 라면을 들이며 그에게 하루 더 머무를 것인지 물었다. 그는 아직 모르겠다고 대답했다. 계곡은 어떻게 가야 합니까? 그는 주인여자에게 자세한 설명을 부탁했다. 주인여자는 그에게 약도를 그려주었다. 주인여자는 약도를 많이 그려본 솜씨였다. 감사합니다. 그는 인사했다. 인사 후에 방문을 닫고 라면을 먹었다. 그리고 담배를 폈다. 라면보다 담배가 더 맛이 좋은 것 같았다. 담배를 피우려고 라면을 먹은 사람처럼, 진득한 침을 쩝쩝거리면서 담배를 빨았다. 그는 여전히 깊은 계곡을 기대했지만 어둡고 추웠기 때문에 망설여졌다. 이불 속이 너무나 편안하다는 사실, 그의 집 이불과 같은 무게, 같은 눅눅함, 같은 냄새를 풍긴다는 사실이 그를 더욱 이불 안에 머물게 했다. 그는 편안했다. 편안함과는 별개로, 그는 집으로 돌아가면 이불을 빨아야겠다고 다시 결심했다. 그는 결심을 잘하는 편이었다.

비가 멈추겠습니까? 그가 주인여자에게 물었고, 주인여자는 정오가 되면 날이 갤 것이라고 말했다. 주인여자는 날씨에 대해 잘 알고 있는 듯했다. 계곡에서 다이빙을 해도 되겠습니까? 그가 주인여자에게 물었고, 주인여자는 기꺼이 그러라 말했다. 그는 하루치의 숙박비를 미리 계산하고 숙소를 나섰다. 물안경과 수영모를 잊지 않고 챙겼다.

그는 사실 다이빙을 해본 적이 없었다. 수영을 배운 적은 있었지만, 잠수는 서툴렀다. 그는 3년 전 어느 날 갑자기 다이빙을 결심하게 되었다. 돌고래가 나오는 다큐를 시청한 날이었다. 다큐의 돌고래는 다이빙하지 않았지만, 그는 돌고래를 보자 다이빙이 하고 싶어졌고, 결심했다. 그에게 결심은 그렇게 어느 날 갑자기, 불현듯 생겨났다.

주인여자가 그에게 준 약도는 힘 있게 그려진 약도였다. 계곡의 위치를 정확히 알고 있는 사람만이 그릴 수 있는 능숙한 약도였다. 그는 주인여자를 믿었다. 주인여자가 그려준 약도를 믿었다. 그러나 그의 믿음과 상관없이 산길은 어둡고 추웠다. 가끔씩 굵게 비가 내리기도 했다. 정오가 거의 다 되어갔지만 날은 개지 않았다. 그는 30분째 비를 맞으며 같은 방향으로 걷고 있었다. 비는 그치지 않았다. 내리지 않는 것처럼 내리거나 혹은 확실하고 굵게. 그러니까 비는 어떤 식으로든 내렸다. 30분을 걷는 동안 그는 몇 번인가 안개에 휩싸였다. 그때마다 신비로운 기분은 아니었다. 조급함이나 이상한 안달증이 들었다. 무엇에 대한 조급함과 안달인지 그는 정확히 알지 못했다.

그는 1시간 동안 걸었지만 약도에 그려진 절을 발견하지 못했다. 그리고 그 뒤로 1시간 더 걸었지만 절을 발견하지 못했다. 절을 기준으로 오른쪽 방향으로 가야 했다. 오른쪽으로 더 걸으면 계곡이 나타날 것이라 주인여자는 말했다. 약도 역시 그렇게 그려져 있었다. 그러나 2시간을 걸어도 절은 나타나지 않았다. 무성한 잎과 거친 돌길이 나타났고, 갑작스럽게 안개에 휩싸일 뿐이었다. 정오가 훨씬 지났지만 비가 그치지 않았다. 등산객과 한 번도 마주치지 않았다는 사실이 그를 더욱 조급하게 만들었다. 발이 무거웠다. 그는 담배를 꺼내 물었다.

그는 멀리에 표지판을 보았다. 표지판은 무성한 풀숲 가운데에 솟아 있었다. 절의 위치를 가리키는 화살표거나, 어쩌면 곧장 계곡을 가리키는 화살표거나. 그것도 아니라면, 어쨌든 무엇인가를 가리키고 있는 화살표임에 분명할 것이라고 그는 생각했다. 그러나 표지판에 화살표는 없었다. 가까이 다가가서 확인한 표지판은 나무 합판이었다. 거기에 '산불 조심'이라고 쓰여 있었다. 그는 억하심정에 연달아 담배 세 개비를 피웠다. 줄담배는 오랜만이었다. 그는 여러 번 침을 뱉었다. 곧 갈증이 났다. 그러나 물은 가져오지 않았고, 물안경과 수영모만을 챙겨왔을 뿐이었다. 목마르다. 목마르다. 목마르다. 그는 반복적으로 같은 생각을 하기 시작했다. 그는 반복적으로 같은 생각을 할 때마다 멀미와 같은 증상에 시달렸다. 뒷골이 당기고 속이 매슥거렸다. 그는 그것이 미처 강박 증세일 것이라고 생각하지 못했다. 그저 비위가 약한 체질이라고 스스로 짐작할 뿐이었다. 지레짐작은 그를 슬프게 했다. 목마르다. 목마르다. 목마르다. 그는 슬프도록 목이 말랐다. 그는 심호흡을 했지만 멀미와 같은 증상은 쉽게 가시질 않았다. 그는 하늘을 향해 고개를 젖히고 혀를 내밀었다. 그의 혀에 비가 떨어지기도 했다. 그는 계속 목이 말랐다.

그는 조금 더 걷기로 했다. 길이 나 있는 쪽으로 걷다 보면 무엇인가, 누군가와 마주칠 것이라는 기대 때문이었다. 그의 기대는 소박한 편이었다. 깊은 계곡과 다이빙에 대한 기대보다도 절이 나타나주기를 바라는 기대가 더 커졌다. 그의 기대는 유연한 편이었다. 그러나 그의 어떤 기대와도 상관없이 그는 흙바닥에 늘어진 검은 물체와 마주쳤다. 정확히는 검붉은 색이었고 아무렇게나 헝클어지고 축 늘어진 상태였다. 아무렇게나 벗겨진 흙 묻은 목장갑이었다. 그는 놀랐지만, 목장갑이라는 것을 곧 알아보았다. 어떤 것의 시체도 아니었고 단지 목장갑이라는 것을 알았지만 그는 두근거림을 느꼈다. 그리고 흙과 잎의 색이 더욱 짙어진 것을 보았다. 어두워졌고 앞으로 더 어두워질 것이었다. 목이 말랐고 앞으로 더 목이 마를 것이었다. 그는 돌아가야 한다고 생각했다. 그는 왔던 길을 되짚어 내려갔다. 뛰지 않으려고 노력하면서 빠르게 걸었다. 그는 넘어지고 싶지 않았다.

절이 나오지 않았습니다. 그가 주인여자에게 말했다. 그가 산을 헤매다 숙소에 도착했을 때 하늘은 아주 어두워져 있었다. 비는 그치지 않았다. 이상한 일이네요. 주인여자가 낮고 굵은 목소리로 대꾸했다. 오래 걸리기는 하지만 어려운 길은 아니라고 주인여자는 덧붙였다. 이상한 일이군요. 그는 주인여자의 말에 수긍했다. 산이란 게 그렇습니다. 주인여자는 그를 위로했다. 산이란 게 그렇군요. 그는 힘이 없었다. 그는 시무룩했다. 배가 고프지는 않나요? 주인여자가 그에게 물었고, 그는 목이 마르다고 대답했다. 주인여자는 그에게 물을 떠다 주었다. 그는 벌컥벌컥 마셨다. 오늘은 하늘이 붉습니다. 불이 나고 있나 봅니다. 주인여자는 서쪽을 가리켰다. 서쪽 하늘이 환하게 붉었다. 산불인가요? 그가 주인여자에게 물었다. 네. 주인여자는 굵고 낮게 대답했다. 그는 연달아 피웠던 세 개비의 담배가 떠올랐다. 비가 오고 있는데도 산불이 납니까? 그가 주인여자에게 물었다. 비는 비고 불은 불입니다. 비가 와도 불은 납니다. 주인여자는 산에서 산불은 흔한 것이라 대답했다. 그는 주인여자에게 산 중턱에서 담배 세 대를 태웠다고 말하려다 하지 않았다. 그는 방으로 들어가 라면을 주문했다. 허기가 졌던 탓이었는지 두어 젓가락 만에 라면 한 그릇을 모두 비웠다. 라면을 다 먹은 뒤에 입맛을 다시며 담배를 빨았다.

아직도 타고 있습니까? 그는 방 밖으로 나가 주인여자에게 물었다. 네. 훨훨 잘 타고 있습니다. 주인여자는 여유로웠다. 여기까지 내려오진 않습니까? 그는 산불이 숙소까지 내려올까 두려웠다. 그러지는 않을 것 같습니다. 주인여자가 말했고, 그는 주인여자의 말을 믿기로 했다.

얼마 동안 머무를 것인지 그는 아직 결정하지 못했고, 얼마 동안 머무른대도 상관없었다. 그를 찾는 사람은 없었다. 그가 산으로 온 지 하루가 지났지만 아무도 그에게 전화하지 않았다. 아무도 그에게 메시지를 보내지 않았다. 그 역시 아무에게도 연락하지 않았다. 연락하는 것과 연락받는 것에 대해서 그는 무감한 편이었다. 그러나 산불 때문이었을까. 어쩌면 그치지 않는 비 때문에, 그는 그의 핸드폰을 만지작거렸다. 그는 약간 초조했다. 무엇을 향한 초조함인지는 알 수 없었다. 참지 못할 만큼의 초조함도 아니었기 때문에 그는 그저 핸드폰을 만지작거렸다. 핸드폰 배터리가 8퍼센트 남아 있었다. 그는 충전기를 가지고 오지 않았다는 것을 깨달았다.

그는 잘 깨닫는 타입이었다. 그리고 잘 잊는 편이었다. 제법 멍청한 편이었고, 우유부단한 면도 가지고 있었다. 그는 늘 사소한 망설임과 걱정을 갖고 있었다. 그는 핸드폰이 꺼질까 걱정되었다. 그것은 멍청한 걱정이었다. 배터리가 모자란 핸드폰은 꺼지는 것이 당연했다. 더욱이 아무도 그에게 연락하지 않을 것이었다. 그러나 그는 충전을 해야 한다고 생각했다.

그는 주인여자에게 핸드폰 충전을 부탁했고, 충전기가 없다는 대답을 들었다. 없습니다. 주인여자의 대답은 짧았다. 그는 섭섭함을 느꼈다. 주인여자는 핸드폰 자체를 가지고 있지 않았다. 그는 주인여자의 나이를 다시 가늠했다. 아무래도 칠십대 후반 같았다. 사람은 칠십대부터 비슷한 얼굴을 갖게 된다고 그는 생각했다. 어쩌면 주인여자는 구십대일 수도 있었고, 백 세를 넘겼을 수도 있었다. 그는 피곤했기 때문에 이불 안으로 들어갔다.

그는 눅눅하고 무거운 마음으로 내일이면 핸드폰이 꺼질 것이라는 사실을 인정했다. 인정하고 나니 별일 아니라는 생각이 들었다. 핸드폰이 꺼지는 것뿐이었다. 하지만 그는 여전히 어딘가 아쉬웠다. 언제까지 산에서 머물 것인지 결정하지 못했기 때문에, 언제 핸드폰을 켤 수 있을지 알 수 없었다. 그는 핸드폰에 저장된 연락처 목록을 훑었다. 예순네 명의 전화번호가 있었다. 뜻밖의 인물의 번호도 있었다. 헤어진 여자의 번호였다. 헤어진 여자의 이름으로 전화번호가 저장되어 있었는데, 그는 속으로 그 이름을 몇 번 불렀다. 입에 잘 붙지 않는 이름이었다. 그러다가 또 다른 사람들의 이름과 전화번호를 살폈다. 이미 본 이름과 이미 본 전화번호를 반복해서 돌려가며 보았다. 차례차례, 그들의 번호를 외울 수도 있을 것 같았다. 그렇게 연락처 목록을 훑어보는 사이에 배터리의 용량이 7퍼센트로 떨어졌다. 그는 핸드폰이 꺼지기 전에 어디엔가 전화를 걸고 싶었다. 그러나 그의 연락처 목록에는 딱히 친구라 부를 사람이 없었고, 동료라고 할 만한 사람도 없었다. 애인이라고 부를 만한 사람도 없었고, 부모라고 부를 수 있는 사람은 있었지만 차마 전화를 걸어 할 말이 없었다.

딱 한 통만 걸어야 한다면, 걸 수 있다면, 그는 생각했다. 뒷골이 당기고 속이 매스꺼웠다. 라면이 잘 소화되지 않은 것 같았다. 산길을 너무 오래 헤맨 탓이라고 그는 생각했다. 산불에 놀란 것 같다고도 생각했다. 배터리가 없고 충전기도 없기 때문에 아마 체한 것이라고, 그는 짐작했다. 그는 트림을 하고 싶었지만 뜻대로 되지 않았다. 답답했고, 문득 내일 아침도 라면을 먹어야 할지 고민됐다. 백숙이나 막걸리는 더욱 아니었다. 그는 차라리 회가 먹고 싶었다. 그는 생연어를 좋아했다.

그는 일단 핸드폰을 꺼두었다. 단 한 통화만 해야 하는 상황에서 핸드폰을 켤 생각이었다. 일단 핸드폰을 끄고 배터리를 아끼는 행동이 현명하다고 여겨져서 그는 스스로 뿌듯했다.

언제 집으로 돌아가야 할까. 그는 이불을 말아 안고 벽을 보고 누웠다. 집으로 돌아간 후에 그가 할 일은 없었다. 내야 할 세금이 있기는 했지만, 크게 마음 쓰이지는 않았다. 그는 습관처럼 세금을 밀려서

냈다.

언제 집으로 돌아가야 할까. 그는 이불에 얼굴을 묻고 깊이 숨을 들이쉬었다. 이불에서 곰팡이 냄새가 났다. 그는 곰팡이 냄새를 잘 알고 있었다. 집으로 돌아가면 이불 빨래를 하리라 다시 굳게 다짐했다. 하지만 그는 다짐이 이루어지지 않을 것이라는 것을 알고 있었다. 사실 그는 1년 전부터 이불 빨래를 결심하고 있었다. 작년 여름, 우기와 같은 장마철을 지나고 나서였다. 어떤 날에는 이불을 쳐다보는 것만으로 후덥지근해졌다. 그는 답답한 기분이 들 때마다 반드시 이불을 빨리라 결심했지만, 가을과 겨울과 봄이 지났다. 그의 가을과 겨울과 봄은 다르지 않은 계절처럼 지나갔다. 그는 가을에도 겨울에도 봄에도 물먹은 이불을 덮고 꿈 없이 잠들었다. 그는 꿈을 잘 꾸지 않았다.

언제 집으로 돌아가야 할까. 그는 결정을 하지 못한 채 오래 고민하다 잠들었고, 오랜만에 꿈을 꾸었다. 뻘과 부메랑이 등장하는 어두운 꿈이었다. 하늘이 붉었다. 전쟁 탓이었다. 그는 비행기를 타기 위해 달리고 있었다. 질척한 뻘을 달렸다. 사방에서 크게 헬리콥터 소리가 들렸다. 그리고 바람이 사방에서 그를 향해 몰아쳤다. 그는 전력을 다해 달렸다. 그러나 계속해서 뻘이었다. 하늘이 붉었고, 수십 개의 부메랑이 그의 근처를 맴돌았다. 부메랑은 그의 머리 위, 어깨 옆을 지나쳤다. 그는 제대로 앞을 볼 수가 없었다. 그는 무서웠다. 부메랑 때문인지, 시뻘건 하늘 때문인지, 끊임없는 뻘 때문인지, 크게 들리는 헬리콥터 소리와 강풍 때문인지, 그중에 무엇이 무서운 것인지 알 수 없었다. 알 수 없이 계속해서 무서웠다. 잠에서 깨기 직전이 가장 무서웠고, 그는 신음하며 잠에서 깨었다. 잠에서 깨었을 때 그는 엎드린 채로 이불에 얼굴을 묻고 있었다. 엎드려 잤기 때문에 악몽을 꾼 것이라 그는 짐작했다. 아직 어두웠다. 그러나 이미 아침이었고 주인여자는 그의 방문을 두드리며 하루 더 묵을 것인지 물었다. 그는 모르겠다고 대답했다. 주인여자는 문밖에서 무어라 몇 마디 낮게 중얼거리고 사라졌다. 그는 주인여자가 무어라 했는지 궁금했지만 간절하지는 않았다.

그는 대체적으로 간절한 것이 없었다. 언젠가 그는 종교를 갖고 있기도 했다. 그때에도 그는 간절한 것이 없어서 기도가 늘 부실했다. 그는 자연스럽게 종교를 잊었다. 그는 이제 곧 다이빙에 대한 열망도 잊을 것이었다. 그러나 그는 아직 산에 머물러 있었고, 오늘은 꼭 계곡을 찾겠다고 마음먹었다. 비는 그치지 않았다.

비가 그치겠습니까? 그가 주인여자에게 물었고, 주인여자는 정오가 되면 비가 그칠 것이라 대답했다. 주인여자에게 비는, 정오에 그치는 것이었다. 정오가 되면 점심인데 배가 고프지 않겠어요? 주인여자가 그에게 물었고, 그는 초콜릿과 하루치 숙박비를 미리 계산했다. 그는 초콜릿과 물안경과 수영모를 챙겼다. 어제와 마찬가지로 우산은 쓰지 않았다. 그는 애초에 집에서부터 우산을 가져오지 않았다. 그에겐 비가 그칠 것이란 기대가 있었다. 그의 기대에는 확실한 이유가 없었다. 그는 어제보다 더, 계곡과 다이빙에 대한 확신이 있었다. 기대와 확신으로 그는 간밤에 꾸었던 악몽을 잊었다.

그는 산을 오르는 내내 초콜릿을 먹었다. 입안이 달아서 기분이 좋았다. 그러나 2시간을 걸어도 절이 나오지 않기는 어제와 마찬가지였다. 어제와 마찬가지로 등산객은 보이질 않았고, 어제보다 더 짙은 안개에 휩싸일 뿐이었다. 초콜릿을 모두 먹고 나자 그는 담배가 피고 싶어졌다. 그는 담배를 꺼내어 물고 앞을 내다보았다. 멀리 풀숲에 솟아 있는 표지판이 보였다. 그는 표지판 앞으로 다가갔다. 가까이 다가가서 본 표지판에는 화살표는 없었다. 어제와 마찬가지로 '산불 조심'이라고 쓰여져 있었다. 그는 어제 산불은 어디에서부터 시작된 것인지 궁금해졌다. 불도 계곡도 그가 서 있는 산 안에 있었지만, 그는 불도 계곡도 찾질 못했다. 그는 곧 계곡이 나올 것 같은 예감이 들었다. 그러나 그는 3시간째 걷고 있었다. 그는 그가 3시간째 걷고 있다는 것을 알지 못했다.

그는 안개에 익숙해졌다. 돌길과 젖은 풀숲에도 익숙해졌다. 어두움과 비, 어쩌다 들리는 짐승 소리에도 익숙해졌다. 갑자기 시작되는 가파른 언덕이 버겁기는 했다. 버거웠지만, 그는 계속 걸었다. 걷는 중에 그는 약간 슬퍼졌다. 그는 가끔씩 슬펐다. 특별히 이유가 있는 건 아니었다. 문득 좀 쉬고 싶었다. 그는 무릎까지 오는 풀숲 한가운데 멈춰 섰다. 목이 마른 것도 같았다. 고개를 하늘로 젖히고 혀를 내밀었다. 그의 혀 위에 아무것도 떨어지지 않았다. 비가 그친 것 같았다. 그는 비가 그쳤다는 것을 확인하기 위해 그대로 오래 혀를 내밀고 서 있었다. 혀가 마르도록 혀를 내밀고 서 있었다. 비는 확실히 그쳤다. 비가 그쳤기 때문에 그는 이제 정오가 된 것이라고 생각했다. 그는 시간을 확인하기 위해 꺼놓았던 핸드폰을 켰다. 아무도 그에게 연락하지 않았다. 온몸이 끈끈하게 더웠다.

그는 등산로를 벗어나 있었다. 의도한 것은 아니었다. 절은 보이지 않았고 계곡은 더더욱 보이지 않았다. 그는 무릎까지 오는 무성한 풀숲에서 핸드폰을 들고 서 있었다. 그는 핸드폰의 GPS 기능을 켜고 자신이 있는 위치를 확인해보았다. 핸드폰 액정 가득히 연두색이었다. 액정 속에 그는 어딘가를 향한 세모 모양의 화살표로 표시되어 있었다. 그는 분명히 산속에 있었다. 그는 분명히 어딘가를 향해 있었다. 그러나 그가 어디를 향해 서 있는 것인지 아무도 몰랐다. 그조차도 몰랐다. 그는 이제 숙소로 돌아가는 길도 몰랐다. 그는 너무 많이 걸었다. 그는 119에 전화를 걸어야 하는 것일까 고민되었다. 계곡과 숙소, 어느 곳에도 찾아갈 자신이 없었지만, 119를 부를 필요까지 있을까 싶어 망설여졌다. 그는 그의 연락처 목록을 다시 훑어보기 시작했다. 그는 그의 연락처 목록에 지리를 잘 아는 사람이 있기를 바랐다.

그는 헤어진 여자의 전화번호에 눈이 갔다. 헤어진 여자가 지리를 잘 아는 것은 아니었다. 그보다 아는 게 많은 여자이기는 했다. 그는 통화버튼을 눌렀다. 신호가 두 번 걸렸을 때 헤어진 여자는 전화를 받았다.

헤어진 여자는 그의 전화를 반가워했고, 자신의 근황에 대해 이야기했다. 헤어진 여자는 1주일에 두 번 요가를 하고, 1주일에 두 번은 달리기, 1주일에 한 번은 격한 근육 운동을 한다고 말했다. 운동선수가 된 거니? 그가 물었다. 헤어진 여자는 마라톤에 중독됐다고 대답했다. 그녀는 그에게 마라톤을 권유하기도 했다. 아니야. 나는 체력이 좋지 않아,라고 그는 거절했다. 그녀는 체력이 좋지 않을수록 달리기가 이롭다고 말했다. 그는 전혀 엄두가 나질 않았다.

나는 지금 산속에 있어. 그가 말했다. 정말? 너무 부럽다. 헤어진 여자가 말했다.

나는 지금 계곡을 찾고 있어. 그가 말했다. 정말? 너무 좋겠다. 헤어진 여자가 말했다.

다이빙을 할 생각이야. 그가 말했다. 정말? 너무 멋있다. 헤어진 여자가 말했다. 헤어진 여자는 그에게 처음으로 멋있다는 말을 했다.

연애를 할 적에도 그에게 멋있다고 한 적은 없었다. 멋진 일이 아니야. 길을 잃은 것 같아. 그가 말했고. 정말? 이제 어떡할 거야? 헤어진 여자가 그에게 물었다. 어떡해야 할지 모르겠어. 119를 불러야 할까? 그가 되물었다. 그녀는 그러라 했다. 119 말고 방법은 없을까? 그가 헤어진 여자에게 다시 물었다. 없어. 헤어진 여자는 짧게 대답했다. 그는 섭섭함을 느꼈다. 그러나 섭섭함을 호소하지는 않았다. 우린 왜 헤어진 거야? 그는 문득 궁금했다. 미래를 위해서. 헤어진 여자가 대답했다. 그 뒤로도 얼마간 그들의 통화가 이어졌고, 배터리는 5퍼센트로 떨어졌다. 배터리가 없다. 한번 보자. 그래 한번 보자. 그들은 각자 전화를 끊었다.

개 같은 년. 그는 헤어진 여자가 딱히 밉지 않았지만 욕지거가 일었다. 그리고 119를 부르기 싫어졌다. 그는 일단 시야가 트인 곳으로 가고 싶었지만 그도 쉽지 않았다. 어쩌자고 이렇게 풀숲으로 들어온 걸까. 그는 생각해보았지만, 그저 그렇게 된 것이었다. 비가 그치자 더위가 시작되었다. 오후 4시가 되어갔고, 천천히 해가 나타났다. 그는 윗옷을 벗었다. 그는 바지도 벗었다. 팬티를 벗고 오줌을 쌌다. 아무렇게나 갈겼다. 그의 손목에 오줌이 튀었다. 뜨거웠다. 그는 오줌 줄기가 가장 멀리 뻗는 곳, 그 방향으로 걸을 작정이었다. 무모하고 아무런 근거가 없는 행동이었다.

미래. 미래. 미래. 미래. 그는 미래라는 단어를 반복적으로 되새기면서 걸었다. 그의 발걸음은 힘이 들어가 있었다. 그의 종아리에 가늘고 거친 풀이 스쳤다. 그는 쓰라렸지만 아무렇지 않게 걸으려고 노력했다.

미래. 미래. 미래. 그는 흥얼거리기도 했다. 그러다가 노래가 하고 싶어졌다. 딱히 부를 노래가 떠오르지 않아서 소리를 질렀다. 소리를 지르고 나니 노래를 부른 것처럼 기분이 한결 나아졌다. 해가 떴기 때문인지 계곡이 멀지 않은 곳에 있는 것 같았다. 그리고 실제로 계곡은 그와 멀지 않은 곳에 흐르고 있었다.

그는 미래에 대해서 생각하면서 걸었다. 그의 미래에는 눅눅한 이불과 밀린 세금이 있었다. 그는 미래에 대해 생각하던 중 새롭게 도배를 해야겠다는 결심도 하게 되었다. 그는 깨끗한 흰색으로 도배를 하고 싶었다. 도배를 하고 나면 새로운 여자가 생길 것도 같았다. 아주 좋은 예감이었다. 그래서 그의 기분은 고조되었다. 그의 기분은 10분쯤 더 걸었을 때 최고조에 달했다. 10분쯤 걸었을 때 그의 눈앞에 계곡이 나타났다.

계곡은 큰 나무와 큰 바위에 둘러싸여 있었다. 나무가 높게 자라 있어서 해가 들지 않았다. 나무와 바위 밑에 서늘하게 물이 흘렀다. 그는 계곡물에 얼굴을 씻었다. 머리통을 물속에 담그기도 했다. 마시기도 했다. 그는 119를 잊었다.

그는 3미터 이상의 수심을 찾기 위해 바위를 기어올랐다. 징경징경 뛰어넘었다. 뛰어오르고 기어오르기를 계속했다. 이끼가 짙은 바위도 있었다. 그는 넘어지지 않기 위해서 허벅지에 힘을 주었다. 그러나 그는 한 번 미끄러졌다. 손바닥과 무릎이 까졌다. 피가 맺히긴 했지만 뚝뚝 떨어지지는 않았다. 그는 아무렇지 않으려고 노력했지만 쓰라렸다. 바위에 닿도록 나뭇가지가 길게 늘어져 있기도 했고, 높은 나뭇가지에까지 바위가 크게 솟아 있기도 했다. 그는 숨이 찼다.

그는 담배를 물고 바위 위에 앉았다. 시원한 바람이 불었다. 대부분 나무에 가려지긴 했지만 햇빛도 느껴졌다. 그는 한숨 자고 싶었다.

그러나 그는 다이빙을 해야 했다. 그는 이제 다이빙을 해야 하는 이유를 알 수 없었다.

그가 찾아낸 수심은 족히 3미터가 넘어 보였다. 수심을 알 수 없도록 물 한가운데가 검은색이었다. 그는 그가 검색해보았던 익사, 중태와 같은 기사가 떠올랐다. 그는 익사, 중태라는 단어를 떨쳐내기 어려웠고 어디엔가 전화를 걸고 싶었다. 그러나 누구에게 전화를 걸어야 할지 알지 못했다. 수심이 얼마나 되는 걸까. 그는 알지 못했다. 언제 집으로 돌아가야 할까. 그는 알지 못했다. 그는 알지 못하는 것이 많았다. 그는 알지 못했지만, 서쪽의 산 중턱에서 산불이 시작되고 있었다. 어제와 다른 불이었다. 산불은 그가 이틀간 머물렀던 숙소를 향해 번지고 있었다. 이제 곧 허름한 식당 같은 숙소가 불에 탈 것이었다. 백발의 늙은 여주인은 69세였으며, 내일을 위해 닭을 삶고 있는 중이었다. 그러나 그 모든 것과 별개로 그는 다이빙을 할 것이었다. 그의 핸드폰은 아직 꺼지지 않았고, 물 묻은 이끼들은 짙게 번쩍였다. 그는 바위의 가장 높고 가파른 곳에 올라서서 어깨를 돌렸다. 크게 숨을 들이 마신 뒤에 숨을 멈췄다. 그리고 눈을 질끈 감았다.

선 정 의 말

—

 김엄지의 소설은 무개념적인 인간을 같은 차원의 '의식 없는' 서술자를 통해 드러냄으로써 내면성이 제거된 새로운 톤의 글쓰기를 보여준 바 있다. 이 소설에서 이 내면성의 소거는 또 다른 방식으로 한 인간의 사소한 시간을 건조하게 묘파해낸다. 이 소설의 3인칭 주인공은 '가벼운 강박'을 가지고 있지만, "자신이 가벼운 강박을 가지고 있다는 것을 아직 알지 못"하는 사람이다. 그는 자기 행위의 진정한 의미를 알지 못한 채, 가벼운 강박과 가벼운 욕구에 따라 행동한다. 그는 산으로 간 사람이다. 그가 자신의 산행의 궁극적인 의미와 이유를 그 자신이 아직 알지 못하는 것처럼, 독자가 그것을 알아낼 수는 없다. 그가 가려는 궁극적인 목적지가 '다이빙'을 할 수 있는 '계곡'인 것처럼 보이지만, 그는 아무것도 결정하지 못한다. '계곡'과 '다이빙'은 그에게 결정적이고 절실한 목적은 아니다. 그는 "집에 돌아가면 이불을 빨아야겠다"와 같은 결심을 하지만, "그는 결심을 잘하는 편이었다"와 같은 문장이 말하는 것처럼, 그 결심들은 삶에 아무런 의미도 갖고 있지 않다. 다이빙을 해본 적이 없는 그가 "3년 전 어느 날 다이빙을 결심"한 것도 그런 것이다. "불현듯 생겨"난 결심들은 무의미할 뿐이다. 그는 잘 깨닫고 잘 잊으며, "제법 멍청한 편이고 우유부단한 면도 가지고 있"으며, "늘 사소한 망설임과 걱정을 갖고 있었다". 그는 딱히 친구와 동료라고 부를 만한 사람도 갖고 있지 않으며, "그는 대체적으로 간절한 것이 없었다". "제법 멍청함"과 "대체적으로 간절한 것이 없다"와 같은 문장의 부사들은, 함축적 서술자가 이 무기력하고 무미한 인간을 묘사하는 무심하고 약간 냉소적인 태도를 드러낸다. '미래' 라는 단어는 아무 의미도 없지만 이 남자에게 그것은 사소한 강박과 결심과 기대들로 채워진 이름이다. 수심을 알 수 없는 계곡을 우연히 발견한 순간, 그는 이제 다이빙을 해야 하는 이유를 알 수 없고, 그럼에도 불구하고 그가 눈을 질끈 감는 순간, 소설은 무감한 방식으로 마감된다. 소설 이후에 남는 것은, 이 평범한 사내의 사소한 순간들 앞에 드리운 삶의 '수심을 알 수 없는' 끔찍한 무의미다. 그것은 '미래'라는 단어의 사소함과 강박과 허위를 둘러싼 아이러니를 남겨놓는다. 무수히 의미 없는 결심들을 하고, 갑자기 나타난 계곡 앞에서 왜 뛰어내려야 하는지를 알 수 없게 되는, 삶과 죽음처럼. _이광호

2014년 1월
이 달 의 소 설

이상한 정열

기준영

1979년 서울에서 태어나 2009년 문학동네 신인상으로 등단했다. 소설집 『연애소설』, 장편소설 『와일드 펀치』가 있다.

세월은 덧없이 흘러가버리고 사람들의 일상은 소소하지만, 어떤 순간들
은 낯익은 것들 너머로 별처럼 떠오르며 고유해지기도 한다.

●··

이상한 정열

—

그녀에게 그는 스물일곱 생일에 소개받아 7개월을 사귄 남자였다. 서른 살 그 남자는 이름이 무헌이었다. 그는 때로 아무 데서나 연인을 치켜세우며 자랑스러워했다. 있지, 넌 뭔가 신이 나서 말할 때 열 살은 어려 보여. 그때 네 눈은 반짝 빛이 나. 많이 먹어. 살 빼지마. 그대로가 좋아. 주황색이 잘 어울려. 긴 머리칼 자르지 마. 샴푸도 채소도 내가 사주는 유기농 제품만 써. 내 예쁜 별님.

그녀의 본명은 말희였다. 어떤 여자들이 옷장 저 깊숙한 데다 한두 벌쯤 처박아둔 유행 지난 주름치마 같은 이름. 물론 정감 어린 데가 없진 않았지만 그녀는 자기 이름을 소개해야 하는 자리에서 '말희' 대신 '마리'라고 흘려 쓰거나 말하곤 했다.

무헌은 크리스마스를 어떻게 보낼 것인지에 대해 초가을부터 떠들어대기 시작했다. 말희는 좀처럼 입을 다물 줄 모르고 떠벌리며 들

떠 있는 그가 신기해서 때로 손뼉을 쳐가면서 화답해줬다. 그래, 그래, 그게 좋겠다. 그래, 그것도 좋겠다. 그는 일관되게 서툴렀다. 그와 키스하던 때마다 말희는 그와 자도 좋겠다는 생각을 했지만 그는 그녀에게 자자고 하지 않았다. "지켜줄게" 했다. 그와 함께 있을 때 그녀는 때로 불타올랐다가 얼음 창고에 갇히곤 하는 벌 받은 인형 같았다.

그러다 그들은 그해 크리스마스를 함께 보내지 못하고 관계를 정리하게 된다. 늦가을 무렵이었다. 누구의 잘못이라고 꼭 집어 말할 필요가 있는가 모르겠지만 굳이 말하자면 내 탓이었다고 생각한다,라고 말희는 친구에게 털어놓은 적이 있다. 4월부터 9월까지 그녀는 그와 이것저것 함께했지만, 10월 중순으로 접어들자 만사에 시들해져서 맥없는 시선으로 그를 바라봤다. 11월이 되자 혼자 시간을 갖겠다며 화를 냈고, 간혹 슬픈 표정으로 자기를 가만히 내버려두라고 호소했다. 그는 그녀와 아직 해보지 못한 일들이 얼마나 많은지, 또 앞으로 어떻게 하면 그녀가 그를 다시 받아줄 수 있을지 묻고 되뇌며 괴로워했다. 그녀는 세련되고 성숙한 이별의 방식에 관한 책들을 서너 권 찾아 읽었지만 실전에서는 아무 짝에도 쓸모가 없었다. 그래서 최대한 비겁하게 행동하기로 했다. 전화를 받지 않았고, 어쩌다 연락이 닿게 되면 새로 만나는 사람이 있는 것처럼 꾸며댔다. 그 무렵 무헌은 프랑크푸르트 지사로 발령이 나 있었다. 최소한 1년 반 정도 해외로 나가 있게 된 마당에 결혼 계획을 꺼내놓지 않아서 그녀가 마음을 정리한 것 아닌가 지레짐작하여 다급히 청혼을 해 그녀 마음을 돌려보려고 했지만, 그녀는 냉담했다.

이듬해 무헌은 직속 상사와 몇 차례 불화를 겪으면서 탈모가 진행됐다. 머리털이 일찌감치 하얗게 세기 시작한 건 어쩔 수 없다고 받아들였지만 머리가 벗어지기까지 하는 데는 초연하기 힘들었다. 식이 요법, 두피 마사지, 바르는 약과 먹는 약을 가리지 않았으나 효과를 보지는 못했다. 그는 스스로 인내심이 많은 편이라고 생각해왔지만 그게 꼭 좋은 것만은 아니라고 반추하기도 했고, 예고 없이 일어난 사사로운 일들에 과민해지며 괴팍하게 굴었다. 현지에 남을 것인지 한국으로 돌아갈 것인지를 고민해야 하는 시점이 왔을 때 그는 한국으로 돌아가 다른 일을 시작하는 것으로 마음을 정했다. 그리고 귀국하는 비행기에서 우연히 재회한 대학 동창과 2년을 사귀다 결혼했다.

결혼 5년 차에 접어들면서, 무헌은 아담한 전원주택을 지었다. 좋은 시절이었다,라고 그의 아내는 회고했다. 그가 다니던 바이오산업체에서는 친환경농법으로 재배한 약초에서 추출한 성분으로 찜질팩과 한방화장품을 개발하여 높은 매출 기록을 갱신했고, 그가 사놓은 땅은 도로 개발로 값이 뛰었다. 무헌의 형은 그즈음 원목 수입과 인테리어 사업에 손대고 있던 친구와 어울려 다녔는데, 형의 친구가 무헌이 집을 짓는 데 이런저런 조언과 도움을 주었다. 지금은 폐간된 『행복을 부르는 집』이라는 월간지에는 무헌의 이 전원주택이 사진과 함께 소개되기도 했다. 그때 집 안 이곳저곳에 카메라를 들이대던 사진기자는 안방 벽에 걸어놓은 커다란 결혼사진 속에서 웨딩드레스를 입은 신부의 배가 불룩한 것을 보았다. 무헌은 신부의 배 속에 그때 이미 6개월 된 아기가 있었다고 기자에게 이야기해주었다. 아기의 태명은 별님이었다. 무헌의 아버지가 곧 태어날 손녀를 위해 '현서'라는 이름을 지어주었으나, 부부는 딸아이가 여섯 살이 되기까지 현서보다는 별님이라는 애칭으로 부르기를 즐겼다.

현서는 어릴 적에는 얌전하고 총명해서 부모의 행복이었다가 사춘기에 접어들자 공부에 별 뜻이 없는 사고뭉치로 변하면서 골칫거리가 되어갔다. 공부가 아니면 다른 재능이라도 키워주겠다며 이것저것 레슨을 받게 했는데, 간신히 첼로에 재미를 붙이는가 싶더니 이내 싫증을 냈다. 늘지 않는 실력을 툭하면 악기나 선생 탓으로 돌리며 자기 미래를 한탄했다. 대한민국에서는 숨이 막혀서 있기 싫다면서 뉴욕에 있는 막내이모한테 보내달라고 떼를 쓰는가 하면, 아빠는 젊었을 때 왜 프랑크푸르트에, 아니면 파리나 밀라노 같은 데 정착하지 못했는지 따져 물었다. 자신이 진득하지 못한 것이 제 탓만은 아닌 것 같다고도 했다. 그럴 때마다 무헌의 아내는 네 이모도 타국에서 힘들게 공부하고 있는 것이다, 세상에 만만한 일이 하나라도 있는 줄 아느냐 하며 혼쭐을 내기도 하고, 비행기에서 운명의 상대를 만난 부부의 영화 같은 재회를 읊어대기도, 오래된 잡지를 펼쳐 보이며 집을 꾸미면서 품었던 꿈을 이야기해보기도 했다. 현서는 알아듣는 것처럼 잠잠해졌다가도 심사가 꼬이면 소리를 지르며 스트레스를 해소하거나 방 안에 틀어박혀 음악을 크게 틀어놓고 입을 꾹 다물어버리는 방법으로 부모의 복장을 터지게 했다.

현서가 열여섯 살 되던 해 여름날에 무헌의 아버지가 뇌출혈로 쓰러졌다. 무헌의 형은 벌여놓은 사업이 수습되지 않자 여기저기 돈을 융통하러 다니며 수시로 혈압을 체크했다. 여동생은 그해 겨울 아버지 장례식에나 얼굴을 들이밀었는데, 비쩍 마르고 퀭한 눈으로 그에게 이렇게 대충 조언해주었다. 현서를 그냥 몇 달 내보내보지 그래,

실제로 겪어보면 아이 생각이 달라질 수도 있어. 여동생은 친구들 두 명과 출자해 가게를 하나 낼 생각으로 이것저것 알아보고 있는데 세상에 믿을 놈이 별로 없다고 했다. 장례식을 치르고 한 달 후, 무헌은 이혼을 했다. 현서는 제 엄마가 키우기로 했다.

　무헌은 진돗개 새끼 한 마리를 분양받았다. 오랜만에 만난 고등학교 시절의 친구가 개보다는 낚시에 취미를 붙여보는 편이 어떻겠느냐고 하면서 커다란 참돔을 잡아올린 자기 사진을 스마트폰에서 찾아 보여주었다. 친구는 대구에 있는 무역회사에 다니고 있었는데, 일이 있어서 서울에 올라왔다가 재미있는 모임에 참석하게 됐다면서 거기서 만난 부부가 초대한 저녁식사 자리에 동석하지 않겠느냐고 물었다. 무헌은 사람 두루 알고 지내서 나쁠 것 없다는 비즈니스 차원에서가 아니라 혼자 저녁을 먹는 일이 번거로웠는데 잘되었다 싶은 생각에 친구를 따라나섰다. 그리고 거기서 말희를 만났다. 말희는 무릎까지 오는 회색 치마를 입고 그 집의 주방 한쪽에 앉아 있었다.
　"어머, 이게 누구야?"
　그녀가 먼저 말을 걸었다. 그래서 무헌은 그녀를 알아봤다.
　"아, 너 여기서 뭐 해?"
　그도 마치 어제 만났다 헤어진 사람처럼 그녀에게 되물었다. 그녀는 홀쭉하니 말랐고 머리칼도 머리통에 착 붙을 만큼 짧았다. 목소리는 약간 허스키해진 것 같았다. 회색 치마 위에는 하얀 앞치마를 둘렀다. 손가락은 여전히 가늘고 길었으나 마디에 굵은 주름이 졌고 피부는 윤기가 없이 거칠었다.
　"남편은 어디 있어?"

"여기 없어."

"이 집 식구 아니야?"

"아니야."

무헌은 그럼 왜 여기서 앞치마를 두르고 있는가 묻고 싶었지만, 그때 안주인이 주방으로 들어와 말희에게 음식이 식지 않도록 주의하라고 시켰기 때문에 질문할 기회를 놓쳤다. 안주인은 무헌에게 왜 주방에서 서성대고 있는지, 혹시 뭘 찾는 건 아닌지 물었다. 그는 다 괜찮다고 하면서 테이블 위에 있던 음료수를 들어 한 모금 마셨다. 안주인이 거실로 나가자 그도 따라나서려 했다. 그때 말희가 테이블보에 가려졌던 다리 한쪽을 드러내며 일어섰다. 다리에 세로로 길게 흉이 져 있었다.

"다쳤나 봐."

그가 중얼거렸다.

"꽤 됐어, 뭐."

말희가 짧게 대꾸하면서 뒤돌아섰다.

무헌은 거실로 나와서 사람들 속에 다시 섞였다. 치과의사, 섬유산업 종사자, 변호사, 수입차 세일즈맨, 작가가 동석한 자리였다. 어느 대학의 경영자 과정에서 만난 사람들이라 했다. 작가는 거기서 지난달에 두 번 특강을 한 적 있는, 베스트셀러 『낙원의 저편』의 저자라고 전해 들었다. 무헌의 친구는 안주인이 자리를 잠시 떴을 때 무헌의 귀에 대고 안주인이 보기와는 다르게 남편보다 다섯 살 연상이라고 넌지시 일러줬다. 그녀가 이번 모임을 이 집에서 갖자고 했단다. 아주 샤프한 여자야. 친구가 말했다. 무헌은 중간에 잠깐 진돗개 이야기로 주목을 끌었으나 곧 사람들에게 잊혔다. 무헌이 다시 주방 쪽으로 걸어 들어갔을 때 그에게 신경을 쓰는 사람은 아무도 없었다. 그는 말희에게 다가갔다. 그녀는 냉장고에 기대선 채 앞치마 어깨끈을 매만졌다.

"애는?"

그가 물었다.

"하나 있어."

그녀가 대답했다.

"너는?"

그녀가 물었다.

"난 혼자야."

그가 대답했다.

무헌은 이튿날 병가를 내고 쉬었다. 열이 나고 목구멍이 뜨거웠지만 한 시간 정도는 개를 데리고 산책했다. 횡단보도에서 누군가 그에게 개가 크면 팔 거냐고 물었다. 그는 마당이 넓은 집으로 이사를 갈 것이라고 대답했다. 그러려면 집이 팔려야 될 텐데 하고 생각하면서 집으로 돌아왔다. 전원주택 주변의 전원은 사라진 지 오래고, 집은 낡았으며 혼자 살기에는 휑하니 넓었다. 그는 진돗개의 발을 닦고 그릇에 물을 채워준 뒤 작은방에 들여 넣었다. 그리고 자기는 바나나를 잘라넣은 시리얼에 우유를 부어 숟가락으로 떠먹으며 전원을 켜지 않은 채로 캄캄한 텔레비전 모니터를 쳐다보았다. 잠깐 눈을 붙였다가 일어나서 진돗개에게 사료를 주었고, 자기도 해열제를 먹고 잠자리에 들었다.

다음 날 아침에 그는 실내화에 두 발을 꿰며 몸이 가벼워진 것을 느꼈다. 체중을 재보았더니 하루 사이에 3킬로그램이나 줄었다. 거울 앞에 섰다. 약간 구부정했던 자세가 펴지면서 키가 조금 커진 듯했고, 벗어진 정수리 부분에 검은 잔털들이 솟아나고 있는 것처럼 보였다. 이마를 만져보았다. 열은 그대로였다. 그는 회사로 나가서 휴가 신청서를 써냈다.

"세상에, 무슨 일이 있던 거야?"

화장실에서 마주친 다른 부서의 동료 하나가 그를 아래위로 훑어보면서 말했다.

"내 눈을 못 믿겠어. 뭘 한 거야?"

무헌은 어깨를 펴고 미소를 지어 보였다. 동료가 그의 등허리를 살짝 어루만지면서 말했다.

"너 너무 무리했어. 몰골이 이게 뭐야. 좀 쉬어가는 것도 필요해."

무헌은 안 그래도 휴가를 신청했다고, 열흘간 쉴 것이라고 대답했다.

"어떡하냐."

동료는 회사 분위기가 요즘처럼 침체되고 동종 산업이 모두 악재를 타고 있는 때 휴가가 떨어졌다는 건 다음에는 목이 떨어질 신호라고 했다.

"이런 말, 우리 사이엔 할 수 있는 거잖아. 쉬쉬할 일만은 아니잖아. 하지만 인간적으로다가……"

청소부 아주머니가 들어와서 그들 발밑을 걸레질하려 했으므로 그들은 입을 다물고 잰걸음으로 비켜섰다. 무헌의 동료는 화장실 문을 열고 나갔다. 무헌은 거울 앞에서 잠시 더 어정거리며 자기 모습을 살펴봤다. 몸매가 호리호리해 보이는 게 괜찮았다. 수척해졌다는 동료의 표현은 잘못됐다. 그는 화장실 밖으로 나가서 동료에게 너무 컴퓨터만 들여다보지 말라고, 눈을 혹사시키면 나중에 고생한다고 톤을 높여 말했다. 동료는 그를 힐끔 쳐다보더니 별다른 대꾸 없이 발걸음을 재촉해서 사무실로 들어갔다.

그는 회사에서 나와 곧장 집으로 돌아왔다. 그리고 지난 모임에서 건네받은 치과의사의 명함을 찾아내 전화를 걸었다. 간호사가 오후 4시에 환자 하나가 예약을 취소해서 검진 정도면 받을 수 있겠다며 친절하게 찾아오는 길을 알려주었다. 그는 자꾸 따라나서려는 개와 실랑이를 벌이다가 결국 개를 차 뒷자리에 태우고 논현동에 있는 치과로 향했다.

그는 개를 데리고 병원에 들어섰다. 간호사가 개는 들일 수 없다고 정색하며 주의를 주어서 되돌아갈까도 싶었지만, 의사가 나와서 알은체를 하자 간단히 문제가 수습되었다. 그는 가지고 온 입마개를 개의 주둥이에 채운 뒤 검진대에 올랐다. 그가 누워 있는 동안 다른 간호사 한 명이 개의 목줄을 잡고 그 옆에 서 있었다. 의사는 그의 입속을 이쪽저쪽 면밀히 들여다보았고, 여기저기 건드려보면서 아프거나 시리지 않은지 물었다. 그는 검진을 마친 뒤 입안을 헹구어내고서 될 수 있는 한 자신의 말이 자연스럽게 들리도록 신경 쓰며 물었다.

"그때 식사가 참 맛있었는데 어디서 그렇게 음식 솜씨 좋은 사람을 구하시는지! 집안 행사 때마다 저희 집사람 스트레스가 이만저만이 아니거든요."

의사는 자기네는 1주일에 두 번, 아마도 월요일과 목요일에 아주머니를 부르고 있는 것 같은데 그때 와서 음식 몇 가지를 만들어놓고 간다고, 연락처는 부인이 알 거라고 했다. 의사는 친절하게도 부인에게 직접 전화를 걸어 무헌에게 연락처를 알려주었다. 무헌은 개를 끌고 접수대로 가서 진료비를 치렀다. 후속조치로 병원에서 제시한 치료법을 모두 따르려면 예상보다 많은 비용을 치러야 했다. 치아미백까지 포함하면 약간은 디스카운트가 가능하다면서 간호사가 탁상용 달력을 들췄다. 그는 스케줄을 확인한 뒤 전화로 다음 예약을 잡겠다고 하고 밖으로 나왔다.

무헌은 말희에게 세 번 전화를 걸었다. 말희는 한 번은 받더니 서둘러 끊었고, 이후 두 번은 받지 않았다. 그러자 그는 편지를 쓰기 시작했다.

말희야.

그는 그 장을 찢어낸 뒤 다음 장에 다시 고쳐 썼다.

마리야.

그는 거기까지 적고 더는 아무 말도 쓰지 못했다. 그러다 개를 데리고 산책을 나갔고, 나간 김에 다섯 정거장을 더 걷고 걸어서 서점을 찾아 들어갔다. 베스트셀러 『낙원의 저편』을 구입해서 집에 돌아와 30페이지까지 읽었는데 편지에 써먹을 만한 구절은 없었다. 사람들이 왜 이런 책을 사서 읽는지 알 수 없었다. 그는 책을 집어던지고 다시 펜을 들었다. 그는 두 줄을 적고 난 뒤 이부자리를 펴고 잠이 들었다.

다음 날 오전에 그는 헬스클럽 회원권을 끊었다. 젊은 남자 트레이너가 가벼운 스트레칭부터 하는 게 좋겠다고 권했지만 무헌은 아주 빠른 음악을 들으며 러닝머신 위를 달렸다. 빠져버려, 너의 매력. 정신 차려, 나의 한숨. 그대는 핫, 핫, 핫. 나는 우후후후후.

"그만하세요."

트레이너가 그를 끌어내렸다. 그는 심장에 손을 얹고 벽에 기대섰다가 바닥으로 주르륵 미끄러져 내렸고 사람들이 그를 매트에 눕혀 팔다리를 주물렀다.

샤워를 하고 나니 몸속의 노폐물이 싹 빠져나간 것 같았다. 그는 트레이너에게서 앞으로는 지시한 대로 따라야 운동 효과가 있다는 설교조의 잔소리를 들었지만 아랑곳하지 않았다. 젊은 사람이 노파심이 많아, 귀엽군, 하고 생각하며 미소로 응대했다. 그는 집으로 돌아와 개도 씻겼다. 진돗개에게 이름을 지어주지 못했다는 걸 그제야 깨달았다. 그는 '탄'이라는 이름을 붙였다. 탄, 이리 와. 탄, 가만있어. 그러다 그는 말희의 전화를 받았고, 두어 시간 뒤에 자신의 차에 말희를 태워 드라이브를 했다. 목이 말라. 말희가 말해서 카페에 데려갔다. 말희는 배가 고프다는 말은 안했는데, 그도 밥 생각은 나지 않았다.

말희는 사고로 다리를 다쳐서 한동안 병원 신세를 졌다고 말해주었다. 그래도 미니스커트 입으면 봐줄 만한 게 각선미는 아직 삼십대 같다는 농담도 했다. 말희는 명랑했다. 결혼하자마자 살림에만 매달려서 이제는 할 줄 아는 게 살림뿐이라고, 사는 게 참 웃기고도 단순하다며 미소 지었다. 그는 그 말, 참 웃기고 단순하다는 게 전혀 새로운 말이 아닌데도 듣기에 새롭고 좋았다.

그들은 무헌의 휴가 기간에 두 번 더 약속을 잡아 만났다. 한 번은 진돗개 탄을 데려갔다. 말희는 개를 좋아하지는 않는 편이지만 탄이 영리한 것 같아 마음에 든다고 했다. 그는 그다음 만남에는 개를 데려가지 않았는데, 그날은 집을 나서기 전에 딸이 들이닥쳐 경황이 없었다. 딸은 무헌에게 엄마가 우울한 것 같다고, 아빠가 가서 위로를 하라고, 둘이 어떻게 좀 잘해보면 안 되느냐고 하더니 바닥을 뒹굴며 엉엉 울었다. 탄이 짖으며 그 주위를 맴돌았다. 개와 사람의 혼돈과 소요가 공기를 덥혔다. 끝내는 한방에 있는 그들 모두가 질식할 것 같은 슬픔으로 가슴이 미어지는 중이었다. 그는 딸을 달래고 나서 창문을 모두 열고 환기를 시켰다. 현서야, 뭐 좀 시켜 먹고 있어. 개는 축 늘어져서 그의 발끝을 두어 번 핥았다. 개랑도 좀 같이 있어주고. 이 녀석도 놀랐나 보다. 물지 않아. 좀 안아줘 봐. 그는 그래놓고 말희를 만나러 갔다. 말희는 이날 가슴과 허리의 선이 드러나는 원피스를 입고 나왔지만 그가 '너랑 하고 싶다'고 말했을 때 '그때 못 한 건 지금도 못 한다'며 거절했다. '뭘 하고 싶은지 묻지도 않냐?'고 그가 말하니 '말 안 해도 안다'며 자기는 그 부분에 관해서라면 흥이 떨어졌다고 대답했다. 말희는 그에게 종교를 가져보라고 권유했다.

"너 너무 피곤하고 지쳐 보여. 불안하고 우울해 보여."

말희는 고개를 설핏 저으며 말했다. 그러나 그가 너는 무엇을 믿고 있는가 물었을 때, 그녀는 자기에겐 종교가 없다고 대꾸했다.

"사고 당하고 나서 복잡한 생각들 다 버렸어. 인생에서 일곱 달은 별게 아니야. 너도 참 너다. 우리 그만 만나는 게 좋을 거 같아."

그는 자신이 한 말과 그녀가 한 말을 되뇌고 곱씹어보았다. 그러다 딸의 전화를 받고 집으로 향했다. 딸은 전화로 엄마랑 대판 싸웠기 때문에 오늘은 아빠 집에서 자고 가려고 한다고 통보하듯 말했다.

현관문을 열고 들어서자 딸이 닭튀김을 만진 기름진 손으로 탁자에 얼룩을 남기면서 텔레비전 뉴스를 보고 있는 게 눈에 들어왔다. 그때는 주요 보도는 끝나고 날씨 예보가 이어지는 중이었다. 하얀 원피스를 입은 기상캐스터가 무릎을 살짝 구부렸다 펴면서 내일은 화창하고 바람도 적당히 불어 나들이하기 좋은 날이라고 하더니 눈웃음을 지었다. 딸이 뒤를 한 번 돌아보더니 중얼거렸다. 기분도 썩고 날씨도 썩었어. 그리고 물었다.

"내가 아빠 닮았어?"

밤새 딸은 쿵쿵 발소리를 내면서 방과 방 사이를 오갔다. 그는 어린아이가 잠자리에서 양을 헤아리듯이 절이나 교회의 입구, 화려하거나 고아한 신전들을 떠올리며 거기에 상상으로 자신을 세워보았지만, 그때마다 딸의 발소리가 그 장면을 툭, 차듯이 밀고 들어왔고 이미지는 흩어졌다. 믿음,이라는 단어는 너무 오랫동안 사용해보지 못한 말이었기에 그는 무언가를 믿는다는 그 느낌을 불러일으키고 따라잡기 위해서 가능한 한 많은 것들을, 소리 없이 사그라져가는 많은 것들을 호명해보아야 했다. 손전등에 의지해 기억의 창고를 뒤지듯이 조심스럽게. 먼지 쌓인 바닥에서 빛바래고 해진 블라우스나 셔츠를 주워 올리며 그걸 입었던 사람의 육체를 불러일으켜보듯이 집중력과 에너지를 한데 모으면서. 청춘의 어느 밤 헤맸던 거리, '다시는'이라는 단어로 시작되던 어떤 약속이나 맹세, 4절까지 욀 수 있었던 동요, 아버지의 발, 어머니의 배, 아이의 볼, 단내 나는 숨결, 입맞춤과 감탄, 한숨과 밀어 들. 바깥의 소리들이 희미해지면서 내면의 소리가 부풀어 오르기 시작했고, 그는 그것을 지속시켜보기 위해 몸을 뒤척였다. 입을 벌린 채 두 눈을 깜박이며 땀을 흘렸고, 그러다 선잠이 들었다. 그는 밤새 무언가를 쫓아다니는 꿈을 꾸었는데, 새벽녘에 눈을 뜨자 조금 열어뒀던 창문 틈으로 바람이 새어 들어와 얇은 커튼 자락이 하늘거리는 게 보였다. 꿈의 이미지들이 빠르게 소멸되는 자리에서, 그는 알 만한 여자의 치맛자락을 떠올렸다.

아침이 되어 그는 주방으로 나와 식탁에 앉았다. 물 한 잔을 아끼듯 천천히 한 모금씩 우물거리다 목으로 넘겼다. 얼마 있다가 딸이 산발한 채 걸어 나와 냉장고에서 막 꺼내 온 차가운 풋사과를 한 입 사각 베어 물고는, 아작아작 소리 내 씹으며 그의 곁으로 다가섰다. 그는 비밀을 품은 사람처럼 표정을 내보이지 않았지만, 얼굴이 익은 과일처럼 붉었다. 딸이 그의 팔을 살살 건드렸다.

"아빠 오늘 집에 있게?"

주말이었지만, 그는 딱히 갈 데가 없었다. 집은 잠시 딸과 딸의 친구들에게 내주기로 했다. 탄은 그가 데리고 나왔다. 딸과는 화해를 했다.

"그래도 아빠, 아빠 집도 있고 엄마 집도 있고 그러니까 좋은 거 같아. 친구들이 좋아할 거야. 요즘 기분이 되게 다 시시해져 있거든. 아빠도 기분 전환하고 와. 내가 내일 아침에 해장국 끓여줄게, 술 먹고 늦게 와도 돼. 나 국 끓이는 거 잘해. 엄마보다 잘할걸."

그는 집을 나서면서 이상한 기분이 들었다. 엊저녁 딸의 서러움과 울분으로 집의 벽이 흰 것 같았다. 밖에서 보니까 집은 조금 부풀어 오른 것처럼 보였다. 그리고 그 집의 주인은 자기가 아니라는 생각이 들었고, 자신이 딸 정도 나이의 소년이 된 듯한 기분이었다. 그는 영원히 돌아갈 데가 없는 사람의 슬픔을 생각하면서 점점 자유로워졌다. 그는 어린 날 보았던 만화영화의 주인공처럼 개와 함께 뛰었다.

"이봐요. 조심해요!"

그와 부딪친 행인이 뒤에서 욕을 해댔지만 그는 미안하지도 아프지도 않았다. 정말 아무렇지 않았다. 그의 동료가 그에게 전화를 걸어와 다음 주에 회사에 나오면 분위기가 많이 달라져 있을 것이라고, 서로 몸조심들 하자고 했지만, 그는 숨이 차서 대꾸하지 못하고 헉헉 입바람만 불어댔다. 아직도 아픈 거야? 동료가 근심했고, 그는 날씨가 정말 좋다고 숨을 몰아쉬며 대꾸했다. 동료는 뭐라고 말을 더 하려는 듯했지만 무헌은 전화를 끊었다. 소형차 한 대가 길을 비켜달라며 클랙슨을 울렸기 때문이다.

무헌은 말희에게 전화를 걸었다. 말희는 받지 않았다. 그는 전화를 걸고, 걸고, 걸고, 또 걸었다. 음성 메시지도 남겼다. 문자 메시지도 보냈다. 그러자 얼마 후 말희에게서 전화가 왔다.

"누구세요?"

그는 휴대폰을 귀에서 떼고 발신자를 다시 확인했다. 말희가 맞았다. 그런데 말희의 목소리가 아니었다. 소년과 성년의 중간 목소리가 그에게 물었다.

"누군데요? 뭔데, 어딘데요?"

무헌의 휴가는 끝났다. 아픈 데는 딱히 없었는데, 열이 내리지 않았다. 어딘가 염증이 생긴 모양이라고 걱정하면서도 병원에 갈까 말까 고민만 했지 정작 가보지 못했다. 출근해서 몇 군데 전화를 돌리고, 미팅을 잡고, 보고서를 검토했다. 회사는 새로운 산학협력 프로젝트를 추진 중이었고, 예산 일부를 지자체에서 지원받게 될 것이다. 신문 지상에 향후 사업 전망에 관한 보도도 나갈 것이다. 동료들이 그에게 잘 쉬었느냐고, 좋은 타이밍에 에너지를 충전하고 온 것 같다며 부럽다고 인사했다. 그러더니 갑자기 무슨 일인가 돌아가는 분위기가 조성되고 있다고, 전반적으로 그렇지 않으냐고 그에게 물었다.

탄이 장염에 걸려서 동물병원에서 치료를 받았다. 현서가 친구들과 개를 보러 왔다. 다시 평범한 시절이 시작되고 있었다. 익숙해지는 시간. 숨 쉬어야 하는 시간.

무헌은 이후 어느 월요일에 말희를 만났다. 둘은 할 게 별로 없었다. 그는 슬퍼했고, 그 바보 같은 슬픔이 말희에게는 옛일의 향수를 불러일으켰다. 그들은 같이 잤다. 별일은 없었다. 뭘 했다고도 안 했다고도 할 수 없이, 그는 서툴렀다. 너무 성급했고, 금세 낙담했다.

말희는 그때 그를 쓰다듬는 대신 잠이 깬 탄의 머리를 쓰다듬었다. 무헌이 텔레비전을 켜자, 첫사랑을 만나 불륜으로 빠진 남녀의 이야기가 흘러나왔다. 공교로운 일은 아니었다. 흔하게 재연되는 이야기가 그때도 그들 주변에서 재연되고 있을 뿐이었다. 세상 모든 사람들이 놀라는 척하지만 실은 그다지 놀라지는 않고 남들의 생은 어떠한지 쳐다보게 되는 그런 민낯의 이야기들. 무헌과 말희는 서로의 유일한, 유일했던 사랑은 아니었다. 두 사람 다 그걸 알고 있었다. 그리고 이제 막 다른 것도 확인했다. 텔레비전을 끄자 말희는 자리에서 일어섰다. 그리고 전에 그에게 했던 말을 다시 꺼냈다.

"기운 내. 말 안 해도 알아. 종교를 가져봐. 너 너무 피곤하고 지처 보여."

그러자 그는 웃었다.

"너 말 참 웃기게 하네. 내가 너 때문에 웃네. 나 좀 웃고 싶네."

무헌은 말희의 아들을 만난 적이 있다. 그는 가끔 그날에 대해 생각했다. 말희가 그의 전화를 받지 않았던 날, 현서가 그의 집에 친구들을 불러들이고 신나게 놀아볼 요량으로 들떴던 그날, 그가 미친 듯 말희에게 끝까지 전화를 해보려고 했던 그 주말. 그는 어린 날 보았던 만화영화의 주인공처럼 개와 함께 뛰고 난 참이었고, 이봐요, 조심해요! 그와 부딪친 행인이 뒤에서 욕을 해댔고, 그래도 미안하지도 아프지도 않았던 그날. 정말 아무렇지 않았던 날. 누구세요? 뭔데, 어딘데요? 말희의 휴대폰으로 그에게 묻던 변성기의 소년은 이름이 군도라고 했다. 한강 고수부지에서 두 사람은 강을 보고 앉았다.

"그러니까."

군도가 먼저 운을 떼고는 잠시 사이를 두었다.

그러니까 아저씨가 엄마 친구라고요? 군도가 마저 말했다. 무헌은 군도에게서 말희와 닮은 점을 찾아냈다. 매끈하게 뻗은 콧날, 긴 손가락, 둥그런 얼굴형과 작은 입. 군도는 강바람을 느끼듯이 가슴을 펴면서 심호흡을 했다. 군도는 열다섯 살이라고 했다. 외양만으로는 열세 살로도 보였다. 아무튼 군도는 조심스럽게 그를 뚫어보듯 훑다가, 이내 이것저것 재지 않는 태도로 술술 말을 풀어놓았다.

"우리 엄마도 내 친구들 다 모르는데, 내가 엄마 친구를 어떻게 다 알겠어."

군도는 그 전전날 밤 엄마의 밍크코트를 몰래 내다 팔아먹을 생각으로 싸가지고 나왔다. 그건 외할머니가 엄마에게 물려준 거였지만 유행에 뒤처지는 터라 입을 일 없이 옷장 안에 자리만 차지하고 있던 물건이었다. 여기저기 수소문해서 괜찮은 가격에 팔아치울 데를 알아보고, 그 돈으로 친구들하고 기분을 좀 내려고 했을 뿐이다. 자전거 한 대를 자기 몫으로 산 뒤에는 남은 돈을 모두 엄마에게 가져다주려 했는데 일이 죄다 꼬여버렸다. 군도의 옆에는 커다란 보라색 보따리가 있었는데, 군도는 그게 바로 밍크코트라고 말하고는 한숨을 내쉬었다. 좀 더럽혀져서 속상하지만 어쩔 수 없는 일이라고도 했다. 무헌의 옆에서는 탄이 목줄을 잡아당겼다. 무헌은 탄을 끌어와 옆에 앉히고는 쓰다듬었다. 그러다 강가에서 낚시를 하는 한 남자를 봤고, 어떤 물고기가 이곳에서 잡히는지, 잡히면 그걸로 뭘 할 건지 쓸데없는 궁금증을 품다 버렸다.

"그랬구나. 그래서?"

무헌이 중얼댔다.

"어제 엄마가 나 있는 데를 찾아내서 화를 내며 이런 걸 다 내던지고 갔어요. 내 친구들 보는 앞에서. 다 내 잘못이죠, 뭐."

군도가 보따리 속에 손을 집어넣고 휘젓더니 거기서 휴대폰과 작은 거울, 분첩, 립스틱, 손수건을 끄집어내 보여주었다. 말희가 던진 손가방에서 쏟아져 나온 것들이라고 했다. 손가방과 지갑은 도로 말희가 챙겨 갔다는 말도 덧붙였다. 밍크코트와 잡동사니들. 말희의 것이지만 지금 말희의 아들 손에 보따리를 이룬 그것들. 무헌은 자신도 그 어떤 보따리에 속하는 물건 같다는 생각을 잠깐 했다.

"아저씨는 뭘 잘못했는데요?"

군도가 물었다.

"뭘 잘못해서 계속 전화하고 그런 거예요? 아님 우리 엄마가 아저씨한테 뭐 잘못했어요?"

무헌이 망설이니까 군도는 대답을 굳이 듣고 싶지는 않다는 듯이 자리를 털고 일어서서 다른 질문을 던졌다.

"내가 개 끌어봐도 돼요?"

보따리를 지키는 소년과 경계하는 개, 자기의 물질성을 헤아리는 초로의 남자가 있는 강가의 풍경.

군도가 탄을 끌었고, 무헌은 군도 대신 보따리를 들었다. 그러다 두 사람은 택시를 잡았고, 탄과 커다란 보따리를 불쾌해하지 않는 마음씨 좋은 운전기사를 만난 것을 함께 다행스러워했다.

전화벨이 울리자 군도가 전화를 받았다. 말희였다. 무헌은 군도의 옆자리에 다리를 모으고 앉은 채로 군도와 말희의 통화 내용을 엿들었다. 모자는 오래 대화하지는 않았지만, 무헌은 두 사람 모두 안도했다는 걸 느낄 수 있었다. 말희는 무헌을 바꿔달라고 하지 않았다. 무헌은 그들 모자에게 결정적인 인물은 아니었다.

"저기, 좀 기다렸다 엄마 보고 가세요."

제 집 앞에 내린 군도가 그렇게 인사한 것을 무헌이 위로의 말처럼 느낀 것은 그 때문인지 몰랐다. 그렇지만 무언가가 그때 가슴을 스치며 베고 간 것 같았고, 무헌은 그 말을 조심스럽게 받아안고 싶어졌다. 그는 그 집에 들어섰다. 오래된 연립주택 1층이었다. 안으로 들어서니 열린 방문 틈으로 부부의 침실이 보였다. 거실 벽에는 흔한 풍경 사진이 한 장 걸려 있었다. 하늘, 산, 꽃, 바람. 탄은 문턱에서 힘을 주면서 들어오지 않으려고 버티더니 무헌이 줄을 놓아버리고 식탁으로 다가가 의자에 앉으니까 순순히 제 발로 다가와 그 밑에 쭈그리고 엎드렸다. 군도가 어디에선가 전단지 몇 장을 찾아 들고 와 그 걸 바닥에 펼쳐놓고는 그 위에 보따리를 가만히 내려놓았다. 그러고 는 냉장고에서 큰 우유팩을 꺼내 통째로 들고 마시다가 토해냈다.

"웨엑, 상해버렸네."

군도는 젖은 옷을 벗어들고 바닥에 엎드려 흘린 우유를 닦아냈 다. 그리고 화장실로 들어가 옷을 내던지더니 문을 열어놓은 채 샤워 기를 틀고 씻었다. 군도가 그 와중에 무헌에게 뭐라고 소리치고는 계 속 중얼중얼댔다. 그러나 물소리에 묻혀 무슨 말인지 정확치 않았다. 잠시 후 찰칵 소리와 함께 현관문이 열리면서 머리칼이 희끗한 사내 가 실내에 들어섰다.

"누구요?"

사내는 허벅지 통이 넓은 청바지를 입었고, 불룩 나온 배 밑을 허 리띠로 조였다. 키가 컸고, 코도 컸고, 목소리는 굵고 낮았다.

"여기서 뭐 하는 겁니까?"

사내는 서둘지 않는 동작으로 바닥에 어질러진 전단지와 커다 란 보따리를 주시하면서 그에게로 두 걸음 다가왔다. 탄이 고개를 바 짝 쳐들고 있다가 몸을 일으켜 길길이 뛰면서 짖어대기 시작했다. 무 헌은 목줄을 잡아당기며 진땀을 흘렸고, 군도는 물에 젖은 채 팬티만 걸친 차림새로 화장실에서 뛰어나왔다. 사내는 멈칫했다. 세 사람이 이룬 구도 속에서 탄이 버둥거리며 짖었다. 종래엔 아픈 듯이 짖었 다. 세 사람은 서로에게 침착하라는 표시로 허공을 다독다독했다. 마 치 약한 날갯짓을 하듯이. 탄은 짖는 걸 멈추고는 다리가 풀린 듯 자 리에 주저앉았다. 그 순간 무헌은 자기 생이 오래전에 뭔가를 건너뛰 었음을, 건너뛴 그 부분에서 뭔가가 다시 시작되고 있는 듯한 기분을 느꼈다.

"선생 개가 상태가 좋지 않아 보이는데요. 병원에 좀 데려가지 그 래요?"

소란스러운 첫 대면이 끝나고 이런저런 대화가 짧게 오간 뒤에 말희의 남편은 그렇게 말했다. 말희의 남편은 지금은 가전제품 판매 원이지만 과거에는 사냥개를 훈련시켰단다. 그의 무용담이 시작되려 는 찰나 말희가 현관문을 밀고 안으로 들어왔다. 무헌이 서툴게 인사 말을 떼자마자 군도가 바닥에 털썩 무릎을 꿇었다.

"미안해요, 엄마."

무헌은 그 순간 저도 모르게 그 옆에 무릎을 꿇고 눈물을 쏟을 뻔 했지만, 감정을 억누르며 숨을 골랐다. 군도는 고개를 수그린 채 어깨 를 들썩이며 흐느끼기 시작했다. 무헌은 막막한 다음번을 기약하고는 개를 끌어안고 뒤돌아 밖으로 나왔다.

마리야.

무헌이 그런 애칭으로 시작해 겨우 두 줄 적다 만 편지는 주어와 술어가 어긋난 채 마침표가 아닌 쉼표에서 멈추었고, 아직 어디에 가 닿지 못했다. 그는 자신이나 자신을 둘러싼 세상이 끔찍하게 텅 빈 채로 소란스럽게 느껴질 때마다 말희의 집 앞으로 달려가고 싶은 욕 구를 느꼈고, 실제로 그곳으로 달려가보기도 했다. 상처 입고 굶주리 면서도 옛집을 찾아가는 그 어떤 혈통 좋은 진돗개들처럼 탄도 그를 따라 성실하게 뛰고 또 뛰었다. 그는 오랜 시간 서성이며 그 집의 불 이 켜졌다 꺼졌다, 창문이 열렸다 닫혔다 하는 모습을 반복해서 보았다. 안에서 아무런 기척도 느껴지지 않던 어느 저녁 무렵에는 그 집 앞을 오가던 이웃들의 모습을 살폈다. 그는 턱없이 더 집요해질 때도 있었다. 보라색 꾸러미를 들고 그와 한 택시에 올라탔던 소년, 가전제품과 개에 정통한 사내, 다리에 흉이 진 채로 나타난 옛사랑이 살고 있는 저편, 아니 그가 부재한 자리에서 무언가를 통과해왔고 이제 여기 당도해서 서걱거리고 부딪치고 신음하고 비틀렸다가, 다시 환한 웃음이 되고 아무렇지도 않게 밝아오는 아침 해를 함께 맞는 것들에. 모든 것을 친애하고 싶은 그의 마음은 한순간 너무 뜨거워져 정염과 헷갈렸다. 그는 때로 열이 오르고 야윈 채로 갈팡질팡했다. 생이 덧없다는 말은 무용했다.

선 정 의 말

―

기준영의 「이상한 정열」은 삶의 허무함에 감염되어버린 '무헌'이라는 인물이 옛 연인 '말희'와 우연히 조우한 이후 새로운 연애를 기대하며 갈팡질팡하는 모습을 담담한 시선으로 응시하고 있다. 어쩌면 지나간 추억에 대한 호기심이나 지나온 삶에 대한 회한에서 비롯되었을 수도 있을 '무헌'의 연애에 대한 갈망은 생의 덧없음을 온몸으로 헤쳐나가게 만드는 마지막 희망과 같은 것이었는지도 모른다. 물론, 삶에 대한 희망은 무헌과 말희의 맥없는 하룻밤처럼 남루하게 사그라질 수도 있는 것, 아니 사그라질 수밖에 없는 것이었는지도 모른다. 그러나 이상하게도, 인간은 그 덧없는 희망에 골몰하는 자신을 부인할 수 없는 존재이기도 하다. "모든 것을 친애하고 싶은 그의 마음은 한순간 너무 뜨거워져 정염과 헷갈렸다. 그는 때로 열이 오르고 야윈 채로 갈팡질팡했다. 생이 덧없다는 말은 무용했다." 어째서 인간은 순간순간 삶이 덧없다는 것을 뼈아프게 자각하면서도, 이를 반증하고자 습관처럼 삶을 의미로 채우려는 이상한 정념에 몰두하는 것일까. 우리 모두 갈팡질팡할 것을 미리부터 알고 있었을지 모르지만, 이상하게도 생이 덧없다는 거대한 진실은 순간순간 우리를 뒤흔드는 저 소박한 정열을 완전하게 정복할 수는 없다. 어쩌면 빤하고 통속적이기 그지없는 우리의 삶일지언정 무의미가 삶을 완벽하게 장악하도록 내버려두는 태도야말로 사치와 허영에 불과한 것은 아니겠는가. 기준영의 소설은 저 이상한 정열에 대한 우리의 이상한 연민을 이상하게 자극하는 수작이다. _**강동호**